19.99

Leonora

Jurado del Premio Biblioteca Breve 2011

José Manuel Caballero Bonald

Pere Gimferrer

Rosa Montero

Elena Ramírez

Darío Villanueva

Seix Barral Premio Biblioteca Breve 2011

Elena Poniatowska
Leonora

Derechos exclusivos de edición en español reservados para todo el mundo:
© 2011, Editorial Seix Barral, S.A. – Barcelona, España
© 2011, Editorial Planeta Mexicana, S.A. de C.V.
Bajo el sello editorial SEIX BARRAL M.R.
Avenida Presidente Masarik núm. 111, 2o. piso
Colonia Chapultepec Morales
C.P. 11570 México, D.F.
www.editorialplaneta.com.mx

Primera edición impresa en España: febrero de 2011
ISBN: 978-84-322-1403-5

Primera edición impresa en México: febrero de 2011
ISBN: 978-607-07-0632-5

Impreso en los talleres de Litográfica Ingramex, S.A. de C.V.
Centeno núm. 162, colonia Granjas Esmeralda, México, D.F.
Impreso y hecho en México - *Printed and made in Mexico*

A Thomas Haro Refuveille, mi nieto mayor

Capítulo 1

CROOKHEY HALL

Sobre el mantel de la mesa del comedor se agrandan los platos y los cuatro niños, Patrick, el mayor, Gerard y Arthur desayunan *porridge*; a Leonora le disgusta pero la niñera, Mary Kavanaugh, dice que en el centro del plato de avena encontrará el lago Windermere, el más bello y más grande de Inglaterra. Entonces la niña, cuchara en mano, come la avena desde la orilla y empieza a escuchar el agua y mira cómo pequeñas olas se frisan en su superficie porque ha llegado al Windermere.

De los ojos verdes de los tres varones, a ella le gustan más los de Gerard porque sonríen.

El comedor es oscuro, al igual que el resto de Crookhey Hall. Desde que es niña, Leonora conoce el hollín. A lo mejor la Tierra es una inmensa chimenea. El humo de las fábricas textiles de Lancashire acompaña sus días y sus noches y su padre es el rey de la negrura, el más negro de todos, el que sabe hacer negocios. También los hombres que ve en la calle son oscuros. Su abuelo inventó la máquina que fabrica Viyella, una mezcla de algodón y lana,

9

y Carrington Cottons destaca en la región cuyo aire tizna con sus cenizas. Cuando su padre, Harold Wilde Carrington, la vende a la firma Courtaulds, se vuelve el principal accionista de ICI, Imperial Chemical Industries.

En Crookhey Hall hay que dar muchos pasos para ir de un lado a otro. Dentro de la mansión gótica viven los Carrington, Harold el padre, Maurie la madre, Gerard, el hermano que sigue a Leonora y es su compañero de juegos, no así Patrick, demasiado grande, ni Arthur, demasiado chico. Dos cachorros scotch terrier comparten sus horas, *Rab* y *Toby*. Leonora se acuclilla frente a *Rab* para mirarlo a los ojos y su nariz roza su hocico.

—¿Andas a cuatro patas? —le pregunta su madre.

Leonora le sopla a la cara y *Rab* la muerde.

—¿Por qué haces eso? Podría dejarte una cicatriz —se espanta la madre.

Si los adultos les preguntan a los niños por qué hacen esto y lo otro es porque no saben entrar a esa zona misteriosa que se crea entre los niños y los animales.

—¿Me estás diciendo que yo no soy un animal? —le pregunta atónita Leonora a su madre.

—Sí, eres un animal humano.

—Yo sé que soy un caballo, mamá, por dentro soy un caballo.

—En todo caso eres una potranca, tienes los mismos ímpetus, la misma fuerza, te lanzas sobre los obstáculos y los brincas pero lo que yo veo frente a mí es una niña vestida de blanco con una medalla al cuello.

—Estás equivocada, mamá, soy un caballo disfrazado de niña.

Tártaro es un caballito de madera en el que, desde niña, se columpia varias veces al día. «Galopa, galopa, *Tártaro*.» Sus ojos negros centellean, su rostro se afila, su pelo es la crin de un corcel, las riendas se mecen locamente en torno a su cuello, que se alarga.

—Prim, ya bájate —pide Nanny—. Ya llevas mucho rato. Si no desmontas, tu padre va a venir a meterte a ti el freno entre los dientes.

Sus hijos tienen miedo de Harold Carrington. Viven aparte, su reino es la *nursery*, y saludan a sus padres una vez al día. A veces son requeridos por los adultos para la hora del té en la sala o en la biblioteca. Sólo les dan permiso para hablar si los interrogan: «¿Con limón o con leche?», pregunta su madre con la tetera de Sheffield sostenida en el aire por su brazo derecho. Tiene la curiosa costumbre de decir: «Por allí hay alguien que acaba de mancharse el vestido... Por allí hay alguien que está sorbiendo su té... La tinta negra se metió bajo las uñas de alguien a quien veo en este instante... Por allí hay alguien que señala con el dedo... Por allí alguien hace sonar su cuchara dentro de la taza... Por allí hay alguien que no se sienta derecho...» y los cuatro hermanos se enderezan al unísono. Leonora ve pasar a los sirvientes como corrientes de aire, no le hablan, o apenas. Sólo le dirigen la palabra la institutriz francesa, mademoiselle Varenne, la niñera, y el tutor de sus hermanos, que también a ella le enseña catecismo.

Eso sí, los adultos preguntan: «¿Cómo van tus estudios? ¿Podrías leerme en voz alta?» Las buenas maneras se aprietan contra los muros, los grandes espejos, los taburetes, las tazas de té hirviendo que hay que mantener derechas al llevarlas a la boca, las pinturas de antepasados incapaces de un solo guiño de complicidad. Aquí todo es rompible, hay que fijarse dónde pone uno los pies y mantenerse alerta.

—Leonora, ¿me informarías de tus progresos en clase? —Harold Carrington la mira con simpatía. Disfruta su inteligencia. Leonora pone en tela de juicio las palabras de los adultos y a él eso le sorprende. La sigue con los ojos por los corredores de Crookhey Hall: la encuentra graciosa. En ella no escatimará esfuerzos ni dinero.

Las clases se devanan interminables una tras otra como las cuentas del rosario. Mr. Richardson, un gordito, tortura a Leonora con la clase de piano dos veces por semana. Los dedos largos de las manos de la niña alcanzan una octava y por ello el maestro le asegura a Maurie que su hija puede llegar a ser buena pianista. Cada vez que Richardson inclina su rostro al teclado, caen sus anteojos pequeñitos y Leonora los esconde hasta que él le implora que se los regrese. Luego siguen las clases de esgrima y de ballet, que se parecen entre sí: hay que saltar hacia atrás y hacia adelante y dar en el blanco. Preferiría correr por el jardín con sus hermanos a tomar clases de costura y bordado, y se pica las yemas de los dedos del coraje porque no le permiten salir.

Toda el ala derecha de la casa es de los hijos, Harold y Maurie los remiten a la institutriz y a la niñera. Mademoiselle Varenne come en la mesa con sus padres, mientras que la niñera irlandesa comparte el día y la noche con ellos, y por eso la quieren. A mademoiselle Varenne la despacharían a Francia con todo y *La Marsellesa*. Saben que algún día se irá, Mary Kavanaugh nunca. Aunque pequeña y delgada, es reconfortante apoyarse sobre su hombro o su regazo. Los imanta con sus cuentos de seres diminutos: los sidhes.

—¿Por qué no puedo verlos, Nanny?

—Porque viven bajo tierra.

—¿Son enanos?

—Espíritus que se corporizan y salen a la superficie.

—Pero ¿por qué viven enterrados?

—Porque los gaélicos llegaron de España capitaneados por Míl Espáine y conquistaron Irlanda. Entonces los sidhes descendieron al fondo de la Tierra para dedicarse a la magia.

—Si los sidhes fueran pequeñísimos yo podría verlos, yo todo lo veo, Nanny.

—Nadie ha logrado ver lo más pequeño, Leonora, ni siquiera los microscopios de los científicos: «*Big fleas have little fleas / upon their backs, to bite them. / Little fleas have lesser fleas / so on ad infinitum.*»

Los sidhes saltan sobre la mesa donde Leonora hace la tarea, se meten a la tina cuando se baña, en su cama cuando se acuesta. Leonora les habla en voz baja: «Vamos a bajar juntos al jardín, acompáñenme», «Mademoiselle Varenne es una peste, ayúdenme a desaparecerla», «Nos tiene hartos con sus participios pasados y sus subjuntivos». Así son los franceses.

—*Elle nous casse les pieds* —dice Leonora—. *She's breaking our feet* —le traduce a su madre—. «*Que tu voulusses, que nous fîmes, que vous fîtes*» son los tiempos de verbos que ya ni los franceses usan. Bueno, ni Luis XIV los conjugó.

Los sidhes incluso son mejores amigos que Gerard: los dos han devorado a Jonathan Swift pero Gerard ya no quiere jugar a los liliputienses, ni a pedir audiencia al emperador Blefescu. A Leonora, la gente pequeña que sale de la tierra la aconseja, a Gerard ya no, ni se identifica con la Alicia de Lewis Carroll ni con Beatrix Potter que lleva a Peter Rabbit, su conejo, bajo el brazo. Ésas son cosas de niña. Los sidhes son más sabios que cualquier cosa en el mundo, más sabios que el pez grande en el estanque y eso ya es mucho decir porque el pez lo sabe todo. La niña se detiene en la orilla y él le dice que todo va a arreglarse y los reflejos de plata de su lomo la iluminan. Claro, con la ayuda de Nanny.

—¿Puedo hacerte una pregunta que nadie ha podido contestarme jamás?

—Házmela.

—¿Cuándo va a morir mi padre?

—Eso sí que no lo sé.

—Nanny, ¿por qué tenemos que dormir de noche?

—Porque es demasiado oscuro para hacer cualquier otra cosa.

—Las lechuzas sí pueden, los murciélagos también. Siempre he querido dormir colgada de las patas como un murciélago.

—Sí, es una muy buena postura, circula la sangre en la cabeza —coincide Nanny.

Durante la noche, Leonora la despierta:

—Veo un niño sin ropa sentado en una rama del fresno y me está llamando.

Nanny se levanta y se asoma por la ventana:

—No hay nadie.

—Tengo que ir por él, se va a congelar bajo el sol blanco.

—El fresno es el árbol más grande y hermoso del planeta, tiene sus raíces en el mar, sus ramas sostienen el cielo y, al igual que el roble y el espino, lo habitan las hadas y no aceptaría ningún niño sin su permiso —le dice Nanny sentándose al borde de la cama mientras la niña vuelve a dormirse.

Lo mismo sucede cuando van a caminar alrededor de Crookhey Hall:

—Vi a un niño que me tendió su manita, una mano muy pequeña, y yo iba a darle la mía cuando gritó y se esfumó.

—No veo nada, Prim.

—No me digas Prim.

—Es que eres propia y estirada, mira como alargas el cuello.

—Detesto que me digas Prim. Mira, allá viene otra vez. Acaba de esconderse detrás de un árbol.

Nanny busca y le sonríe:

—Parece que atraes a los sidhes.

—Sí, quisiera que jugaran conmigo toda la vida.

—Si lees, Prim, nunca vas a estar sola. Te acompañarán los sidhes.

En la *nursery*, la niña los dibuja en la pared y su madre no la regaña porque ella también pinta la tapa de cajas que se venden en fiestas de caridad. Maurie dibuja flores que luego colorea, Leonora caballos y añade un pony tras otro sobre los muros blancos. Maurie admira la destreza de su hija: «Lo hiciste muy bien.»

Si Nanny le pregunta cuál es el juguete que más ama, Leonora responde:

—*Tártaro* es mi preferido. Detesta a mi padre.

Si la regañan, se sube al caballo. Si Gerard no quiere acompañarla al jardín, monta sobre *Tártaro* hasta que alguien entra a la *nursery*. Si la privan de postre a la hora de la comida, el balanceo de *Tártaro* suple con creces el sabor de cualquier pastel de chocolate.

El olor de los guisados la atrae, quizá porque entrar a la cocina está prohibido. Allí dentro burbujean los misterios de los *steak and kidney pies*, el *roast beef* y el *haddock*. La cocinera, vieja y amarilla, encogida al lado de la estufa, espera a que hierva el caldo. Su hija, que le sirve de galopina, le dice que si se siente mal, en el nombre de Dios, vaya a acostarse; ella puede suplirla perfectamente.

—Todo el día te quejas, mamá.

—¡Mula! —grita la cocinera—. ¡Me pudro de dolor y no me compadeces!

—¿Por qué mejor no te cuelgas? Hay muchos árboles afuera y la cuerda es barata.

—Debería haberte ahogado cuando naciste —responde la vieja arrugada de furia.

¿Puede la gente tratarse así? Leonora entra a un mundo distinto al de la *nursery*, como distinto es el de la caballeriza, a la que sabe llegar sin encontrar a quien le impida subirse a pelo, abrazar al potro, que alza sus orejas y resuella para recibirla. En la cocina domina el olor del cordero. La sopa que hierve tiene mucho de establo, de pajar, de estiércol, de aventura, de crin al viento de la que hay que asirse para no caer y de descubrimiento, porque, además de cuchillos, los cajones guardan olores que seguramente vienen de Mesopotamia.

Capítulo 2

LA NIÑA AMAZONA

En la *nursery*, Leonora revive las historias que le cuenta Mary Kavanaugh y las de su abuela materna, Mary Monica, en Westmeath.

—Irlanda es el cuadrado verde esmeralda del gran edredón que cobija la Tierra —dice Nanny.

—¿Y quién arropa a la Tierra para que se vaya a dormir?

—El sol. El sol es la cobija de los pobres. En Irlanda, también lo es la neblina.

Los Carrington recorren todos los días los caminos de Westmeath y de la neblina salen sombras que se materializan: pájaros, borregos, algún que otro zorro y, sobre todo, caballos como los que ama Leonora y pastores que llaman a su rebaño. Los cuatro niños salen a caminar hasta cuando llueve. «Es el agua del bautizo», dice Nanny, y cierran sus paraguas porque si a las lechugas y a las verduras les hace bien el agua, a los niños los vuelve frutas. La hierba se acuesta sobre la tierra, es su sábana, y a Leonora le gusta verla doblarse bajo el viento que la inclina suavemente hasta hacerla poner su mejilla sobre la almohada. ¡Qué tierra ésta tan dulce y obediente! Los árboles también se doblan al viento y sus ramas avanzan sobre las colinas. Regresan a la hora del té, los rostros enrojecidos y brillantes, el pelo cubierto por diminutas gotas de agua, y Leonora lleva en sí toda la energía equina de su tierra. «De veras pareces una yegua», le dice su abuela. Hasta le pregunta si tiene pezuñas en vez de zapatos de tanto que resuenan sus pisadas. «¿Cuántas potrancas llevas en cada pierna?» El paseo más glorioso es el del Belvedere, con su parque y sus jardines, que descienden como alfombra real hasta el lago. La abuela es la primera en levantar la cabeza:

—¿Qué nos van a contar hoy en la noche?

Le apasionan las historias que se relacionan con el amor: la de las tres manzanas de oro cuya música celestial suena al viento, y la de Caer, la joven que Aengus Mac Óg vio en la orilla del lago cuando se convirtió en cisne.

También le cuenta que Noé impidió que la hiena subiera al Arca porque comía cadáveres y ululaba imitando la risa del hombre. Pero después del diluvio universal se cruzaron el lobo y la pantera y la hiena volvió a nacer. A Leonora le obsesiona la hiena. Algunos relatos del Medievo dicen que la hiena tiene dos piedras en los ojos y si alguien la mata, le saca las piedras y se las pone debajo de la lengua, puede predecir el futuro.

—Tú eres celta, eres cabeza caliente, tienes mi obstinación. Quizá también prive en ti lo sajón y te vuelvas calculadora —le dice su abuela, Mary Monica Moorhead.

Pat invita a dos amigos, salvajes como él, hijos del pastor Mister Prince, que amarran a Leonora a un árbol, la usan de blanco y la asaetan como a un San Sebastián.

Su padre va al club con otros caballeros que fuman y charlan acerca de qué nuevos miembros podrían ser elegibles y allí toma el único whisky del día antes de cenar en casa; su madre recibe visitas y también las hace. Sale pronto diciéndoles: «Pórtense bien, voy a una venta de caridad. Pasaré a darles las buenas noches si llego temprano.»

La niña entra a la biblioteca paterna sin tocar. Nadie se atreve a abrir la puerta de esta habitación de ventanas estrechas que llegan al techo, de muebles de ébano, de alfombras persas que apagan las pisadas.

—Todos me odian porque soy niña. Cuando tomo clases, mis hermanos juegan.

—No vas a jugar juegos de hombre —responde Harold Carrington.

—Mis hermanos y sus horribles amigos dicen que las niñas no pueden hacer lo mismo que ellos y es mentira porque yo puedo hacer todo lo que hacen. Pego tan fuerte como Gerard y dibujo caballos, dragones, cocodrilos y murciélagos mejor que Pat.

—¿Quiénes son esos amigos?

—Los hijos del pastor Prince y cuentan los chistes más feos que he oído.

—Si quieres puedes acompañarme a jugar *curling* —responde admirado por el carácter de su hija.

—No me gustan ni las piedras planas ni los palos del *curling*. Quiero que me escuches. Tengo tres hermanos que hacen lo que quieren porque son niños. Cuando crezca voy a rasurarme la cabeza y embarrarme la cara con tu aceite para el cabello para que me salga barba. Pat tiene bigote y en la escuela de Stoneyhurst lo llaman «Bobby bigotes». Una vez lo llamé así y me pegó.

—Lo voy a castigar.

—Déjame continuar, papá. Soy la única que tiene que practicar el piano durante horas, lavarme todo el día, cambiarme de ropa a cada rato y dar las gracias para todo.

—Leonora, la formación de las mujeres es distinta a la de los hombres. A ustedes hay que educarlas para complacer.

—¡No quiero complacer! ¡No quiero servir té! ¡Lo único que quiero en la vida es ser un caballo!

—Eso es imposible... Y tampoco puedes ser una yegua. Sólo puedes ser tú.

—Mamá me dijo que tengo tan mal genio que seré una bruja antes de cumplir los veinte.

—Allí se equivoca tu madre. Tienes carácter y en eso te pareces a mí.

—Papá, no me importa si me arrugo toda antes de cumplir los veinte, lo que quiero es ir hasta el estanque cuando se me antoje, hablar con el pez grande y subirme a los árboles como los hombres.

Harold Carrington la observa desde su alta silla detrás de su escritorio. «Es mi hija —piensa—. Es Carrington de la punta de los cabellos hasta la punta de los pies.»

A la hora del café, después de la comida, mademoiselle Varenne informa de que la energía de la única Carrington triplica la de sus hermanos y es difícil controlarla. Entonces Harold Carrington levanta la vista del *The Times* y responde que su hija va a tener que desgastar ese sobrante de energía en la equitación.

Black Bess, su pony Shetland, nunca quiere galopar. Leonora grita: «*Gee up Bessie!*» y de repente *Black Bess* se suelta al galope, cuando antes ni siquiera se molestó en trotar. En la noche sueña que *Black Bess* gana el Grand National a pesar de su gordura. Imaginar que su pony, dulce y rechoncho, le lleva la delantera a *Flying Fox* es un gozo porque el *Zorro Volador* de su abuelo jamás ha perdido una carrera.

—Por favor, papá, dame otro caballo, ya estoy en edad, *Black Bess* nunca va a galopar como yo quiero.

Winkie es su nueva yegua. Con ella aprende a saltar. Una mañana se planta frente a las barras, Leonora cae y la yegua rueda encima de ella.

—No te pasó nada pero a lo mejor *Winkie* no es la montura apropiada.

—Yo adoro a *Winkie*, papá.

El caballerango le oculta a Maurie que su hija saca a la yegua de la caballeriza y monta a pelo a cualquier hora. Al principio se agarraba de las crines, ahora ya no. «Somos una sola», le dice a su madre. Cuando deja de galopar, se tira de espaldas, su cabeza y sus hombros sobre la grupa del caballo, y mira el cielo. Su madre monta en una silla de amazona. Madre e hija salen juntas al campo y en ese momento Leonora ama a su madre como un potro a su yegua. «Baja los talones», le dice Maurie. «No despegues tu trasero del albardón.» Madre e hija dan la vuelta al galope y sin mediar palabra Leonora dirige a *Winkie* al lago y la mete hasta adentro. Su madre se detiene estupefacta. Leonora y la yegua salen del otro lado con un gran ruido de agua levantada.

—¿Por qué hiciste eso? Estás empapada.

—A *Winkie* le gusta nadar y a mí ver cómo agita sus patas dentro del agua.

—La potranca desbocada eres tú, no ella. ¿Por qué haces locuras?

—No es una locura, es un experimento. ¿Nunca hiciste experimentos, mamá?

De los cuatro hijos, Leonora es la rebelde. Lo es por naturaleza y también porque montar le da una libertad de pájaro. *Winkie* es la más confiable, la que la entiende mejor, la cómplice. Apenas empieza a galopar, a Leonora le sucede lo mismo que con el *porridge*, llega al centro. Su yegua tiene huesos largos como ella, su pelambre brilla como la que ella trae en la cabeza, la libera del miedo a los adultos que tanto exigen.

—*I am a horse, I am a mare* —le comunica a quien quiera oírla.

Gerard la comprende:

—Eres una *nightmare*, una pesadilla. En la noche oigo tus pezuñas en el piso y te he visto salir al galope por la ventana pero qué bueno que no lo eres de verdad, porque de serlo te irías para siempre.

Leonora llega tarde a la mesa.

—Perdón, me entretuvo un caballo que quería enseñarme su tesoro.

—Los caballos no hablan —dice Harold Carrington.

—A Leonora sí le hablan —la defiende Gerard—. He visto que la tocan en el hombro con sus belfos y le preguntan como está.

—¡Basta de tonterías! —Harold suelta su tenedor.

En los días de cacería, los *foxhounds* se alebrestan en la perrera. Locos por salir, ladran, rasguñan e imploran con sus ojos de oro. Regresan mojados, con la lengua fuera y riegan el piso con las burbujas blancas de su saliva. Su gran alboroto alegra la casa mientras viene el guardián a encerrarlos de nuevo. Si los caballos tienen su caballerango, los sabuesos tienen su cuidador, que se sabe todas las respuestas a las preguntas de Leonora. ¿Qué comen? ¿Cómo durmieron? ¿Cuándo nacerán los cachorros? ¿Cómo les quita las pulgas? Los perros lo rodean así como los cazadores rodean a Carrington, que les ofrece sherry o whisky y los hace mover la cola y reír a ladridos.

Durante días permanece el olor a establo, a piel de animales, a tierra, a sudor y a sangre.

Harold caza faisanes, cientos de patos silvestres, codornices, liebres, y miles de perdices que luego aparecen en banquetes funerarios convertidos en patés, timbales, mousses, estofados. Con sus ojitos muertos, las codornices dan fe de la fuerza de la industria química paterna, que por algo se llama «Imperial». Harold también es emperador, clava su cuchillo en la carne. Y da órdenes. Traigan, suban, pongan, hagan, abran, condimenten. A Leonora le repugna que la cacería termine en su plato. Una noche soñó que un conejo ensangrentado amanecía muerto sobre su vientre.

Lo que Harold Carrington ignora es que el zorro ríe sentado tras de su silla, el lobo se asoma a la puerta y hace bizcos, el ciervo atraviesa la mesa, las perdices bailan tomadas de la mano; ya no son animales cazados, tampoco cadáveres, han ganado la partida y se ríen de las escopetas y de los *foxhounds* con su lengua fuera.

—Los perros son de raza, también los niños son de raza —presume la institutriz a Mary Kavanaugh, que la entiende a medias.

—Yo veo que los niños hablan con cualquiera: perros, gatos, patos, gansos que estiran el cuello y siguen su camino balanceándose.

—Mejor harían en insistir en su latín y en su griego. ¡Menos imaginación y más sabiduría es lo que yo les pido! El conocimiento es sinónimo de precisión y estos niños parecen adictos a la amapola.

—Es que a estos niños los animales les hablan hasta cuando lleven mucha prisa.

—Usted, Nanny, es responsable de su locura.

—Yo he alcanzado alturas a las que usted nunca llegará, mademoiselle. Viajo por los espacios siderales.

—No me cabe la menor duda.

—Lo que pasa es que usted es francesa y los franceses tienen fijación por la materia. «*Merde! Merde! Shit! Shit!*»

Uno de los maestros jesuitas de Patrick, el padre O'Connor, aparece los domingos a celebrar misa en la capilla de Crookhey Hall, a la que asisten algunos vecinos e invitados. Aunque Harold es protestante y su único credo es el trabajo, Maurie impone su catolicismo. Además, el sacerdote es inteligente. Después de misa lo invitan a cenar y propone:

—Vamos a ver el cielo, aquí en el norte la espiral de la nebulosa de Andrómeda puede verse muy clara, y también otras constelaciones.

En el rostro de Leonora se refleja la luz de la estrella más brillante: Orión. «Mira, allá está Venus.» Los planetas giran sobre la cabeza de los niños. En la bóveda celeste, al norte de Inglaterra, los círculos de luz de Andrómeda son totalmente visibles:

—He visto esta espiral en mis sueños, ya la conozco, no es la primera vez —observa Leonora.

—Es que la línea que existe entre lo real y lo imaginario es muy tenue —responde el padre O'Connor.

—En mi familia me dicen que veo visiones desde que tengo dos años y nadie me cree, salvo Nanny y Gerard.

—¿Y Pat?

—Pat es autoritario y el que estudie en Stoneyhurst no es garantía de inteligencia.

—Hay hombres y mujeres que ven en sueños lo que va a sucederles.

—No tengo la menor idea de lo que pueda pasarme pero sí tengo claro lo que no quiero hacer.

—¿Qué es lo que no quiere hacer, Prim?

—No me diga Prim, lo odio. Lo que yo no quiero es lo que todo el mundo hace.

—Sí, tengo entendido que usted causa problemas.

El padre O'Connor se presenta no sólo por la misa

dominical sino porque la única mujer de los cuatro Carrington lo intriga:

—Cuando hay luna llena duermo muy mal.

—¿Por qué?

—Es que es loba —interviene Gerard—. ¿No la ha oído aullarle a la luna?

—Una noche vi una mancha sobre la alfombra y, como no recordaba haber tirado nada allí, levanté la vista y un reflejo de la luna se había tendido a mis pies. ¿Es cierto que la luna tiene guardadas catorce mil maldiciones? Una vez la vi ahogarse en el lago. ¿Hay agua en la luna, padre O'Connor?

—Si hay agua, hay vida.

—Pero ¿hay agua?

—Creo que los científicos aún no la han encontrado.

La niña lo sorprende. La curiosidad es para él la más grande de las virtudes, así como la sabiduría es el final de todo deseo. Quién sabe adónde la lleve su temperamento alucinado.

—La luna es un desierto con cráteres —informa Pat.

A la niña Leonora no hay por dónde llegarle. Los que la conocen y la tratan no saben qué se le va a ocurrir. Ríe poco, por eso al padre O'Connor le gusta verla sonreír y escuchar su risa. Cuando ella le dice que la raza humana no es superior a la equina, lo convence.

CAPÍTULO 3

EL SANTO SEPULCRO

Harold Carrington manda llamar a su hija a la biblioteca.

—Tu madre y yo hemos decidido enviarte al convento.

Un niño no tiene poder. Cuando los adultos han tomado sus decisiones señalan la puerta con el dedo: «Tú al convento», y se deshacen de él.

—Nos cuesta más trabajo educarte a ti que a tus hermanos —alega Maurie, para luego dulcificarse y explicar—: Si uno es duro con los niños, los educa; si es blandito, los echa a perder.

El Convento del Santo Sepulcro es un palacio que construyó Enrique VIII en Newhall, en la ciudad de Chelmsford, Essex, cárcel de Oscar Wilde.

El largo dormitorio inspira desconfianza. Las ventanas son estrechas y nadie puede ver hacia fuera a menos de subirse sobre una silla y no hay sillas, salvo la de la vigilanta, que se la pasa aplastada desde mil años antes de Jesucristo. A lo largo de los dos muros laterales, unas cortinas de una tela parecida al linóleo separan las camas de colchón delgado y almohada dura. Lo primero que hacen las niñas al santiguarse en la madrugada es tirar el contenido de su bacinica.

—No se quejen. Nosotras las novicias dormimos sobre una tabla a ras del suelo y en Semana Santa ayunamos por amor a Cristo y nos ponemos corona de espinas. Mira, aquí tengo las cicatrices —le dice una novicia a Leonora.

—¡Silencio! —ordena la madre superiora.

¿Qué se hace con el silencio? Al principio, Leonora lo traga a bocanadas. En Crookhey Hall hablaba con Gerard y con Nanny. Ahora sabe que el silencio es la soledad.

Al entrar al refectorio saltan a la vista mesas largas como la cuaresma. Las hermanas de cofia y delantal sirven rápidamente. La madre superiora se sienta en la cabecera y lee la Biblia en voz alta. Sólo se oyen las cucharas pegar en el fondo del plato sopero. ¡Qué bueno que las hermanas sirvan con tanta celeridad porque el refectorio hostiga!

—Acabo de ver a un grifo.

—Aquí no hay grifos —se enoja la monja.

—Sí, en las esquinas de la capilla... A lo mejor es el padre Carpenter, mitad león y mitad águila.

Las religiosas se encogen dentro de sus hábitos negros y a Leonora le parecen lomos de jabalí.

En clase, cuando le cuentan que Moisés abrió el mar y que Josué detuvo al sol antes de llegar al cenit, piensa: «Yo puedo hacer lo mismo.» Las leyes cósmicas son parte de su vida.

—Te tenemos que cortar el pelo.

—No.

—Tu vanidad se concentra en tu cabello.

Los rizos de ébano se redondean sobre el piso y a Leonora se le escurren las lágrimas, que pretende limpiar con un mechón como acostumbra pero ya el largo no le alcanza. Entonces la monja se compadece:

—Te ves bonita con ese corte.

—Me veo horrible.

¿Dónde estás, lago Windermere? ¿Dónde estás, Nanny?

En la capilla, los santos y los mártires son criaturas fantásticas que vuelan de un pedestal a otro. Un león dispuesto a devorar a una de las primeras cristianas en el Coliseo romano se detiene ante la fuerza de su mirada y en vez de comérsela se tira frente a ella y llora de arrepentimiento. La estatua de San Patricio le abre los brazos, la de Santa Úrsula llora lágrimas de agua de mar y en los corrillos del convento se cuenta de una religiosa a la que sólo visita el señor obispo. Tiene estigmas y cada año, en Semana Santa, se le abren las heridas de los clavos en pies y manos y de su costado sale un flujo de sangre, negro y viscoso.

Leonora pasa largas horas en la capilla, inflamada por su devoción a los santos; frente al altar, cierra los ojos. Adquiere la absoluta certeza de que sus pies ya no tocan el suelo y se eleva.

Con los ojos apretados, le comunica a la madre superiora: «Madre, acabo de levitar.» También le advierte de que por la noche oye crecer las plantas y que en la pila de agua bendita ha visto remar sobre una balsa a un tigre diminuto.

—Si entro al convento y hago mis votos, ¿llegaré a santa?

—¡Imposible que una niña fantasiosa y desobediente como tú sea santa!

—Juana de Arco es mi inspiración, ardo como ella.

—Eso te lo dicta tu soberbia.

La niña atemoriza a la reverenda madre, su conducta altera la superficie lisa de sus certidumbres. A diferencia de las otras, tarda en obedecer, como si viviera ausente. De pronto dice sus plegarias con una voz cavernosa, las termina después de las demás y su amén final resuena entre los vitrales. ¿En qué mundo vive? Sin que nadie se lo espere rompe el silencio con frases incomprensibles. «Acaban de entrar a la capilla noventa y nueve caballos vestidos de oveja», informa. «Vamos a jugar a que somos pastoras...»

A la madre superiora le disgusta encontrarla en su camino. Inasible, furtiva, ligera como un espíritu, nunca se le oye llegar. La madre Teresa la mira correr en el jardín, arrodillarse en la capilla y quisiera desaparecerla. En el refectorio, cuando la monja les lee en voz alta la vida de Cristo, Leonora no le quita los ojos de encima y se queda sin comer, o interrumpe sin que venga al caso: «¿Cristo era un hombre o una cruz?» o «¿De qué sirve la mortificación?».

—¡Pronto, que se vaya! Sus padres la mandaron al convento porque quieren hacer de ella otra. ¿Cómo va a ser otra si ha avanzado tan lejos en el camino de la excentricidad?

Sus compañeras tampoco la quieren, es una paria, no entiende lo que significa pertenecer a la clase alta ni formarse en este convento británico que educa a las niñas privilegiadas. Leonora rechaza las tareas en común y se niega a jugar a la hora del recreo. Alguna asegura que la ha visto hablar sola. Tratar con ella es difícil por su personalidad ardiente. Sus ojos son dos machos cabríos negros o dos gatos negros o dos toros negros a punto de embestir. Habla de cosas raras y se esconde para trazar en un cuaderno imágenes de animales con cara de gente. Sus caballos y jabalíes tienen ojos enrojecidos con una tinta sanguínea que ella elabora y alguna vez anuncia que no les tiene miedo ni a las brujas ni a los aparecidos. «Leonora está pactada con el diablo.» En el convento se habla más del diablo que de Jesucristo.

Antes, en Lancashire, hubo brujas que ardieron en la hoguera de la plaza principal. Las monjas en su encierro son las novias de Dios o de Jesucristo o del Espíritu Santo o de perdida de San José. Viven su clausura como posesas. Amanecen con ojeras. Comen lo mismo que las niñas. Leonora lo sabe porque ha visto que a la madre portera se le queda una briznita de espinaca en los dientes. A veces, también de la cofia se les escapa un mechón rizado. ¿Entonces tienen pelos? A la hora del Ángelus, huelen a sudor. A sus dedos hacendosos los rematan uñas negras. ¿Cómo tendrán las uñas de los pies? Desconfiada, Leonora las evita como también evita a sus compañeras. Prefiere a los sidhes. Traviesos y diminutos, Leonora, su cómplice, les aconseja jugar con las cuentas del rosario de las religiosas, jalar sus velos o desatar las agujetas de sus zapatos. Mañana echarán sal en la confitura a la hora del desayuno.

—La madre superiora huele a chivo.

—Es que el diablo es un chivo negro.

A Leonora le gustaría hacerse amiga de alguna otra niña inquieta pero no encuentra a ninguna.

Diferenciarse es su secreto.

—¡Silencio!

El silencio es el padre de la introspección. O del sueño.

A la hora de la meditación, muchas duermen como vacas.

Lo que sale de lo ordinario inquieta. Leonora es capaz de escribir con las dos manos y hacerlo hacia atrás con su mano izquierda. De niña, la institutriz intentó amarrarle la mano. Utiliza los dos hemisferios del cerebro, toma el lápiz con la derecha y dibuja, y luego con la izquierda y lo hace todavía mejor. Las monjas la ven como un bicho raro. De muy niña, Nanny le dijo: «Son muy pocos los que pueden hacer eso, es un don, en lo tuyo no hay torpezas ni temblores, ni una equivocación.» Las monjas creen que, además de rebelde, Leonora tiene algún tipo de trastorno mental, nadie escribe y dibuja con las dos manos.

En el siglo xvii, Lancashire era un centro de brujería. Una capa de hollín lo ennegrecía y las piedras neolíticas daban fe de su pasado pagano. Casadas con Belcebú, desde su torre las hechiceras transformaban a los hombres en cerdos o lobos. Sobre la tierra yacían ruedas de piedra antiquísimas con algún que otro jeroglífico y es una verdad histórica que doce personas acusadas de brujería amanecieron colgadas en Pendle Hill. Todavía hoy la silueta de una torre sombría se eleva sobre Lancashire y cuentan que salen gritos y lamentos de los calabozos en los que aguardaban la muerte.

La reverenda madre está segura de que a la niña Leonora hay que proscribirla: lo corrobora un día en que se enferma de gripe y Leonora le envía un mensaje para avisarla de que el pájaro irlandés aguzanieve se posó en su ventana para anunciarle su muerte: «Reverenda madre, le quedan pocos días de vida.»

—Niña, la madre superiora te espera en la dirección.

—¿No se murió?

El confesor y las religiosas del Convento del Santo Sepulcro deciden expulsarla. Al escuchar su sentencia se mantiene con la cabeza erguida como lo haría *Winkie*, su yegua.

«Además de su conducta tan peculiar, su hija no ha sido capaz de hacerse de una sola amiga, por lo tanto no puede pertenecer a nuestra comunidad», le dice la Reverenda Madre a Harold Wilde Carrington.

—Tú eres una niña imposible —se enoja su padre.

Leonora es una hojita de papel volando, va a consumirse, nadie puede hacer nada por ella, ni su madre ni su padre evitarán el incendio.

Gracias a la intervención del obispo de Lancaster, que toma el té con la familia Carrington, a Leonora la aceptan en un segundo convento católico, el St. Mary's de Ascot. También allí las monjas son adictas a la corona de espinas.

Tras de los velos negros, la sangre.

Maurie exige un cuarto propio para su hija y sin darse cuenta la aparta de las demás.

La maestra le indica un pupitre al fondo de la clase e interroga desde el podio a la nueva alumna:

—¿Qué haces, Carrington?

—Dibujo caballos.

De inmediato la pasa a la fila de enfrente y no le quita los ojos de encima.

—¿Por qué te empeñas en ser diferente? —recrimina la Reverenda Madre.

—Es que soy diferente.

La maestra se queja: «Todo lo olvida, todo la distrae, tanto en el juego como en el trabajo. De pronto se detiene y no hay nada que la devuelva a la tierra.»

—Es su sangre irlandesa. Irlanda es el hogar de los idiotas y los lunáticos —responde la Reverenda Madre.

Patricia Paterson, prima de Leonora y alumna del St. Mary's, prefiere a otras amigas. «Estoy en contra de cualquier disciplina», le dice Leonora. «Es que tú no quieres encajar, te iría mejor si hicieras lo que yo: obedecer.» Cuando Leonora escucha música, su rostro se apacigua, el órgano en la capilla la envuelve y olvida a los demás; toca bien el piano y las religiosas quisieran encauzarla a la música, que formara parte del coro. La respuesta de Leonora es conseguir una sierra de la que saca sonidos lamentables. «Es mi violín», le explica a la directora del coro, que no le permite dar el concierto que ella propone. «Me siento parte de la música, denme colores, denme pinceles, déjenme en paz», se defiende con sus ojos negros vueltos puñales. «Estás poseída», alega la maestra.

Leonora desobedece las órdenes y sigue escribiendo con la izquierda y hacia atrás.

Fuma escondida dentro de la falsa gruta de la Virgen de Lourdes y una novicia la acusa.

—Así que tienes ese vicio —corrobora la madre superiora.

—Desde los once años.

—¿Lo saben en tu casa?

—Nanny. Me dijo que si seguía haciéndolo ningún deshollinador podría bajar por mi garganta sin tiznarse.

—¿De dónde sacas los cigarros?

—Mi padre tiene un cajón lleno.

Antes del año la expulsan de nuevo. Patricia Paterson la acompaña a la reja. «Es que lo de la sierra fue el colmo.»

Leonora tiene diez años cuando los Carrington se mudan con todo y Nanny a Hazelwood, una casa menos aparatosa que Crookhey Hall a la que le llegan los salados aires marinos. Ya no hay tantos pasadizos oscuros y corredores como en Crookhey y es imposible jugar con Gerard a los fantasmas pero su olor a mar lo compensa todo. La sala de Crookhey era imponente y en un rincón sobresalía una rueca de hilar. Abundaban los espejos y las lanzas;

pero lo que más atraía la mirada era la armadura que ahora también hace guardia en la nueva sala de Hazelwood. Una vez, Leonora y Gerard subieron al techo de Crookhey y vieron toda Gran Bretaña. Aquí en Hazelwood sólo alcanzan a preguntarse el sentido de tres grandes arcos oscuros que no llevan a nada.

Capítulo 4

MISS PENROSE

Esta vez el arzobispo de Lancaster se niega a ayudar:

—Además de fumar —explica a Maurie y a Harold—, su hija acusó a la Reverenda Madre de tener una verruga con dos pelos blancos en el mentón.

—¿Y no la tiene? —pregunta Harold Carrington.

—Sí, pero hay que ser discretos.

—¿Qué vamos a hacer contigo? —Maurie mira a su hija con aprensión—. Tu padre está tan furioso que tuvo un malestar en el club.

—Yo lo que quiero es pintar.

—A los quince años no eres la indicada para decidir tu vida —se enoja Harold Carrington—. Antes de tu presentación en la corte, vamos a enviarte a Florencia para que miss Penrose te enseñe buenos modales.

En la noche, Leonora entra a la biblioteca de su padre.

—Papá, ¿me dejas hacerte una pregunta?

—Sí, házmela.

—¿Crees en Dios?

Tomado por sorpresa, Harold Carrington mira a su hija a los ojos:

—Nunca lo he visto.

No cabe duda, su padre es un hombre inteligente. ¿Por qué entonces la envía a esos conventos? ¿Por qué es tan severo con ella? «Una buena preparación al matrimonio salva a una mujer», le oyó decir alguna noche.

Su madre la favorece y la motiva, le regala una caja llena de óleos y pinceles.

Leonora cree en las apariciones, no en las de la Virgen de Lourdes sino en las de seres que surgen de pronto en la primera esquina y te dan la mano o te asaltan. Desde los dos años, al despertar, hablaba de sus visiones durante el sueño. Ayer, sin ir más lejos, vio a una figura que andaba a paso lento en el techo de Hazelwood y siguió caminando cuando ya no había techo. Seguro se mató al caerse. Leonora corrió a buscarla pero no encontró a nadie.

—Es una aparición —confirma Nanny—. Tú tienes el don de la videncia, pero no conviene que lo digas y menos a tu padre.

Leonora es diferente, y nadie la entiende, sólo Nanny y Gerard, sus cómplices.

—Ya es hora de que dejes a *Tártaro*, ya eres demasiado grande para jugar con él, es un caballito de niños —advierte el jefe de familia.

Leonora grita.

—Es por tu bien, ya te lo había dicho antes. Además, este balancín ya sólo sirve como madera para la chimenea, ya le has sacado todo el jugo.

—¡No, papá, no! ¡Eso no! ¡*Tártaro* no, todo lo que quieras menos *Tártaro*!

—*Tártaro* es para los niños. Voy a quemarlo yo mismo hasta que no quede nada de él. Tienes que madurar, eres demasiado grande para ese juguete.

—No es un juguete. *Tártaro* soy yo.

Leonora aúlla, le castañetean los dientes, Harold Carrington se tapa los oídos y manda quemar el balancín.

—Denle una taza de té —ordena Carrington, y sale con la cabeza baja. ¿De dónde le salió esa hija? ¿De qué manera hacerla entender? ¿Cómo se educa a una yegua salvaje? ¿Es posible que un caballo de madera desquicie de esa forma a una niña? «*Shame on you, Leonora.*» La niña relincha, patea, echa coces y espuma por la boca.

A medianoche, flaca y atravesada por escalofríos, corre a buscar a Gerard.

—Escuché unos relinchos atroces, estoy segura de que era *Tártaro*, lo estaban desmembrando.

—Sí, vi cómo nuestro padre subía por la escalera con tu balancín en los brazos y él es capaz de las peores torturas.

—¡Haz algo, Gerard!

—¡El acto ya está consumado! ¡La cabeza de *Tártaro* cayó!

—No voy a volver a comer, no voy a beber.

Gerard la consuela.

—Tú lo que tienes en la cabeza, Prim, son ondas eléctricas que hacen cortocircuito.

La escuela para aristócratas de Florencia, en la plaza Donatello, es un manual de buena conducta y de *savoir faire*. Las maestras, encabezadas por miss Penrose, enseñan a comportarse en sociedad, a ser buena ama de casa, a sentar a los comensales a la mesa según su rango, a entablar una conversación informada e inteligente con el vecino sentado a la derecha y luego con el de la izquierda, a reprimir todos los sollozos, a no ser de otro modo que como los demás, a tratar con misericordia a los parientes pobres que son pobres porque no supieron hacer bien las cosas, a entrenar a los perros, a limpiar sus cacas, a no pisarle la cola al gato. Además, la educación se complementa con dos deportes: equitación y esgrima. Leonora, que además de inglés ya habla francés, aprende el italiano y se asombra con su propio ser en esa encomienda de descubrirse a sí misma.

—¿Qué hace usted, miss Carrington? —le pregunta la directora al verla inclinada sobre un cuaderno.

—Estoy escribiendo un manual de desobediencia.

—Su madre me dijo que usted dibujaba.

—Ahora escribo.

A la hora del recreo, miss Penrose, que jamás sale sin sombrero y guantes, observa a sus pupilas desde la ventana y ve a Leonora ordenar:

—Vamos a jugar a los caballos.

Las demás dicen que sí, sobre todo Elizabeth Apple. Inician una danza salvaje y patean en todas direcciones hasta que rompen la mesa del té con sus tazas de porcelana. Salen a medio galope al jardín, sus crines son cortinas de agua, tiemblan, se suben al lomo de unas y otras, relinchan. ¿Qué es todo esto, señoritas? ¿Han perdido la cabeza?

Miss Penrose no lo puede creer. Desde Hazelwood, Carrington asegura que va a pagar el doble por la mesa del té y las tazas rotas.

—Mi hija no lo volverá a hacer. Le tengo prohibido creerse caballo.

Es la discípula más joven de miss Penrose y la más original; y la maestra estudia sus reacciones. Los ojos de Leonora se abren grandes mientras parece oír una voz dentro de ella. De la oscuridad de sus ojos salen señales luminosas. Entra en las salas de los museos con veneración, quisiera apagar hasta el sonido de sus tacones sobre el piso, se lleva la mano a la boca. ¿Tendrá palpitaciones?

Así como el vigilante no permite que nadie se pase de la raya, ella mira de lejos, teme que suene la alarma, la de su emoción. Retorna una y otra vez a los mismos cuadros y miss Penrose le pregunta:

—¿Por qué te impresionan tanto Francesco di Giorgio y Giovanni di Paolo?

—Por el uso del color, sus bermellones, sus marrones, sus oros, ¡ah, cómo me gustan sus oros! Quisiera usarlos en mi propia pintura. ¿Cómo es posible que Cimabue se adelantara tanto a su siglo?

Su amiga Elizabeth Apple comparte su entusiasmo. Las dos toman notas y en varias ocasiones se le escapan a miss Penrose, sobre todo en las clases de Etiqueta y de Antigüedades. A ninguna de las dos les interesa mucho saber si un mueble es Directorio o Luis XV.

—Vámonos a Siena, Elizabeth.

—Nos van a expulsar.

—¡Ay, qué miedosa eres!

Leonora decide tomar un autobús sin avisar a miss Penrose y se va a Arezzo a ver a Piero Della Francesca.

Elizabeth es una timorata y suele frenarla. «No vayamos por este callejón, está muy oscuro», «Creo que nos sigue un hombre», «Mejor regresamos». Lo que menos quiere Leonora es regresar y entra a una covacha-tienda-de-antigüedades cubierta de polvo en la que las arañas han tejido hilos, redes, puentes colgantes que van de la mano de un auriga de hierro a un plato de porcelana, hasta envolver una daga florentina. «Estos libros los rescatamos de un palacio en Venecia», y un viejito también náufrago le señala una pila amarillenta. Quién sabe qué hongos germinan en esta cueva inquietante.

Leonora se siente en su elemento, curiosa y confiada a la vez. Aquí sí que el polvo es mágico. De pronto, entre los objetos, brillan los ojos amarillos de un gato. Abundan en Florencia y en Roma, el Coliseo es su cunero. Leonora piensa que le gustaría terminar su vida en una cueva como ésta, allí se sentiría segura; también la exalta pasear por la Piazza della Signoria, el Ponte Vecchio, la Piazza del Duomo, los Lungarno.

La veneración no frena su audacia: acaricia las estatuas y sube hasta el altar de San Pedro para ver de cerca el tabernáculo. Si la ven, la van a expulsar. Irreverente, no baja la cabeza, no se persigna. Camina en la orilla sur del Arno, en el Oltrarno, por el Lungarno Serristori, donde el verde del parque le recuerda Irlanda. Desde un terraplén arbolado a un lado del río alcanza a ver su otra orilla y hasta los Uffizi.

Una mañana la lluvia a torrentes provoca el desbordamiento del Arno, que cubre los monumentos de lodo. Una verdadera oleada de jóvenes llegan de toda Italia a la Biblioteca Nazionale a rescatar los libros en riesgo y Leonora conoce a un muchacho veinteañero, Giovanni, de ojos saltones y risa fácil, que junto a otros desenloda los libros página por página.

—Vine de Roma con mis amigos en motocicleta —le responde sonriente.

—¿Y dónde duermen? ¿Dónde comen?

—Duermo en un fabuloso *wagon-lit* estacionado en rieles muertos y la gente de la calle nos regala comida y dulces. ¡Nunca he comido tan bien en mi vida! ¿Y tú qué haces?

—Yo dibujo y escribo con las dos manos, es un don especial.

—Eso es un don como mover la nariz.

—No, es algo que sólo yo puedo hacer. Soy muy especial.

—Creo que tienes razón —Giovanni le sonríe ampliamente al despedirse.

Sus compañeras le proponen ir a tomar té a Giubbe Rosse. Leonora se entusiasma:

—¿Puedo invitar a Giovanni Proiettis? Es uno de los estudiantes que vinieron de Roma a rescatar los libros de la biblioteca.

—Tus padres no lo aprobarían —responde miss Penrose desde la delgadez de sus piernas de popote.

En vez de apoyarla, Elizabeth Apple, rubia y lánguida, comenta:

—Yo no comenzaría una relación con un perfecto desconocido.

—Pues tú y yo éramos unas perfectas desconocidas cuando entramos por la puerta de la pensión de miss Penrose.

—Eso no importa, porque somos de la misma clase.

Yo no soy de ninguna clase, soy un caballo.

—Ay, Leonora, por favor.

—Voy a ver a ese muchacho, me den permiso o no. Si quieres dile a miss Penrose que le di cita en la Galería de los Uffizi.

—¿Así es que has estado viéndolo?

—Sí, claro, y me gusta más hoy que ayer y mañana va a gustarme aún más.

Miss Penrose le escribe a Harold Carrington: «Su hija tiene demasiado temperamento.»

Cada vez que Leonora descubre un nuevo pintor se apasiona: «Así quisiera pintar, así quisiera ser.»

Imposible sacarla del museo. Una tarde se pierde y miss Penrose la encuentra sentada frente a *La Anunciación* de Simone Martini.

—La Virgen está de mal humor, no quiere ser la madre de Dios.

«Su hija es incontrolable», envía un nuevo mensaje a Maurie. «Nadie sabe nunca lo que va a hacer ni cómo va a reaccionar.»

Conocer Padua, Venecia y Roma la saca de sí misma; Florencia la enamora. En la Galería de los Uffizi, Leonora descubre a Uccello y sobre todo a Arcimboldo. Los rostros hechos de verduras la regresan a esa delgada línea entre la realidad y la imaginación de la que habló con el jesuita O'Connor. ¿Esas extrañas cabezas hechas de raíces, frutas y verduras son alucinaciones? ¿Las facultades mentales de Arcimboldo son distintas a las de otros hombres? Le atraen los labios conformados por hongos, fresas o cerezas. A veces también los ojos son cerezas y se enrojecen. «Ese pintor es un enfermo», comenta miss Penrose, que les sirve de guía, y Leonora siente subir por su garganta una ola de rabia.

—Ese pintor tiene una imaginación desbordante. Es un genio.

—Es anormal.

—Ya quisiera yo ser anormal como él.

En las vacaciones de invierno de 1932, Leonora va a Suiza con sus padres, cerca del Jungfrau. Su madre patina sobre hielo y su padre se dedica a su adorado *curling*. Leonora esquía pero se cae, lo que provoca que varios espectadores se apresuren a levantarla. Ella, avergonzada, les dice que su deporte es la equitación y que montar sí sabe. Los jóvenes la invitan a bajar cuestas nevadas en trineo, a bailar en la noche; comparten con ella su *fondue*, la enamoran y se molestan porque ella prefiere la compañía de dos San Bernardo que la siguen hasta su recámara con una montaña de nieve en cada pata. «Miss Carrington, está prohibido. Los perros se quedan afuera. Miss Carrington, esos animales no entran al comedor.» Entonces

Leonora sale todo el día con los perros y Harold Carrington se irrita. ¿Por qué su única hija no puede ser como los demás? Leonora ve caballos de hielo entre los árboles, cualquier leve ruido le recuerda el galope de un caballo, descubre la huella de cascos sobre la nieve, el blanco cegador de los copos conforma el lomo de una yegua inmensa que cubre la tierra.

Un telegrama de Florencia llega a Suiza. Miss Penrose avisa de que Elizabeth Apple, su compañera de cuarto, tiene una enfermedad contagiosa: escarlatina.

De pronto Leonora se dobla en dos. Un dolor punzante le paraliza la pierna derecha.

—Es un ataque de apendicitis —diagnostica el médico del hotel, que suele atender huesos rotos—. Hay que trasladarla de inmediato al hospital de Berna.

Cuando despierta, lo primero que Leonora ve es la cara de su madre:

—Seguro que tanto montar provocó que se te anudaran los intestinos.

—¿Cómo puedes decir semejante tontería? —escucha la voz de su padre.

Así es que él está en el hospital. Su voz negra, que contrasta con la blancura, es de preocupación.

Cuando le dan el alta, su padre la ayuda a caminar.

—En Hazelwood tu convalecencia será rápida.

Quince días después, Leonora entra a su biblioteca y le pregunta:

—Debe haber muchas escuelas para señoritas en París, ¿verdad?

Harold y Maurie Carrington están de acuerdo y la madre se entusiasma.

—Es muy fácil ir a París, yo iré a verte después de la venta de caridad de Islington.

Capítulo 5

EL OLOR DE LOS CASTAÑOS

Hablar francés desde niña es una ventaja porque Leonora camina por París sin ningún temor. La calle ejerce una seducción muy superior a la escuela.

—¿Adónde vas, Leonora?

—A la calle.

—Tienes clase de literatura francesa.

—Aprendo más afuera. Toda la historia de Francia está en sus adoquines. Me intriga cómo se asoman los pantalones de los hombres en las *pissotières*.

—Si sigues infringiendo las reglas, tendremos que expulsarte.

—Nada me daría más gusto.

La expulsan de nuevo. ¿Por qué es imposible doblegarla? Hay que cortarle su mesada, domarla a través de la disminución. Su padre, furioso, la cambia a una escuela severa: la de miss Sampson, en París. Allí su pequeño cuarto tiene vista al cementerio. «Yo no me quedo en esta cárcel, trae mala suerte.» Escapa y busca a un profesor de bellas artes conocido de sus padres: Simon, que al verla tan decidida le abre la puerta. La fiereza de esta muchacha tiene algo de los templarios, de los iluminados. Es difícil rechazarla. Entonces sí, Leonora se siente bien porque Simon le permite quedarse el día entero frente a *La Mona Lisa* en el Louvre, subir por la calle de los Beaux Arts, caminar al borde del Sena hasta la noche y contemplarlo desde el Pont Neuf, hablar con quien se le dé la gana. Simon incluso la acompaña por los *quais* a buscar libros de alquimia y comparte con ella un café en St.-Germain-des-Près. La única obligación es que regrese a las diez y media de la noche.

Cuando ya no tiene dinero va al Ritz, donde Harold Carrington tiene una suite permanente, y el portero, Jules, se mortifica al ver el estado de sus zapatos.

—Es que camino mucho.

—No se preocupe, aquí tiene unos francos, los voy a cargar en la cuenta de su padre. Mire, si permanece en París suficiente tiempo, va a aprender a reconocer el olor de los castaños.

Su madre la rescata, llega a París con boletos de tren para ir adonde se le antoje.

—Dicen que el que pierde una cita de amor o un viaje a París muere sin saber que ha vivido —exclama feliz Maurie, que es buena viajera y sabe que su hija, cuando quiere, es una compañía inmejorable.

Maurie ve los rasgos de carácter de Harold reflejados en Leonora, ejerce el mismo poder sobre los demás. El jefe de la Imperial Chemical dirige al mundo y Leonora lo confronta: ¿de dónde saca las agallas para hacerlo?

—Tu padre no comprende tu conducta, sólo espera tu presentación en la corte a ver si con eso sientas cabeza.

Visitar los museos de Italia y de Francia con Leonora es como hacer dos viajes a la vez, el tradicional y el mágico de su hija.

—Mira, mamá, éste es Brueghel. Deja que vea la placa pero estoy segura de que es él.

A Maurie le enorgullece que su hija reconozca cada autor.

—Quisiera ir a Alemania para ver a Brueghel, a El Bosco, a Grunewald, a Cranach. También quisiera ver *Los dos amantes y la muerte* de Hans Baldung y *La ruina de Eldena* de Caspar David Friedrich.

Leonora permanece largas horas frente a cada cuadro, lo observa con reverencia, saca su libreta de apuntes, dibuja a vuela pluma y, al salir a regañadientes del museo, se sienta al borde de la fuente mientras su madre consulta la Baedeker y decide lo que verán al día siguiente. Leonora tiene todos los apetitos, prueba las berenjenas y el *risotto*, pide vino de la casa, sonríe y coquetea con el elevadorista, el administrador del hotel, el portero, el que entrega las llaves, el señor de barba y bigote en la mesa vecina, el muchacho guapo que viene a invitarla a bailar. Cada huésped deja sus zapatos frente a su puerta para que se los boleen y Leonora los cambia de lugar. En la noche, a punto de dormirse, madre e hija hacen la crónica del día y sus comentarios superan sus vivencias. Para Maurie todo se metamorfosea en fiesta ¡Qué bonito sería vivir así siempre! A pesar de que a Leonora le resulte incomprensible que mujer alguna quiera estar casada con Harold Carrington, la vida de Maurie ha sido fácil.

—Tu padre era un hombre muy atractivo.

—Lo dudo mucho.

—Un hombre de carácter.

—Eso sí lo sé, porque lo padezco.

—Es de una inteligencia superior.

—En eso coincido contigo.

—Lo que somos se lo debemos a tu padre.

—Yo no le debo nada —responde Leonora enojada.

Desde que salió de Irlanda a los dieciocho años, Maurie Moorhead ha vivido una vertiginosa ronda de placeres. Partidos de croquet (¡ah, cómo los odia Leonora!), cacerías de casaca roja y de caballos rojos y foxhounds rojos que persiguen a una zorra roja, ventas de caridad, partidas de bridge, masajes con Madame Pomeroy, Picadilly Circus, salones de peinado, tratamientos de belleza, pruebas de alta costura: el hecho de que Maurie crea en la última moda sin estar nunca a la moda es parte de su encanto. Según Leonora, madre e hija llegan demasiado temprano o demasiado tarde a todo.

—Los desfiles de alta costura francesa —dice Maurie— son el punto de arranque de la moda en el mundo.

—¿Como en las carreras de caballos? —pregunta Leonora, a quien le encanta la loca creatividad de Schiaparelli en la Place Vendôme.

—Vamos a Lanvin, entremos a Poiret aun si terminamos en el Printemps.

A Maurie le decepciona no encontrar *knickers* de satín café. También le urgen botones de cuero para un saco de tweed y los que le ofrecen no son de su gusto.

—Podríamos estar en Londres —alega— y encontraría lo mismo en Regent Street a mitad de precio...

—No se viene a París a comprar botones.

—Entonces ¿a qué se viene?

—A comprar un Van Gogh.

Maurie escoge una gorra marinera que le sienta muy mal. A Leonora le divierte que una *boîte de nuit* en la calle de Boissy d'Anglas se llame El buey sobre el tejado, y pregunta por qué, y el capitán de meseros, que parece miembro de la Academia Francesa, le responde:

—En honor de Jean Cocteau, que viene a veces. Creo que le toca hoy en la noche.

Maurie se niega a ir a cabaret alguno porque no encontró sus *knickers*.

—Mejor vamos a tomar té a Rumpelmayer.

Mientras Maurie hace la siesta, Leonora va al Café de Flore sin su monedero. En Francia es fácil tomar una copa y pagarla una o dos horas después, y ya para entonces su madre habrá despertado. Pide una cocoa.

—No hay cocoa —responde el mesero—. *Café au lait*, tisana, té, chocolate, vino, cerveza si quiere, nada de cocoa.

—*Thé, alors*.

A su lado, un joven la mira con insistencia:

—Me imagino que es inglesa porque pide té. Fui a Londres, qué bonito es el Támesis. Me quedé en Southampton, era tan verde.

—Sí, supongo que es verde. El verde de Irlanda es de los que se prenden como si hubiera un foco bajo la tierra.

Así pasa una hora y cuando el joven Paul Aspel se dispone a invitarla a cenar, Leonora recuerda:

—Tengo que ir por mi madre, ahora regreso.

En el hotel, Maurie le advierte:

—No deberías hablar con desconocidos. Está mal visto que una muchacha se siente sola en un café.

—¿Por qué?

—Porque eres demasiado llamativa y parece que buscas cliente.

—No te entiendo, mamá. Las monjas nunca me hablaron de eso.

Maurie teje en torno a su hija una red de restricciones y de abstinencias que hacen que Leonora la mire con ojos de fuego. Pretende ahogarla en un océano de ritos.

Infringirlos es imposible porque los Carrington la han educado para ensalzar su nombre, su alcurnia, las buenas costumbres, la gloria familiar.

—Mamá, vivir de acuerdo con los demás es una enfermedad.

—Formas parte de una sociedad, tu linaje...

—Todo eso que dices son tonterías, tabúes, y yo el único Tabú que conozco es un polvo para la cara.

—No, Leonora, son consejos para que vivas en armonía con tu propia naturaleza, con el origen de tu familia y con la grandeza de tu país, tú eres tu país. Tú eres Gran Bretaña.

—Soy Leonora, no el imperio británico —se burla.

—No te pases de lista, tú también eres tus ancestros. Oscar Wilde es parte de tus neuronas, por él eres como eres, rebelde, inasible, y como él no mides las consecuencias de tus actos.

Leonora alega, como alguna vez lo hizo en Crookhey, que no le impacta toda esa heráldica, que, al contrario, en vez de presumir de su pasado lo minimiza con su sonrisa de duende. «Mi madre es una esnob», se repite en voz baja. En muchas familias, el afán por un pasado glorioso es irresistible, se arraiga en la naturaleza humana a tal grado que los dueños de hoteles, los vendedores de automóviles, de tabaco y de perfumes le dan un título, un escudo, armas de familia a su negocio, a su coñac o a su vino. «Obtener un beneficio de algo que tú no has hecho, no me parece aristocrático. Es cosa de mercachifles.» También discuten acerca del buen gusto, porque Maurie se empeña en dividir las cosas en buen o mal gusto.

—Eso es totalmente relativo —alega Leonora—. Lo que a ti te gusta, a mí puede repelerme y viceversa.

—No, tú estás educada para el buen gusto, Leonora, y si olvidas este principio te descastas.

El *maître d'hôtel*, al pasar la botella, murmura el año y la cosecha en el oído de cada comensal. Cuando dice «*Grand vin de* Château Latour 1905», a Leonora no le cabe duda de que está probando algo extraordinario, algo viejo y sabio pero tan fresco y jovial al mismo tiempo que parece hecho el día anterior. Lo sorbe como si comulgara.

—El vino hace que los franceses sean una raza aparte —le dice a Maurie—, su ingenio se lo deben a este vino.

Al mes ya sabe rechazar un vino que sabe a madera y tiene un color muerto y otro *bouchonné*, cuyo corcho se pudrió.

—Me gustaría ser rica y chispeante y libre como la veuve Cliquot o el champaña Pol Roger.

—Tú tienes tu propio linaje en Lancashire.

—No voy a anclarme en él ni volverme cadáver como Mary Edgeworth. No quiero que los esqueletos me asfixien; yo soy mi propia madre, mi propio padre. Soy un fenómeno aislado.

Maurie vuelve su cabeza hacia otro lado para que Leonora no vea aflorar sus lágrimas. De veras que Leonora la mortifica; es un animal extraño salido del redil en el que pastan sus hermanos.

En el mes de febrero arriban al Hotel du Palais de Biarritz en medio de una tormenta de nieve. Maurie toma como insulto personal que la nieve caiga en víspera de la primavera, se convence de que la tierra gira fuera de órbita.

—Con razón Biarritz está vacío. El año que entra iremos a Torquay. Es más barato y el clima, mejor.

Esquiar en St. Moritz, veranear en Eden Roc son fechas en su agenda; desplazarse en Bentley y en Rolls Royce es parte de su cotidianidad.

En Montecarlo, Maurie se encierra en el casino.

—¿Es tu retiro espiritual? —pregunta Leonora.

Golosa, Maurie quiere cenar puntualmente y al día siguiente recordar lo que comió mientras que Leonora nunca se acuerda.

—Mamá, te pareces al gato de Cheshire relamiéndote los bigotes.

Leonora retiene el más mínimo gesto de los demás comensales. Coquetea con el dependiente de una agencia de viajes que les vende boletos para ir a Taormina, y de ahí se siguen a Sicilia. Los italianos la miran caminar y hablan en voz alta de su *culino*. En Taormina, Dante, el capitán de meseros, es su nuevo romance y les vende un Fra Angelico muy barato que resulta falso.

De nuevo en París, Leonora monta a caballo en la mañana, asiste a un partido de polo a medio día y baila en la noche. Ser joven, bella y rica es ciertamente un buen arranque en la vida. Maurie comparte el éxito de su hija porque entrar a cualquier sitio y observar que los parroquianos se detienen para verla es, por lo menos, gratificante. Una multitud de cafés les abren los brazos y ellas toman el aperitivo en uno y comen en otro, y a Maurie le dicen que su hija es tan maravillosa como las Soles Meunières que madre e hija derriten lentamente en su boca. Leonora es la que pide los vinos, lo sabe todo del Pouilly Fuissé y hasta se da el lujo de rechazar botellas. Su madre la observa con asombro. Tienen todo el tiempo del mundo, la vida entera por delante.

—¿Qué otros manjares van a ser triturados por nuestros dientes blancos? —pregunta Leonora—. Parecemos harpías.

¡Lejos quedó el *porridge* matutino! Leonora reconoce hasta las cosechas del vino que vierten en su copa.

—Somos tan felices como reinas de mayo —admite Maurie.

Leonora levanta los brazos, echa su espléndida melena para atrás, ríe a plenos dientes.

—Leonora, todos te están viendo.

—No, mamá, a la que miran es a ti.

En el Folies Bergère, Mistinguette baila para ellas y Maurie declara:

—Esas mujeres desnudas me aburren, hace años los griegos hicieron lo mismo.

Todavía le molesta la ausencia de los *knickers* de satén café. En el Bal Tabarin Leonora baila con un armenio que la llama al hotel a la mañana siguiente. Maurie compra boletos para salir de París antes de que el armenio se presente a venderles algún icono.

—La respetabilidad es lo más aburrido que hay en el mundo. A Venecia no, mamá, todos los ingleses van allí.

—Venecia, he dicho.

Para Leonora, Venecia es el Von Aschenbach de Thomas Mann, una alucinación en la neblina, una laguna de agua de mar a punto de morir, igual al lago en el que de chica aventaba a su yegua al galope. Todo está pudriéndose, el detritus se acumula en la sangre espesa de Venecia la moribunda, pero el deseo de vivir de Maurie rebasa la ola negra de la mortalidad. «Aquí estuvo Lord Byron», insiste. En el Lido, Leonora no reconoce la playa asoleada en la que Von Aschenbach vio por primera vez el rostro divino de Tadzio, que lo invadió como el agua sucia ahoga a Venecia. Maurie enloquece por las góndolas, Leonora no porque los *gondolieri* le parecen falsos y teatrales. Rechaza la vuelta al pasado veneciano en esas aguas que se estancan y en las que caerse significaría la muerte por envenenamiento.

—El príncipe Umberto Corti quiere invitarnos a su villa, todos dicen que es magnífica.

—Me niego a ver un piso de mármol más...

En Roma, atraviesan la plaza de San Pedro y una vez dentro de la iglesia Leonora declina besar el pie de *La Pietà* de Miguel Ángel, a punto de derretirse por tantos labios.

—Prefiero besar las llagas de San Francisco de Asís, porque al menos amó a los animales.

Un viejo ofrece desde su carretela tirada por dos caballos engalanados:

—Puedo llevarlas a las catacumbas.

—¿Mamá, preferirías que te incineraran? —pregunta Leonora después de la visita.

—No me gusta pensar en la muerte —responde Mauric.

—Tienes razón, porque yo no estaré contigo cuando tú te mueras.

Capítulo 6

LA DEBUTANTE

De vuelta en Hazelwood, la crónica del viaje que Maurie le hace a Harold le resulta a Leonora igual que los lentos canales de Venecia.

Intenta convencer a su madre de que le permita estudiar pintura en Londres.

—Es una idea tonta y ociosa, tienes que esperar tu futuro en tu casa.

—¿Esperar?

—No hay nada malo en pintar —le dice—, yo misma pinto cajas para ventas de caridad. Tu tía Edgeworth escribió novelas y era amiga de Sir Walter Scott; pero jamás se habría llamado a sí misma «artista», habría sido mal visto. Los artistas son inmorales, viven en amasiato, en buhardillas, jamás te acostumbrarías a un cuarto de servicio después del lujo en el que has vivido. Tú que bailas bajo candiles ¿vas a barrer el vestíbulo? Además, ¿qué te impide pintar aquí? En el jardín hay muchos rincones que puedes pintar.

—Quiero pintar desnudos, aquí no hay modelos.

—¿Por qué no? —replica Maurie—. Cualquiera que se quite la ropa ya es modelo.

Leonora se come las uñas. Su única salida es montar a caballo.

—Ahora sí estás lista para Buckingham y tu presentación a la corte del rey Jorge V —le anuncia su padre.

La tiara de diamantes de Maurie va a dar a la cabeza de Leonora.

—Yo no me pongo esa corona, es ridícula.

—Tu vestido es muy hermoso y se complementa con ella, tienes que lucir las joyas de la familia.

—Pesa mucho, no quiero. ¿Por qué no me compras un abrigo de gorila o una piel de asno? Eso sí lo llevaría con gusto.

Maurie se enoja y Leonora tiembla de rabia.

—Deberías sentirte agradecida. Si fueras fea y torpe no te presentaríamos a la corte —suaviza su padre.

—Ojalá y lo fuera.

—No sabes lo que dices.

—Ponme una bolsa en la cabeza y así acudiré a Buckingham. Yo lo que quiero es pintar.

—Leonora, te van a mirar como mujer, no como la pintora que pretendes ser. Eso no importa nada.

—¿Lo que yo quiero ser no importa nada, papá?

Leonora desafía a su padre, que trasuda autoridad.

—¿Si yo fuera una hiena, tendría que ir al baile?

—Aun así te presentaría en la corte —concluye Harold Carrington.

—Ojalá y me convirtiera en una hiena y pudiera gruñir, salivar, cambiar de sexo y reír frente al trono como ella.

Ser presentada en la corte es un honor, una ratificación de buen nacimiento, un certificado de pureza de sangre, de pertenencia a la elite. Las jóvenes se apoyan en su árbol genealógico y son pocas las requeridas. También los familiares son seleccionados con criba y las reglas para entrar, rigurosas. Una invitación a Buckingham es un hito en la vida.

Frente a un estrado, las debutantes esperan al rey, a la reina, a los príncipes. Ellas se mantienen abajo. Arriba, la corte entera las mira con dura benevolencia. En el instante en que el rey y la reina hacen su entrada, las jóvenes en flor se doblan en una reverencia, ensayada días antes; ninguna gorda, abanico en mano, puede rodar al suelo como una coliflor.

Cada vez que se pronuncia un nombre, una de ellas sube al estrado. Vestida de satín blanco como su madre, con unos cuantos kilos menos, Leonora se levanta, cierra su abanico y camina hacia el podio, hace una profunda reverencia al rey, otra menos profunda a la reina y la tercera muy a las volandas a la corte. Regresa a sentarse con el cuello estirado aunque le pesa la tiara. Siente sobre la nuca una mirada intensa en la fila de atrás y vuelve la cabeza para ver a su padre.

—¿Tanta preparación para esto, mamá?

Unos meseros, prognatas como grandes de España, les sirven bajo una carpa blanca.

—¡Cómo! ¿No te das cuenta de que acabas de ser presentada a los reyes?

—Los sándwiches son de segunda.

—Tienes una pésima actitud. Te iba a regalar la tiara pero olvídalo. Esto que acabas de vivir es una ceremonia histórica en tu vida y en la nuestra. Son tus monarcas, te protegen; es tu país, tu historia.

Sus padres le ofrecen un baile de debutante en el Ritz, a partir del cual Leonora se familiariza con los de París: el

del Conde Étienne de Beaumont, el de la Comtesse Gref-
fuhle, el de los Rothschild, el de los Polignac, el del vizconde Charles de Noailles, que cuelga Goyas y Tizianos en su
sala de baile, que puede convertirse en teatro. Allí los can-
delabros tintinean en medio de sus hojas doradas, que parecen estar vivas y cada vez que entra un nuevo invitado, el
maestro de ceremonias lo anuncia en lo alto de la escalera.

—*Lord*.

—*Duchess*.

—*Lady*.

—*Marquis*.

—*Count*.

—*Earl*.

—*Prince*.

—*Baroness*.

Los ojos se vuelven hacia el recién llegado, que hace
su entrada. No hay peor peso que el de las miradas.

—Quisiera ser una hiena —dice Leonora aventándo-
se toda vestida sobre su cama al regreso del baile.

—¿Otra vez? ¿Te divertiste?

—¡Ja! ¿Además querías que me divirtiera? Los invitados sólo piensan en el protocolo y las mujeres en quién
ostenta el mejor vestido.

Su madre la mira llorosa:

—Yo estuve feliz, eras la más hermosa, lo confirma-
ron mis amigos.

—¿Tus amigos?

—Bueno, mis conocidos. No entiendo por qué tienes
que ir siempre en contra de lo que yo digo ni por qué
tienes que desdeñar lo que opino.

Después de su debut, Leonora acude a los bailes de la
temporada, que son igual de protocolarios. Nadie hace
nada fuera de lo que dicta la etiqueta. Las jóvenes —todas

deseables— temen reírse o hablar en voz demasiado alta. No se quitan los guantes ni para bailar. Ninguna conversación va más allá del clima o de la cacería de la zorra o del mejor lugar para vacacionar este verano. Cecil Beaton fotografía a Leonora y su madre sueña con una boda real y le dice en francés: «*Tu dois faire un grand mariage. Ton père et moi...*» A Leonora le molesta que su madre le hable en francés, lo pronuncia mal.

—Lo hablas como una vaca holandesa, mamá.

—No me faltes al respeto.

—No es falta de respeto, es la realidad. También lo es que has engordado.

Tomar té bajo una carpa blanca en el jardín del palacio de Buckingham le parece absurdo. Los invitados caminan con una taza en la mano, se hacen las presentaciones, Leonora tiende la mano que besan o basta una leve inclinación de cabeza y se sigue a otro grupo. Cuando algún joven intenta una conversación, al cabo de un momento, Prim deja de escucharlo y, aunque sonríe como la Mona Lisa, él entiende que ocupa cada vez menos espacio sobre el césped verde de la *garden party*. Ni uno solo de los asistentes a los bailes y *five o'clock teas* capta su atención; en cambio, ella sí atrae las miradas y a su paso murmuran que además de bella es rica. «¡Qué buen partido!», «¿Viste su modo de caminar, de mirar, de desdeñar?», «¡Es de una belleza temible, es inabordable!».

Maurie se empeñó en cuidar el guardarropa de su hija, que corre a cambiarse al hotel tres veces al día. Apenas si tiene tiempo de quitarse el vestido de la mañana para ponerse el de la tarde y enfundar otro largo en la noche que su madre extiende sobre la cama al lado de las zapatillas de baile. Imposible volver a ponerse lo mismo, ninguna debutante cometería ese *faux pas*. ¡Y ni hablar de las tres hileras de perlas o la *chevalière* con el escudo de la familia! Maurie le advierte de que todo ese *trousseau* salió muy caro, que Harold Carrington es un padre ejemplar y generoso. Leonora piensa lo contrario. «Mi padre me atemoriza y cuando no me atemoriza, me aburre.» De sus atuendos prefiere un traje sastre muy bien cortado para asistir a las carreras de Ascot; su color gris azul le recuerda el de las nubes cuando se disponen a la lluvia. La blusa de seda es una buena compañía, su cuello abombado no se arruga y la favorece. Sin embargo, Leonora desafía a su madre: «A mí no me gusta vestirme, lo que me gusta es desvestirme.»

Leonora, invitada distinguida, tiene su lugar apartado en el palco real de Ascot.

—Quiero apostar.

—No puedes. Allí arriba, en el palco real, estás en la mira del público, si te levantas o te mueves, todos lo notan. ¿No te has fijado que los monarcas no estornudan?

—Entonces quiero ir al *paddock* a ver los caballos.

—No te está permitido, si te han invitado al palco real es porque sabes comportarte.

—Mamá, ¿para qué me invitaron si no puedo hacer nada?

A la siguiente invitación al palco real en Ascot, Leonora lleva un libro. El duque, la princesa, el conde le preguntan: «*What are you reading?*», «Aldous Huxley: *Eyeless in Gaza*». No levanta la vista de las páginas a las que les va dando vuelta sin que ya nadie interrumpa a esa extraña criatura que en cierto modo los desprecia. En el palco, ninguno sabe que Huxley es el autor de *Un mundo feliz*.

—¿Te divertiste? —pregunta Maurie.

—Casi terminé el libro.

—No tienes remedio, lo haces para fastidiarnos.

Leonora se empeña en mortificarla. Ahora sí empieza a pensar que Harold tiene razón cuando le dice: «Tu hija es imposible.» Decepcionada, triste, Maurie ya no quiere ser su amiga, Leonora los ha traicionado a ambos.

En las buenas familias suele advertirse con anticipación qué joya va a dársele a cada hijo.

—También iba a tocarte el anillo de esmeralda, acabas de perderlo con tu deplorable conducta.

De regreso a Hazelwood, su madre se encierra en sus habitaciones y su padre no le dirige la palabra en la mesa. ¡Qué fracaso! Leonora monta a caballo con el hijo del propietario del castillo vecino, Sir John Taylor, abogado de la familia, gran amigo de Harold Carrington, rico como él, inteligente como él, poderoso como él. Al menos ese matrimonio —piensan los Carrington— los resarciría de tantas decepciones.

—Muchos jóvenes te habrían propuesto matrimonio si al menos les hubieras permitido acercarse. Yo los vi, los oí, me lo comentaron; pero tú todo lo echas a perder —se queja Maurie.

—No tengo la menor intención de aceptar que me vendan al mejor postor y tampoco quiero entrar al mercado del matrimonio, lo que quiero es ir a la escuela de arte.

—Los que se dedican al arte son pobres u homosexuales. Ningún hijo mío puede ser tan idiota como para creer que pintar sirva de algo —Harold recobra la voz.

—Papá, es algo que yo tengo adentro, algo que es más fuerte que yo, algo que no puedo traicionar —Leonora lo mira con desesperación.

Su padre curiosamente se dulcifica:

—Antes de casarte con Cedric Taylor, podrías dedicarte a entrenar fox terriers y pintar en tus ratos libres.

—¿Casarme con Taylor? ¿Entrenar perros? ¿Por qué?

—Porque te gustan los animales y es algo que puedes hacer sin meterte en problemas.

—No amo a Taylor, papá.

—Bien que montas a caballo con él.

—No es lo mismo.

—Es un candidato excepcional. Tú no tienes la menor idea de lo que es bueno para ti.

A Leonora la perturba la mirada incisiva de su padre:

—Tú eres mi hija.

Empieza todas sus frases con «Tú eres mi hija». Insiste en el «mi». Leonora es suya, la niña de sus ojos a quien no logra atrapar.

—Papá, no me quites lo más importante que hay en mí.

—¿Ah, sí? ¿Y qué es eso?

—Pintar.

Después de cada pelea con su padre, Leonora hierve de rabia; esta vez escribe: «La única persona presente en mi nacimiento fue nuestro querido, leal y viejo fox terrier, *Boozy*, y un aparato para esterilizar vacas.» Además, no baja a comer hasta que su padre toca a la puerta de su recámara:

—¿Qué estás haciendo?

—Sigo añadiéndole capítulos a mi manual de desobediencia.

Capítulo 7

MAX ERNST

A Harold Carrington la respuesta de su hija le cae en gracia. Lo desafía todo, hasta a él. Acostumbrado al vasallaje, Leonora lo sorprende porque no le tiene miedo.

—Si vas a Londres no voy a darte un centavo.

Le permite asistir a la Escuela de Arte de Chelsea. Leonora camina a lo largo del Támesis, que es un río brioso y noble a la vez. Ella también es un río; tiene su fuerza. De nuevo recorre West Kensington y sonríe al recordar que antes lo hizo en una limusina. Del palco real y la corte de Inglaterra ha ido a parar a un sótano y apenas si tiene para comer. Un agente de Imperial Chemical, por orden de Harold Carrington, le enseña a manejar un Fiat. Salen al campo en la tarde y las suaves pendientes son tan tersas que Leonora piensa que es bueno ser inglesa.

Vale la pena vivir en West Kensington a pesar de no comer sino huevos revueltos sobre una hornilla. Serge Chermayeff —que la cuida por orden de su padre— la encamina hacia la academia del pintor francés Amédée Ozenfant, que junto a Le Corbusier ha fundado un movimiento llamado «purismo». Curioso y desenvuelto, el maestro la mira de arriba abajo: «Ahora vas a aprender a trabajar», pronuncia con voz seca y acento francés y la sienta en un banco dentro del círculo de sus alumnos, cada uno frente a su caballete.

—¡Nada de carboncillo! ¡Nada de sanguina! Lápiz, sólo lápiz.

Leonora le obedece como a nadie en su vida. Él le enseña a dibujar una manzana de un solo trazo. Si no le sale, la obliga a hacerlo de nuevo y la sienta ante otro papel en blanco y la misma manzana, que poco a poco va pudriéndose. Ozenfant nunca la humilla ni se burla de sus aspiraciones. Serge Chermayeff le comunica a Carrington que su hija no pierde una sola clase y tiene talento. El maestro ha logrado domarla y los resultados son excelentes. Ignora que en su cuarto, lejos de él, la heredera de Imperial Chemical dibuja cosas muy distintas a la manzana que él la obliga a repetir una y otra vez. También ignora que Leonora tiene amoríos con un egipcio de prominente y singular nariz. «¡Lástima que no fui a El Cairo cuando viajé con mi madre, tendríamos más cosas en común!»

En su sótano pinta lo que surge de su imaginación. Sólo a Ursula Goldfinger, su amiga, que la acompaña al salir de clases, le enseña sus resultados. «¿Así que tu marido es húngaro?», le pregunta. «Sí, y es un gran arquitecto que quiero que conozcas.» Otra amiga, Stella Snead, le informa: «¿Sabías que Ursula es la heredera de las mermeladas Cross and Blackwell y por eso puede comprarse lo que le da la gana?» ¡Qué impacto el del dinero! Ursula, alta y fuerte, la trata con simpatía porque Leonora es poco convencional y muy directa en sus críticas. A la hora de la clase, escucha a sus compañeros con un dejo de ironía y le aconseja a Ursula: «Piensa mal y acertarás.» Stella es inconstante, Leonora, en cambio, nunca falta a clases ni se queja de la disciplina impuesta. Ozenfant obliga a todos a conocer la esencia de la pintura: de qué está hecho un lápiz, de qué un tubo de pintura, de qué el aceite, les hace comprar lápices tan duros como el acero, pintar a mano alzada, repetir hasta que tengan los nervios de punta. Una sola vez Leonora se atreve a decir:

—La manzana está podrida.

—Recuérdala como era antes —le ordena.

En la parte alta de la página, Leonora esboza una figura de mujer, el trazo no tiembla, es pura. Leonora nunca ha visto a otra mujer desnuda, así, pelada, fuera de su cáscara, la dibuja al primer intento. No tiene conocimientos de anatomía como los demás, pero su dibujo vive, a diferencia del de Ursula y más aún del de Stella Snead. Ozenfant la felicita.

Una tarde el maestro les dice que no vino la modelo y una de las discípulas se ofrece a posar. Es tan flaca que todo en ella se ahueca, hay que ir a pescar sus ojos al fondo del abismo.

Otro día Leonora se ofrece:

—No lo hagas —le aconseja Ursula—. ¿Sabes lo que le preguntó a la última que lo hizo? ¿Usted qué es? ¿Una araña?

El maestro es cruel.

—Tu trabajo no vale, no lo haces en serio; mientras no haya un cambio, es imposible que sigas. Te doy una semana.

En la Tate Gallery, Leonora conoce a un joven que hace una copia de Whistler. Pinta como si de ello dependiera su vida y su fervor calienta el museo. A Leonora le gusta encontrarlo y, cuando no lo ve, siente que algo le faltó al día.

Ursula le cuenta que en otros talleres las obligan a

dibujar al *Auriga de Delfos*, al *Apolo*, a la *Venus de Milo*, y que a ella se le cae el lápiz del aburrimiento.

Al salir de clase, a veces con Stella, otras con Ursula, Leonora compra con sus ahorros libros de alquimia en los puestos de viejo.

—La alquimia —le dice el viejo librero— es un instrumento de conocimiento total y lleva a la liberación.

—Eso es lo que busco, la libertad, pero también quiero transformar a mi padre.

—Tu padre va a aniquilarte.

Leonora compra una botellita color ámbar que cambia a los individuos, los hace nacer de nuevo y evita las crisis de nervios.

—Eso es lo que quiero, que Harold nazca de nuevo.

Leonora transforma su libertad en una fuerza viva.

—Mamá, entre más libre me siento, mejor pinto, hago progresos continuos gracias a esa inmensa fuerza que tengo adentro.

Maurie escucha a su hija con curiosidad, ella también cree que hay puertas aún cerradas al conocimiento y los filtros y los encantamientos son una llave. Le regala el libro de Herbert Read: *Surrealismo*. En la tapa viene la pintura de Max Ernst *Dos niños amenazados por un ruiseñor*. Al verla, las entrañas de Leonora arden, su emoción es tan visceral que le dice a su madre:

—Nunca sabrás el regalo que me has hecho. Algún día veré el mundo tal y como Ernst lo pintó.

¿Por qué es tan distinta a los demás? ¿Qué pasó en su nacimiento que la hizo así? ¿Por qué crea un problema tras otro? Sin embargo, algo admirable se anida en ella, algo que Maurie adivina aunque no acierta a saber qué es.

Leonora le confía a Ursula su enloquecimiento por *Dos niños amenazados por un ruiseñor*, un pequeño cua-

dro intensamente vivo en el que sobresale, recortada en
madera, una puertita, una reja de juguete y un ruiseñor
del que dos niños atemorizados intentan escapar. ¿Cómo
puede amenazar un pajarito? A ella también la persigue
lo incomprensible, lo que sólo los sidhes entienden y que
ahora descubre en este pintor. ¿Fue Carrington el ruiseñor que los persiguió a ella y a Gerard? ¿Un ave es capaz
de atacarla y ensangrentar el lienzo? ¿El mal puede esconderse en una cosita roja que aletea en un cielo pintado?

—Me interesa mucho ese pintor, Ursula.

—¡Si mi marido es amigo de él! Vamos a darle una
cena con gente importante y juro que lo vas a conocer.

Por de pronto, Ursula le muestra collages de Ernst,
recortes de papel periódico pegados con engrudo, ilustraciones de revistas amarillentas que cobran un sentido que
nadie soñó, todo se vale, vírgenes o ancianas a punto de
ser torturadas, sus senos a la vista, les sonríen a sus verdugos, hombres con cara de perro o de gallo o de conejo
pero sobre todo de león abrazan a viudas y animales bien
trajeados que en la vida real jamás podrían estar juntos.
Plantas e insectos son lo mismo, una mujer es una garde-
nia, un hombre, un elefante. Cualquiera que se mueva es
alucinación. Feroz, sarcástico, Max Ernst escandaliza a
sus espectadores. Durero, Blake, Gustave Doré se revolca-
rían en su tumba al verse amamantando al León de Belfort, su hocico sobre el pecho de una hetaira. Max los ha
convertido en asesinos, en bandidos nocturnos, en aves
carroñeras, en padrotes, en animales impuros que violan
a la mujer y la destazan. Una nueva realidad antes invisible, ahora sale a la superficie explorada por la agudeza de
su mente.

¿Por qué no los respeta este pintor alemán? ¿Qué
daño le hicieron para que los asaete en los fascículos de

Une semaine de bonté? En *La femme 100 têtes*, papelitos de nada que él recorta y acomoda para que conformen un todo malintencionado y perverso; la desnudez es menos lasciva que los encajes y corpiños a punto de dejar salir un pecho. Mujeres desveladas ofrecen su trasero al general condecorado, al arzobispo, al dandy, a la esfinge. Max Ernst, el rey de los pájaros, todavía trae adentro a la Bella Durmiente, a la Reina Roja.

—¿Así que todo puede ser arte?

—No, no todo —responde Ursula—, lo de Max es un hallazgo, mira, el más inofensivo de sus grabados es el de esta mujer a cuya cama suben las olas. Es un poema visible. ¿Te gustaría dormir sobre el mar?

—Parece la obra de un niño diabólico... Me da mucho miedo la idea de que alguien me mire dormir excepto Nanny...

—Ninguna obra suya ha causado tanto escándalo como su pintura de la Virgen dándole nalgadas al niño Jesús ante tres testigos: André Breton, Paul Éluard y él mismo. No sólo confronta a quienes la ven por primera vez sino a los mismos surrealistas.

—André Breton parece una fiera...

—Sí, es el león de todos sus collages.

—¿Qué querrá decirnos?

—Sus creaciones son un antiarte, confronta a sus maestros...

Max Ernst se apropia de las obras del pasado, las profana; en él se vuelven ultraje, dibuja encima de los clásicos y los viola; a partir de ellos, dispara su propia inventiva. A pesar del miedo, Leonora se entusiasma; algo en los collages de Max la saca de sí misma, su crueldad la aterra. No pide prestado, se apropia, corta, mutila, disloca, embarra. Todo es suyo para hacerlo como quiere. Según Ursula, alguna vez declaró: «Hay que tirar a la Venus de Milo de su pedestal.» Reacomoda pedazos como quien vuelve a armar las partes de un pollo para presentarlo a la mesa.

—La verdad, jamás me habría atrevido a buscar en mi inconsciente lo que él encontró en el suyo. Tengo adentro numerosas imágenes que escondo para que no me descubran. A lo que más he llegado es a ponerle a Ozenfant una cabeza de urraca pero eso que hace Ernst me aterra. Junto a él, la bestia de siete cabezas del Apocalipsis es una paloma. ¡Ay, Ursula! Siento que me ronda la locura y no sé cómo voy a cerrarle la puerta.

—No se la cierres, no seas collona. Todo esto se remonta a la Primera Guerra Mundial y a la imbecilidad de los poderosos. Dadadadadadada.

—¿Qué te pasa, Ursula?

—Estoy imitando los tiros de un fusil o los discursos de los jefes de Estado. En 1920, Hans Arp, amigo de Max, se unió a la conspiración de los asqueados por la guerra y montó la Exposición Internacional Dadá en un mingitorio de Colonia. Los dadaístas tenían razón: una catástrofe amenaza a Europa. Yo soy subversiva y rebelde por naturaleza y tú también, y si no eres fiel a tu instinto te vas a perder.

—Yo aún no sé lo que soy, lo único que sé es que amo la pintura más que a nada en el mundo.

—Allí está Freud para guiarnos en nuestro cambio de piel —Ursula le pone una mano sobre un hombro—. Mira, ¿qué te parece esto? Lo tomé de *Carta del vidente*. Rimbaud dice que el poeta descubre lo oculto a través de un largo, inmenso y razonado desarreglo de nuestros sentidos. Según él hay que buscar todas las formas del amor, del sufrimiento, de la locura, y agotar todos los venenos para conservar sus quintaesencias; lograrlo es una tortura que él llama inefable y para la que se necesita una fuerza sobrehumana. ¡Ante los demás te conviertes en el gran enfermo, el gran criminal, el gran maldito y el Sabio Supremo, y llegas a lo desconocido! Esto sólo lo consiguen quienes ya de por sí tienen un alma rica, la cultivan y no tienen miedo a enloquecer.

—Yo tengo mucho miedo.

—Pocos llegan a lo «desconocido», la mayoría teme perder la cabeza y reventar en el camino. También Baudelaire dijo que teníamos que ir tras ese fuego que nos quema el cerebro y aventarnos al fondo del abismo.

Ursula, mayor que ella, la hace descubrir a Novalis, le cuenta de Apollinaire y le recita «Le pont Mirabeau». *Les Champs Magnétiques* de Breton inspiró la escritura surrealista y Leonora debe leerlo. Hasta ahora, el universo de Leonora era el de Lewis Carroll, el de Blake, el de los prerrafaelitas, Ursula le abrió la puerta a la rabia de *Los cantos de Maldoror* de Lautréamont, que nació un poco chacal, un poco buitre, un poco pantera.

—Lautréamont hizo una comparación que Ernst convirtió en su credo: «Bello como el encuentro fortuito, sobre una mesa de disección, de una máquina de coser y un paraguas.» A lo mejor tú puedes ser su máquina de coser, Leonora.

—O su paraguas.

La primera exposición internacional de surrealismo en la galería Mayor, a la que asistirá Max Ernst, lanza a Leonora a otro planeta, al que concibió en su adolescencia como un sueño irrealizable. «Así que lo que yo buscaba existe, lo que a mí me atrae, también le importa a otros.»

Se impresiona cuando Ursula le cuenta que al principio de la Guerra Civil española, Éluard, Breton y Ernst

69

quisieron viajar a España para combatir al lado de los republicanos. Malraux se dio el lujo de rechazarlos: «Busco a hombres que no sepan pintar.»

—Vivieron la Primera Guerra Mundial, Max fue instructor de artillería. Él mismo se provocó una muerte clínica y lo escribió: «Max Ernst murió el 1 de agosto de 1914. Resucitó el 11 de noviembre de 1918 como un joven que aspira a volverse mago y a encontrar el mito de su tiempo.» Max vivió muerto durante la guerra, que es el gran mal del mundo —le cuenta Ursula.

—¿No cree Max ni en Dios ni en el patriotismo? —pregunta Leonora.

—No.

—Yo estoy muy orgullosa de mis hermanos, que se han alistado en el Ejército, la RAF y la Marina Real.

—Para los que pelearon, los cuatro años de guerra siguen siendo la peor tragedia. ¿Has leído *La interpretación de los sueños* de Freud? ¿Sabes quién es Hegel?

—No, Ursula, no.

—Mañana te traigo sus libros.

La Primera Guerra Mundial hizo que los surrealistas, antes dadaístas, adquirieran la capacidad de poner el arte al servicio de su imaginación. En vista del crimen y la imbecilidad de los ejércitos, los seguidores de Breton y Freud eliminaron la razón y se abrieron al alto mundo del inconsciente. Rescataron del olvido a Lautréamont por sus odas al asesinato, la violencia, el sadomasoquismo, la blasfemia y la obscuridad. El surrealismo, eso sí era la revolución permanente, la que empieza por uno mismo. La poesía se volvería carne y sangre como lo pedía Éluard, los hombres y las mujeres, los ancianos y los recién nacidos vivirían al borde de sus sentidos, destruirían al ejército, las cárceles, los burdeles y sobre todo las iglesias. Ahora sí, la respuesta la tenían los pintores, los escritores, los experimentadores, los científicos, los inspirados, los románticos, las musas que guían a los creadores, los que no tienen miedo a mostrarse desnudos y los niños que se avientan al vacío colgados de un paraguas.

¡Ah, y los jóvenes tristes en un tren!

Y algún que otro perro salchicha perdido entre Brühl y París.

CAPÍTULO 8

LA AMENAZA DEL RUISEÑOR

Cenar con Max Ernst en casa de Ursula y su marido húngaro, Ernest Goldfinger, al que llaman Erno, es una obsesión. Leonora opta por un vestido negro. Su pelo azabache como sus ojos le cubre los hombros. Ya hay mucha gente cuando llega a la puerta y cambia sus zapatos planos por unos tacones altos. Los deja en el vestíbulo junto con su impermeable y su paraguas y entra a la sala con el corazón a punto de salírsele.

Distinta al resto de las jóvenes, Leonora piafa, sus cascos rayan la tierra, tasca su freno, sus ojos echan lumbre. Sus labios sonríen sin que ella les dé la orden. Su boca es rojo sangre.

—Leonora, Leonora, quiero que conozcas a la fotógrafa Lee Miller, es una Venus de oro, una modelo americana; se encuentra allá, al fondo, en el ala derecha de la sala —le indica Ursula.

Entre los grupos que conversan, Leonora ve a un hombre de pelo blanco que rompe todos los protocolos y saluda sin ver a los que se aprietan en torno suyo. Ajeno a las convenciones, hace caso omiso de críticos de arte y posibles compradores. «He aquí a un hombre libre, un hombre a quien no le importan las industrias», piensa Leonora en el momento en que un mesero le ofrece champaña. La espuma está a punto de desbordarse cuando un índice ajeno lo impide: el de Max Ernst; y con ese gesto cautiva a Leonora. Ursula la presenta: «*This is my dear friend and colleague*...» El pintor ni la oye. Es a Leonora a la que ve, es a ella a quien se dirige, es ella a quien distingue. Muy pronto, Ursula los deja solos.

Leonora discurre, su boca roja bajo sus ojos negros, su boca roja enmarcada por la blancura de su rostro y coronada por la selva negra de sus cabellos. «¡Qué belleza!», piensa Max. ¡Qué diferencia respecto de las mujeres que acostumbra seducir y sobre todo qué diferencia respecto de Marie Berthe, su esposa! Ernst hace a un lado al crítico de arte, a la admiradora, y la jala del brazo. «Corro el más grande de los peligros», presiente Leonora. Su fuerza magnética la arrastra como Alicia al caer por el túnel al fondo de la Tierra. «¿Verdad que el arte en Londres no existe si se lo compara con lo que sucede en París?», intenta retenerlo una invitada. Junto a ellos pasa una jirafa que ostenta un collar de esmeraldas y le dice a una rinoceronte: «Este hombre es irresistible, mira nada más qué ojos.» La estremece al tomarla de la mano. Leonora nunca soñó con nada igual. Ha encontrado el objetivo de su vida, él va a cambiársela, él va a hacerle ver el mundo, ella es su mina de carbón, él va a extraer diamantes y va a pulirlos.

Max irradia luz.

Se aíslan en un extremo de la sala:

—¿Eres un ruiseñor?

—Salí del huevo que mi madre puso en un nido de

águila, el 2 de abril de hace cuarenta y seis años —ríe—. Eso sucedió en Brühl, cerca de Colonia. Allá once mil vírgenes dieron su vida con tal de no perder su castidad. ¿Tú eres virgen?

Leonora no se inmuta. ¿Así que este genio le lleva veintiséis años? Entre 1891 y 1917 hay un trecho casi tan largo como el que media entre ella y su padre. Max le cuenta que el domo de la catedral de Colonia resguarda los cráneos y huesos de los tres reyes magos, Gaspar, Melchor y Baltasar, y que los sacan cada año en sus cofres de oro incrustados de joyas que él, de niño, adoró.

—¿De dónde te sacó Ursula? Te soñé cuando la Virgen le dio de nalgadas al niño Jesús. Estabas viendo tras de la puerta y para alcanzarte escapé de la casa, descalzo, con sólo una bata roja, rizos rubios, ojos azules y un látigo en la mano izquierda. Emprendí el camino a la estación provocando la admiración de unos peregrinos de Kevelaer: «Es el niño Dios», se arrodillaron. Repartí bendiciones y unos vecinos me devolvieron a la casa. Mi padre me castigó, no valió que le explicara: «Soy el Cristo niño.» Entonces me pintó de pie sobre una nubecita, y puso en mi mano un crucifijo en vez de un látigo.

Los días que siguen le pertenecen a Max. Leonora descubre en él a un artesano, un carpintero, un yesero, un electricista, un plomero. Los compases, los martillos, las limas, cualquier herramienta, la llama, las pinzas, los moldes le importan mucho más que los llamados objetos de arte. Ernst construye, pega, clava, arma cajoncitos, abre puertas, raspa, talla, acomoda. Más que un *atelier*, le atrae la ferretería. De allí que antes que mezclar el azul con el verde en su paleta, lo imanten los cables y los tornillos. Lo manual es la esencia de su creatividad. Sus manos, tan hábiles como las de cualquier ebanista, se inclinan naturalmente hacia el serrucho y la lija. El desatornillador y los alicates están más presentes que el pincel. Su espátula es como la del albañil. Prefiere platicar con un fontanero que con cualquier pintor que presume de su creatividad.

—Sabes, Leonora, mi padre también fue pintor, un pintor malo, porque sólo copió. Les enseñaba a hablar a los sordos; yo lo acompañé y de tanto seguir el movimiento de sus labios me volví un técnico a tal grado que observo mejor que nadie y adivino las malas intenciones. Sé cómo va a comportarse la materia, leo no sólo el rostro humano sino la superficie del yeso, de la cal, de la madera, de la tintura de yodo, del carbón, del aceite.

En la noche, al regresar a su habitación, Leonora se repite: «Soy feliz, soy yo, esto que tengo adentro galopa y por fin va a liberarse.»

El coleccionista inglés Roland Penrose reúne en Lamb Creek House, en Cornualles, a Herbert Read, el autor del libro sobre el surrealismo que hizo que Leonora perdiera la cabeza, a Man Ray y a su amante, la bailarina Ady Fidelin, a Paul y a Nush Éluard, a Eileen Agar y a su esposo, Joseph Bard, a E. L. T. Messens, el gran amigo de Magritte y editor del *London Bulletin*.

—¿Por qué no invitas a tu amiguita? —propone Penrose.

—Creo que voy a morir de amor —le confía Leonora a Ursula Goldfinger.

—Y si no te mueres, a partir de ahora tu vida va a empezar a tener sentido.

—Tu muchacha es brillante. ¿De dónde la sacaste? —insiste Penrose, que idolatra a Max.

Leonora es el centro de atracción, la novedad del grupo, el gran descubrimiento. En la noche, Ady Fidelin, Lee Miller, la mujer de Penrose, Nush, la de Éluard, y Eileen

Agar bailan desnudas frente a los faros de los automóviles de sus amantes, que alumbran el jardín. Los movimientos de cadera de Ady Fidelin superan a los de Nush. «Indecente, pornográfico», los periódicos acusaron a Max. La orden de detención en su contra no se hizo esperar. «¿Y tú?, ¿sólo vas a vernos?», pregunta Ady. Leonora se quita todo en un santiamén. ¡Qué liberación! Lee Miller le asegura: «La locura te abre las puertas de tu interior. Cometer actos que los otros condenan te eleva a otra dimensión, saltas encima de tu propia mediocridad.»

El baile nocturno es una redención, Leonora se exalta, cree en sí misma, en la belleza de su cuerpo, es una yegua libre dentro de su pelaje, ahora sí que la madre superiora constataría que puede levitar. Durante el día camina al lado de Max en un continuo aprendizaje, porque él recoge hojas de árbol y cortezas, las pone bajo una hoja de papel, las talla con un lápiz y le enseña a hacer *frottage*.

—Lo descubrí hace mucho al observar en el piso una tabla de madera, colocarle una hoja encima y tallar hasta que el grano de la madera se convierta en la superficie del mar. Vi los nudos y quise conservar lo que me decía la madera, su paisaje, su poesía entrañable, su sexo.

Leonora lo mira, es un poseso y ella quiere tirarse al abismo con él. Todo lo que nadie ve es para él materia creativa. A lo mejor es un enfermo mental, pero la jala y ya no podrá detenerse. En su *frottage* ve un bosque, pájaros y animales híbridos nunca antes imaginados. Y los transmuta en materia memorable.

—No sabía yo que en la materia hubiera tantos espíritus irreconocibles.

—Yo sé mucho de árboles porque en Brühl mi padre iba a pintar al bosque y me llevaba con él.

Max atesora lo que nadie ve, su campo de estudio es

una hebra, un pedazo de corcho, una clavija, un cabello olvidado en el lavabo. «Tienes que ir más allá de la pintura.» La introduce a una de sus obras regalada a Roland Penrose:

—Es un óleo, ¿ves su grosor, ves cada corpúsculo? Mezclé la pintura con los vellos de mi brazo, hice una pasta, la apliqué sobre el lienzo y luego la tallé durante horas con papel de lija. Aparecieron otros colores, otras texturas, y mira lo que salió. Vamos a tallar esta tela que acabo de pintar para que aparezcan sus vísceras, nuevos pigmentos, sus venas, va a soltar todo lo que tiene dentro y descubrirás cuántas cosas hay debajo de lo que se ve a simple vista. Es alucinante lo que le sucede a uno con la superposición de imágenes. Mira cómo se desteje este pedacito de tela de lino, ¿sigues la trama de cada hilo? Ahora crúzalo con otro. Todo vale, puedes usar una espátula y hasta un cuchillo, el *grattage* hace que surjan huellas del tiempo, jeroglíficos y hasta gritos.

—A mí me parece que violentas la tela.

—Ésa es la belleza convulsiva de la que habla Breton.

Leonora, encandilada, sigue al maestro, se columpia sobre los cables de alta tensión, desteje la trama de la vida.

—Todo lo vivo tiene su forma de ser, no es verdad que la pintura sea sólo la aplicación del color sobre el lienzo. Esa pintura se acabó, la que importa es la que va más allá. En ella puedes embarrar tus excreciones, rasgarla, ¡lánzate!, no vayas a copiar a tus maestros porque nunca podrás superarlos. La vida de tu cuerpo, la de tus células es tu pintura, Leonora. Puedes cepillar esta tela como a tus cabellos, tallarla con tus uñas, con tus dientes, mancharla con tu sangre, tu saliva, salarla con tus lágrimas.

El *frottage* también le descubre a Leonora los siete

círculos del infierno. Desciende a otros estratos dentro de la mina. Max le enseña un bosque hecho con espinas de pescado.

—¿Cómo?

—Levanté el esqueleto del pescado, lo deje caer sobre la tela y lo convertí en un bosque.

Leonora, admirada, murmura:

—Tú me enseñas a ver lo que antes nunca vi. Las posibilidades estaban ahí, eso ya lo sabía, lo sentía. ¡Por ti, ahora estoy segura!

Ernst le da una hoja de papel y un carboncillo y la pone a calcar la superficie rugosa de un tablón y ella se excita.

—Ahora tú ponle color y tu bosque va a ser igual al mío.

Cuando Leonora le enseña lo que dibujó encima de su calca, él exclama:

—No seas tan ortodoxa, no obedezcas, libérate, desentierra tu pasado. ¿Qué soñaste anoche?

—Lo imposible.

—Pues dibuja lo imposible.

—Soñé una ballena al fondo de mi recámara, también yo era ballena, íbamos a comerme.

—Ése es un lugar común que se remonta a la Biblia, Jonás fue más creativo. ¿Tú misma ibas a comerte?

—Ayudada por ti y la profundidad de tu boca.

Ernst embarra una hoja con pintura y le pone una segunda hoja encima y luego la levanta y surgen cipreses, álamos, musgos, helechos, pájaros; se convierten en criaturas híbridas en las que la piel, el pelaje y las plumas son lo mismo. Ernst lo titula *Mujer cambiándose en pájaro*.

Permanecen dos semanas en el mismo encantamiento. De las mujeres, Lee Miller, la fotógrafa, es quien más atrae a Leonora.

—Fui asistente de Man Ray, que también me enamoró, e hice retratos de Picasso, de Éluard y de Jean Cocteau. «¡Fui la estatua en *La sangre del poeta* de Jean Cocteau y los críticos de teatro me consagraron como lo mejor de la obra!»

En efecto, tiene cuerpo de modelo. «¿Sabes que Lee hacía la publicidad de Kotex?», le chismea Eileen Agar. A Leonora la sorprende que sus nuevas amigas tengan una vida tan rica en desafíos.

—No he vivido nada, no sé nada —le dice a Lee Miller.

—Mejor así, le gustarás más a Max. Es un pigmalión.

También la argentina Eileen Agar la deslumbra con su audacia, es infinitamente más atrevida que los ingleses de Lancashire. Gira en torno al sol; Leonora quiere ser como ellas, viven abiertas a las corrientes magnéticas. Hablan de sus amantes y detallan sus proezas nocturnas y encumbran sus emociones, ¡ésas sí saben vivir! Lee Miller se aburrió en Egipto con el millonario Aziz Eloui Bey y lo mandó a volar con todo y pirámides, le hizo una larga corbata con el Nilo y lo dejó con la lengua fuera al borde del río. «Me vine en un camello de arena», le asegura a Leonora, quien la escucha con la boca abierta. Eileen Agar es capaz de convertir un plumero en un ramo de rosas. La finalidad de la vida no es prosperar sino transformarse. Cuando uno se lanza a lo desconocido se salva.

—¿Cómo logras pintar? —le pregunta Leonora a Eileen Agar.

—Lo primero es ser receptiva y tú lo eres. A veces me quedo sentada durante un cuarto de hora o más preguntándome qué voy a hacer y en el instante me llega una idea. A lo mejor no es más que un título o el germen de una imagen. Embarro la tela, le doy forma a mi inconsciente. Si me atoro, me tomo una siesta y cuando regreso al caballete la idea fluye. Procura no estar demasiado alerta, la conciencia inhibe.

Sólo un hecho oscurece la fogosidad del ambiente, la Guerra Civil española, que Picasso abofetea con su *Guernica*, exhibido en París. En la casa de Cornualles comentan más el mural que la guerra.

—Odio a los hombres vestidos de militar —dice Eileen Agar—, odio las armas, odio la guerra.

—No puedo regresar a París sin la promesa de que vas a venir, Leonora.

—¿A qué?

—A vivir conmigo, a pintar conmigo, a morir conmigo —se despide Max.

—Ahora que te he encontrado, ¿cómo crees que voy a dejarte?

Max, tú eres mi Santo Grial.

Max, tú eres mi desgracia.

Eres mi cuchara.

Ursula Goldfinger la atemoriza:

—Piénsalo bien, está casado con una mujer que dirige una galería en París; es muy conocida, los pintores le deben mucho, los protege y hasta los mantiene.

—Debe estar dándole una patada en este mismo instante.

Leonora cree que dejar a una esposa es igual a cambiar de menú. ¿Carne o pescado? Para Leonora, dejar todo es lo más sencillo del mundo, puesto que ella se dispone a mandar al diablo a sus padres, a sus hermanos, a Nanny, a *Boozy,* su fox terrier, a Inglaterra e Irlanda.

—Así es que vas a hacer exactamente lo que quieres —le dice Nanny con una expresión triste en los ojos.

—Claro que sí —la reta Leonora, que es capaz de entregarse sin preguntar nada y sin pensar en las consecuencias.

En Hazelwood, Leonora confronta a sus padres. No sólo no tendrá una boda como ellos anhelan, ni siquiera lo hará con el hombre que ama con locura, porque él es casado. Veintiséis años mayor que ella, ahora va a reunirse con él en París.

—Hay otras estructuras bajo la realidad, papá, es como en la pintura, si tallas, aparece otra imagen. Se llama *pentimento*.

—¿De qué hablas, Leonora?

—Busco otra manera de vivir.

—Tu manera de vivir está determinada por tu nacimiento, por la educación que te hemos dado y por tu herencia. Si te descastas, lo vas a pagar muy caro.

—No. Papá, conozco otras formas de estar sobre la tierra. Yo no soy tu creación. Quiero inventarme a mí misma. Me voy.

Afuera ladran los foxhounds de su padre, pero ladran con menos furia que la jauría dentro de Leonora.

La despedida es una declaración de guerra. ¿Cómo es posible que a él, constructor de un emporio que vale millones de libras, lo desafíe una mocosa? ¿Cómo va a aceptar que lo maneje esa malagradecida? En el colmo de la rabia, Carrington le grita desde lo más hondo de sus vísceras:

—¡Ya no eres mi hija! ¡Mi puerta ya no estará oscurecida por tu sombra!

Con Mauric sosteniéndolo, profetiza:

—¡Nunca volverás a verme!

Cuando Leonora corre a la estación para tomar el tren a Dover y de allí el ferry a Calais, su madre la alcanza:

—Avísame apenas llegues a París, cualquiera que sea tu situación, te ayudaré. Lo que haces es una locura y no sabes lo que te espera.

Capítulo 9

LOPLOP

En 1937, a los veinte años, Leonora sale de su casa para no volver. «No me fui con Max. Me fui sola, siempre que me he ido, ha sido sola.»

Apenas llega a París, la señora Ernst, con quien Max lleva diez años casado, aparece, puntiaguda e inevitable como la Torre Eiffel. Estuvo en la exposición de Londres pero Max nunca la mencionó.

Impetuosa, Leonora se convence: «No importa, podría tener un harén de esposas tamaño gigante, talla 42, copa C, armadas hasta los dientes y dispuestas a matarme; de todos modos me quedaría con él.» Toma un taxi a su estudio en la rue des Plantes número 26, en Montparnasse.

—Pase lo que pase, vine a París a pintar —se convence Leonora, y le pide a su madre que le alquile un piso en la rue Jacob 12.

Le cuenta a Max su vida entera. Le asegura que su padre la perseguirá hasta París y les hará la vida imposible. «No importa», dice Ernst. Carrington le quitó a *Tártaro* cuando todavía ella lo necesitaba.

Max contribuye con un caballito mecedora comprado en una tienda de antigüedades que Leonora pinta al lado de la hiena, su otro yo, en el cuadro que comenzó en *The inn of the dawn horse*. Le da las últimas pinceladas a sus pantalones blancos y a sus cabellos alborotados. *Tártaro* huye por la ventana hacia la libertad de los árboles. Hay que volar por encima de todo. La vida estalla dentro de Leonora, no hay vuelta atrás, galopa como lo hacía sobre *Winkie*, barre con cualquier obstáculo. Dragones de dedos largos y serpientes monstruosas con hocicos de jabalí podrían desgarrar su piel, que ella seguiría adelante. Es una potranca, respinga, levanta remolinos. Nada la detiene. Su fuerza anonada al pintor, que no la deja ni de noche ni de día, y la acecha inquieto, no vaya a escapársele como el caballo de su autorretrato. Ahora es ella quien lo hace sentir a él seguro:

—Sí, estoy aquí, Max, como las hojas que calcas, como la corteza que cubre al árbol, como los árboles en la tierra. Así va a pasar en el tiempo y mis raíces serán tus raíces, una sobre otra.

La mujer de Ernst, Marie Berthe Aurenche, protege a los artistas contra sí mismos y reza por ellos todos los días. Si no la apoyan, si se van con Leonora, ella los perdonará. Se refugia en la iglesia. A la hora de la elevación, los feligreses vuelven la cabeza porque solloza junto a la pila de agua bendita y levanta las manos al cielo.

En la noche, antes de dormir, Leonora repasa las lecciones de su maestro. A los surrealistas la locura los conduce a un estrato superior. Hasta ahora su mundo en Inglaterra ha sido convencional, quizá insípido pero protegido; en París camina al borde del precipicio de la mano del hombre más audaz sobre la Tierra.

Cualquier gran maestro le abriría los brazos. Rembrandt lo sentaría a su lado y, sin embargo, Ernst quiere cortarlo a navajazos, volverlo collage, dibujarle cuernos, llegar a otra dimensión, romper todas las reglas. Se necesita mucho valor y Leonora lo sigue, la respiración entrecortada, todos los sentidos en alerta. Del cuerpo de Max emana la música, su voz es una provocación, sus movimientos crecen como la hiedra en torno a sus piernas.

—La imagen surrealista más fuerte es aquella que presenta el grado más elevado de arbitrariedad, aquella que cuesta más trabajo traducir al lenguaje práctico.

—¿Cómo puede pintarse el olfato? ¿Cómo voy a hacer que mi pintura hieda?

—Escríbelo.

Leonora escribe *La debutante* para mofarse de su presentación en la corte. Además de hedionda y repelente, la hiena emite un sonido humano, una carcajada hiriente. La pinta con pechos henchidos de leche y ojos de hombre.

—¿Cómo van a dejar entrar a una hiena al palacio de Buckingham, Leonora?

—Porque mata a la sirvienta, se enmascara con la piel de su rostro hasta que los invitados la descubren por su olor. ¿Es indispensable que esta noche vayas a la rue des Plantes con tu mujer?

—Cuando la conozcas mejor, me darás la razón; es demasiado frágil, llora todo el tiempo, mis amigos la adoran, muchos le deben su carrera. Su hermano, Jean Aurenche, es un virtuoso del cinematógrafo. Es difícil abandonarla, con ella tengo que ir despacio.

—¿Y cuán frágil me crees a mí?

—Tú al lado de ella eres el peñón de Gibraltar.

Ernst divide sus días y sus noches entre su estudio de la rue des Plantes y la rue Jacob.

—Para Marie Berthe, el fin del amor es un estallido de vísceras.

—¿Y para ti?

—Yo soy Loplop, el pájaro superior, y estoy obsesionado contigo, Leonora.

—¿Qué es eso de Loplop?

—Es un poeta callejero, Ferdinand Lop. Tomé su nombre, yo soy el Vogelobre Loplop. —Max la enlaza—. Yo soy un ave de presa y a ti te van a cobijar mis plumas. Mira, ya despuntan.

El cuadro que más estremece a Leonora es el del nadador ciego aprisionado por tiras verticales que no son agua sino barrotes. ¿O son cables eléctricos que van a electrocutarlo? ¿Es ésa el agua que se empeña en ahogarnos por mejor que nademos? No hay escapatoria.

—¿Quién se salva? ¿Te vas a echar al agua conmigo?

—Alguna vez vi a un nadador ciego que nunca perdía su carril.

Le explica que el cuadro se inspira en una ilustración de corrientes electromagnéticas de un libro de ciencia y que «todos remontamos la corriente a ciegas».

Los amigos surrealistas de Max pronto la convierten en su heroína. Nush Éluard la toma de la mano: «Mira, yo soy la esposa de un poeta y vivo cada minuto como si fuera el último.» Lee Miller le asegura que «en esta vida todo está permitido si sabes cómo hacerlo». Joven y bella, Leonora le ha dado la espalda a una gran fortuna y a una posición envidiable. Es la encarnación de lo que André Breton llama *l'amour fou*, rompe cualquier esquema, sus acciones derriban las convenciones de la burguesía de la que proviene. Lee Miller confirma: «Has ido muy lejos, no mires hacia atrás. Marie Berthe, la pobre, es ya una estatua de sal.»

Los seguidores de Breton van hasta el fin de sí mismos, hasta el fin de su sociedad, son videntes. Se adueñan de una verdad más allá de lo real, el surrealismo. Exigen liberar a hombres y mujeres de todo lo que les impide ser ellos mismos, cumplir con la necesidad biológica de hacer lo que se les antoje. El arte confinado a la tradición es como un animal enjaulado. Encarcelar a una criatura es quitarle su grandeza. Hay poco espacio para la fantasía dentro de la jaula del arte tradicional. Las inhibiciones, tan firmemente establecidas, todavía mantienen su poder, no importa cuántos permisos se den los hombres a sí mismos.

—París nos detesta —suspira Louis Aragon, que aún resiente la censura a *El coño de Irene,* para cuya creación tuvo que mamar todas *Las once mil vergas* de Apollinaire.

—¡Qué bueno! —responde Breton—. Es un gran honor que nos justifica. Los burgueses nos odian pero dentro de poco admitirán que en nosotros hay una atracción indefinible que los excita. Anteayer, en la galería, una señora me dijo que regresaba a ver los cuadros de Ernst porque su color y su movimiento la afectaban.

Entre todos los expositores, la dimensión espiritual de Ernst es evidente. Hace lo que quiere, lo admiran. Leonora ahora es su reina, su mujer, la que él escogió, y Marie Berthe se quedó en el camino; ahora es sólo una víctima. Los surrealistas no practican la fidelidad.

Loplop, el pájaro superior, deslumbra a André Breton: «Somos testigos del nacimiento de una nueva forma de arte.» La injuria justifica su vida y desdeña a quienes no lo entienden. *La fessée,* su pintura de la Virgen dándole nalgadas al niño Jesús, ofendió a su padre. Pinta con rabia, libera las pesadillas de su infancia, abofetea las tradiciones, la emprende contra la familia. Cuando era adolescente, en una galería de arte en Colonia, oyó a un joven explicarle a un viejo cada cuadro. El anciano exclamaba indignado: «¿Y qué es esto? Tengo setenta y nueve años y en toda mi vida dedicada al arte nunca me he sentido tan insultado.» El joven también se enojó: «Si de veras tiene setenta y nueve años, ya debería pasar a mejor vida.»

—Quisiera ser su amigo —le dijo Max al muchacho.

—Mi nombre es Hans Arp —se presentó el joven dándole la mano—. Hay que acabar con el arte como la guerra acabó con la civilización.

—¿Cómo?

—Con el terror, con la rabia.

—¿El dadaísmo no es también la compasión?

—Sí, pero nunca con el pasado.

Arp fue el primero en afirmar que el azar es el gran estímulo de la creatividad. Después de lidiar durante meses con un dibujo que terminó rompiendo y arrojando al aire, se dio cuenta de que los pedazos de papel al caer lograban la forma que él buscaba. Entonces pegó los fragmentos y recordó a Mallarmé: «Jamás un golpe de dados abolirá el azar.»

—De una mancha de tinta, saqué unas nalgas de mujer —le dice a Max.

Ernst desprecia la moral de confesionario y hace suyo a Lautréamont, que sostiene que su única tarea es atacar al Creador que engendró a semejante basura: el hombre. Max lo descubrió por Breton, quien a su vez lo conoció porque Soupault consiguió un ejemplar de *Los cantos de Maldoror* que llevó consigo al frente durante la Primera Guerra Mundial.

Según Ernst, a través de la confesión la Iglesia ha debilitado la sexualidad y reprimido el placer.

Max blande los navajazos de su sonrisa.

A Leonora toda esa rebeldía la estimula porque lleva

otra en su interior; su energía es mayor que nunca y sus ideas suben a contracorriente como los salmones. Entre más excéntricas las propuestas, más atractivas le resultan.

—¿Sabes que hubo un tiempo en que quise ser médico? Pretendía curar la mente. Sentía que yo era capaz de enseñar a los hombres a no ceder ante cualquier espantapájaros con sotana que dice representar la Voluntad Divina. Cuando eres joven, eres una bola de billar sujeta al último golpe. Yo tuve crisis místicas, exaltaciones, depresiones y hasta ataques de histeria. Hice una peligrosa confusión entre pájaros y humanos porque mi cacatúa rosa murió el mismo día que nació mi hermana. La enterré en el jardín —a la cacatúa, no a mi hermana— y después me entró una crisis nerviosa; me pasó lo mismo cuando un automóvil en Brühl estuvo a punto de atropellarme. Reí y el conductor me insultó. Puse en jaque a mi familia y creo que les hice un favor cuando salí de Alemania.

Lo que Max no le dice es que también dejó en Brühl a su primera mujer, la crítica de arte Luise Straus, y a su hijo Hans Ulrich Ernst, «Jimmy», cuando tenía dos años. El niño vino a verlo a París y Max no supo tratarlo. Lo llevó a casa de Dalí, de Masson, de Tanguy. Para él fue un alivio llevarlo a la Gare St. Lazare y subirlo al tren de regreso.

Ahora Jimmy vive en París con su madre, que busca trabajo ayudada por Marie Berthe Aurenche, la malquerida. Desde que el pintor dejó a su segunda mujer, Luise y ella son cómplices del mismo duelo.

—Leonora, pinta lo que pensabas de niña, tus inhibiciones y tus miedos infantiles.

—Voy a dibujar como los niños y eso no me gusta.

—Es el primer paso para volverte libre, lo que pintes,

Los surrealistas tienen por dentro un pasadizo secreto a la alegría. La burla es su arma más poderosa. Sus críticas son implacables y no perdonan a nadie, ni a ellos mismos. Reírse es curativo, lo confirman todos los médicos.

A Breton le atrae sobre todo la rebeldía. Busca en los demás la bandera roja y negra y, si ondea alto, se exalta. La rebeldía es un valor moral. A pesar de su juventud, Leonora no conoce límites, sólo le falta gritar su rabia como ellos en la plaza pública. Max Ernst le contó que, finalmente, Breton es un hombre solitario porque una tarde, en torno al Juego de la Verdad, Éluard le preguntó: «¿Tienes amigos?», y él respondió: «No, querido amigo.» Breton busca interlocutores verdaderos para confrontarlos. Una lluvia de insultos y toda clase de proyectiles, incluyendo zapatos, rematan sus apariciones. Jacques Vaché, que murió por una dosis excesiva de opio, permanece para siempre en su memoria y André se escuda tras él: «Es mi único gran amigo.» Para Vaché, los entusiasmos de los demás, aparte de ruidosos, son detestables. Cuando Leonora le dice que «el sentimentalismo es una forma de cansancio», la une al recuerdo de Vaché y se rinde ante su inteligencia.

Al ilusionista René Magritte, Leonora lo ve dos veces, bien trajeado y retraído. En el grupo murmuran que el suicidio de su madre, cuando él tenía trece años, formó su carácter. Vio cuando la sacaban del río Sambre. «No es que pinte muy bien —dice Leonora—, es que piensa muy bien. Me dijo que sus únicos enemigos eran sus cuadros malos.»

Dicen que cubrió el rostro de *Los amantes* con el vestido blanco de su madre ahogada.

Imposible separar a Péret de Breton. Más pequeño que él, calvo, mientras André luce una espléndida cabellera, Benjamin entra a las reuniones a su estela sin reconocer que él es más audaz. Hace veinte años, fue el primero

lo que dibujes, lo que esculpas será infantil en su contenido pero te llevará a la libertad. Además, los niños llegan al mundo con un notable poder para razonar pero luego, por falta de experiencia, se dejan aplastar por los adultos.

Una mañana Leonora le espeta:

—Marie Berthe me informó a gritos de que tienes un hijo. Si tanto te interesa la fantasía de los niños, preséntame a Jimmy.

—¿Qué le vas a decir?

Jimmy, de diecisiete años, ya no es un niño; nada tiene que ver con el collage que su padre le dedicó quince años atrás, cuando estaba por cumplir dos: *Dadafax, minimus*. Es un joven de cabellos rubios y lacios que le caen sobre los ojos y que constantemente retira con su mano. Leonora lo besa en ambas mejillas y Jimmy sonríe:

—Lo que más me gusta sobre la Tierra es el pastel de chocolate y acabo de hacer uno. ¿Quieres probar, Jimmy?

Leonora canta, baila, ríe y lo hace reír. Jimmy se siente mejor con ella que con su padre.

—¿Quieres un vaso de cerveza?

—Preferiría uno de vino.

—*That's my boy* —ríe Leonora.

«Tu hijo es más abierto que tú», le dice Leonora a Max cuando regresa.

—Para mí es un completo extraño.

CAPÍTULO 10

EL TORBELLINO SURREALISTA

Leonora sorprende a su amante con sus dotes culinarias. Saca del horno platillos de su invención y se mueve en la cocina sin ninguna timidez. Los invitados también saborean sus ojos negros, sus cabellos selva negra, sus brazos blancos, sus muslos delgados. En sus propósitos campea una inocencia y una autenticidad que la hacen salir de lo ordinario.

—No es posible que sea así de ingenua; en su caso, la ingenuidad debe ser una perversión —comenta el médico surrealista Pierre Mabille, gran estudioso de las civilizaciones del pasado.

—Ella sí es una verdadera *femme enfant* —se exalta André Breton.

Leonora juega, incita al deseo sin proponérselo y es demasiado inteligente para no darse cuenta. Independiente y retadora, como lo atestiguan sus expulsiones de distintas escuelas, los surrealistas se derriten por ella. Breton, el padre del surrealismo, la encuentra adorable.

—Tu belleza y tu talento nos tienen mesmerizados. Eres la imagen misma de la *femme enfant*.

—No soy una *femme enfant* —le responde airada—. Caí en este grupo por Max, no me considero surrealista. He tenido visiones fantásticas y las pinto y las escribo. Pinto y escribo lo que siento, eso es todo.

—Digas lo que digas, para mí representas a la «mujer niña» que a través de su ingenuidad entra en contacto directo con el inconsciente.

—¡Todo ese endiosamiento de la mujer es puro cuento! Ya vi que los surrealistas las usan como a cualquier esposa. Las llaman sus musas pero terminan por limpiar el excusado y hacer la cama.

Su confianza en sí misma y su natural impertinencia provienen de su clase social. Leonora se ha enfrentado a sus padres, a las monjas, a la corte de Inglaterra; y no tiene razón alguna para sentirse inferior. Si se deja sobajar, también su obra se verá afectada. A las pintoras surrealistas nadie las reconoce. Lo que en los hombres es creatividad, en ellas es locura. Entre más contradice Leonora a Breton, más lo atrae.

—Adoro a tu inglesa. Tú nos la trajiste pero ella se ha ganado su lugar.

Leonora es una fuerza animal en una envoltura endeble. Cuando Joan Miró, amigo de Max, le pide que vaya a buscarle unos cigarros y le tiende dinero, ella se enfurece: «Tú eres perfectamente capaz de ir por tus propios cigarros», y lo deja con el billete extendido.

Se niega a posar para Man Ray, que pretende fotografiarla. Quien sí le gusta es su novia, Ady Fidelin, y no entiende qué le ve ella al surrealista norteamericano. Picasso es un típico español que cree que tiene a todas las mujeres muertas de amor. A Salvador Dalí lo conoce en la rue Fontaine, en casa de Breton, y no se inmuta porque la llame «la más importante artista mujer».

en atacar a los académicos, a los tradicionalistas, a los reconocidos. Se refirió a Maurice Barrès en términos tan injuriosos que afrentó no sólo a los bien pensantes sino hasta a los dadaístas. En el entierro de Anatole France, Péret y sus amigos repartieron un folleto escrito por Louis Aragon que instigaba a los dolientes a abofetear el cadáver. La prensa los llamó «chacales». Después se le ocurrió aparecer en una manifestación con una máscara de gas, en uniforme alemán, y gritar: «¡Viva Francia y las papas fritas a la francesa!» Acostumbra ir a los actos oficiales con una bolsa de jitomates, coles y huevos que avienta con excelente puntería.

André reniega de las sesiones de hipnosis guiadas por Benjamin Péret porque hace años se volvieron violentas. Resultó cada vez más difícil despertar a René Crevel, que intentó suicidarse y finalmente lo logró, y a Robert Desnos, que persiguió a Paul Éluard con un cuchillo. Imposible que Max y Leonora acepten las sesiones de hipnosis: «Somos demasiado cerebrales», se jacta él.

De todos, Leonora se siente cercana a Breton, que vivió las atrocidades de la Primera Guerra Mundial y trató a pacientes que habían sufrido severas depresiones. Lo malo es su intensidad, todo lo quiere controlar. Para ella es un buen león cuya melena acaricia.

Man Ray insiste en fotografiarla. Ella se niega. Max Ernst le advierte: «Es feroz, puede matarte si no aceptas.» «¡Que me mate!»

—Creo, André —dice Leonora—, que nadie aquí se parece a mi mundo. A veces me alegro pero otras me da miedo perder la cabeza.

—El miedo a la locura es la última barrera que debes vencer. Las mentes heridas son infinitamente mejores que las sanas. Una mente atormentada es creativa. Hace dieciocho años, al regresar de la guerra con Soupault y Aragon, nos preocupamos por las secuelas de la batalla en la mente y descubrimos que el automatismo en el arte podía ser no sólo curativo sino creativo.

—Es que a mí me educaron en la lógica.

—A mí mucho más que a ti, porque soy francés y soy médico, pequeña Leonora. Te pareces más bien a Nadja, rica, arbitraria y por eso mismo irracional.

Leonora no sabe quién es. Jacqueline Lamba, esposa de Breton, la ataja:

—A mí también me dijo que era su «Nadja» y nunca me presenta como pintora. Y «Nadja» acabó en un manicomio sin que él levantara un dedo para salvarla.

—Digas lo que digas, tu marido es bueno.

—Sí, es bueno, pero la que lleva la casa, recibe a los amigos y recoge las cenizas soy yo.

En la rue Fontaine 42, Breton tiene una espléndida colección de arte africano y oceánico, y el cubano Wifredo Lam de pronto le dice:

—Podría yo ser parte de tu colección.

—Primero pinta tus propios tótems, tus máscaras, tu esencia cubana.

Ernst está de moda, es un hombre de mundo y su nueva mujer ensancha su cosmopolitismo por ser una inglesa preciosa y de buena familia. Marcel Rochas los invita y cuando Leonora pregunta: «¿Qué me pongo?», la princesa Marie de Gramont responde: «Niña, basta con tu belleza natural.» Leonora sigue el consejo al pie de la letra y se envuelve en una sábana. En el punto álgido del baile, deja caer su toga y queda desnuda frente a todos. Los echan de inmediato.

En París, Max la lanza al peligro, le enseña a no dudar de lo que desea: «Desafía y vencerás, Leonora. La vida es de los audaces.» Leonora le cuenta las visiones de su niñez, él le aconseja que pinte al minotauro, al jabalí y a los caballos de la cuadra de su padre. Leonora ha sido más valiente que muchos surrealistas. «Has ido más lejos que cualquiera de los que ves aquí y todos lo saben», confirma su enamorado. La reciben con admiración, quieren escuchar lo que dice, leer lo que escribe, ver lo que pinta. Max, orgulloso, la exhibe, la llama su novia del viento, su yegua de la noche.

—¿Así que con ella vas a cruzar el Leteo? —pregunta irónico Breton.

—Ella es mi Leteo.

La vida social de los surrealistas es intensa. A ninguno le importa dormir de día y salir de noche. El café es el altar donde oficia André Breton. Los acólitos acuden reverentes. Breton reparte indulgencias, condena, atrae y repele. Sus fieles aplauden la expulsión de Dalí tras acusarlo de coquetear con el fascismo, perdonar al catolicismo y tener una pasión desmedida por el dinero. Cuando lo enjuician, Dalí acude con un termómetro en la boca y una cobija sobre los hombros. El juicio se convierte en una farsa.

—Amo a Gala más que a mi madre, más que a mi padre, más que a Picasso y más, incluso, que al dinero —proclama Dalí.

Hace años que Antonin Artaud se ha alejado del grupo y todavía es blanco de sus insultos, el más ácido es el de Éluard: «Carroña oportunista.»

Al principio, Breton le encargó a Artaud el Bureau des Recherches Surréalistes, y lo instaló en el número 15 de la rue de Grenelle. «Artaud recogerá los testimonios mejor que nadie porque es un genio universal, aunque no cambie las sábanas de su cama», explicó André. Todo iba bien hasta que en *La Révolution Surréaliste* Artaud publicó una carta al

95

papa Pío XI insultándolo. Breton la alabó. También aceptó la segunda carta abierta, dirigida al Dalai Lama, donde le pedía que levitara. La tercera, dirigida a los directores de los manicomios de Europa para que sacaran en libertad a sus internos, provocó que Breton cerrara el Bureau.

Como sucede con algunos libertadores, el líder del surrealismo, autoritario y fulminante, se deshizo de él.

Artaud viajó a México a buscar una verdad que el mundo europeo había perdido y que los tarahumaras alcanzaban con el peyote. En la capital, María Izquierdo y Lola Álvarez Bravo se hicieron cargo de él y lo recogían muerto de hambre y alcoholizado en la acera de la calle de Guadiana, en la colonia Cuauhtémoc. A su regreso a París, vivió en la miseria rechazado por todos. «Ya no tiene dientes», comenta Picasso. Ninguno se da cuenta de que Artaud, al descubrir a los tarahumaras, le ha dado una nueva dimensión al surrealismo.

Leonora y Max invitan a su casa a Picasso y a Marcel Duchamp, que a duras penas abandona su tablero de ajedrez. Benjamin Péret era inseparable de Breton hasta que apareció en su vida una pelirroja llamada Remedios y ahora lo ven menos. «Parece que la española es muy tímida.» En la rue Fontaine se engañan, conforman tríos amorosos como hace años el de Éluard, Gala y Max, que hizo que Paul exclamara: «No saben lo que es estar casado con una rusa, lo prefiero a él que a ella.»

El rumano Victor Brauner busca vender a toda costa un autorretrato en que aparece tuerto. De la cuenca de su ojo derecho sale una inmensa lágrima de sangre. El cuadro resulta un presagio, porque meses después, en 1938, en medio de una discusión, Esteban Francés avienta su vaso a Óscar Domínguez y Victor Brauner pierde el ojo. «Imposible vivir a cien por hora, vamos a reventar todos.» «Ya no me aguanto, tengo la cabeza como el molinillo de café de Duchamp», coinciden. Dora Maar, maltratada por Picasso, causa lástima cada vez que entra a un restaurante. «Miren cómo la dejó Picasso.» «Como un Picasso», le dice un camarero a otro.

Leonor Fini le da cita a Renato Leduc, que asesora al cónsul de México en París, en un café de Montparnasse para presentarle a Picasso.

Recién llegado de Tenerife, Óscar Domínguez se les une:

—¡Joder! Llévenme. Sólo quiero pasar a mi piso por un paquete.

Apenas entran en la casa de la rue Jacob, Domínguez salta encima de Picasso:

—Maestro, yo soy un pintor español y me ando muriendo de hambre.

—Lo español se te nota de lejos. El que te estés muriendo de hambre, a todos nos ha pasado.

—Mire, maestro, el otro día estuve en una fiesta de un norteamericano que traía 25.000 francos para cambiarlos por tres trazos de Picasso; yo presumí que tenía una obra suya.

Abre el paquete y aparece una copia del *Bañista con balón*. En vez de enojarse, el malagueño lo felicita.

—Esos norteamericanos no compran cuadros sino firmas. Leonora, ¿puedes prestarme una pluma o un lápiz?

Firma y le tiende la copia:

—Véndelo y gánate esos 25.000 francos...

Óscar y Pablo se vuelven inseparables. A veces se les une Renato Leduc, y los tres hablan de toros.

Además de la rue Jacob, también en la casa de André Breton se dan encuentros privilegiados; una noche Breton los calla a todos: «Vamos a escuchar a Leonora.» Leonora entonces guarda silencio. Imposible ser rebelde por mandato. Su rebeldía es sagrada y la saca cuando ella quiere, no cuando le dan la orden.

—Somos tu rebaño de ovejas negras, te seguiremos adonde sea.

Leonora no sólo es dueña de sí misma sino de todos sus admiradores. ¡Qué buena vida la suya! La única que la saca de quicio es Marie Berthe Aurenche, que se presenta sin aviso:

—¿Por qué no te regresas a Inglaterra? —le grita.

—¿Por qué entra sin tocar? —le pregunta Leonora a su amante.

—Porque tiene llave.

—¿Quién se la dio?

—Loplop.

Marie Berthe los sigue al Café de Flore, grita y hace escenas frente a la mirada aprensiva de Leonora. Rompe vasos, platos y tazas; los parroquianos y los meseros la miran sin inmutarse porque en París cualquier cosa puede suceder. Como buena británica, Leonora sabe que los tormentos emocionales no deben exhibirse y que los celos resultan patéticos. Desde niña le enseñaron: «*Children should be seen and not heard*» y, por lo visto, lo que quiere la niña Marie Berthe es volverse figura pública. Altaneros, los surrealistas no prestan atención a mujeres que van de bajada; en cambio Leonora es un hallazgo, la joya más preciada de su corona. La Aurenche echa a perder las reuniones. Cada confrontación es su derrota. Cuando grita entre sollozos que va a regresar al convento, Leonora piensa que su lugar está allí, en medio de mujeres veladas que no se atreven a decir quiénes son y se sepultan en vida. Por lo visto, la compasión no es el fuerte del pintor, porque no tiene la menor paciencia con el desquiciamiento de su esposa: «Que regrese al convento de donde la saqué.»

Leonora escribe y pinta y no se preocupa por lo que va a pasarle.

Peggy Guggenheim, la mecenas que impone el arte moderno y compra a Picasso, a Dalí, a Duchamp, a Tanguy, llama a la puerta del estudio de Ernst. Todo París habla de ella. Cuentan que una noche se acuesta con Beckett y a la siguiente con Tanguy, y ella paga el hotel; escoge el lienzo según el desempeño. Nunca duerme sola. Es *avant-garde*, monta el estudio del elegido, consume a Beckett en una semana y agota a Giorgio, el hijo de James Joyce. Es atrevida, tiene buen cuerpo y una nariz de nabo. Los artistas alegan que es una diletante, pero sus dólares fosforecen. Tanguy ya dejó a su mujer por ella. Marcel Duchamp, adelantándose a todos, no la suelta y le aconseja qué comprar.

Peggy entra como una tromba y suelta las correas de cuatro perros malteses que se precipitan sobre los cuadros. Lleva unos lentes negros estrafalarios, su traje es de Paul Poiret y deja caer su abrigo en la primera silla.

—¡Qué frío! París es una nevera.

En lo único que piensa el pintor es en proteger sus telas de los perros. Peggy los llama: «*My darlings*», y ellos rodean a Leonora, que los acaricia.

—*Are these all yours?* —pregunta la mecenas.

—Este cuadro es de Carrington, la más talentosa de mis discípulas.

La Guggenheim observa a Leonora festejada por sus malteses:

—Quiero comprar éste, me encanta el caballo trepado en el árbol como un ave —señala *La comida de Lord Candlestick*.

—Representan a la familia de la autora. Lord Candlestick es en realidad Harold Carrington satirizado por su hija. Estas cabezas equinas son fálicas, los platos son hostias. Del ano del jabalí salen ramas. ¿No se asemeja a Jerónimo Bosco?

—Así que la jovencita pertenece a la nobleza.

—Tiene un talento extraordinario, Breton y Marcel Duchamp la invitaron a participar con dos de sus obras en la reciente Exposición Internacional del Surrealismo.

—Sí, ya la visité, son pocas las mujeres: Eileen Agar, la noruega Elsa Thorensen, la española Remedios Varo, la alemana Meret Oppenheim, que según me dijeron fue su amante, y la joven aristócrata inglesa.

—Breton está encantado con Leonora, dice que es la gran figura femenina del surrealismo, su extravagancia lo tiene subyugado; asegura haber descubierto a la única capaz del *amour fou* —continúa Max Ernst.

Los perritos se acuestan en torno a Leonora y Max invita a Peggy a cenar, pasará por ella al Ritz a las ocho.

—Mejor ve tú solo —pide Leonora.

—¿Por qué?

—Porque yo prefiero a los perros y a ellos no los van a dejar entrar.

En La Tour d'Argent Max se dedica a impresionar a la norteamericana mirándola sin parpadear con sus dos pescados azules. Ella pide los *profiterolles*, él los *poor knights of Windsor* y, mientras cenan, anhelan que «la comida de Lord Candlestick» sea la primera de muchas otras. Ninguno de los comensales imagina que la guerra va a partirles la vida.

Al regreso, Max se ve más guapo que nunca y le dice a Leonora:

—Esa mujer tiene ojos inteligentes.

París rechaza a los surrealistas, los críticos son implacables, los que desertan, numerosos, y a Leonora le parece providencial que su amante haya encontrado una protectora.

100

Capítulo 11

CUERPOS EN EL ESPACIO

Cada vez más incontrolable, la Aurenche llama a la puerta, reclama sus derechos, «yo soy tu mujer», llora, patea, Max la convence de irse y, cuando se dispone a salir con Leonora, aparece tras la puerta y lo toma del brazo. «Recuerda que dijiste que iríamos a la sala Pleyel.» Max no sabe cómo deshacerse de ella. A Leonora le impresiona esa mujer bonita con la frente cubierta de bucles de muñeca. En el Café de Flore no le pareció nada frágil pero ahora todo su atuendo, sus manos y su peinado emanan fragilidad.

Los tres escuchan el primero de los seis conciertos de Brandenburgo y Max aclara que los instrumentos musicales son cuerpos en el espacio. «¿Como Dios?», pregunta Marie Berthe, que todo lo remite al juicio divino. Ernst le responde que son más bellos y que giraban ya en la estratosfera antes de que Dios fuera inventado: notas musicales, círculos, cometas, estrellas fugaces, cuerpos celestes. Ella protesta:

—Estás mintiendo, eso no me lo enseñaron en el catecismo, voy a gritar.

Max la desafía:

—Grita.

A Leonora se le encoge el alma, no tanto por el grito en medio del concierto sino porque el mayor recurso de Marie Berthe es el chantaje.

—Max, el médico me dijo que no puedes negarme nada porque estoy enferma. Además, no tengo quien vea por mí, soy huérfana. ¿Está mi madre en el Cielo?

—No lo creo.

—¿En el infierno?

—Quizá tu madre sea una tabla de multiplicar que gira en el espacio infinito o un violín aún sin descubrir que da vueltas alrededor del universo.

—¡Ay! A veces pienso que eres el diablo.

—¡Qué bueno que no creas que soy un ángel!

Leonora celebra cada una de las respuestas de su amante.

Si Max no la complace, la francesa dice que va a escribirle al Papa, que el Vaticano le dará la razón, y a las dos de la mañana corre a tirarse frente a Notre Dame hasta que un gendarme repara en ella.

—Máteme, lo estaba esperando, usted es el Ángel de la Muerte —se le echa a los brazos.

—Señor, le devuelvo a su mujer —la entrega en la rue des Plantes.

Max intenta calmarla, la encierra, Marie Berthe rompe sus lienzos, destruye sus herramientas, arremete contra las bicicletas y les poncha las llantas, desenrolla sus bobinas de hilo, rompe sus probetas para luego pedir perdón a grandes voces. Apenas el cura la ve entrar al confesionario le da la absolución, harto de tantas escenas. Cada vez que Max la rechaza, regresa a la iglesia a gritar: «Dios me ha unido a este hombre para toda la vida, con él se estremecen cada una de mis células; Jesucristo, el Espíritu Santo, la Virgen de Lourdes tienen que devolvérmelo. Es mi ma-ri-do, nos une la ley del Cielo y la de los hombres. La inglesa es una intrusa, una sinvergüenza, tírenla al canal de La Mancha.»

—Ten paciencia, Leonora, esa mujer es infantil, deshacerme de ella va a tomar tiempo, tienes que comprender...

Max se afea, la indecisión afea, ¿qué se hace con dos mujeres? Cuando Marie Berthe aparece en la rue Jacob, él se esconde, ella lo encuentra. «Es la cuarta vez que vengo», lo besa. Leonora no sabe a qué atenerse. «¿Y quién es ésa?», finge no reconocer a Leonora. «¿Nunca vamos a estar tú y yo solos?»

Las escenas se multiplican, la Aurenche los sigue en la calle, conoce todos los movimientos de la pareja. Un día en que Leonora acompaña a Max al estudio de la rue des Plantes, Marie Berthe abre la puerta con fuerza y después de abrazarlo anuncia:

—Vengo a decirte que nos vamos de vacaciones tú y yo —ignora a Leonora—. Tengo que hablar contigo a solas.

Max se atemoriza.

—Perdóname, Leonora, tengo que arreglar este asunto. ¿Quieres tomar un baño? Vuelvo en veinte minutos.

¿Un baño? ¡Qué idea tan rara pero a lo mejor es buena! ¿Por qué no? Leonora se quita los zapatos y las medias y camina descalza. Después del baño, inspecciona el estudio que Max ha ido llenando de bicicletas rotas y de objetos a medio hacer. Sobre unos estantes se alinean botellas, libros, ruedas, envases de aceite, estatuas baratas, llaves, martillos y carretes de hilo. Los títulos de sus libros tienen más que ver con la mecánica y la plomería que con la pintura: *Hombre y bicicleta, Dificultades de pedales y campanas, Enchufes y electricidad, Ruedas libres y flotadores,*

Reguladores de fuerza centrífuga, Balastos y palancas y el Diccionario Oxford.

Al lado de una ristra de ajos de porcelana que parecen de verdad, un par de cucarachas intentan salir de una cajita. Unos guantes de mecánico y una rueca de hilar llaman su atención. Sobre la rueca, un corsé negro con un lazo morado y rosas bordadas espera a que Leonora se lo ponga. Se lo ciñe a la cintura y le llega hasta las rodillas: «¿Por qué tendré muslos tan delgados?» Imagina que sus piernas son fuertes y calientes y cierra los ojos.

Marie Berthe abre la puerta:

—¿Todavía estás aquí? ¡Mira, mi marido y yo nos vamos mañana de vacaciones y tú te largas derechito a tu isla!

—Me iré cuando él me lo pida.

—Te irás ahora —grita—. Las uñas de tus pies son horribles.

En efecto, sus uñas están demasiado largas.

Leonora se inclina a recoger sus zapatos pero el corsé se lo impide.

—Me voy. Ni siquiera mi padre se ha atrevido a gritarme nunca.

—¡Quítate antes el corsé de Max!

—¿El corsé de Max? —sonríe Leonora.

—Max es un niño inocente y tú una idiota. No voy a permitir que se mezcle con gentuza como tú. ¿Por qué no nos dejas en paz? Éramos muy felices antes de que aparecieras. ¿Te das cuenta de que estoy muy, muy enferma? —se tira al suelo—. Estoy muriéndome, sólo me quedan unos cuantos meses de vida.

—¡Muérete de una vez! —se indigna Leonora.

Marie Berthe patalea en el piso. Los sollozos la ahogan y finge perder el conocimiento.

Leonora se dispone a levantarla.

—Yo me encargo —la detiene Max—. Es capaz de provocarse la muerte. Voy a acostarla.

Marie Berthe resucita.

—No voy a ir a la cama mientras esa cerda esté aquí.

—Es obvio que la intrusa aquí soy yo —Leonora sale.

—Espera —ordena Max.

Marie Berthe aúlla.

—Pensándolo bien, creo que es mejor que te vayas —dice él tembloroso.

—Está bien.

La alcanza en la puerta y murmura: «Café de Flore, dentro de una hora.»

Leonora se sienta a una mesa y a los tres minutos una rubia se acerca a preguntarle: «*Avez-vous du feu?*» Leonora le prende su cigarro.

—Se ve a leguas que usted es inglesa, sólo los ingleses piden té a esta hora. Me llamo Carlota, vine desde Hungría a buscar trabajo a Francia.

—¿Trabajo de qué?

—De trotona.

Platican durante cuarenta y cinco minutos hasta que llega Ernst, con un rasguño que va del ojo derecho a la boca. Al verlo, Carlota se despide.

—Vámonos fuera de París, a St. Martin d'Ardèche, no creo que pueda tolerarla más tiempo. Los pleitos de los surrealistas también me tienen harto.

Leonora accede de inmediato. Lo que no sabe es que su amante descubrió ese pueblo junto al río por Marie Berthe, ni que allá los Aurenche tienen su casa natal. A pesar de que le preocupa el desquiciamiento de su segunda esposa, no vacila en refugiarse allí con otra mujer.

—Creo que es mejor que vayas ahora a la rue Jacob a

hacer la maleta. Pasaré por ti a las seis y media. Lo mejor es irnos lo más temprano posible.

—¿Marie Berthe tuvo un verdadero ataque?

—Tú la viste desmayada en el suelo.

Los surrealistas se ahogan en orgías de sentimientos. El aparador en que se exhiben está a punto de estallar. El grupo se critica, se destroza y se salpica de sangre y de saliva: «Cocteau es un camaleón», «el rumano Tzara ya derrapó y habla solo como en su libro *Parler seul*. Desde que se casó con la sueca Nobel es insoportable», «Soupault se petrificó en el automatismo y no ha escrito nada bueno después de *El gran hombre*», «Duchamp hizo bien en burlarse de Cézanne y después de tres o cuatro *chefs-d'œuvres* cambiar el pincel por los peones, porque ya lo dijo todo», «Giacometti, botella en mano, amenazó con tirarse desde su terraza de la rue des Plantes», «Dalí da asco, es un vendido, un puto», «Leonor Fini se cree la emperatriz de los gauchos. Hay que mandarla a la Patagonia a esquilar ovejas».

El grupo es un caballo desbocado y Leonora, una excelente amazona difícil de derribar: «Vine a París a pintar», se repite una y otra vez, incluso cuando las escenas de Marie Berthe la alteran.

Capítulo 12

LA NOVIA DEL VIENTO

Las bicicletas viajan con ellos amarradas al toldo del automóvil. Los franceses son fanáticos del ciclismo y Leonora bautizó a la bicicleta roja de Max como *Darling little Mabel* y a la anaranjada suya con el nombre de *Roger of Kildare*, cuatro ruedas que giran al unísono hacia la libertad. Ver el paisaje a través de la ventanilla en la carretera los descansa de las escenas de Marie Berthe. Su amante le cuenta que Hans Arp, amigo de la adolescencia se salvó de ser reclutado porque se encueró delante de las autoridades; el escándalo desarma a los timoratos. Leonora relata que de niña a ella le costó mucho distinguir entre los verbos «ser» y «tener», y que mademoiselle Varenne la hacía repetirlos como las tablas de multiplicar.

El calor los obliga a abrir las ventanillas y el canto de los grillos les anuncia que han llegado al sur. El aire hierve y Leonora también. «Ésta soy yo», y de pronto se da cuenta de que no puede perder ni un segundo de lo que está viviendo, que Max es inmenso y la abarca toda, que su vida entera la vivió para este momento, que dar un paso en falso o volver la vista atrás pueden ocasionarle la muerte, que nada de Max se le va a ir, ni un cabello blanco, que sus manos sobre su vientre son iguales a las garras del águila sobre su presa y no la dejará caer.

Leonora conduce: «No me siento muy segura, en Inglaterra, en Irlanda, en Escocia, el volante está a la derecha.» Su amante le indica el camino. Atraviesan un largo y estrecho puente, doblan a la derecha y entran a St. Martin d'Ardèche. Sólo hay luz suficiente para ver a dos erizos aplastados en mitad del camino.

—Por fin vamos a vivir tú y yo solos —se alegra Leonora—. Estoy dispuesta a morir abrazada a ti.

—También muero por ti. Antes de devorarte busquemos un sitio donde comer.

—Eres más práctico que yo.

El ruido de la hostería, llena de pechos y de nalgas en vísperas de la fiesta local, los agrede. Los amantes caminan tomados de la mano.

—Tengo dos camas, sin baño y sin comida —grita Alfonsina, la dueña, como si la pareja fuera sorda.

—¿Qué, usted no come?

—Yo sí como —ríe a carcajadas— pero ustedes no. Mi madre está demasiado vieja para guisar y yo no quiero más trabajo del necesario. Pueden comer al lado, en casa de María, que también vende cigarros.

—Ya sólo me quedan unos cuantos —se preocupa Leonora.

—Mejor nos enseña usted la recámara —ordena el pintor.

—Está sucia. Después de mis últimos cinco clientes, las sábanas huelen a tocino.

Alfonsina ve las bicicletas:

—Son magníficas. ¿Me permitirá dar una vuelta una

tarde para ir a ver a un amante que vive a ocho kilómetros?

—Por supuesto —responde Max.

Un ejército de moscos y varios alacranes se han adueñado de la habitación, cuyo mobiliario se conforma de un costal de papas, una ristra de ajos secos y un horno abandonado.

—Está bien para mientras. Vamos a acampar del otro lado del río.

María tiene una verruga como la que tenía la madre superiora del Convento del Santo Sepulcro.

Comen pescado del río y anguilas con mostaza. Beben vino pero en realidad Leonora quisiera beberse a su amante, que ya no pudiera distinguirse de ella. Los campesinos les hablan de las crecidas del Ródano, que a veces inundan al pueblo. «Este año se dieron muy bien las cerezas, tenemos también conservas de frutas que les van a gustar y una cantidad de aceitunas en salmuera.» «Tienen que conocer el Pont Saint Esprit.» Los habitantes son hospitalarios, la pareja es una novedad y los observan caminar abrazados por la calle y besarse en las esquinas. Al rato Alfonsina, a quien llaman Fonfon, lo sabe todo de los enamorados y se vuelve su cómplice. No sólo vive la vida de Max y de Leonora como si fuera la propia, está pendiente de los peligros que los acechan. La presencia de la inglesa y su amante en St. Martin es la mejor novela que ha leído.

—Anoche cuando salieron una mujer llamó de París, que ya viene para acá.

—Es ella. Vámonos a Carcasona, a casa de Joë Bousquet. Francia es un lugar suficientemente grande como para esconderse.

El 27 de mayo de 1918, durante la Primera Guerra Mundial, en el frente de Vailly, Joë Bousquet recibió a los veintiún años un balazo en la columna vertebral. Vive con las ventanas cerradas. La bala en su médula espinal lo amarró a su cama y al opio para siempre. Dice que con esta herida aprendió que todos los hombres están heridos. Escribe: «¿Quién soy yo? Floto entre dos personas, la de mi corazón y la de mi muerte.»

Prepara pequeñas bolitas de opio. Max y Leonora fuman con él, su guía. Joë Bousquet, recargado en sus almohadas, en la penumbra de la recámara a la que no le entra un solo rayo de sol, habla muy despacio. Leonora le pregunta si no siente rabia contra su destino y responde que antes del accidente en el campo de batalla ya era un hombre perdido.

—¿Por qué? —pregunta Leonora.

—Porque ya era un adicto.

Su vida habría terminado con un balazo.

—Soy un hombre de todos los vientos que la soledad y el silencio hicieron prisionero.

Leonora descubre que Max la llama la «novia del viento» porque tomó ese título de Joë Bousquet, que escribe de metafísica y compone alegorías para varias revistas literarias como *Cahiers du Sud*.

La novia del viento es una planta sin raíces castigada por el aire y a la que todos pisotean o rompen. El pueblo la llama la novia del viento para burlarse de ella y Jules Michelet afirma que esa planta agitada por la corriente goza de un privilegio: aun en los peores torbellinos, florece.

—Desde que un amigo me trae hachís de Marsella cada dos noches, me siento bien porque el efecto es suave y duradero.

Bousquet toma una gran bocanada de humo, guarda su respiración y deja salir un hilo delgadito que echa lentamente entre sus labios casi cerrados.

Leonora lo ve muy pálido. Calvo, su rostro sin edad, tiembla marfilíneo. Bajo cada uno de sus brazos se extienden grandes parches de sudor.

—¿Tienes frío? ¿Te sientes bien? —pregunta.

—Estoy muy cansado, me duele el estómago —un agua helada baja desde su frente y se le resbalan los anteojos.

Leonora le limpia la frente. A ella, primeriza, la droga no le hace el mismo efecto que a Max, que por lo visto ya la conoce; se repliega envuelto en el humo del opio y olvida a Leonora, a Joë y a Marie Berthe.

El tiempo se detiene. La luz es verde como la de un acuario.

—Pareces un paje —le dice Joë a Leonora—. Carcasona es la ciudad de los trovadores y los cátaros. Quédate aquí para siempre.

Leonora se inquieta.

—Estás fuera de peligro; aquí no hay ningún reloj. Nada de relojes. También decidí ignorar la fecha o el día de la semana, tranquilízate, cierra los ojos.

El opio hace que Joë Bousquet llegue hasta el fondo de un sueño y ame a mujeres irreales. Le confía a Leonora que amar a una mujer es volverse carnalmente esa mujer:

—He vivido como mujer, quise dar a luz y nutrir con mi sustancia.

La bala en su cuerpo sigue su camino, el dolor lo socava, el opio es el único remedio a las crisis de uremia, sus riñones ya no funcionan.

—¿No viene alguien a cuidarte? ¿Qué comes?

—La gente es tan imbécil que prefiero estar solo. Como mucha fruta en compota. ¿Quieres una fruta cristalizada? Tengo muchas. La ciruela es la más deliciosa.

—También la Reina Roja les daba mermelada a sus caballos.

—¿Ah, sí? —se interesa Bousquet.

—Me envió una invitación, decorada con encaje, rosas y golondrinas, escrita con letras de oro. Busqué a mi chofer para que me llevara en mi automóvil al palacio pero, como es un completo idiota, había enterrado el coche para criar hongos y echó a perder el motor. Su estupidez me obligó a alquilar una carroza jalada por dos caballos. En la puerta del palacio, un sirviente vestido de rojo y oro me advirtió: «La reina enloqueció anoche. Está en la tina.»

Joë Bousquet abre los ojos.

—¿Qué reina, la de Inglaterra?

—La Reina Roja.

—¡Ésa es la buena! ¿Crees que a mí me entierren como a tu coche?

—Creo que vas a caer al suelo como una ciruela pesada, así, plop.

Bousquet sonríe y le toma la mano.

—¡Es una dicha verte! ¿Qué haces para darte valor, Leonora?

—Canto o repito «caballo, caballo, caballo, caballo» en vez de rezar.

Por amor a la vida, Joë Bousquet primero deseó destruirla, ahora ha aceptado morirla. Los años de opio anestesiaron sus dolores y sofocaron el anhelo de suprimirse.

—Herido, me convertí en mi herida. Sobreviví en una carne que era la vergüenza de mis deseos... Los últimos años vienen hacia mí, se acercan humildes, serviciales, cada uno con su linterna. ¡Viva mi desgracia!

Para Leonora es un alivio salir de ese cuarto en el que no entra sino el opio y el sufrimiento de un poeta, dolido y doloroso, que a fuerza quiere encontrarle un sentido a su condición.

Capítulo 13

LAS BERENJENAS

La pareja decide regresar a St. Martin d'Ardèche. Alfonsina les dice que Marie Berthe Aurenche vino a preguntar por Max.

Cada mañana descienden lentamente hasta un río con una playa de piedras que blanquean el agua que corre sobre ellas. El río revienta en un verde profundo en la poza, luego fluye suave y ancho hasta el mar. Se desnudan, se tiran a la orilla, la melena negra de Leonora hiere la blancura. Están solos durante horas, nadie se acerca mientras se abrazan, son los dueños del río. Tras tenderse al sol, las piedras guardan la memoria de sus cuerpos, los acunan, los adormecen. Max la guía. A veces la toma de la mano, a veces la suelta; él es el pájaro superior. La orilla del río es blanca.

—Vamos a meternos.

Su amante la jala y entran al agua. Cuando el sol llega al cenit, él se va desdibujando.

—Te quieren comer las piedras, te absorben, ya no te veo.

La frondosidad de sus espacios negros impide que se la traguen. «Leonora, Leonora, Leonora, Leonora», le dice Max a su sexo, a sus axilas, a su cabello, que es ya un follaje, y hacen el amor como anoche, como hoy en la mañana, como ahora mismo. Las piedras son su paredón: soldados, apunten al corazón, ¡fuego!

La blancura del río los sigue en la memoria. Se parece a las altas y calcáreas montañas que ahora los rodean. Las rocas, talladas en cientos de diferentes criaturas, le hacen recordar a Max a un hombre que pasó su vida entera convirtiendo el paisaje en un zoológico. Talló leones, osos, tigres, centauros, secretarios de gobierno y personajes históricos. Los cipreses que crecen en los cementerios le recuerdan la peluca de las mujeres de la corte del siglo xvii.

—Creo que a los del pueblo no les gusta que nos desnudemos —murmura Leonora.

—Los osos, los gatos, los ratones, los borregos, los perros, los pájaros se tapan con su piel, su pelo, sus plumas, su cuero, y nunca decimos que están desnudos. Los camarones, los cangrejos, las cucarachas tienen su propio caparazón crujiente. El hombre nace desnudo y su ropa no le crece encima, la saca de otras pieles, no por un afán de decencia sino por necesidad. Andar vestidos no nos hace virtuosos.

—¿Ah, no? ¿Y qué es la virtud?

—La virtud es la ejecución de acciones placenteras.

—¿Y el vicio?

—El vicio es no ejecutar acciones placenteras. La vida es muy simple; consiste en nacer, morir y, entre tanto, casarse y tener hijos. Todo lo demás, el sacrificio, la renuncia, el aislamiento, nos conduce al pecado de la esterilidad.

—Estamos escandalizando a la gente —advierte Leonora.

—Es su problema, no el nuestro. Invita a Fonfon a que se bañe con nosotros. A ella su carne se le amontona en torno a los huesos y por eso no aceptaría, la decencia no está en su cuerpo sino en su mente.

Durante la noche llueve, así que al día siguiente salen a buscar caracoles.

—No vayan a recoger los del panteón, porque ésos no se los voy a cocinar; encontrarán muchísimos sobre el pequeño muro que corre al lado del viñedo de Noël.

Le entregan a Alfonsina cuatro docenas de caracoles.

—Los tienes que dejar durante tres días hasta que mueran de hambre —le dice Max a Leonora—, y luego los lavas con vinagre y agua salada. Echan mucha baba y quedan limpios para guisarlos con una salsa de ajo. ¡Son deliciosos!

Mientras su amante duerme, Leonora se levanta y mira una araña que desciende por la tela desde el techo y se cuelga en los hilos del sol que entran por la persiana. Intenta recordar el dicho de Alfonsina: «*Araignée du matin, chagrin; araignée du midi, souci; araignée du soir, espoir.*»

El paisaje de viñedos maravilla a Leonora. Los campesinos cuidan sus vides como a sus hijos. El vino es la razón por la cual los soldados siguieran a Juana de Arco, el vino coronó a San Luis rey de Francia, las barricas apiladas en la cava, los toneles de buena madera fueron su trono. Desde la Edad Media, los campesinos pusieron hojas de vid frente a la entrada de su casa para que los espíritus del bien los favorecieran y la cosecha fuera abundante.

—Las buenas cosechas son de los años 1914 y 1932 —le informa Alfonsina—. Aquí, algunos entierran una rana viva bajo cada vid porque ayuda a la calidad del vino.

En la mesa de al lado, una pareja habla con un fuerte acento de Marsella.

—¿Acampan por aquí? —les pregunta Max.

—Sí, del otro lado del río. Los lugareños dicen que es peligroso...

—¿Y no querrán vender su tienda de campaña?

Tres días después, Max se convierte en excursionista.

A la sombra del acantilado, sobre la ribera del Ardèche, la tienda parece una hilacha olvidada por una lavandera. Leonora se sienta en la orilla del río y se lava los dientes. Algunos pececillos desayunan pasta dental y beben saliva. Si levanta la vista, alcanza a ver un pueblo que crece sobre la montaña, blanco por sus casas y negro por sus cipreses.

—Creo que deberíamos ir allá —le señala a Max, que pretende ser una culebra al sol.

—Hoy hace mucho calor, a mí no me gusta caminar con tanto calor —se levanta Max y se tira al agua.

—Podríamos nadar hacia allá —Leonora señala la montaña.

—A una montaña sólo se la escala —responde Max, cuya cabeza emerge rodeada de una cauda de peces.

Cuando sale del agua, sus ojos son dos bellísimos peces azules, a su cabeza la coronan blancas plumas esponjadas. Se estira al lado de Leonora.

—¿Qué puedo amar más en el mundo que piedras calientes y agua? —murmura acariciando su vientre—. Qué suave vida estamos viviendo, Leonora, me gustaría atrapar algunos de estos pececitos y freírlos —continúa con una sonrisa cruel—. Les echas limón y truenan entre tus dientes. Tengo hambre, ve a abrir la caja de latón y saca el queso. Trae los tomates y pan. ¡Ah!, y no se te olvide el vino.

—¿Se te ofrece otra cosa?

—Uvas, tráelas todas.

Leonora regresa, comen entre una nube de moscos y se duermen. Cuando despierta, abochornada por el sol, ve que la montaña se ha vuelto morada por la sombra. Su amante emite una serie de extraños sonidos tristes que no puede descifrar.

—No me importa escalar ahora tu montaña, Leonora —bosteza y estira los brazos.

Un sendero los lleva a un arco en ruinas y cuanto más suben, más solitarios se sienten. Las calles son tan negras como la noche y las higueras penetran en las casas. Una cabra sale de una puerta y los mira desde lo alto de su orgullo.

—No es una cabra, es un reptil —afirma Leonora.

Es el único ser viviente que encuentran. A través de una rendija se asoman a un pequeño jardín y un muro los separa del vacío en el que, metros abajo, corre el río.

En lo alto de la montaña, el castillo con tres torres puntiagudas rasga el cielo. El dueño es el vizconde Cyril de Guindre, que vive sepultado bajo los libros de su biblioteca en compañía de una hija excéntrica que monta desnuda a caballo: mademoiselle la *vicomtesse* Drusille.

—Podríamos vestirnos de obispos y dar solemnes misas negras sobre la roca.

Leonora cierra los ojos extasiada y se ve al lado de su amante con una casulla morada, una mitra en la cabeza y un báculo capaz de exorcizar al diablo.

El galope de un caballo la despierta de su sueño pontificio. Una amazona que sólo lleva puesta una chaqueta corta desmonta y besa a Max.

—Buenas noches, mi pequeño amorcito precioso poo poo —se dirige a Max.

Sorprende que de una mujer, casi un hombre de tan fuerte, salga esa voz melosa y fingida.

—Pobrecito mío, estás cansado. ¿Quieres cenar en el castillo?

—Hoy no. Mañana.

Drusille besa a Max sobre la nariz y espolea su caballo.

—La puedes traer si quieres. —Señala a la obispa inglesa, que la bendice en señal de despedida.

—¿Ya saliste de tu sueño pontificio?

—Sí, la habitante de Laputa me despertó.

Leonora mira a Max recoger hojitas espinosas con un olor extremadamente dulce.

—¿Qué vas a hacer con esas flores?

—Cuenta la leyenda —informa mientras amarra un manojo— que una muchacha de enorme fealdad, llamada Miralda, salía cubierta con un velo para que nadie pudiera ver su rostro. Sin embargo, un brujo se enamoró del olor de su cabellera y la poseyó. Cuando despertó y le vio la cara, se aterrorizó tanto que la sepultó y sólo dejó fuera sus cabellos, que son estas flores: rizosdemiralda.

Leonora las aspira hondo y echa su cabeza hacia atrás:

—¡Qué olor tan denso!

—Déjame ver, creo que ya tenemos bastantes. Vamos a necesitar una piedra plana y una redonda. Tenemos que darnos prisa antes de que oscurezca.

Leonora aspira el aroma de sus dedos impregnados de rizosdemiralda. Cerca de la tienda de campaña, Max le pide que encienda una vela y, acuclillado, machaca las flores sobre una piedra plana.

Después de molerlas, las pone a hervir. Su olor es delicioso.

—¿Ves? —explica—. Con estas hierbas se hacen cigarros mejores y más baratos que los Gauloises. Lo único que necesitamos es papel de arroz para enrollarlos. Vamos a buscarlo, dejemos el fuego encendido y estará listo a nuestro regreso.

Apenas los ve entrar a la plaza, Alfonsina les grita:

—Hace tres días que no los veo, vengan a cenar.

Le reclama a Leonora:

—¿Por qué me abandonan? Vayan por las verduras y les haré unas berenjenas en salsa de tomate. María las corta frescas de su jardín.

María escoge dos globos morados que cuelgan en medio de unas hojas espinosas y se las tiende a Leonora.

—¿Cuántos tomates quiere? —Continúa buscando en la oscuridad—. También tengo buenas lechugas.

Leonora y Max se sientan en la terraza. Los demás parroquianos son un sepulturero, un pastor de cabras, una muchacha ciega a quien le gusta fumar y el viejo Mateo, que es parte del mobiliario y enrolla cigarro tras cigarro. Fonfon no tarda en colocar frente a ellos un platillo de berenjenas en salsa roja.

—Si quieres que el sepulturero te tome medidas para tu ataúd, ahora es un buen momento, Leonora.

El sepulturero se levanta y viene hacia ella. La dueña del café, sentada al lado del pintor, se escarba los dientes con un palillo. Salvo Mateo, los demás desaparecen. Alfonsina se regodea hablando mal de los vecinos, borrachos, flojos, abusivos.

—A lo mejor son pobres —los defiende Max—. De todos modos yo no creo en el trabajo.

—¿Dónde compra Mateo los papelitos con los que enrolla su tabaco? —pregunta Leonora.

—¡Aaaaaaaaah! —gruñe el viejo.

Fonfon lo interpreta:

—En la tabaquería.

Leonora y Max se despiden.

—Mañana Mateo les traerá algunos higos y un conejo gordo. Lo voy a cocinar en su jugo con romero porque me queda delicioso.

Después de comprar dos paquetes de papel de arroz, regresan a su tienda guiados por la luz de la luna. El agua del Ardèche fluye suavemente al lado del camino. En la tienda todavía brilla el carbón debajo del pocillo y huele muy bien. Una cortina de vapor se levanta cuando Max mete la ollita en el río para enfriarla.

—Ya se secaron, están en su punto.

Transforma la cocción en cigarros.

—Vas a ver qué maravilla. —Enciende un cigarro.

—¿Quién te enseñó a hacer eso?

—No te imaginas todo lo que yo sé hacer. Con esta dosis van a desaparecer todas mis preocupaciones.

—¿A poco tu mujer puede llegar hasta acá?

—No conoces a Marie Berthe.

Su esposa se quedó al cuidado de un mozo que apenas si sabe leer y escribir.

—¿Tú crees que si algo sucede, me llamará por teléfono? —le pregunta a Leonora.

—No lo sé —responde de muy lejos, porque su propia voz parece venir de varios metros sobre su cabeza—. No creo que tenga mucha importancia.

—Sí que importa —replica Max—. El pueblo es tan pequeño que si viene nos encontrará de inmediato.

—No importa, ya nada importa —asegura Leonora, que ha volado lejos.

Capítulo 14

EL CARTERO CHEVAL

No hay mucho más que hacer aparte de caminar o subir a las alturas rocosas. Max sabe de astronomía, Leonora, de la luna, cree que se infla y desinfla como el vientre de las mujeres y rige sus ciclos. El padre O'Connor, su maestro astrónomo, le enseñó las constelaciones, que ahora le señala a Max. También le señala los grillos verdes, azules y grises y, cuando un buitre desciende en picada, le anuncia con tristeza:

—Debe haber algún animal muerto tirado en el campo.

Max explica que la sustancia de ciertos hongos se parece a la clara del huevo y, como a Leonora le encantan los huevos, come hongos. Ernst parece sobrellevar un peso enorme, se mantiene silencioso y, si no, le descubre a Leonora las maneras tortuosas y mágicas en que actúa la naturaleza.

A veces encuentran en su camino a un cartero de bigote blanco. Para tener ese cargo, hizo un juramento. En Francia, los carteros juran que la carta llegará intacta a su destinatario. Sus uniformes son militares: ser cartero es una misión sagrada. Los que no tienen bicicleta cruzan a veces grandes distancias por brechas de terracería entre los árboles; el sol los quema, la lluvia los moja, la nieve los congela. El cartero de St. Martin d'Ardèche tiene ojos penetrantes bajo su gorra azul marino y de pronto a Max le recuerda al *Facteur* Cheval y sin más se transforma su rostro:

—Vámonos en tren a Hauterives, Leonora. ¿Recuerdas el poema que te leyó Breton dedicado a un cartero? Estamos cerca del Palacio Ideal de Ferdinand Cheval. No importa el tiempo que tome ni las condiciones del viaje con tal de llegar. Tienes que conocerlo.

—¿Es un caballo? —Leonora bate palmas.

En una de sus jornadas, Ferdinand Cheval tropezó con una piedra que lo hizo caer; nunca había visto una piedra igual, buscó otras y las encontró. Él ya no era un hombre joven, tenía cuarenta y tres años. Primero guardó las piedras en sus bolsillos, luego las metió en un barril hasta que las llevó en una carretilla al sitio en que levantó su castillo. «Hizo honor a su apellido», piensa Leonora. «Trabajó como un caballo.»

Con argamasa y cemento, a lo largo de treinta y tres años, convirtió las piedras en insectos, plumas, palmeras, torres, puentes levadizos, animales, cascadas, estrellas de mar, ángeles, cuernos, rosas... y armó su *Palais Idéal*, en donde mezcló un chalet suizo, un templo hindú, nichos y minaretes de mezquitas.

Leonora descubre encima de la carretilla la placa con la que Cheval le rinde homenaje: «Ahora que terminó su obra, / él disfruta en paz de su labor, / y en su casa, yo, su humilde amiga / ocupo el lugar de honor.»

—¿Qué pensaban sus vecinos, Max?

—Lo mismo que piensan de nosotros: que estaba mal de la cabeza. ¿Sabes que le dediqué un cuadro?: *Al cartero Cheval.*

—¿Dónde lo tienes?

—Se lo regalé a Luise.

Durante el viaje de regreso de Hauterives, Max lee y Leonora pega su nariz a la ventanilla y ve manos de niños agitándose al paso del tren. Apenas cierra los ojos, una voz que parece venir desde un túnel la despierta: «St. Martin d'Ardèche.»

Leonora respeta los silencios de su amante y se entretiene recordando la mejor parte de su vida en Crookhey Hall: el día en que patinó por primera vez sobre el hielo de un lago, la noche en que se emborrachó con cerveza caliente dentro del coche paterno con Tim, el hijo del chofer, y la resaca le duró tanto que al día siguiente vomitó en la cancha de tenis frente a los invitados.

Alfonsina, muy agitada, toca a la puerta y anuncia:

—Allá abajo hay una mujer que asegura ser la esposa de Ernst. Intentó arrebatarme la charola que traía en la mano: «Yo le subo su *café au lait.*» No se lo permití.

—¡Maldición! —despierta el pintor—. Voy a verla.

Leonora espera tres horas.

Alfonsina sube a informarle de lo que sucede en la sala:

—Ya se la llevó al río.

—¿Qué?

—Sí, lo primero que le preguntó fue: «¿Qué estás haciendo aquí?» No se veía enojado y le dijo que salieran a dar un paseo. Tomaron el camino que desciende al Ardèche y él la llevaba del brazo.

—¿Él la llevaba del brazo?

Al fin, regresa Max:

—Tengo que acompañarla a casa de una tía en Valence, aquí cerca, para tranquilizarla. Si me quedo tres días con ella, promete dejarnos en paz.

Para Leonora, descubrir la debilidad de Max es un

golpe. Hay un temblor feo en las aletas de su nariz cuando repite que Marie Berthe pide sólo tres días; tres días no son nada, pasan como agua.

—¿Y yo? —grita Leonora.

—Tres días. Tú y yo tenemos la vida por delante, ella entendió que la voy a dejar.

Leonora lo mira de arriba abajo mientras él le ruega que lo espere ahí; la va a acompañar a Valence, está muy mal. Ella, Leonora, no está mal, al contrario, es una dinamo, una cabra. La otra está desesperada. Leonora se enoja, puede llevar a su ex esposa a la estación, subirla al tren; si llegó hasta aquí, tiene suficiente fuerza para marcharse sola.

Entonces a Leonora se le mete la víbora del miedo. Marie Berthe lo va a atrapar, le impedirá regresar a toda costa. A quien Max va a dejar es a ella, no a la legítima. La que pierde la partida es ella, ella, la inglesa; la que ya ganó es la francesa, la que sí pertenece, la que está en su país, la que mantiene a Max. «Maurie, mamá, ¿dónde estás? Maurie, ayúdame, mamá, ¿qué hago?» Y su madre la ayuda haciéndola enojar.

—Max, si te vas, no me encontrarás aquí.

Se lo espeta con la cabeza muy erguida. Ahora sí, este alemán no la va a humillar. Si él se quiere hacer el tonto creyendo que va a regresar, allá él. Leonora es una yegua que se encabrita, sus patas delanteras están listas para caerle encima. Max se echa para atrás ante la furia del relincho de la inglesa.

—¿Me tomas por una imbécil?

Alfonsina se asoma:

—Su esposa va de un lado a otro como fiera enjaulada.

—Prometo estar de regreso en tres días, pequeña Leonora —la abraza.

—No me llames pequeña, no soy ninguna tonta. Si tú te vas, yo salgo en la otra dirección.

—¿Adónde? ¿Qué vas a hacer?

—Eso es cosa mía —responde airada mientras se pregunta si podrá conseguir trabajo de afanadora.

—¡Espérame!

—Lárgate.

Lo último que ve Leonora de su amante es su nuca inclinada. Su abrigo todavía cuelga en la entrada y Leonora está por recordarle «¡Max, tu abrigo!», pero sólo lo mira, como si la prenda fuera a hipnotizarla.

—¡Qué hombre tan débil! —comenta Alfonsina.

—Ayúdame a empacar, me voy.

—¿Tú también nos vas a dejar? No voy a permitir que te vayas. Una muchacha como tú, sola, corre peligro. Espérate tres días, él volverá.

—Y yo mientras tanto soy Lady of Shalott.

—¿Quién es ésa?

—Su cuerpo aparece flotando en todos los ríos de Inglaterra porque su amante la abandonó y decidió ahogarse.

Pese a que sus manos heladas apenas le responden, Leonora recoge sus cosas.

—Mira, mis dedos se han vuelto de piedra.

Todas sus posesiones le caben en un hatillo.

—Ya terminé. Bajemos al café a emborracharnos.

Se sienta a beber marc, que se le sube de inmediato.

—Max deja sola a la pobre Leonorcita —reconstruye Alfonsina—, mírenla ahora, botella en mano.

—Don Pascual, el vendimiador, prometió llevarme a la estación de Orange.

Fonfon intenta retenerla.

El jefe de estación la mira venir por el andén vacío.

—El Rapide sale a las nueve y media de la noche —informa.

Leonora guarda su hatillo en un casillero de la estación y recorre el pueblo. En una *brasserie* ordena un vaso de vino tinto tras otro hasta consumir la botella. Compra un libro y se sienta en una banca de la plaza.

Las horas se estancan y la tarde comienza a enfriar. Abandona el libro, imposible de leer porque las letras se le caen, y regresa a la estación. En el trayecto intenta que la atropelle un automóvil.

—¿Estás loca? —le grita furioso el conductor bajándose del vehículo—. ¡Hueles a vino, muchacha!

Leonora se encoge de hombros y camina hacia la tabaquería. Luego se dirige a la antigua arena romana, que atrae a los turistas. Ya en el umbral, se da cuenta de que no tiene fuerzas para entrar. Compra un periódico y lo tira. Quiere hacerse daño. Se patea con el pie derecho la espinilla izquierda. «Si a Lucrecia Borgia la envenenaron, ¿por qué a mí no?» Se mete a un café y llama por teléfono a Alfonsina frente a la mirada de dos bebedores.

—Quédate hasta mañana —implora Alfonsina—. O al menos déjame un número de teléfono para llamarte por si hay alguna noticia.

El dueño del café le recomienda un hotel. Apenas se instala, llama de nuevo para darle a Alfonsina la dirección y el teléfono. A las nueve se mete a la cama pero no puede dormir y en la madrugada sale a caminar. Cuando abre el tendero, compra una botella de Hennessy y regresa a su habitación con la botella abrazada. Desde su ventana, Leonora cuenta los techos de Orange y se bebe media botella. A las once, tocan a su puerta.

—*Téléphone, mademoiselle, de la part d'Alphonsine.*

Apenas si puede hablar, su boca le arde de tanto fumar.

—Llamó Max —informa Alfonsina—. Le dije que te fuiste a Orange y le di tu número de teléfono. También le advertí de que si no te llama, probablemente saldrías a América o a China. Dijo que te llamaría de inmediato.

Capítulo 15

LA RESACA

Leonora no hace más que esperar y fumar. Avisa a los meseros de que va a sentarse en la banca frente al hotel y luego cambia de idea:

—Estaré en mi habitación.

Sube a su recámara y vuelve a bajar porque ya no se soporta.

—Coma usted algo —se compadece un mesero.

En vez de comer, pide dos cafés negros y se mira en el espejo. «¡Qué pálida estoy, parezco loca!» Le da gusto. A lo mejor muere y deja de sufrir. Sus oídos palpitan, le salta una vena en la sien izquierda. No le importa que la vean y corre al teléfono cada vez que suena.

—No es para usted —le dice el mismo mesero compasivo.

Al mediodía termina la botella tirada en la cama e intenta dormir abrazándola. Imposible. A las tres y media ordena un taxi.

—Si llama un tal Max Ernst, díganle que no me he ido a América y que regresé a St. Martin d'Ardèche.

Los meseros la miran partir con simpatía, porque Leonora les explicó: «El hombre que yo amo tiene obligaciones genitales con otra.»

—No entiendo —le informa Alfonsina, su cómplice—. Parecía tan urgido de saber dónde estabas. Espero que nada terrible haya sucedido. La gente del pueblo dice que llevaba un revólver.

—No lo creo —responde Leonora enojada.

—Pareces una pobre demente, déjame traerte algo de cocoa.

—Está bien. Mientras tanto, voy corriendo a la caseta telefónica.

Regresa despeinada y sin aliento.

—No hay noticias.

—Tómate una taza de café recién hecho —la invita la María— mientras te leo las cartas.

Las baraja y comienza a echárselas.

—Vas a casarte con un hombre moreno y tener mucho dinero. También te esperan algunas dificultades.

—¿Va a regresar Max conmigo?

—Las cartas dicen que no —responde María.

Esa noche algunos clientes beben marc en el café y Alfonsina les cuenta la desgracia de la inglesa.

—Como están las cosas, no creo que su amante regrese —opina Mateo—. Voy a invitarla a una copa.

Leonora busca apoyo de mesa en mesa y en todas le ofrecen una copa. Telefonea de nuevo a Orange. «No, nadie le ha hablado.» En vez de regresar al café de Alfonsina, camina hacia el río, cuyas aguas heladas descienden de las montañas. Ha llovido mucho.

—Probablemente la inglesa se mate —les comenta Alfonsina a los parroquianos—, y a su pobre cuerpecito se lo va a llevar el río hasta el mar.

Por fin, Jimmy Ernst llama por teléfono y dice que su padre está demasiado cansado para viajar a St. Martin d'Ardèche. ¿Podría Alfonsina enviar sus maletas? «¡Claro que no!», se enoja. Se lo cuenta a Leonora, que maldice en voz alta.

—¡Ésas no son palabras en boca de una dama! —protesta Alfonsina.

La inglesa, a punto de responderle, se queda con la boca abierta porque Max entra a la plaza sobre *Darling Little Mabel*. Sube la escalera con su abrigo roto y su camisa desgarrada.

—Parece que pasó la noche con un par de tigres. —Alfonsina se lleva las manos a la boca.

—Ven conmigo, Leonora, nunca he sufrido tanto —la llama Max.

Apenas empieza a explicarle lo que ha vivido cuando Alfonsina entra en la habitación.

—Allí viene.

Los gritos y los puñetazos en la puerta hacen que Leonora abra sólo para recibir una sonora bofetada.

—¿Vas a mandarla al carajo o te vas a ir con ella? —confronta a Max, la mano sobre su mejilla.

Erguida bajo el marco de la puerta, la legítima espera:

—¿Qué vas a hacer, Max? —insiste Leonora.

—No sé —responde aterrado.

Sus ojos van de una mujer a otra. Marie Berthe ríe, histérica.

—Si no sabes, vete al demonio ahora mismo.

Max obedece y baja a la calle, y cinco minutos más tarde Leonora ve cómo monta sobre *Darling little Mabel*, pone el pie sobre el pedal derecho de su bicicleta y Marie Berthe coloca sus dos manos en el manubrio de *Roger of Kildare*.

—¡Mi bicicleta! —grita Leonora.

Marie Berthe le saca la lengua.

Alborotado por el escándalo, el pueblo se asoma a las ventanas.

Sin mirar a nadie, Leonora se dirige a la iglesia y en medio del pasillo orina de pie frente al altar:

—Aquí tienen su agua bendita, santos de mierda.

Con su vestido levantado desciende al río enlodado y lleno de troncos. El lugar que ocupó la tienda de campaña ha desaparecido. Leonora ve un fantasma en la otra orilla: Max se quita su saco y su camisa y se echa al río para nadar hacia ella.

El Ardèche se cubre con los primeros amarillos del otoño y el agua es de oro. Leonora piensa que es bueno que se haya ido el verano. Las calles se ven más abandonadas que ella. Unas hojas de vid rozan su cara y un pájaro cae a sus pies y salpica el polvo con su sangre. Los grillos cantan ferozmente y llenan su cabeza de chirridos. El sonido le provoca una punzada en los ojos.

Leonora se esconde detrás de la capilla para fumar sus rizosdemiralda. Como no le hace efecto aspirarlos se come una a una las pequeñas hojas picudas, que le adormecen el paladar. «Soy una vaca que mastica su pienso.» Los murciélagos cantan una misa de Bach, Leonora se les une y canta tan fuerte como para que los vitrales de la capilla resuenen y se quiebren. Nada le daría más gusto. Después de tragar el puñado de rizosdemiralda regresa al café de Alfonsina para encontrarse con una larga mesa cubierta por un mantel de lino.

—¿Qué pasa, Alfonsina?

—Es la fiesta del pueblo. Quiero presentarte a Panthilde y a Agathe des Airlines Drues, dos de las grandes personalidades que nos honran.

—¿Dónde está Drusille de Guindre?

—No la invitamos.

Leonora se sienta a la mesa y de pronto ve cómo crecen las rosas bordadas del mantel y se elevan al techo. Botones de todos los colores se abren —rojos, blancos, azules, morados, negros— y suben del mantel a los muros.

—Vas a sentirte mejor muy pronto —le grita Alfonsina—. No puedes dejarte ir de esta forma.

Un torrente de vino alcanza los bordes de la mesa y Leonora mira cómo Fonfon llama a un mesero, murmura algo en su oído y la señala.

—Esta fiesta es en tu honor. Tienes que dar un discurso.

Los meseros salen de la cocina, sirven y regresan por otro platillo, Alfonsina ordena:

—Dense prisa. Laven los vasos.

Leonora le dice a su vecino de mesa:

—El hemisferio derecho de mi cabeza es igual de poderoso que el izquierdo.

Se lleva la mano a la cabeza y descubre que se ha transformado en la de un caballo.

—¿Me ves algo raro? —le pregunta.

—A mí toda la gente me parece rara —responde—. Tú tienes perfil de yegua.

—Sí —dice Leonora—. De ahora en adelante tendré cara de caballo. Conozco a alguien que tiene cabeza de cerdo desde que nació.

—¿Y yo de qué tengo cara?

—De oso. Yo soy inglesa y mis bienamados soberanos son murciélagos.

Una niña vestida de ángel, de pie sobre la mesa, recita un poema de Lautréamont, los comensales le pellizcan las piernas, le dan nalgadas y le disparan bolitas de papel a la cabeza como en un aula. Cuando termina su número, Al-

131

fonsina le mete la cabeza bajo el agua hasta que las burbujas desaparecen. El cuerpecito flota alrededor de la mesa y los comensales le arrojan restos de comida.

—Ahora abran sus regalos —ordena Fonfon.

Los invitados intercambian víboras, sapos, ruiseñores, alacranes, mariposas, murciélagos, conejos, caracoles, revólveres, cuchillos y monedas rojas y calientes. Agathe des Arlines Drues, ebria, exige que le enseñen a disparar.

—Este banquete es en tu honor ¿sabes? —repite Fonfon—. Todos esperamos tu discurso.

Leonora se trepa a la mesa, inclina la cabeza, canta *Hark, hark, hark the lark,* inclina su cabeza, señala su corazón y se sienta de nuevo en medio de los aplausos.

Leonora no logra salir de su mareo.

—Aquí viene tu sorpresa —dice Alfonsina picándole las costillas con su índice filoso—. Espera y verás.

Los espectadores se apartan para dejar pasar a tres hombres vestidos de negro. Cuando suben al patíbulo, Leonora ve que el tercer hombre, muy pequeño, se parece extraordinariamente a ella. Trae una canasta de azucenas.

—No puedo presenciar esto —le dice a Alfonsina.

—¿Tienes algo que decir? —pregunta un verdugo al hombre más chaparrito.

Lo conduce a una guillotina y pone un cojín bajo sus rodillas.

—Gracias —es su única palabra.

Luego del golpe seco, la cabeza cae en la canasta de azucenas bañándolas de sangre. Leonora reconoce su propia cabeza.

—¿Quieres un huevo muerto o un pie quemado? —le pregunta su vecino de mesa.

—Un terrón de azúcar.

—Siempre tengo azúcar para mis caballos —responde.

Capítulo 16

EL LEÓN DE BELFORT

En Francia los telegramas son pajaritas azules:

—*Voici votre bleu* —le entrega una hoja doblada el cartero que se parece a Cheval.

—Ven a París.

—Debo irme enseguida —tiembla Leonora.

—A lo mejor ni siquiera lo puso él —gruñe Alfonsina—. Yo en tu lugar lo llamaría por teléfono.

—Max nunca contesta el teléfono. Ayúdame a empacar y a tomar el Rapide en Orange.

En el tren, la noche no tiene fin.

Apenas llega a la rue Jacob, Max le confirma:

—Voy a separarme de Marie Berthe. Ya no le tengo lástima.

No cabe duda, es un hombre arrogante.

La lástima que Max tenía por su esposa se diluye en el trabajo. Su jornada es de diez horas seguidas. Leonora también pinta, escribe y el 17 de enero de 1938 participa con dos cuadros —*¿Qué haremos mañana, Amélie?* y *El amante silencioso*— en la Exposición Internacional del

Surrealismo que ahora está en París y que luego irá a Ámsterdam.

En la galería, un mozo le entrega en la puerta al visitante en turno una linterna que ilumina un túnel oscuro.

—¿Esto es una exposición o una función de circo? —pregunta la benefactora, Marie Laure de Noailles.

Dieciséis maniquíes alineados a ambos lados del pasadizo negro representan el eterno femenino. Bien iluminadas, las zonas erógenas de la mujer saltan a los ojos y ofuscan a los espectadores.

A cada surrealista le dieron su maniquí y, como Ernst acostumbra causar sensación, viste el suyo de negro con la falda levantada sobre el liguero para revelar su ropa interior de color rosa. Entre sus piernas, inserta un foco encendido. Tirado en el piso, un vagabundo con la cabeza del León de Belfort aprisiona los pies de la viuda y mira hacia arriba con lascivia. Con su mano derecha enguantada hurga bajo el calzón. Las medias del maniquí están llenas de agujeros y un par de guantes yacen en el piso. Hasta Breton exclama:

—Has ido demasiado lejos, por lo menos apaga el foco.

El maniquí de Ernst es un escándalo. Los fotógrafos se pelean por él.

—Yo vivo con el León de Belfort —presume Leonora.

Max la alienta a escribir:

—Lo haces espléndidamente. Tu escritura nos salva a los dos.

Max ilustra *La casa del miedo*, que ella mecanografía en francés: un caballo la invita a una fiesta en casa de una mujer que lleva puesta una bata de murciélagos vivos cosidos por sus alas. La dueña de la casa del miedo propone un concurso a sus invitados, todos caballos: «Deben contar de ciento diez hacia atrás hasta llegar a cinco lo más rápido posible. A la vez, tienen que marcar el compás de *Los barqueros del Volga* con la pata delantera izquierda, el de *La Marsellesa* con la pata delantera derecha y el de *¿Dónde estás, mi última rosa de estío?* con los cascos traseros. La competencia dura veinticinco minutos, pero...»

Leonora se detiene.

—¿Así termina? ¿Por qué interrumpes el relato justo allí? —pregunta Max.

—Mi sueño termina en el momento en que me ve la Señora del Miedo.

—¿Y quién es la Señora del Miedo?

—Uno de mis fantasmas.

Los surrealistas viven en un torbellino que rompe todas las barreras. ¿Es eso la libertad? Desde hace años la vida privada de Picasso es un escándalo, sus apariciones en la calle, en el café, en las galerías, un espectáculo. Las mujeres que pinta se hinchan y deshinchan a su lado y si no logran escapar truenan como globos pinchados, vacías de sí mismas. Las que se dieron aires de reina, hoy se agostan. Al llamarlas tigres adorados y monstruos indolentes, Baudelaire las maldijo y las condenó al martirologio. También Rimbaud es uno de los ídolos, muerto a los treinta y siete años, desertor, amante de Verlaine, traficante de armas, adicto al ajenjo y al hachís.

Breton redacta sus manifiestos y obliga a firmarlos. Algunos se retractan, entonces los arroja a la calle. Para él, el surrealismo es una forma de vida. Ningún poeta surrealista puede mancharse haciendo periodismo. Si no tiene con qué subsistir, ése es su drama personal y debe vivirlo hasta sus últimas consecuencias. Expulsó a Philippe Soupault por sus ensayos y su poesía, y al sociólogo Pierre Naville por considerarlo doctrinario. No le importa correr a Marcel Duchamp, al filósofo Georges Bataille, a quien tilda de «excrementicio», a André Masson, seguidor de Sade, que alega que sólo es necesario dejar correr la pluma sobre el papel para formar líneas de las que surgen las mejores imágenes, a Francis Picabia por vincularse al cubismo, a Raymond Queneau por ser demasiado neofrancés. Georges Sadoul y Louis Aragon van para afuera porque cometen el crimen de elegir el comunismo. Una vez fuera, el poeta Aragon, con su perfil de pájaro, es el más desgraciado de los hombres.

Benjamin Péret llega a la rue Jacob a exigir a Max que rompa con Paul Éluard: la orden es sabotear su poesía.

—Breton se cree el gran incorruptible y ejerce el terror en nombre de la ética surrealista —se enoja Max—. Éluard es mi hermano, por él vine a Francia, compró mis primeras obras, le debo todo. Además, es un gran poeta, a diferencia de André.

—¿No vas a condenarlo?

—¡Claro que no!

Escribe con Éluard y Man Ray *El hombre que ha perdido su esqueleto*, en contra del líder surrealista y sus incondicionales.

En su recámara, Duchamp le da vueltas a la rueda de bicicleta que fijó sobre un banquillo redondo. Para él, el artista no tiene nada de qué presumir. Al final de cuentas, la fuente del arte es el inconsciente y ¿quién lo ha definido con certeza? Reservado e irónico, mira a sus colegas debatirse entre sus ambiciones, sus pesadillas y sus escándalos.

La ronda de admiradores, detractores y coleccionistas en torno a Breton y sus seguidores es magnética y los pintores dependen de protectores. Edward James es uno de ellos. En el mundo del arte, tener un mecenas es mejor que tener una amante.

—Ya no aguanto París —se desespera Max, harto de Breton, de las divisiones, las querellas y la mezquindad surrealista.

—Podríamos irnos —lo anima Leonora.

Cuando llegan a St. Martin lo primero que hace Max es alquilar unas bicicletas. La bicicleta es la libertad. Pedalear detrás de Max es como tener un orgasmo porque el aire le da en la cara y aloca sus cabellos. A veces, Max avienta la bicicleta, jala a Leonora hacia los árboles y allí, lejos de la carretera, la posee con toda su fuerza. Su cuerpo hierve y enciende el de ella.

Alquilan la misma habitación del café de Alfonsina:

—Esta mañana volví a ver una araña en la recámara.

Capítulo 17

ST. MARTIN D'ARDÈCHE

Leonora y Max encuentran una granja del siglo XVI, recargan su cuerpo en el piso de piedra, en la cama de piedra, en los muros de piedra, el sol incendia sus vientres. Max, que antes respondía: «Siempre he sido feliz por desafío», ahora es humildemente feliz. Su intimidad es felina, ama a Leonora como gato, conoce cada milímetro de su cuerpo, la araña, la lame, diferencian sus olores, el del cabello, el de la piel, el del paladar, el de la lengua, el de las lágrimas.

—Soy tan dichosa que creo que algo horrible va a suceder —dice Leonora.

—¿Y si nos quedáramos aquí para siempre? —sugiere Max.

Leonora recoge a un perro y a una gata cargada que da a luz siete gatitos, y los cuida como si ella los hubiera parido. Max decide esculpirlos al lado de una mujer que levanta un pescado en brazos.

«Todo lo que quiero ahora es vivir con Leonora si el mundo me lo permite», le escribe a su hijo Jimmy.

El mundo es de Marie Berthe Aurenche, los surrealistas y el ominoso rumor de la guerra.

«Estoy a punto de embarcarme a Estados Unidos», responde Jimmy.

En vista de la amenaza de guerra, muchos jóvenes ansían viajar a *l'Amérique*.

Max va al pueblo a por cemento y barro, conversa con la gente y la seduce como seduce a los amigos que vienen a visitarlos. Su francés es impecable y los viñateros creen que viene de París.

Leonora le pide dinero a su madre y compran la casa rodeada de viñedos cargados de racimos.

—Vamos a hacer nuestro propio vino —sugiere Leonora.

—Sí, tenemos que hacernos de más viñedos —se entusiasma Max.

Leonora le informa a Maurie: «Una inscripción sobre la entrada confirma que la casa data del siglo XVIII.»

Los campesinos observan deslumbrados cómo de un coche Bentley desciende una mujer distinguida apoyada en el brazo de su chofer. De la cajuela, el hombre saca varias maletas de cuero. Maurie se dirige a la puerta de la casa. Max se inclina a besarle la mano. Durante tres días no salen. Al atardecer Leonora acompaña a su madre al campo y le señala con el dedo grandes extensiones de viñedos. Maurie asiente con la cabeza.

Se va al cuarto día, conducida por su chofer, que se hospedó en el albergue del pueblo sin saciar la curiosidad del hostelero porque no habla francés.

Ernst llena la casa, es una inmensa presencia. Albañil, disfruta al hacer la mezcla de cal y arena y moldear en el muro exterior del jardín a la sirena y al minotauro. Leonora pinta un pájaro lagartija en las puertas interiores, Ernst compra una escalera de madera para ir levantando sus esculturas de concreto: el fauno, la esfinge, otra sirena con alas, la cabeza coronada con un pez, los caballos con cara de pájaro, las gárgolas con quijadas de cocodrilo y los dragones que se enrollan en torno a becerros. Leonora modela una cabeza de caballo y Max la felicita.

—Quisiera que esculpieras más caballos.

El gran bajorrelieve exterior es el de Loplop. Un mosaico con un murciélago en el piso y una banca esculpida lo complementan. Curiosos, los campesinos se detienen para ver qué figura imposible va a salir de la pared de los enamorados.

—¿Qué es esto? —pregunta Pedro el vendimiador al ver las esculturas.

Max le explica:

—Son nuestros ángeles de la guarda.

—Parecen más bien demonios.

—¡Oh no, son espíritus benéficos que van a proteger a St. Martin d'Ardèche! ¡Con nuestros seres míticos embellecemos muros y puertas!

Max le cae simpático a Pedro. Leonora entra y sale de la tienda del pueblo y casi no levanta los ojos, no vaya a ser que se rompa el hechizo y nada sea verdad.

Ignora que la llaman «la inglesa». Saben que es de allá por el cartero, que le lleva con frecuencia sobres timbrados en Gran Bretaña. Además las inglesas son muy libres, a casi todas les falta un tornillo y ésta apenas se cubre. Un mediodía, los habitantes los encuentran desnudos a la orilla del río Ardèche. Camino al río fueron despojándose de camisas y pantalones y ahora, tirados sobre las piedras calientes, dicen que el agua está fría y se ríen, se salpican y se corretean. Pasan todo el tiempo abrazados y sus risas resuenan en las calles empedradas.

—Son Romeo y Julieta y esto va a terminar mal —dice Alfonsina con cierto mal humor porque vienen con menos frecuencia al café. Antes pedían un litro de vino tinto cada uno y a veces bebían hasta tres.

—Desde la Edad Media se toma vino en St. Martin d'Ardèche —explica Max—. En el valle del Loire, el futuro San Martín amarró su burro a una viña mientras hacía una diligencia y, al salir, *Bourriquet* se había comido parte de la vid. Al año siguiente, dio mejores uvas. A partir de entonces los campesinos decidieron repetir la historia y podaron su vid.

Leonora glorifica los animales mágicos del pintor y añade a la colección de estatuas su cabeza de caballo de yeso.

—Son nuestros santos y nos protegen contra esposas despechadas, padres hostiles y surrealistas malhumorados —alega Max frente a Fonfon cuando va al pueblo a por el vino y el pan.

En la noche miran el cielo. Ernst conoce bien el firmamento porque siguió de cerca los descubrimientos de cometas de su compatriota Tempel. Que Leonora recuerde a cada momento al padre O'Connor, su astrónomo personal, le divierte.

Pintar juntos es hacer magia. Leonora empieza el retrato *Loplop, el pájaro superior*, y su maestro le pide que pinte el fondo de *El encuentro*. Además del bajorrelieve exterior, Max obtiene cipreses con la decalcomanía de Óscar Domínguez. Aplica gouache negro sobre un papel, luego lo presiona a su antojo sobre la tela y lo levanta. Su discípula le dice que parece una esponja. Entonces trabaja sobre esas manchas, toma un pincel delgadito, las retoca y surgen los cipreses o algo aún más inesperado: una cabeza de pájaro, un cuerpo humano, un ala, el brazo derecho de una mujer.

—Mira, Leonora, toma el pincel y a ti también te crecerá un bosque.

—¿Qué es un bosque? —pregunta Leonora.

—Un insecto sobrenatural.

—¿Qué es lo que hacen los bosques?

—Nunca se van a dormir temprano.

—¿Qué es el verano para los bosques?

—Cambiar sus hojas en palabras.

Juntos crean una nueva botánica, un microcosmos verde e inquietante, cerebral y vegetal a la vez. Él pinta *Un poco de calma* y hace varias versiones de *El fascinante ciprés*. Estos árboles lo obsesionan. Unen el cielo con la tierra y sus raíces cavan tan hondo que llegan al origen de las ideas psíquicas. Primero Leonora los calificó de «panteoneros» y ahora Max los divide en solitarios, minerales y conyugales. Un ciprés puede abrazar a otro:

—Si frotas la resina del ciprés en tus talones, andarás sobre el agua sin hundirte, dice una leyenda china.

También le cuenta que cuando estuvo en la guerra se imaginaba que un bosque era un pueblo y los bosques bombardeados, pueblos sacrificados:

—No te imaginas qué triste paisaje, Leonora: los troncos permanecían de pie, heridos, y ni siquiera la espesura de la niebla conseguía cubrirlos. Un árbol derribado es un soldado muerto por la estupidez humana.

A Leonora le hace pensar que el paisaje desolado que pintan al unísono es una ruptura con todo lo que ha visto antes.

La siguen los cipreses, avanzan con ella, la envuelven en su abrazo, es tan delgada y gallarda que se les mete adentro. Incluso cuando Leonora echa a correr, el ciprés vecino se arranca de la tierra y la sigue. Si ella se detiene, el ciprés también y sus ramas tiemblan, como si quedara sin aliento.

—Todo lo que hago se convierte automáticamente en un bosque —dice Max.

Un nuevo tipo de historia natural nace en sus telas: el musgo, el liquen, las lianas se enciman, son profilácticas, verlas alivia las enfermedades del alma porque sus hojas le florecen a uno adentro. El musgo aterciopelado cubre el espacio, es un dulce y tenaz invasor que en el fondo resulta una plaga.

—Rehúso someterme a la disciplina —asiente Max.

Qué fuerte es su sentimiento de rebeldía, vuelca a pincelazos su rabia contra la estupidez de la vida militar. Artillero a caballo durante cuatro años, todavía recuerda al sargento que vociferaba: «Nadie nos va a quitar nuestro paso de ganso.»

Max acuna la naturaleza y, cuando se cansa, sale al atardecer a jugar bolos con el plomero y el carpintero, que lo esperan a la sombra de los tilos. Mientras tanto, Leonora pone la mesa y destapa una botella de vino para que a la hora de cenar tenga la misma temperatura que la de su cuerpo.

Poseída, Leonora trabaja de la mañana a la noche, nada se le escapa. Además de pintar al alimón con Max, posa temprano en el jardín para *Leonora en la luz de la mañana*, y cuando el sol brilla en mitad del cielo, ambos buscan la sombra y ayuda a su amante con *Europa después de la lluvia* y *Swamp Angel*. Max puede hacer cualquier cosa. Allí está su horquilla, a la que llama *Tannhäuser*. Ella no se va a quedar atrás y escribe en su Remington «La dama oval», para la que Max le hace un grabado, *La debutante*, «Pigeon vole», «El fascinante ciprés» y «El vestido de la novia».

El fuego arde en las entrañas de Leonora, nunca ha experimentado algo semejante:

—¿Es esto el amor?

Max le responde que el amor nace del deseo por alguien y que Nietzsche dijo:

—«Cuando amamos tendemos a ponerle al objeto amado todas las perfecciones.»

—¿Y qué pasa si descubrimos su imperfección?

—Viene el desamor.

A Leonora nunca le va a pasar lo que a Marie Berthe.

CAPÍTULO 18

LA GRAN CUCARACHA HINDÚ

La vida de St. Martin tiene sus misterios. Un muchacho con un tambor anuncia que, en la noche, el gran Kafir, célebre en el mundo entero, y su médium, Olga, descubrirán los secretos del universo en el patio del Hôtel du Centre, donde montaron su circo.

Leonora y Max ven el espectáculo a través de una rendija en la carpa. «Nosotros podemos hacerlo mejor», y le proponen a Alfonsina una función en la que participe también un tercero: su amiga Drusille, la hija solterona del dueño del castillo que está en lo alto de la montaña.

—Si alguien del pueblo nos presta un gramófono, superaremos con creces esa desabrida sesión de hipnotismo. Me voy a pintar el pelo y la cara de azul, seré la gran cucaracha hindú y Leonora bailará encima de las mesas mientras yo hago varios milagros con ella.

—¿Qué milagros?

—El milagro de resucitarla. Después hipnotizaré al público. Leonora, ¿conoces los encantamientos para hipnotizar a la pantera salvaje? El número secreto de Drusille dejará a todos boquiabiertos.

—Cuentan que a esa Drusille le falta un tornillo —protesta Fonfon—, no vaya a romperme toda la vajilla. Y es que su madre la abandonó y su padre, el señor vizconde, duerme de día y lee en la noche, encerrado en la biblioteca del castillo.

—A Drusille, Max la tiene amaestrada, no te preocupes de nada —replica Leonora.

—¿A mí qué me toca hacer? —pregunta Fonfon.

—A lo mejor te toca de enanito. Ponte tu mejor vestido porque hoy vas a vender mucho vino —ordena Max.

Tiene razón. En los pueblos no suele suceder gran cosa, Leonora y Max son noticia desde que amanece: si pasaron por la calle de la mano rumbo al río, si venían en bicicleta, si él la tomó en sus brazos y la besó a la mitad del puente, si compraron queso y dos botellas de vino... Claro que el público va a acudir en masa a atestiguar los milagros.

Cada vez entra más gente al café. Max es un gran mimo. A Leonora le toca representar a una enferma, el cirujano es Max. Leonora se queja, sus dos manos rodean su vientre. Envuelta en una sábana, se acuesta sobre la mesa y Max transforma el café en quirófano al abrirle el estómago con un cuchillo. Leonora gime de dolor y el doctor Ernst saca de sus entrañas tomates, clavos, un martillo, ejotes, manzanas, cadenas, zapatos, despertadores, berenjenas y salchichas que se lleva a la boca y chupa a medida que se las muestra al público festivo. Al final, avienta serpentinas que también salen del vientre de la paciente. Leonora, milagrosamente curada, se levanta de un salto de la mesa del quirófano, brinca ligera sobre sus pies desnudos, hace una reverencia y la gente aplaude.

—Leonora, párate aquí —ordena Max, y la inglesa deja caer la sábana que la cubre y el público guarda silencio. Nadie se mueve. Leonora es etérea. A veces, la desnudez deja sin aliento.

La pareja es singular, no cabe duda: él, alto y aguileño, con una aureola de santidad en torno a su pelo blanco; ella, espigada y a punto de romperse, con una melena de nido de pájaros y ojos ardientes. ¡Corre el rumor de que va a actuar Drusille, la hija loca del vizconde, y el anuncio atiza el morbo de los campesinos, que aseguran haberla visto desnuda fustigar a sus animales!

El gran final hace que el público se tense, pida otra botella y que Drusille se dé a desear mientras Ernst —la cara escurriendo pintura azul— entretiene a la gente hasta que un silbido que proviene de la cocina le hace poner el disco en el gramófono y Drusille hace su entrada con un chivo negro aterrorizado. La amazona lleva puesto un corsé de cuero y unas botas negras que suben hasta sus muslos. Inicia una danza satánica y es imposible diferenciar quién es quién. La audiencia petrificada mira cómo el chivo se para sobre sus patas traseras. En su intento por escapar, el macho cabrío salta frenético encima del tocadiscos, que vuela sobre los espectadores, y arrastra de panza a la vizcondesa de Guindre.

El público avienta botellas, vasos, sombreros, sillas, y grita en medio del caos de botellas rotas y sillas patas arriba:

—Yo soy el arlequín de la fiesta —grita uno, y se contonea.

—Yo soy Barba Azul y busco una nueva esposa —asegura un gordito.

Una mujer de pañoleta anuncia:

—Yo soy la reina de Inglaterra y la dueña de St. Martin d'Ardèche.

Leonora la desmiente:

—No puedes serlo porque yo la vi como te estoy viendo.

La mujer deja de reír y le hace una reverencia.

Pedro, el vendimiador, es un dandy de levita y alza su vaso de vino para brindar con demasiada frecuencia. Toma las manos de Fonfon:

—Tú no eres una campesina, tienes dedos de princesa, voy a regalarte un diamante.

Se arrodilla y declara ser el primer ministro de Francia.

—¿Dónde está la vizcondesa? —pregunta el viejo Mateo.

También el chivo ha desaparecido. St. Martin d'Ardèche invierte los roles porque mañana volverá a la normalidad.

—Liberan su inconsciente, son Quasimodo en una fiesta de lunáticos —tranquiliza Max a Leonora, que no ve por ningún lado a la amazona satánica, y mucho menos al chivo—. No te preocupes —le susurra Max—, mañana volverán a los viñedos, al río, a las piedras blancas, a las berenjenas, a los conejos que ahora huyen con las orejas bajas. En cuanto a Drusille, hace un momento oí el galope de su caballo en el puente, y ya ha de estar en la última subida para llegar a su castillo.

Sobre la estufa de leña, Leonora pone a hervir ciruelas, duraznos y membrillos:

—Vamos a morder una fruta cada noche antes de dormir para festejar a Afrodita —dice Max.

Leonora corre de los viñedos a la cocina, de su caballete a la alacena.

—Soy una hormiga en medio de las cigarras.

La cocina se vuelve parte del acto amoroso. Comer es resarcirse, volver con más fuerza. Leonora sabe que la casa es su cuerpo: sus muros son sus huesos; su techo es su cabeza; su cocina, su hígado, su sangre y su corazón. Sus paredes la abrazan y ella las acaricia al subir la escalera, al acomodar el costal de papas en un rincón, al abrir la ventana cada mañana.

Leonor Fini llega de París con André Pieyre de Mandiargues y una pesada maleta; se instalan en la recámara del segundo piso, que invaden con los ropajes más estrafalarios. Si no fuera por su cara de muchachito, Leonora rechazaría a la argentina y su monólogo sobre el Marqués de Sade. Habla francés ronroneando con un fuerte acento bonaerense o italiano, y con una total ausencia de lógica impone sus caprichos:

—No puedo bañarme, el jabón se escapó por la ventana.

Según ella, su sola presencia logra que los objetos se rebelen contra su función. Así como desaparece el jabón, la bicicleta de Max amanece sin ruedas, el agua de la cacerola se evapora antes de que prenda la hornilla, ni una sola almohada conserva sus plumas.

—¿Por qué no le pusiste sábanas a la cama? —se queja Max.

—Claro que se las puse —se indigna Leonora, y la Fini ríe contenta de sí misma.

—Son las velas de mi barca y las llevé al tejado a ver si emprendían el vuelo.

Al igual que Leonora y Max, sube a la azotea a tomar baños de sol.

—A esos parisinos les encanta jugar a Adán y Eva —comentan los lugareños.

André Pieyre de Mandiargues escribe sentado en posición de loto y festeja las extravagancias de la Fini, que lo emocionan tanto que tartamudea. Leonora le pregunta qué hace, y él le responde que lee la escritura erótica de los pájaros en el cielo. Repite a cada instante: «¿A qué hora comemos?» La Fini es la guardiana de los gatos, que ya son ocho y consumen varios litros de leche al día, a pesar de que Leonora le advierte que a los gatos hay que dársela cortada con agua.

—¿Por qué no compramos una vaca y la mantenemos en el jardín? —sugiere la Fini.

—Óyeme, aquí no estamos en la Pampa —protesta Max.

—Este sitio es ideal para pintar acuarelas —anuncia la argentina, y se posesiona de la mesa—. Mira, Leonora, la acuarela hace lo que quiere; tú sigue el camino del agua pintada, solita encuentra su cauce, te lleva donde se le antoja y resulta algo inesperado, mucho más bello que lo planeado.

La Fini ocupa todo el espacio, acomoda un caballete en una pieza y al rato abandona la tela y regresa a la acuarela.

—Ya vamos a comer, tienes que quitar tus cosas —le pide Leonora.

—Quiero pintarte a ti, Leonora, al interior de la casa, para no competir con Max, que te retrató en medio de la jungla.

A Leonora, la Fini le simpatiza por imprevisible. A pesar de que expone con los surrealistas, no les pertenece. «Yo soy yo.» Casi repite las palabras de Yahvé a Moisés: «Yo soy el que soy.» Declara que Leonora es una verdadera revolucionaria y la retrata mitad mujer y mitad hombre, como una misteriosa y antigua Juana de Arco, su pecho tras de un pectoral de bronce: *La alcoba. Un interior con tres mujeres*. Las otras dos, desnudas y tomadas de la mano, apenas si salen de la oscuridad.

—Parezco una estatua medieval.

André Pieyre de Mandiargues también se aficiona a la desnudez y pretende irse en cueros hasta el río.

—Puedes desnudarte allá —le advierte Max.

—No se van a dar cuenta, voy a ir en la bicicleta de Leonora.

—André, la provincia francesa es conservadora.

En la cocina, las Leonoras se inclinan sobre el hervor de las cazuelas en las que echan hierbas del jardín, pelos de los ocho gatos, mechones de su propio cabello, hongos y flores que Leonora sirve vestida con la blusa blanca bordada y el chal de flecos terminados en campanitas del guardarropa de la Fini. En un rincón, sobre el piso, las patatas esperan en su costal. Del jardín, la inglesa sube lechugas, que llama «mis lechugas», y zanahorias, que también considera suyas, lo que más le atrae son unos globos morados y pesados que se inflan en medio de hojas espinosas, llamados berenjenas.

—No sabes lo que es cultivar tomates en tu casa, cortarlos a la mitad y morderlos.

—¿Es como un orgasmo? —pregunta la Fini.

Con sus dedos, Leonora saca chícharos de sus vainas, basuras de los frijoles y de las lentejas, las nueces. Sus manos son más que hábiles, son sabias. Van y vienen como si echaran carreras y nunca se equivocan, no se lastiman ni al rebanar la punta de los ejotes o hacer rueditas de zanahorias. A veces, el cuchillo está en su mano izquierda, a veces en la derecha.

—Nadie pela papas como tú. ¿Por qué eres tan hábil? —le pregunta André.

—Porque uso los dos hemisferios del cerebro.

Esa habilidad nunca ha sido tan ponderada como hoy. Harold y Maurie acataron a las religiosas, André y Leonor Fini celebran las facultades de Leonora.

André Pieyre de Mandiargues rompe una nuez:

—Así es tu cerebro, Leonora.

—No, el mío va mucho más lejos, perfora la bóveda celeste. Poseer un telescopio sin su otra mitad esencial, el microscopio, es un símbolo de la más negra incomprensión. La tarea del ojo derecho es ver en el telescopio mientras el ojo izquierdo se asoma al microscopio.

—Cartier Bresson nos espera en París —trompetea la Fini—, pero antes de salir tengo que saciar mi curiosidad. ¿Qué es lo que más te gusta hacer en la vida, Max?

—Mirar.

En el momento en que se van, Max pinta a su «novia del viento» y da las últimas pinceladas a *La Toilette de la Mariée*, que la revela desnuda. El musgo otra vez invade la tela, esa vegetación tupida que aprieta hojas y neblina y las entreteje para convertirlas en minúsculos organismos. *Leonora en la luz de la mañana* palpita, su verdor es el de las células primigenias, el origen de la vida. Una diosa se alza, entre ramajes y hojas de vid, flanqueada por un unicornio y un minotauro, una criatura celestial, una novia del viento que podría ser feliz si una gruesa lágrima no mojara la manga de su vestido o si un diminuto esqueleto no bailara frente a sus ojos.

A Ernst, los surrealistas lo llaman «el pájaro superior» y para rendirle homenaje Leonora lo retrata con un largo manto de plumas que termina en cola de pescado. Tras del pájaro-pescado se yergue una cabeza de caballo congelada, ¿o será la de una yegua? También en su cuento «Pigeon vole» Leonora describe a un hombre mayor que lleva puestos calcetines rayados y un abrigo de plumas.

Cuando Leonora no puede decir lo que quiere en sus cuadros, lo escribe. Su amante la alienta.

—Si Remington rima con Carrington es porque a lo mejor tu padre fue una máquina de escribir.

—Fue una máquina de noes: no, no, no, no hagas, no puedes, no debes.

Insistente, Leonora teclea sobre la misma mesa que Leonor Fini dejó limpia de acuarelas.

La protagonista, Ágata, siente gran repugnancia por Celestín, su marido, que lentamente se transforma en un pájaro. Entre tanto, ella va borrándose y apenas si puede verse en el espejo. Su marido, en su egolatría, la ignora. Escribe: «Celestín vino, no vio nada, tocó mi cara con sus manos suaves, demasiado suaves.» Sí, las manos de Max son demasiado suaves y a veces Leonora quisiera morderlas.

En el café del pueblo se habla de la guerra y Alfonsina está muy irritable.

—Pétain, el héroe de Verdún, sabrá defendernos, es un gran estratega.

A pesar de su fe en la Línea Maginot, los campesinos se consultan atemorizados. Sólo Leonora y Max siguen dedicados a su amor.

—Esos dos no ven más allá de sus narices —dice Pedro, que pasa frente a la casa a revisar las esculturas—. Moldean sus monigotes y no le temen a nada.

—Antes de la derrota de los republicanos en España, pinté *L'Ange du foyer* —recuerda Max—. Claro que ése es un título irónico para un idiota contrahecho, un monstruo que vuela sobre la tierra y aniquila todo a su paso: el nazismo.

—¿Y ese lagarto terrorífico en la cola del monstruo?

—Es su creador. Tú cargas tu lagarto adentro y si no te identificas con todas tus criaturas, nunca serás una gran pintora.

—El segundo monstruo que conozco eres tú, el primero fue mi padre. Anticipaste con tu cuadro lo que sucedió en España y ahora le sucede al mundo.

Leonora se hermana de nuevo con la naturaleza, como lo hacía de niña. Del pueblo apenas si suben los pájaros que cubren con su canto cualquier otro sonido. Los campesinos cuidan de sus viñedos como de la niña de sus ojos y conmueven a Leonora. Para ellos el vino es un antídoto contra la enfermedad y la infección: limpia las venas, hace que circule la sangre. Hablan del Château Latour.

—Si vienen los alemanes, yo entierro mis mejores botellas.

—A mí el vino me llega al alma.

—A mí al corazón.

Leonora comparte su devoción por sus cepas y carga sus tijeras podadoras dentro del bolsillo de su delantal. Podar es una tarea espléndida, así como lo es el habla de los viñateros: «El vino envejece despacio y entre más despacio, más noble», «Yo envejezco como el vino porque mejoro con los años», «Por el vino sé que nuestra tierra estaba aquí antes y seguirá estándolo mucho tiempo después de que nos hayamos ido», «Con nuestro vino hemos sobrevivido guerras. El vino es lo que hace franceses a los franceses. Del vino proviene su espíritu».

—Si sigue lloviendo, se va a perder la cosecha.

Pedro el vendimiador levanta la vista al cielo.

—Habría que cosechar antes de que entren los alemanes y los viñedos se conviertan en campos de batalla.

De una población a otra, se pasan la consigna: «Hay que esconder el buen vino. Ningún boche se va a beber mi 1932.»

Capítulo 19

LA GUERRA

A Leonora nada le atañe, Max y ella no son hombre y mujer sino pájaro y yegua.

—¡Qué inconsciente eres, Max! —le dice Roland Penrose, que los visita con Lee Miller—. En toda Francia se habla de la inminencia de la guerra y tú sólo la pintas.

Es increíble que Max, que sufrió los estragos de la Gran Guerra, no se dé cuenta del riesgo que significa ser alemán en Francia.

—Tienes que irte ahora mismo.

—No, no hay peligro —responde Max, irritado por las cartas, también de alarma, de su hijo Jimmy—. Los franceses me consideran uno de ellos. Soy más francés que alemán.

Hay tanto peligro que dos gendarmes lo conducen al campo de concentración de L'Argentière, a un lado de St. Martin d'Ardèche, con otros cien alemanes. Hasta nuevo aviso, los extranjeros serán puestos bajo vigilancia y más si son alemanes. Estar bajo custodia es esperar atrás de un alambrado. Leonora, inglesa, no corre peligro. Francia e Inglaterra son aliadas.

Leonora alquila un cuarto en L'Argentière y a mediodía le lleva de comer, pone en sus manos ropa y tubos de pintura. Consigue permiso para caminar a su lado dentro del campo. Todos los días se presenta con pan, leche y legumbres cuya calidad es cada vez peor y se racionan. Hans Bellmer, también prisionero, se lo hace notar a Max, a quien le parece muy natural que la inglesa esté a su servicio.

Bellmer lo anima a retomar la decalcomanía. Ni a los oficiales ni a los soldados que fungen de carceleros les molesta que pinten en el patio. Max, nervioso, deprimido, le pide a Leonora que vaya a París a hablar con Éluard, a movilizar a los amigos, a las autoridades, pedirle cita al presidente de la República, recurrir al arzobispo, sacudir a la corte celestial para desplumar a los ángeles.

—Voy a obtener tu libertad —le asegura ella, los ojos encendidos.

—Tiene que ser pronto, temo no aguantar mucho tiempo aquí.

Leonora viaja a París, busca a Éluard:

—Sólo tú puedes dirigirte al presidente de la República.

Éluard toma papel y pluma y le escribe a Albert Lebrun: «Max Ernst es uno de los pintores de la Escuela de París más valiosos y más respetados, se le considera francés y fue el primer pintor alemán en exhibir en un salón del país. Ha vivido veinte de sus cincuenta años en Francia. Sincero, franco, recto, orgulloso y leal, es mi mejor amigo. Si lo conociera sabría inmediatamente que su encarcelamiento es injusto. Reconstruyó una casa en un pueblo cerca de Montpellier, los campesinos lo quieren, cultiva sus viñedos y usted tiene que permitirle regresar a St. Martin d'Ardèche. Pongo las manos al fuego por él.»

Marie Berthe Aurenche también apela al senador Albert Sarraut. De todos modos, a Max lo transfieren a Les Milles, cerca de Aix-en-Provence, a una ladrillera cuyo polvo rojizo penetra hasta en las raciones de comida, de por sí escasa. Las letrinas asquerosas esparcen su pestilencia, muchos presos tienen disentería. A mediodía y en la noche, los cautivos hacen cola para que un soldado llene su plato. Algunos universitarios alemanes internados por los franceses son tratados como malhechores. Francia, que antes los quiso, hoy los persigue.

—Puedo demostrar que soy antinazi, por eso estoy en Francia.

Nuevamente a los dos pintores les permiten pintar en el patio a petición de Bellmer, el judío polaco. Éste pinta un retrato de perfil de Ernst, hecho con los ladrillos de Les Milles sobre un fondo negro. Bellmer tiene más ánimo que Max y no se debate contra el sufrimiento ni considera que es inmerecido, porque sus pretensiones son menores. Afronta el encierro mejor que Max y lo incita a pintar. A lo mejor confeccionar tantas muñecas mutiladas lo ha curtido.

—Pueden pintar en donde se les dé la gana si sus familiares les traen material.

Permanecen en el patio todo el día. Max pinta *Alice en 39*, un cuadrito parecido a los iconos de los ortodoxos rusos. En él revive a Leonora entre los árboles.

Desde el campo de Les Milles deportan a los judíos a Alemania y las autoridades francesas le dicen que a él y a Bellmer los van a enviar a instalar rieles de ferrocarril en el norte de África.

En noviembre de 1939, desesperado, Max le envía una postal a su hijo Jimmy en Nueva York y le recuerda que es su padre y que está internado en el campo de Les

Milles. Seguro que él puede ayudar a su liberación a través de sus contactos. «Haz algo, acude a personas importantes.»

Sale libre en Navidad y pasa el invierno con Leonora bajo la nieve en un St. Martin d'Ardèche nuevo para ellos porque, además del frío, los campesinos que lo creían francés ahora lo saben alemán y cuando la pareja se presenta en el pueblo sólo Alfonsina les tiende los brazos.

—Pase lo que pase, tengo que explorar los límites de mi mente —dice Max.

—Mientras tengas tiempo, porque desde que estoy contigo he desarrollado un sentido del peligro que nunca tuve antes.

—Al igual que tú, voy de un estado mental a otro y cada vez soy más consciente de lo que me espera.

Leonora le oculta a Max que en París saltó encima de Marie Berthe y le dio una bofetada que todavía saborea.

—¿Y Hans Bellmer, Max?

—Debió haber salido unos días después.

—¿Estás seguro?

—No.

Alguien del pueblo denuncia al pintor y el gendarme se presenta de nuevo.

—Usted es alemán y está bajo arresto.

—¡Leonora, tranquilízate! Habla con los amigos. Ya me soltaron una vez.

—Siéntese y contrólese, señora —le ordena el policía a Leonora, que tiembla tan fuerte que le castañetean los dientes.

El miedo en sus ojos llena la habitación.

—Su marido no es el único —aclara el gendarme—. Ya hay muchos en el campo de concentración, la orden es controlar a los extranjeros. Los van a deportar.

Max ni siquiera piensa en abrazarla, mira de frente hasta que el policía le pone las esposas, lo toma del brazo y se lo lleva.

Apenas se han ido, Leonora se tira sobre el montón de papas, que bajo su peso se desparraman sobre los azulejos de la cocina. No las recoge porque sus lágrimas le impiden verlas. Va al pueblo y se empina varios vasos de marc. Cuando Alfonsina le informa de que es hora de cerrar, regresa a su casa. Bebe agua de colonia y vomita toda la noche con la esperanza de que los espasmos que la sacuden atenúen su sufrimiento. Al despuntar la mañana toma una decisión:

—Tengo que moverme, la única forma de aguantar es con el trabajo.

Sin nada en el estómago y sin sombrero, desciende a la viña y corta uno a uno racimos de uva hasta que el sol dobla su nuca. A pesar de su esfuerzo, la ausencia de Max la consume. Al regresar, se arquea sobre el excusado. Ella misma se provoca el vómito pero nada sale, su garganta es un tizón al rojo vivo, el pecho le arde, todo su cuerpo tiembla. Sube y baja de la recámara a la cocina y finalmente se recuesta sobre el costal de las papas.

A lo largo de la semana, come papas hervidas, a veces una, a veces media. Nunca ha tenido tanta fuerza en su vida. Se levanta con el sol y se acuesta con él, brinca fuera de su cama antes de que la asalten los malos pensamientos y, como duerme vestida, corre a atender sus vides. Chorrea sudor, tiene la nuca empapada. «¡Lo mío es una purificación!», y no se mueve sino hasta ver el sol meterse tras el horizonte. Cada vez que le viene el recuerdo de Max, lo elimina a fuerza de voluntad; mejor pensar en una papa, toda la vida una papa. «Quizá podría ir al pueblo a comprar mantequilla para hacerme una papa al horno hoy en la noche.» A veces también reflexiona: «Yo no sabía que el vino, además de estimulante, era tan buen alimento, me mantiene fuerte.» Los domingos se desnuda y toma el sol en la azotea, tirada como lagartija, y luego se echa una buena botella de vino. En la noche, otra. Es extraordinario el vino, ninguna terapia más efectiva.

Se acerca el día de San Juan. Leonora va al pueblo por mantequilla.

—¡Qué guerra extraña! —comentan dos campesinos en la cremería.

En París la llaman «*la drôle de guerre*», cuentan que en Holanda los niños saludaron a la Luftwaffe llenos de risa. ¿Cómo entender que ahora los alemanes son sus enemigos? En la campiña polaca, labradores y mujeres con sus pañuelos de colores en la cabeza siguieron labrando sin darse por enterados. Aquí en el pueblo han llegado muchos belgas. En la Gran Guerra, los alemanes violaron a su país, Bélgica es el símbolo de la traición. Hundieron el *Lusitania*. En París los cafés están llenos, los franceses se distraen a pesar de la tragedia polaca. ¿Invasión? Fonfon no aparece por ningún lado. Desde que el gendarme se llevó a Max, no la ve sino en el café, cuando se acerca a servirle otra copa de marc. En la cremería, el patrón es poco amable; antes se deshacía en piropos acerca de su belleza. Le pregunta si la mantequilla es para los caracoles.

—Parece que alguien se metió en la noche a su casa y le robó sus caracoles.

—¿Mis qué?

—Tenga cuidado porque también dicen que usted es una espía y podrían denunciarla.

—¿Van a cazarme con una linterna como a los caracoles? —ironiza Leonora.

La inglesa no tiene miedo de la guerra. Sólo quiere que le devuelvan a Max.

En la noche, después de su papa con mantequilla, que le sabe a gloria, Leonora cierra los ojos sobre su almohada sucia y repite una frase que hace varios días es ya una certeza:

—No estoy destinada a morir.

Así la encuentra, el 24 de junio de 1940, una antigua amiga suya, Catherine Yarrow, alta, flaca e inglesa, que llega con Michel Lukas, su desgarbado amante.

—Leonora, son tiempos malos, no creo que debas quedarte aquí.

Leonora apenas si la oye:

—Voy al huerto a sacar una lechuga, quiero prepararles una buena ensalada, tengo aceitunas, tomates, aceite de oliva, una ensalada *niçoise*, bueno, casi *niçoise*, también tengo berenjenas.

Regresa enlodada. Se cayó. Sus brazos están vacíos.

—¿A qué fui al huerto? Ustedes van a quedarse a dormir, ¿verdad? Yo duermo en la cocina para oír si llaman a la puerta, las papas son mi almohada.

Catherine, alarmada, mira a su novio. Luego observa a Leonora, que prende un cigarro con otro y en un momento dado está a punto de quemarse la cara.

—Dentro de un instante llegará Max —advierte con sus ojos negros, que atraviesan una ráfaga de miedo.

Estar loco es ir de un lado a otro sin saber a qué, sin saber por qué, perdiéndose en el camino. «Es vagar por lo desconocido con el abandono y el valor de la ignorancia.»

—Leonora, tienes que huir de Francia; los alemanes están en todas partes. Max no va a regresar, no sabemos cuándo termine la guerra ni cuándo van a soltarlo. ¡Tienes que venir con nosotros!

—Max no tarda, fue al Pont Saint Esprit pero, como se desbordó el Ródano, el regreso se hace lento. Vamos a abrir una botella de tinto. Tengo mucho tinto, también tengo blanco, si lo prefieren.

Esconde la cabeza entre sus brazos.

—Max va a regresar, lo estoy esperando.

—Debes comer algo más sustancioso, estás en los huesos.

Gracias a la presencia de Catherine y de Michel, Leonora canjea las papas por una buena sopa y pasa menos horas bajo el sol.

Catherine, original y creativa, se ha pasado la vida en manos de psiquiatras y analiza a todo ser que se le para enfrente. De sus consejos, el que más se le graba a Leonora es: «Tienes que buscarte otro amante.»

¿Quién, Pedro el vendimiador? ¿El viejo Mateo, que sólo carraspea?

—Borra al pintor de tu vida; buscas en él una figura paterna, te estás castigando a ti misma.

—Estoy muy bien y amo a Max.

—No, no estás bien, nunca desde que te conozco has estado tan mal. ¿Saben tus padres de tu estado?

—Yo no tengo padres.

—Claro que sí, y se preocupan por ti. Detestan a Max, están en desacuerdo contigo y pese a ello te siguen manteniendo. Tu madre hasta te compró esta casa.

El día en que van al pueblo, Leonora se sienta en la mesa de dos belgas delgados y elásticos.

—Voy a seducirlos —le anuncia a Catherine—. Con tu palabrería, hiciste que todo mi deseo sexual regresara. Desde que se llevaron a Max no hago el amor.

Más que por el amor, los jóvenes se preocupan por la guerra y por lo que los nazis le hicieron a su país. Esta muchacha despeinada y ardiente no está en sus cabales. Se levantan y la dejan sola:

—Tendré que permanecer dolorosamente casta —se resigna Leonora.

Bebe demasiado vino y a Alfonsina no le queda otra que ordenarle:

—Hoy vas a dormir aquí.

Al otro día, como si nada, Leonora le dice a Fonfon:

—Soñé con dos lobos y un zorro.

—Habla con los lobos y se volverán corderos.

—¿Incluso si son alemanes?

—Leonora, caminas al borde del precipicio. ¿Por qué no buscas a Drusille de Guindre? Dicen que ahora se la ve de pie junto a la ventana porque su padre no la deja salir. El vizconde tiene influencias, Drusille pregunta por ti, seguro que te ayudarán.

Leonora regresa a sus viñedos. Se asolea, vuelve a sudar hasta que Catherine la alcanza y le aplica una de sus numerosas llaves psicoanalíticas.

—El amor es una psicosis pasajera. Además, St. Martin es peligroso, no puedes quedarte aquí sola, te vamos a llevar.

—Espero a Max, imposible irme sin él, no voy a moverme de aquí.

—Quién sabe cuándo lo liberen y tú tienes que venir con nosotros. Oí decir que los alemanes violan a las mujeres.

—A mí eso no me asusta, Catherine; es más, a lo mejor hasta lo disfruto. Lo que me da pánico es que sean robots, seres descerebrados. Los alemanes no tienen sangre en las venas, tienen plomo, el plomo de las balas. Mañana iré de nuevo al pueblo a ver a quién encuentro. Seguramente alguien me hará caso.

—Nadie te va a tirar un lazo, mírate, asustas: sin bañar, sin peinar. Vámonos, voy a ayudarte a hacer tu maleta.

—Desde que mi amado se fue, no sé cuál es la fecha ni el día de la semana, lo único que sé es que tengo que esperarlo.

—A Max lo usas para castigarte, es sólo un sustituto de Harold Carrington. Además, bebes como cosaco.

—Baudelaire decía que hay que beber sin tregua y vivir ebrio, sigo su consejo. Si bebo no siento pasar los días.

Catherine se apiada.

—Si no quieres irte, me quedo contigo; pero si nos quedamos en esta casa vendrá por nosotros el mismo gendarme que se llevó a tu amante. Michel es húngaro y si los alemanes lo encuentran lo van a apresar, pero yo no te voy a dejar: corres peligro, todos corremos peligro. En Madrid podrás conseguirle una visa a Max, aquí no sirves de nada.

Catherine, la terapeuta, tiene que salvar a su amiga y responder por su futuro.

—Entiéndeme: libérate de Max como lo hiciste de tu padre.

—España es nuestra salvación —interviene Michel.

Capítulo 20

LA HUIDA

Una punzada en el estómago dobla en dos a Leonora cada vez que recuerda a Max. Tiene guardado su pasaporte junto al suyo; ella le conseguirá una visa. ¿Cómo no lo pensó antes? España es la posibilidad de una nueva vida con Max.

En Bourg St. Andeol, los gendarmes les niegan permiso para viajar.

—Vuelvan mañana o preséntense en la alcaldía a ver qué les dicen.

Su indiferencia resulta insultante.

—Nos vamos a ir de todos modos —grita Leonora sentada en el Fiat—. Ahora mismo le aviso a Fonfon y a la gente del pueblo de que me voy.

—¿Qué vamos a hacer con la casa? Hay que cerrarla —se preocupa Catherine.

—Aquí la gente es buena, puedo encargar la casa a cualquiera; creo que dejaré la llave al dueño del Motel des Touristes de St. Martin.

En el Motel des Touristes sólo encuentra a Rose Vigne, la esposa del hostelero.

—No se preocupe, vamos a la notaría, es cosa de diez minutos.

En la notaría, Leonora se inquieta.

—Firme —ordena categórica la mujer del hostelero—, yo me hago responsable.

Leonora firma la cesión de la casa y de todos sus bienes a favor del propietario del motel.

Pedro, el viñatero, llega al domicilio que aún ocupa Leonora:

—La situación ha cambiado. Los boches ya entraron y en las calles de Sedán la ansiedad puede cortarse con cuchillo.

Leonora abandona los gatos, los perros, los viñedos, las figuras esculpidas, el chal de campanitas, las pinturas de Max y las suyas; olvida los libros, y el álbum donde empezó a pegar las fotografías. Toda su voluntad se centra en España y en la visa de Max.

Mientras Catherine Yarrow recoge la cocina y cuelga las sartenes en lo alto, Leonora pasa la noche haciendo y deshaciendo la maleta de cuero de Brooks Leather que lleva su nombre grabado y una placa con la palabra «Revelación».

—Estoy segura de que esta palabra es un mensaje del cosmos.

A las cinco de la mañana, cuando cierra la maleta y se dispone a dormir, escucha la voz de Cath:

—Leonora, ¿estás lista?

Las esculturas sobre los muros los miran partir, impávidas. Tampoco Leonora conmovió a Rose Vigne, la esposa del hostelero, cuando le encargó la casa al despedirse:

—Cuídela mucho, es nuestro hogar, vamos a volver. Esta casa soy yo, es mi vida.

Catherine se sienta al volante, Michel del lado de la ventanilla. Apenas arranca el motor, la inglesa se convierte en el Fiat. Tensa hasta el último de sus músculos, no quita los ojos del camino, es la fuerza motora. Cuando su amiga acelera, el pie derecho de Leonora también presiona. A veinte kilómetros de St. Martin d'Ardèche se atasca el embrague y Leonora anuncia:

—Yo lo hice.

—¿Cómo vas a hacerlo tú? —se irrita Catherine.

—Sí, yo muevo la energía de la Tierra, irradio una fuerza magnética que nunca imaginé; yo le di la orden al coche.

Aterrada ante su propio poder, se culpabiliza; ella es el automóvil, la batería, el *clutch*, el volante y el radiador.

—Pues si eres todopoderosa, arréglalo pronto porque ahí vienen los nazis.

—Mi sistema solar va a darle una orden al Fiat y el embrague va a destrabarse.

El coche vuelve a funcionar sin que nadie entienda por qué.

El viaje es un infierno, porque la paciencia de Catherine y Michel ha llegado a su límite. Catherine le pide a Leonora que se calle y no les haga la vida imposible.

En el asiento trasero viaja una mujer transparente y desmelenada que tiene poderes: ordena el mundo, dirige el tránsito, es capaz de hacer que el coche se detenga; una mujer responsable de la salida del sol y con la autoridad suficiente para acabar con la guerra. Odia a los alemanes, baja la ventanilla y grita a todo pulmón: «¡Hay que matar a Hitler!» Catherine la cierra. La noche oscura no impide la visibilidad y, cada vez que se cruzan con otro automóvil, Leonora grita: «¡Hitler es un asesino!» Luego se recarga en el asiento, cierra los ojos y los abre de nuevo:

hileras de ataúdes bordean el camino. Seguro que son franceses masacrados por los nazis. La violencia de la guerra entra por cada uno de sus poros. Ve cadáveres amontonados cuyos brazos y piernas cuelgan fuera de camiones militares. Catherine y Michel no ven o no quieren ver. Leonora baja la ventanilla de nuevo y vocea: «¡Los alemanes asesinan a Francia, todo huele a muerte!» Tiene razón, porque Perpignan es sede de un inmenso cementerio militar.

—Aquí vamos a dormir unas horas —indica Michel, pero en los hoteles no hay una sola habitación.

Leonora desciende del automóvil y pregunta dónde están los nazis. Detiene a los meseros, al limpiabotas y al cartero porque les confiere poder y los atemoriza con sus ojos negros, en los que campea la locura.

Uno de ellos le dice:

—Los alemanes entraron a Francia como si fuera mantequilla.

Otro confirma:

—Los vi entrar. Montados en sus motocicletas, el sol se reflejaba en sus anteojos. En Burdeos no cabe una persona más.

Leonora se hace notar y en territorio ocupado es riesgoso destacar.

—Súbete al coche y vámonos, Leonora —ordena Catherine.

Su ansiedad crece a medida que avanzan, tiembla como una hoja y, cuando no, grita, habla sola, imposible controlarla. Las carreteras, atiborradas de gente que huye, se vuelven intransitables. El ruido de los motores no cesa y taladra los oídos.

—Y toda esa gente, ¿sabe adónde se dirige? —pregunta Leonora.

—¡Claro que no! —le grita Catherine—. Todos huimos. Los alemanes bombardean Francia, ¿no te das cuenta?

Leonora anuncia que ha tomado la única decisión posible: matar a Hitler. Catherine cierra la ventanilla, Leonora vuelve a abrirla:

—¡No hay nada peor que invadir otro país y los soldados son una mierda!

Catherine cierra de nuevo la ventanilla. Con una fuerza desconocida, Leonora la abre otra vez:

—¡Abajo los invasores! ¡Viva Francia libre!

—¡Cállate! —ordena Catherine.

Leonora alega:

—Si yo le digo a la gente que puedo detener la guerra con el poder de mi mente, la guerra va a terminarse, si yo les digo que tengo fuerzas psíquicas, dejarán de sentir miedo; muchos dicen que tengo ojos poderosos, los nazis van a entender que deben largarse si yo los confronto.

—Ahora sí ya no te aguanto —Catherine implora con lágrimas en los ojos—. No grites, por favor, vas a delatarnos, Michel no tiene papeles.

—Ustedes son mi responsabilidad, estoy salvándolos —protesta Leonora.

Vuelve a anunciarles a quien quiera oírla que ella es Juana de Arco.

—No digas una palabra más si quieres que lleguemos a Andorra. Si hablas todo fracasará, esto va en serio, Leonora: nuestras vidas están de por medio.

—¿Quieres que entre en coma voluntario? —Leonora se controla y se muerde los labios hasta sangrarlos.

Catherine y Michel sólo descansan al llegar a Andorra, un país del tamaño de una migaja de pan que cayó entre Francia y España.

Al descender del Fiat, Leonora no logra enderezarse.

Ha perdido el control de sus movimientos y avanza como cangrejo. Intenta subir la escalera del hotel y sus piernas se traban. Catherine se enoja.

—Es que mi cuerpo ya no obedece las órdenes de mi cerebro. Tengo que borrar todo lo aprendido y eliminar las viejas fórmulas que me causan esta angustia paralizante.

—Lo que pasa es que nos quieres joder a todos.

En el Hôtel de France, la única encargada es una jovencita que les entrega la llave de una habitación al fondo de un corredor y otra en el segundo piso.

—No hay nadie más, sólo ustedes —les dice en catalán.

En el hall del hotel vacío, Leonora da sus primeros pasos e intenta enderezarse. Michel y Catherine, hartos de ella, se encierran; que se salve quien pueda, deciden. Si la inglesa quiere acabar con su vida, es cosa de ella, pero entre tanto la necesitan para salvarse. Por fin llega a su cuarto en el segundo piso, abre la ventana de par en par y una hilera de pinos muy altos avanzan hacia ella.

Después de la primera noche, Michel, de mejor humor, avisa de que va a ir a la oficina de telégrafos a mandar un mensaje. La inglesa ignora que está dirigido a su padre, que desde Inglaterra envió dinero. Dentro de algunos días llegará a Andorra un emisario suyo, un jesuita que va a obtenerles la visa para España. El poder de Imperial Chemical es inconmensurable.

Leonora procura erguirse y salir a caminar pero, en cuanto intenta subir la pendiente tras del hotel, se atasca como el Fiat de Catherine y queda doblada en dos.

—No es posible que nos hagas esto. Ponte de pie —la recoge Catherine.

—No puedo.

—¡Enderézate, te digo!

—¡Te juro que no puedo!

—¿Cuál es la razón?

—Mi impotencia frente al sufrimiento que vi en la carretera.

La angustia le impide unir cuerpo y mente. Ninguna idea acierta el blanco, la ansiedad la asfixia y no logra mover un dedo de la mano derecha, ni uno de la izquierda; y eso que ella puede escribir y pintar con ambos hemisferios cerebrales. Su boca se ha torcido y le da vergüenza hablar. Intenta comprender por qué su cuerpo ya no recibe órdenes y concluye que se ha rebelado. Como su voluntad no tiene poder, lo primero que busca es un acuerdo con la naturaleza, con esa colina boscosa que en vano trató de subir.

—¡Montaña, ayúdame, no me rechaces, hazme caminar, si camino estaré salvada!

Da unos cuantos pasos y cae al suelo.

—¡Me han vaciado y lo único que quedó impreso es la imagen de los alemanes montados en sus motocicletas con el sol dando sobre sus anteojos negros!

El ladrido de un perro la vuelve a la vida y se arrastra de regreso al hotel.

Tampoco logra dormir y le cuesta trabajo comer.

Leonora recurre a la disciplina que heredó de sus padres y cada mañana intenta caminar cueste lo que cueste.

—Montaña, quiero que tú y yo lleguemos a un acuerdo: permite que mi mente y mi cuerpo se unan a ti.

Se acuesta bocabajo, su rostro hundido en la hierba.

—La tierra me absorbe, la tierra quiere comunicarme su fuerza.

En cuatro patas, apoyada sobre sus codos, se levanta primero sobre el pie izquierdo y luego sobre el derecho y, raspándose los codos, por fin logra erguirse. Poco a poco, de tanto mantenerse de pie, da un pasito, luego otro y confía en que va a poder caminar.

—Mañana lo intento de nuevo.

Catherine y Michel se desentienden de ella.

—Esta mujer nos arruina la vida —dice Michel.

—También para mí se ha vuelto una carga. Después de entregarla no volveré a verla.

Al encontrarla una mañana en la puerta del hotel, le pregunta Catherine:

—¿Ya va a salir el cangrejo?

A los diez días de entrenamiento, Leonora sube la colina, resbala y cae pero no importa porque descubre la posibilidad de dominar sus piernas.

—Nunca tuve antes ese control sobre mi persona —les dice a Catherine y a Michel, que se burlan de ella.

Leonora no es consciente del efecto que produce su conducta en los demás, ni de lo extraño que resulta verla. Cath y Michel se hacen los desentendidos y pasean solos. A veces, por compromiso, la siguen en su caminata. Después de todo, ella es su salvoconducto a España. La heredera ignora que los que siempre ganan la partida son los «cuerdos».

Después de varias horas en la colina, Leonora ve a lo lejos una manada de caballos que vuelven la cabeza hacia ella y, sin más, se dirige hacia el prado verde donde pastan. No se mueven y ella confirma su poder sobre los animales: los huele, los acaricia, les habla. Es un caballo más, recarga su cara en sus belfos, peina sus crines, limpia sus ojos de legañas y está a punto de montarse en un caballo amarillo que la espera cuando Catherine y Michel, con su sola presencia, los espantan y provocan su desbandada.

—¿Ya ven lo que hicieron?

—¡Vete con ellos entonces! —le grita Catherine.

—¡Ya basta de estupideces! Mañana vamos a intentar cruzar la frontera a España —interviene Michel.

—Soy más de los caballos que de ustedes. —Leonora se libera de la mano de Michel y algo ve él en sus ojos que la retira de inmediato.

Gracias a los documentos y al dinero, enviados desde Londres por Harold Carrington y entregados por el emisario jesuita al servicio de Imperial Chemical, Catherine se pone al volante del Fiat. Michel no tiene salvoconducto, ya las alcanzará en Madrid; lo que importa ahora es la salud de Leonora. El jesuita se sienta al lado de Catherine y se dirigen los tres a la Seu d'Urgell.

—Esta mujer me mata, tengo los nervios deshechos —le dice al jesuita—. No sé si pueda llegar siquiera a Anserral.

—Se ve tranquila.

—Todo lo que hace es atroz.

Además de la guerra, Leonora se ha vuelto insoportable para Catherine.

—¡Éste es mi reino! Su tierra roja es la sangre seca de la Guerra Civil, aquí voy a encontrar a Max —grita Leonora.

—Si grita va a hacer que nos detengan —confirma el misterioso jesuita.

—O va a lograr contagiarme su locura —dice Catherine.

Capítulo 21

MADRID

A medida que pasan los días, Catherine comprende cada vez menos a su amiga; jamás pensó que la pondría en peligro. Cada hora a su lado se hace más intolerable. Son 197 kilómetros de locura que el jesuita acentúa, porque jamás levanta la voz. Leonora sugiere abandonar el Fiat y tomar el tren para Madrid. Catherine respira aliviada. Al menos no tendrá que conducir con los gritos lunáticos de su amiga. El jesuita se despide. Aquí, en la sucursal de Imperial Chemical, termina su misión.

A cada palabra Leonora le da un significado que sólo ella descifra. Es una clave para seguir el viaje en un escenario lacerado por las bombas.

La primera noche se alojan en el Hotel Internacional, cerca de la estación. Aunque únicamente sirven en el comedor, Leonora convence con su belleza y con sus ojos enloquecidos para que le suban la cena a la azotea para ver los tejados de Madrid.

Se mudan al Hotel Roma. Catherine envía telegrama tras telegrama a Michel y cuando, a los seis días, se presenta, se le echa a los brazos.

—Estoy muerta. Es cada vez más incontrolable. Tú cuídala ahora.

En el Roma, Leonora exige de nuevo cenar en la azotea. Eufórica, grita:

—Apenas se disipe toda la angustia acumulada en mi vientre, Madrid también se tranquilizará. ¡En mi vientre se asienta Madrid y yo voy a devolverle la salud!

—¡Madrid es el estómago del mundo! —le advierte el portero.

Se pasa la noche sentada en el retrete con una diarrea espantosa y en la mañana anuncia feliz que, al vaciar sus intestinos, ha liberado Madrid. Ahora sí que su estómago, limpio de todas las capas de la mugre acumulada, revelará la bondad de los hombres.

—¡Se acabó la guerra! —grita apenas recupera fuerzas.

Catherine y Michel optan por encerrarla en su habitación.

—Tengo que llevar el pasaporte de Max al ministerio del Exterior para obtener su visa —insiste Leonora. Al ver que no puede abrir la puerta, escapa por la ventana y camina por la cornisa a riesgo de matarse. Desciende al hall, se abre paso entre los huéspedes y en ese momeno la intercepta un holandés alto y rubio que de inmediato se presenta:

—Me llamo Van Ghent.

Sin más ceremonias, Leonora le suelta:

—¿Podría conseguirme una visa para Max Ernst? Urge sacarlo de Francia. '

—Yo a usted la conozco, mi hijo trabaja en la sucursal de Madrid de Imperial Chemical y le encantará ayudarla.

¡Otra vez Harold Carrington, el omnipresente, el perseguidor, el cómplice nazi! Toda su angustia acumulada le aprieta el pecho.

—¿Van Ghent?

Para demostrarlo, Van Ghent le tiende su pasaporte.

—¡Está plagado de esvásticas! —se horroriza Leonora—. Usted está en el bando contrario y yo estoy exponiéndome.

—¿Cómo van a ser esvásticas?

—¡Usted tiene relación con los nazis! —Leonora gira de nuevo en su delirio.

Deshacerse de todas las tarjetas de identidad es la única salvación y Leonora le tiende su propio pasaporte a un desconocido en el lobby del hotel.

—Tome, se lo regalo.

El desconocido se aparta y Van Ghent la observa con desprecio. Leonora intenta regalar todo lo que lleva en su bolsa —tubo de labios, polvera, pañuelo, un espejito y un peine—, aunque sin éxito.

—¿Por qué me ven así? Se los obsequio de buena manera.

Alfileres de rechazo y de humillación enrojecen su rostro.

Van Ghent le ofrece el brazo. Su cuerpo es una armadura. Su mirada es de acero, las mejillas bien rasuradas y la frente amplia bajo el escaso pelo rubio, la quijada y los huesos protuberantes de los pómulos le dan la apariencia de una calavera.

A partir de ese momento, Leonora decide que va a romper con todos menos con Van Ghent, porque imagina que puede conseguir la visa de Max.

Van Ghent le ofrece un cigarro y al prendérselo le dice:

—Quédese con la cajetilla.

Con su paso marcial la dirige hacia una mesa de café y le pregunta qué quiere tomar:

—Té, por favor.

Leonora, imantada, lo sigue, para el alivio de Catherine y Michel, que se liberan de tamaño peso. Si se sienta a la barra, Leonora se instala a su lado, cambia el té por un *scotch* y lo consulta a cada instante. El fastidio del holandés salta a la vista.

—No crea que no me doy cuenta, Van Ghent. Usted maneja con la mirada a los que están aquí. Adivina hasta lo que van a ordenar. ¡Mire, la gente que pasa frente al café se detiene en nuestra mesa!

—Sí, porque usted, con su exaltación, está dando un espectáculo.

—Ni siquiera me muevo. —Leonora hurga en su bolsa.

—¿Qué busca?

—Mi insignia de apoyo a la República.

—¿Por qué no la lleva puesta?

—La perdí.

—Estará en su bolsa.

La insignia aparece y el propio Van Ghent la prende caballerosamente a su solapa. Leonora no sabe si darle las gracias o sentir miedo, porque el poder mental de Van Ghent no tiene límites. Si se lo propusiera, Hitler se rendiría ante él, a los cielos de Europa ya no los cruzaría un solo bombardero, los tanques ya no se le vendrían encima, cada quién regresaría a su país, Max estaría ahora mismo a su lado. «Si el poder de Van Ghent no es infame, entonces él va a salvar Madrid.»

Leonora se levanta y va de mesa en mesa para dar la buena nueva, y señala al salvador de España, al de Francia, al de Inglaterra. Los parroquianos miran hacia donde señala pero él se ha esfumado.

—Tu mesías es un fantasma —ríen.

Tres oficiales la toman del brazo, la meten a un coche y la conducen a una casa con balcones de hierro forjado. La meten a una habitación forrada de satín rojo con tapices, molduras y puertas doradas, colgaduras y tibores chinos.

La arrojan a una cama, le arrancan el vestido, lo desgarran, e intentan violarla.

Leonora opone tal resistencia que finalmente desisten. Mientras se recompone frente al espejo, uno de ellos le vacía una botella de agua de colonia en la cabeza. Otro hurga en su bolsa.

La abandonan en el parque del Retiro y camina en círculos hasta que un policía la ve deshecha y le pregunta si está perdida:

—Vivo en el Hotel Roma.

Al llegar a la habitación 17, a las tres de la mañana, llama a Van Ghent para explicarle su tragedia. El holandés cuelga furioso.

Sobre su cama yacen unos camisones que Catherine envió a la lavandería y que la camarera dejó por equivocación en la 17. Imagina que son un regalo de Van Ghent para disculparse por haberla abandonado. Toma un baño frío y se pone un camisón rosa, otro baño frío y se prueba el verde pálido, y así, de un camisón a otro, llega a la madrugada y decide dejarse puesto el rosa porque hace juego con el sol naciente.

Convencida de que Van Ghent hipnotiza a los madrileños con unos caramelos envenenados, Leonora pide periódicos y tijeras a la administración y los transforma en volantes: «Hitler es un peligro para Madrid», escribe mil veces. Cuando reúne una cantidad respetable, sube al último piso del hotel y avienta los volantes. También escribe en mayúsculas: «Visa para Max», «Madrid tiene que liberarse», «Muera Franco» y, al ver que la gente los pisa o pasa de lado, grita mientras desciende a la calle: «¡Hitler va a destruirnos!», y ella misma reparte su propaganda. Unos aceptan su mano tendida, otros la esquivan.

Sin aliento, sube a la habitación de Catherine, le ordena que la mire a los ojos y le lanza una pregunta inquietante:

—¿Te das cuenta de que mi cara es la imagen exacta de la guerra?

Catherine le cierra la puerta en las narices.

En el vestíbulo del Roma, lleno de soldados alemanes, encuentra a Van Ghent y a su hijo.

—¿Es usted la que está tirando los volantes, verdad? —le pregunta atemorizado el joven, que es el vivo retrato de su padre—. ¿Quiere que le dé noticias de Harold Carrington? —pregunta obsequioso y, cuando Leonora responde que no, Van Ghent padre interviene:

—Déjala, está loca.

Humillada, Leonora atraviesa la calle a riesgo de que la atropellen, corre a El Retiro y se tira en el césped para asombro de niños y adultos. Al darse cuenta de que la observan, sus maromas se vuelven espectaculares. Las madres huyen con sus hijos de la mano y dan voz a la policía. Un mando de la Falange la deja en el lobby del hotel y un mozo la conduce a la habitación 17; se desviste y de nuevo pasa horas bañándose en agua fría.

Los camisones han desaparecido.

Van Ghent es otra versión de Harold Carrington, su verdugo; necesita derrotarlo. Es la única que puede vencerlo como lo hizo de niña. Y si no que lo desmientan Maurie, *Winkie*, su yegua, Nanny, Gerard, el rey Jorge VI de Inglaterra, el duque de Norfolk o el de York, lord Cavendon, el duque de Cavendish y hasta Tim, el hijo del chofer.

De pronto se le ocurre que los cigarros que le da el holandés están envenenados.

—Por eso no duermo.

La única forma de liberar Madrid es denunciar el horrible poder de Van Ghent y para ello es necesario un acuerdo entre España e Inglaterra. Llama a la embajada británica y, al oír su apellido, el cónsul le da una cita de inmediato:

—Hitler y sus secuaces han hipnotizado al mundo y Van Ghent representa a Hitler en España. Hay que quitarle su poder hipnótico. Sólo así se detendrá la guerra.

Leonora es un bello y terrible espectáculo, con su cabello erizado y sus ojos negros enloquecidos. Habla de pie, su inglés es tan perfecto como su distinción. El diplomático no tiene ni tiempo de pedirle que tome asiento. Leonora lo conmina:

—En vez de perder tiempo en sus laberintos políticos y económicos, es esencial recurrir a la fuerza metafísica y distribuirla entre todos los seres humanos.

—Miss Carrington, tome asiento, por favor.

—No me puedo sentar, estoy trabada como el Fiat de Catherine.

—Muéstreme su pasaporte.

Leonora avienta su bolsa sobre el escritorio.

—¿Es usted la hija del presidente de Imperial Chemical?

Leonora se da la media vuelta, sale y lo deja hablando solo.

A los pocos días, Leonora se presenta de nuevo y el cónsul se da cuenta de que la hija de mister Carrington no está bien. Llama por teléfono al médico Martínez Alonso.

—¡Qué problema para la embajada británica: se trata de la hija de un magnate! Ya se lo comuniqué al embajador, Eric Phipps, y me dijo que manejara este asunto con máxima discreción. Sobre todo, que la tratáramos como lo que es: la hija de Harold Carrington. Si no, puede haber consecuencias. Tenemos que ponernos a sus órdenes.

—Las teorías políticas de la joven son fruto de su trastorno paranoide —afirma Martínez Alonso, y, al cabo de cuatro días, deciden trasladarla al Hotel Ritz.

«Su hija está totalmente perturbada. No sólo pone en riesgo su vida sino la de todos nosotros. Su atención médica es urgente», dice el cable altamente confidencial que envían a la dirección de Imperial Chemical.

Catherine y Michel desaparecen y Leonora no se da cuenta de su ausencia ni de que su libertad ha terminado. En su habitación del Ritz, mucho mejor que la del Roma, lava contenta su ropa en la tina y se confecciona vestidos con las toallas. Le comunica a la recamarera que tiene cita con Franco, de ahí que necesite un ajuar apropiado para la entrevista.

—¿Escotado o hasta el cuello? ¿Apretado o ampón como las faldas de las bailarinas? ¿Sombrero y guantes? ¡Voy a liberarlo de su sonambulismo!

En cuanto Franco la escuche, llegará a un acuerdo con Inglaterra, luego con Alemania, luego con Francia; se firmará la paz y se pondrá fin a la guerra.

Capítulo 22

SANTANDER

En el Ritz, el doctor Martínez Alonso le da bromuro en cantidades aptas para un soldado acuartelado y le suplica que cuando llame a los camareros no abra la puerta si está desnuda.

—Doctor, escúcheme, sé cómo terminar la guerra. Usted debe conseguirme una entrevista con Franco. Tenemos que deshacernos de Hitler y de Mussolini, quienes, además de habernos convertido en fantasmas, reparten pedazos de angustia como si fueran almendras caramelizadas.

Los huéspedes del hotel se quejan de sus escándalos:

—¡Son ustedes esclavos de Hitler! —abre la puerta de su habitación y grita en el corredor.

Vocifera a cualquier hora del día o de la noche. El gerente en persona sube a callarla. Leonora defiende apasionadamente cada una de sus teorías políticas:

—Hitler nos ha hipnotizado, si no hacemos algo va a aniquilarnos.

—Me temo que la señorita Carrington no va a poder permanecer en el Ritz —advierte el gerente, Braulio Peralta.

En vez de usar el elevador, Leonora sube y baja las escaleras, sale a la calle y minutos después vuelve a entrar corriendo.

—Corro más rápido que mi cuerpo —dice.

Se abre paso a brazadas y sus movimientos la desvencijan. El portero, compasivo, la detiene:

—No voy a permitir que me lleven. Soy una *nightmare*; en apariencia soy lo que ve, pero por dentro soy una yegua de la noche. Así nací. ¡Muera el nazismo!

El doctor Martínez Alonso se da por vencido y la deja al cuidado de un médico de ojos verdes, Alberto.

—Alberto, tú eres Gerard, mi hermano, tú has venido a liberarme, tú vas a ayudarme a conseguir mi propósito.

Leonora se echa a sus brazos y se apresura a seducirlo.

«Yo no gozo del amor desde la partida de Max y lo necesito perentoriamente. Creo que Alberto me encuentra atractiva y se interesa por mí; también le atraen los millones de papá Carrington, representados en Madrid por Imperial Chemical Industries.»

¡Qué hermosa muchacha, qué fuerza en sus brazos cuando lo rodean, en sus ojos, que echan lumbre, y qué voluntad la suya! Cada vez que entra en su habitación, a Alberto lo emociona su brío. ¿Cómo domar a esta yegua de crines negras que relincha y hace sonar sus cascos en un hotel tan selecto? Intuye que dentro de ella hay una verdad; su cuerpo histérico reacciona en contra del fascismo. A él le repele toda la exhibición guerrera de Alemania. Al cabo de unos días, Alberto la saca de su recámara, la invita a comer y a cenar. Verla caminar por las calles de Madrid es un regalo. Sus ademanes son bellos como ella. Sabe moverse, corre, ríe, lo entretiene; ¡qué gran sentido del humor! Leonora disfruta su libertad y la aprovecha.

Gracias a Alberto, Leonora acude de lunes a viernes a protestar a la oficina del director de Imperial Chemical en Madrid y a la del cónsul del imperio británico. Alberto la espera afuera. Al principio los funcionarios la escuchan embobados por su belleza, luego los cansa con la larga y atropellada lista de sus demandas políticas.

—Hay que apoyar a la resistencia francesa, sólo el Maquis puede acabar con los nazis, los colaboracionistas tienen que ser juzgados, Pétain, Laval, todo Vichy. —Sus ojos despiden relámpagos.

—Allí viene otra vez —advierten los porteros.

—Creo que es una maniática —aventura el cónsul.

—Tiene una enorme depresión pero no la culpo. Lo malo es que repite lo mismo y cada día está más furiosa —la compadece la primera secretaria, Elvira Lindo, que es lo mejor de la embajada.

Al ver que aún no reaccionan después de una semana, Leonora los acusa, lo mismo que a Harold Carrington y a Van Ghent, de mezquindad y falta de valor.

Si no encuentra al director madrileño de Imperial Chemical, lo busca en su casa y lo injuria delante de su mujer, de sus hijos, de su chofer, de sus mucamas y de cualquiera que esté presente. El director se pone de acuerdo con el cónsul inglés y llaman al doctor Pardo.

—Queremos su opinión.

Leonora es elocuente, si se lo permitieran, conmovería a España entera, ese país ahora cubierto de escombros. Al médico Alberto ya lo nulificó. Totalmente seducido, hace todo lo que ella quiere.

—A esa mujer hay que hospitalizarla —opina el doctor Pardo, y el funcionario de la embajada remata:

—Esto ya traspasó todos los límites, tenemos que hacer algo. Mister Carrington nos ha dado carta blanca.

—Conozco una clínica atendida por religiosas —aventura el doctor Pardo.

En el sanatorio de monjas en que la confinan, «la loca» abre puertas y ventanas y se trepa al tejado. «Es mi morada apropiada.» Al ver desde lo alto la vida diaria de Madrid, la invade la euforia. Sobre una cornisa del convento, observa el trajín de los peatones. «Eso somos, hormigas, cucarachas, insectos.» Las religiosas llaman a los bomberos para salvarla.

—Esta mujer es un vivo incendio —comenta uno de ellos.

Todo el convento se altera y la superiora se declara incompetente para dominar a la inglesa:

—Que Dios la tenga en su santa guardia, nuestra comunidad no puede hacer nada por ella.

—Miss Carrington representa una fortuna, imposible abandonarla —dice el director de la sucursal de Imperial Chemical en Madrid.

—Si el sanatorio de monjas no funcionó, la única opción es el del doctor Morales en Santander, la suya es una de las pocas instituciones que yo recomendaría —de nuevo aventura el doctor Pardo—. Su majestad la reina Victoria Eugenia la visitó en 1912, y allí comió y asistió a una kermés. La clínica es de las más antiguas de España.

—Tampoco hay tantas —informa el doctor Martínez Alonso, que se reintegra a su cargo.

—Los enfermos provienen de la nobleza y la alta burguesía. Son gente distinguida, de ahí el prestigio de la institución. Morales es un experto y un buen católico, y brinda atención personal a cada uno de sus pacientes. Creo que no llegan a cuarenta, porque su clínica es cara. Inglaterra es el país que produce la mayor cantidad de locos. Además, el sanatorio es un palacete con un parque de ciento setenta mil metros cuadrados, una huerta y grandes praderas verdes a las que acuden a montar a caballo los domingos las buenas familias de Santander.

—¿Palacete?

—Sí, la residencia es impactante...

Harold Carrington da la orden de que la confinen y, una vez curada, la devuelvan a Hazelwood.

A los tres días, el director de Imperial Chemical en Madrid la visita en el hotel acompañado por los médicos Pardo y Martínez Alonso, que la invitan a Santander. «Allá la esperan muchos tejados con una vista insuperable.» Confiada, acepta que la tomen del brazo y se deja conducir a un coche que arranca a toda velocidad. La clínica de Santander queda lejos de Madrid. Al cabo de media hora, se inquieta y pregunta dónde la llevan. Cuando intenta abrir la portezuela, el doctor Pardo le inyecta Luminal, un sedante tan fuerte como para dejarla inconsciente, y la entregan, desmayada, en la puerta del manicomio del doctor Mariano Morales.

El Hospital Psiquiátrico tiene varios pabellones. A Leonora la llevan en camilla al de Villa Covadonga, el de los locos peligrosos. Es el 23 de agosto de 1940.

Despierta en una habitación pequeña y sin ventanas. A su derecha ve una mesita de noche y debajo un espacio para la bacinica. A un lado de la cama, un ropero, enfrente una puerta de cristal que comunica a un corredor y a otra puerta que observa con avidez porque intuye que lleva al sol. Seguramente tuvo un accidente de automóvil y la llevaron al hospital. Descubre que tiene las manos y los pies sujetos con correas.

Le pregunta en inglés a la enfermera:

—¿Por qué estoy aquí? ¿Cuánto tiempo estuve inconsciente?

La enfermera le responde en un inglés áspero.

—Varios días. Se comportó como un animal, saltó como chango a lo alto del armario y luego pateó y mordió.

—¿Quién me amarró de esta manera?

—El director del hospital. La tarde de su llegada intentó darle de comer pero usted lo arañó, por eso decidió amarrarla.

—No recuerdo nada de eso. Desáteme, por favor —pide Leonora con absoluta cortesía.

—¿Va a comportarse?

Le ofende la pregunta, ella se porta bien con todo el mundo. Conoce la fórmula secreta para acabar con la guerra y, en vez de escucharla, la amordazan. Imposible recordar sus accesos de violencia.

—¿Dónde están mis médicos?

—Regresaron a Madrid.

—¿Estamos lejos de Madrid?

—Muy lejos.

—¿Puedo vestirme y caminar afuera? —el poder de seducción de Leonora anonada a la enfermera, y la desata.

A pesar del temblor en sus piernas y la torpeza de sus movimientos, descubre otra pieza con barrotes de hierro sobre la ventana. Eso no es problema, ella va a convencerlos de que se abran y la liberen. En el momento en que se cuelga como murciélago para separarlos, alguien le salta encima y cae de pie abrazada por un idiota que vive en el manicomio. Leonora se avienta encima de él, lo araña y el otro huye cubierto de sangre.

—Mire lo que ha hecho —se horroriza Frau Asegurado—. Es el guardián de Villa Covadonga, que vive aquí gracias a la caridad del doctor Morales.

—¿Qué es eso de Villa Covadonga?

—Es el nombre del pabellón. Covadonga fue la hija de don Mariano y hermana de don Luis y, como murió, lo llamaron así en su honor.

Apenas come y recupera algo de fuerza, Leonora obtiene el permiso de salir al huerto de manzanos frente al pabellón Covadonga. Por las hojas secas que truenan bajo sus pies comprende que ha terminado el verano.

Los internos con los que se cruza hacen gestos incomprensibles, unos hablan solos, otros se tiran al césped y los levantan sus acompañantes. Una vieja se desviste, otra, envuelta en un abrigo, sopla sobre sus manos para calentarlas. Su angustia distorsiona los rasgos de su cara, disloca sus movimientos. Los sentimientos son lo único que tienen y no encuentran cómo expresarlos. Buscan la aquiescencia de las enfermeras, intentan convencerlas. Han perdido las palabras. Dos mujeres parecen muertas, nada las mueve de la banca ni levantan la vista a pesar de los gestos absurdos en torno suyo. ¿Quién las castiga? ¿Quién les impide moverse? ¿Acaso son judías? Porque si lo son ella tiene que protegerlas.

—Siéntese, por favor, aquí hay una banca.

—¿Qué les pasa a todos? —pregunta Leonora—. ¿Qué tiene esta gente? ¿Son judíos?

—Están privados de su razón pero aquí les enseñamos a vivir en sociedad —responde Frau Asegurado.

—¿Así que esto es vivir en sociedad?

La cuidadora pretende mantenerla a su lado:

—Siéntese como una buena chica, ha hecho demasiado ejercicio hoy y está muy cansada.

—¡Si me siento voy a morir! —aúlla Leonora.

—No grite, no grite.

El mundo entero debe enterarse de lo que le ha pasado y escandalizarse por lo que le hacen. Si sufre en silencio, el silencio va a llevarla a la muerte.

—Es injusto, no puedo quedarme aquí. ¿Por qué están encerrados?

El cerebro de Leonora envía órdenes pero su lengua no le obedece. Nadie le entiende. Sus brazos y sus manos no responden. Dentro de ella, un espíritu malintencionado se empeña en llevarla al fracaso. Si descansa un momento y vuelve a intentarlo, a lo mejor logra decir lo que piensa.

Naufraga de nuevo y su ira la ahoga. ¿Quién la hace correr este riesgo? ¿Quién la maltrata y humilla de esa forma? ¿Por qué no viene su madre a rescatarla? Se levanta con tanta violencia que tira la banca y corre en zigzag sobre el césped e interroga a los árboles, al pasto, a las puertas de los pabellones. La cuidadora enrojece de tanto correr.

—¡Hey, hey, ya no es una niña para correr tanto!

Sí, Leonora es una niña abandonada, lo que le sucede es como para perder la razón. «¿Cuál razón? ¿De qué razón hablan?» Se detiene porque aparece un joven de overol que la mira con interés y le dice en español:

—Buenas tardes.

—¿Es usted *Alberto*, mi caballo mágico, que tiene el poder de ascender y descender del árbol cósmico?

—A lo mejor —sonríe.

—¿Dónde estoy? —le pregunta.

—En España.

—La vegetación se parece a la de Irlanda, a pesar de que la gente que veo me hace pensar que estoy en otro planeta.

—Éste es otro mundo en el que vive otra civilización —sonríe el hombre.

—¿Y Alicia dónde está? Porque creo que yo caí en el mismo agujero sin fondo.

La cuidadora la alcanza y le explica que el joven es un jardinero del manicomio, donde se levantan los pabellones de radiografía, el solario, Villa Pilar, Villa Covadonga, la biblioteca, la intendencia, el jardín al lado del comedor de la dirección, los consultorios de los médicos Mariano y Luis Morales. Le señala la puerta por la que entran cada mañana el padre y el hijo, y allá, en el fondo, el mejor de los pabellones, el más moderno, el de la convalecencia, el que todos llaman Abajo, porque es la puerta a la libertad.

Capítulo 23

LOS DOCTORES MORALES

La fama del doctor Mariano Morales es grande y Frau Asegurado y los demás enfermeros y cuidadores se enorgullecen de propagarla.

—Esta finca es de su propiedad —presume la enfermera alemana—, llega hasta Peñacastillo. Además del alcázar central, don Mariano mandó construir los pabellones, que supervisa personalmente. Se preocupa no sólo por la salud de sus pacientes sino porque tengan un lugar de esparcimiento y puedan entretenerse en dibujar, pintar, tocar el piano. Es un especialista en patologías mentales, reconocido en toda Europa. Su hijo también. Tranquilícese, está en las mejores manos, vamos a sentarnos —la toma del brazo.

—Usted habla de los Morales como si fueran dioses.

—Lo son, van a decidir su destino —sonríe la enfermera con una fea mueca.

—En vez de estar en sus manos, me gustaría estar en los brazos de Alberto, que también es médico.

La cuidadora finge no oír.

—Me gustaría hacer un mapa de los distintos pabellones, aunque yo les pondría otros nombres, como Jerusalén, África, Amachu y Egipto, para sentir que viajo a otros continentes. ¿Podría conseguirme papel y lápiz para hacer un mapa?

—Los pacientes suelen aspirar a lo imposible —responde la cuidadora.

Leonora acepta sentarse en una banca con la hoja sobre sus rodillas. Dibuja un laberinto de espacios confusos en los que intenta encontrar el camino de regreso a St. Martin d'Ardèche, a Crookhey Hall, a Hazelwood o al departamento de la rue Jacob entre árboles, torres, escaleras, rejas, cruces, y traza un muro largo y tembloroso que rodea los pabellones.

—Sólo así no voy a perderme.

La cuidadora se aburre del esfuerzo de su paciente, que repite angustiada:

—Tengo que encontrar el camino.

—¿El camino a la luz? —ironiza la enfermera.

Para su asombro, alguien detrás de los barrotes del pabellón de Abajo grita:

—Leonora, Leonora.

Estupefacta, Leonora pregunta:

—¿Quién eres?

—¡Alberto!

El médico que sí la quiere está en Santander porque vino a llevársela.

Leonora echa a correr como un gamo, recupera fuerza y flexibilidad y salta de gusto entre los manzanos.

—Alberto me quiere, Alberto.

Frau Asegurado no ve a ningún Alberto. Sin aliento, ya no la controla y la afanadora Piadosa aparece seguida de *Moro*, un perro negro. Leonora corre mejor y más lejos que nadie, vuelve a ser una yegua. Alberto vino por ella, nada mejor puede sucederle.

Dirige la cacería tras de ella un hombre alto y grueso, en quien Leonora reconoce a un ser poderoso. «Éste va a dar la orden de que cese la persecución.» Confiada, regresa sobre sus pasos y, al encararlo, ve que tiene ojos saltones que la diseccionan con sus rayos azules, iguales a los de Van Ghent. Seguro que ese hombre de mirada clara que le tiende la mano está coludido con la banda de Imperial Chemical.

Leonora lo deja con la mano extendida. Ella es la yegua de la noche, nadie la alcanza, su pelo negro vuela tras ella y el médico disfruta la carrera hasta que en un recodo aparecen dos enfermeros, José y Santos, que se le echan encima. José es delgado y ágil, Santos, robusto y lampiño. Leonora se abalanza sobre sus atacantes, reparte patadas, la desesperación le da una fuerza sobrenatural. Por fin los enfermeros arrojan a una Leonora sin aliento a los pies de don Luis. José inmoviliza su torso mientras que Santos y Frau Asegurado le sujetan las piernas y los brazos. La enfermera aprovecha un instante en que se descuida para clavarle una aguja. ¿Qué le inyectan? ¿Con qué derecho lo hacen? Apenas la sueltan, se arroja como una fiera sobre el doctor Luis Morales, le golpea el pecho, lo araña y lo hace sangrar hasta que Santos le llega por la espalda y le aprieta el cuello. Luis Morales se zafa, recompone su bata blanca y conduce a Leonora a Villa Covadonga.

José y Santos la atan desnuda a la cama. Don Luis entra y la observa. Leonora le pregunta por qué la tienen prisionera y la tratan tan mal. El médico desaparece sin responderle.

—Don Luis es su médico —le informa Frau Asegurado.

—¿Vive aquí?

—No.

—Es la primera vez que lo veo, no recuerdo nada —se atemoriza Leonora, y se jura a sí misma que a partir de ahora nadie entrará a su cuarto a interrogarla. ¿Cuántas cosas más le suceden que no controla?

Esa noche, Leonora se obliga a permanecer despierta y lo logra con la sola fuerza de su voluntad. «No voy a permitir que se posesionen de mí, no voy a permitir que me anulen», se repite hasta que ve entrar a Frau Asegurado, que la desata.

—Tome su medicina —le tiende un vaso de agua y una pastilla.

—¿Qué es?

—Un desinfectante.

—¿Cuál es el nombre de la medicina?

—Ya se lo dije, tómeselo.

—No, no lo voy a tomar si no sé qué es.

—Aquí el que manda es el médico.

—No, yo mando sobre mí.

—Entonces tendremos que ponerle otra inyección.

—No acepto una inyección más, ni que se atraviese en mi camino cada vez que intento dar un paso.

Leonora salta fuera de la cama y corre a encerrarse al baño. Es tan fuerte su peso contra la puerta que la Frau no puede abrirla y llama al doctor Luis Morales.

—Si no toma su remedio, tendremos que volver a inyectarla y su cuerpo ya está muy maltratado. Obedezca, por favor.

—Si no obedecí a mi padre, menos a usted.

Logra, a través de José, enviarle a don Luis una hoja con un triángulo que explica por qué ha sido llamada a salvar al mundo y por qué el holandés Van Ghent debería estar encerrado en vez de ella.

Don Luis la cita en su consultorio y le señala un asiento frente a él.

—Tengo poderes —gesticula Leonora—, muchos poderes. En las calles de Madrid, al ver anuncios publicitarios, adivinaba lo que había detrás, lo mismo sucedía con el contenido de los productos enlatados. Si leo Amazon Company o Imperial Chemical, puedo ver hasta los campos agrícolas y controlar su calidad. Cuando suena el teléfono y digo «aló», y la voz se niega a responder, sé quién es. En Madrid, en cualquier café o en el lobby del Hotel Roma, podía adivinar la intención de cada uno con sólo oír las vibraciones de su voz. Aun de espaldas a la puerta, sabía quién entraba al comedor y reconocía a Catherine y a Michel y a Van Ghent y a su hijo.

—Continúe —la exhorta el médico.

—También entendía cualquier idioma, hasta el islandés. En esos momentos me adoraba, me reverenciaba a mí misma, ¡qué omnipotente era yo!; todo estaba dentro de mí. Me felicitaba porque milagrosamente mis ojos se habían vuelto sistemas solares, mis movimientos, una danza vasta y libre, y yo, que era parte de ella, iba a salvar la ciudad. En Madrid escuché *Ojos verdes* y supe que era la señal cósmica, porque los ojos verdes son los de Gerard, los de Alberto, los de Michel Lucas, que me sacó de St. Martin d'Ardèche, los de un joven argentino que me miró con simpatía en el tren.

—¿Puede usted hacer un mapa de su viaje de St. Martin d'Ardèche hasta aquí? —le pregunta Morales, que la pone a trazar un mapa del recorrido de Francia a España.

Leonora es incapaz de complacerlo. Don Luis le quita el lápiz y garabatea él mismo el itinerario. En el centro pone una M de Madrid. En ese instante, Leonora tiene su primer destello de lucidez: la M se refiere a ella y no al mundo. Si puede reconstruir su itinerario restablecerá la comunicación entre su mente y su cuerpo.

Los Morales son amos del universo, utilizan su poderío para sembrar el terror. Ella los derrotará y pondrá en libertad a sus compañeros.

A la tarde siguiente, un desconocido con un maletín médico en la mano se detiene frente a su cama:

—Vengo a sacarle sangre para un análisis. Dentro de un momento estará aquí don Luis.

Leonora le contesta:

—O usted o don Luis, sólo recibo un médico a la vez y no voy a aceptar inyección alguna bajo ningún pretexto.

El hombre del maletín discute, Leonora lo insulta. Se dispone a saltarle encima y él se da la media vuelta. Cuando entra don Luis, Leonora le anuncia:

—Me marcho.

Suave e insinuante, don Luis le habla de la toma de sangre.

Leonora intenta responderle pero de su boca salen de nuevo Hitler, Franco y su alianza infame, los bombardeos; ella tiene la clave para el fin de la guerra, y ahora cuenta con un aliado, su amante, Alberto, el médico que la espera allá afuera.

—¿Dónde estás, Alberto? Alberto ha venido a rescatarme. ¡Alberto, Alberto, Alberto! ¡Alberto me ama! ¡Albertooooo!

De pronto entran José, Santos, Frau Asegurado y Pia dosa, una avalancha blanca le cae encima y la sepulta: dos manos aprietan sus piernas, estiran uno de sus brazos y antes de que la inyecten alcanza a decir:

—¿Por qué me maltratan? ¿No entienden que soy una yegua?

Leonora tose, luego grita. Sus músculos se contraen,

los espasmos recorren su vientre y su pecho, la cabeza echada para atrás, su quijada parece dislocarse. Su boca se abre en una mueca inmensa, aterradora.

—No permitan que se arquee demasiado, puede fracturarse la columna —ordena Luis Morales, y saca su estetoscopio, porque el corazón se acelera de tal forma que puede llegar al espasmo final.

Frau Asegurado, José y Santos le inmovilizan las piernas y los brazos. A otros enfermos, el Cardiazol les ha roto alguna extremidad, incluso uno se cayó y se rompió la columna vertebral. Leonora se mueve más que otros, sus pechos se agitan.

—Es que es muy joven —alega José—. Tiene piernas fuertes de mujer bien construida, muslos alargados, seguro que hace deporte.

Luis Morales concuerda con el enfermero.

—Lástima —interviene de nuevo José—, bonita hembra.

Con una convulsión de su centro vital, Leonora regresa a la superficie con tal rapidez que siente vértigo. Ve de nuevo los ojos azules fijos y aterradores y aúlla:

—¡No quiero, no quiero esa fuerza impura! ¡Estoy creciendo, estoy creciendo y tengo miedo!

Una correa le corta la frente y un rayo de dolor la atraviesa, la dobla, y se queda rígida. Todavía alcanza a pensar que nada mejor que la muerte puede sucederle, la electricidad chisporrotea: «Son mis neuronas, me están convirtiendo en una hoja de lechuga.»

El Cardiazol provoca algo parecido a un ataque de epilepsia.

Más tarde, José le confirma que su estado duró varios minutos; convulsionada, horrenda, todas las partes de su cuerpo, sus brazos y sus muñecas, sus pechos y su vientre se deformaban:

—Mire, para que me entienda: su cabeza siseaba, su piel se rasgaba, le metimos un trapo entre los dientes para que no se cortara la lengua. Cuando vinieron las convulsiones dejó de gritar. Este tratamiento también produce diarrea, se pierde todo control, se intenta hablar y sólo salen sonidos ininteligibles.

—José, si dependiera de usted y fuera médico, ¿aplicaría esta terapia?

—Ése es el tratamiento que se da a los incurables.

—¿Los incurables?

—Sí. En su expediente se lee: «Incurable.»

—No entiendo.

—Eso quiere decir que su demencia no tiene remedio.

Capítulo 24

LA LOCURA

Si Leonora habla a lo mejor se le tuerce la lengua o se le desgarra la garganta. Durante días y noches permanece desnuda, torturada por los mosquitos. No poder rascarse después de un piquete es un tormento. Se acostumbra al sudor y al olor de sus orines, lo que no aguanta es la hinchazón en su muslo. También le duele la espalda, las piernas le pesan, las sienes le punzan y un dolor tremendo se ha instalado en su cabeza, como si una diadema quisiera achicársela.

—Le va a punzar durante varios días, por eso no la movemos, pero vale la pena sufrir estas inconveniencias porque los beneficios del Cardiazol son inmensos —le dice Frau Asegurado, que la vigila durante el día.

José, que se encarga de ella en la noche, prende un cigarro y se lo pone entre los labios para que le dé unas fumadas; le trae un limón, que Leonora come con todo y corteza porque elimina el sabor amargo de la convulsión. También le limpia el sudor con una toalla mojada y Leonora se lo agradece. A él el olor de sus heces no parece molestarlo, tiene buen humor. Leonora le pregunta si Piadosa, la afanadora bizca, se llama así por sus pies adoloridos, José ríe a carcajadas.

A los cuatro días, Piadosa le trae un plato con verduras y huevos que introduce en su boca con una cuchara y retira bruscamente; teme que la inglesa la muerda. A Leonora le cae bien Piadosa, sería incapaz de atacarla.

—Me duelen mucho los dientes, no puedo morder.

—Es normal, les sucede a todos a quienes les ponemos la inyección; irrita las encías. Pero se le va a pasar.

Al gordo Santos le disgusta que Leonora lo observe.

—¿Qué me ve, señorita inglesa, qué me ve?

—Examino a las personas que me rodean. No tengo otra cosa que hacer más que verlos y todo lo tolero, salvo la hinchazón que paraliza mi pierna izquierda. Suélteme la mano y podré curarla porque siempre tengo las manos frías.

Santos se hace el desentendido. En cambio, en la noche, José la desamarra y, al solo contacto de su mano, la inflamación cede tal y como ella lo predice.

—Esa inyección es para impedir que camine, se la ponemos a los incontrolables. Seguramente los ingleses se chalan por nacer en una isla, tanta agua, tanta neblina, tanta poesía. No se preocupe, dentro de cinco o seis días pasará el efecto.

—¡Cómo se atreven! —se indigna Leonora.

—¿Y usted, inglesita, cómo lo hizo para destruirse en esa forma? —le sonríe José, que no la juzga y sólo pide una explicación.

Cuando el recuerdo de Alberto, el del dolor en su muslo y el del diálogo con José le devuelven la conciencia, Leonora se encuentra de nuevo en su cama, ya cambiada y limpia.

—¿Cómo me veo? —le pregunta a José.

—Mejor.

—Pero antes, ¿cómo me vi?

—Fea. Las convulsiones afean.

—¿Me vio?

—Sí.

—¿Qué vio?

—Muecas que se repetían a lo largo de su cuerpo, convulsiones.

—Lo que yo no quiero es compasión, odio la compasión —se enoja Leonora.

—Créamelo, aquí en España todos necesitamos compasión. Después de matarnos unos a otros, lo único que vale es la compasión.

Frau Asegurado es una mujer de hombros anchos, fornida y cabezona. Sus manos también son fuertes y su cara es plana pero firme. De su boca, las palabras salen como pedradas.

Hasta los internos más dóciles de Villa Covadonga viven en la mortificación. Se trata de salvarlos a través de la obediencia. Los Morales los obligan a comer si no tienen hambre, a dormir si no tienen sueño y a bañarse con agua fría a cualquier hora.

—Yo no quiero salvarme de mí misma —le dice a Luis Morales—, de quien quiero salvarme es de usted.

Mientras la vigila José, Leonora se deprime. La mente de don Luis está poseyéndola y la domina. Puede oír su inmenso deseo de aplastarla. Un cuerpo extraño estira su piel hasta reventarla. Tiene que salir de Santander y le suplica a José que la acompañe a Madrid, lejos de don Luis. El enfermero le responde:

—¡No sería conveniente que viaje desnuda!

Le tiende una sábana y un lápiz mientras ella recita:

—Libertad, Igualdad, Fraternidad.

Leonora, envuelta en la sábana, arrastra penosamente su pierna hasta el vestíbulo. En ese momento aparece don Luis acompañado de Santos y Frau Asegurado. Leonora piensa que su poder hipnótico los ha inmovilizado pero se arrojan sobre ella y la llevan a rastras a su habitación.

Debe ser domingo porque escucha el tañer de las campanas y el repiqueteo de pezuñas de caballos, que despierta en ella una inmensa nostalgia por *Winkie*. Si la tuviera, con ella escaparía al galope. Hay jinetes allá afuera y si algo es ella en la vida es una amazona. Parece imposible comunicarse con el mundo exterior y se pregunta quién sería capaz de ayudar a alguien desnudo, envuelto en una sábana y armado con un lápiz.

—Esa mujer lo único que sabe decir en español es la palabra «jardín» —se queja la cuidadora a don Luis—, y a mí me resulta pesado seguirla cada vez que sale y se echa a correr. Soy enfermera, no corredora de fondo. «Jardín, jardín», me repite lastimeramente.

—Es que si los ingleses pudieran ser pasto lo serían. Voy a darle un tranquilizante.

—Ella no acepta las medicinas como los demás. Todo lo cuestiona, doctor. En el jardín, después de correr como endemoniada, se acuesta en la tierra.

—Si así se calman las turbulencias en su cerebro, déjela. Si se pone brava, le daremos otra sesión de Cardiazol, porque otro choque convulsivo la va a estabilizar, ya he consultado a mi padre... Esta paciente no conoció ni la disciplina ni el control, le permitieron hacer lo que le venía en gana, se volvió extravagante y fantasiosa. Los alemanes sí que saben disciplinar a sus ciudadanos para llevarlos al bien común.

La sonrisa de Luis Morales al entrar a la habitación de Leonora es la de un inquisidor.

—¿Qué día es hoy? —pregunta el médico.

—Creo que lunes.

—¿Ayer qué día fue?

—Domingo, oí campanas.

—¿Cuántos años tiene usted?

—No lo sé, me siento muy vieja.

—¿Cuándo llegó aquí?

—Hace siglos.

—¿Cómo era St. Martin d'Ardèche?

De pronto los objetos se mueven ante los ojos de Leonora, las sillas oscilan a punto de caer.

—No sé —responde—. Salí de allí y de repente todo desapareció.

—¿Y Max?

—También desapareció. Se lo llevaron no sé adónde.

—¿Quiénes?

—Creo que un gendarme con un fusil.

—¿Y Max no opuso resistencia?

—Estaba acostumbrado. Ya una vez se lo habían llevado.

—Usted ¿de dónde es, Leonor?

—De ninguna parte.

—¿Recuerda de qué país viene?

—No.

—¿En qué idioma estamos hablando?

—Supongo que en español.

—No, Leonor, aunque mi pronunciación no es de las mejores estoy hablando en inglés. ¿Qué idiomas habla usted?

—Inglés y francés.

—¿Qué comió hace un rato?

—No ha de ser muy memorable puesto que no lo recuerdo.

Don Luis sonríe.

—¿Y sus padres?

—No sé dónde estén, quizá en Hazelwood.

—¿Cómo son sus padres?

—Supongo que usan impermeable, abren su paraguas, toman el té a las cinco...

—Trate de recordarlos.

—No puedo.

—¿Y sus hermanos?

—Están en el ejército.

El médico Luis Morales la mira con ojos muy azules:

—Leonor, hábleme de usted...

—La guerra...

—No, no me hable de la guerra —la interrumpe—, dígame algo de su persona, de su vida.

—Es de mala educación hablar de uno mismo. *Let's not get too personal, you and I.* Las guerras terminarán cuando accedamos al «saber» y nos demos cuenta de que el gran desorden es obra de Dios y de su hijo. Mire, doctor, ponga atención, observe la confusión en los objetos que cubren esta mesita, es el mismo caos de los engranajes de la maquinaria humana que tiene al mundo sumido en la angustia, en la guerra, en la indigencia, en la ignorancia.

—Sí, le prometo que vamos a poner al mundo en orden; pero empecemos por usted. Leonor, ¿a qué edad empezó su menstruación?

—Yo no hablo de esas cosas.

—Soy su médico.

—La luna se cruzó con el sol, mire, en esta mesita voy a acomodar varios sistemas solares tan perfectos y completos como el suyo...

—¿Cuál es mi sistema solar?

—El que usted tan impunemente hace girar sobre nuestras cabezas, el que provoca nuestras convulsiones.

—¿Le parezco agresivo?

—¿Agresivo? La suya es la acción inhumana de un sistema autoritario, nazi, fascista, racista.

Leonora comienza a temblar.

—Tranquilícese, sólo intento ayudarla. ¿Cuándo empezó a menstruar?

—Europa transformó mi sangre en energía. Mi sangre es femenina y masculina a la vez, es microcósmica, forma parte del universo porque es el vino que les doy a beber a la luna y al sol. Antes yo hacía vino, lo sé todo de las vides y, así como pisé mis uvas, machacaré a los alemanes en Francia, en España, en Inglaterra.

—No lo dudo —responde Luis Morales con simpatía—, las mujeres dan su vida por la humanidad. Si fuera por ellas, no habría guerras. ¡Consuélese, los hijos han caído por Dios, por España y por el rey!

—Mire, no creo en Dios, no tengo hijos ni mucho menos patria, y el rey es un imbécil. Espero salir de aquí si usted y su padre me lo permiten.

—Eso depende de su buen comportamiento —responde Luis Morales.

—En esta cajita metí a Franco y a su lado puse un pedacito de excremento. Véalo, ya está seco.

Luis Morales parpadea, sus ojos azules ya no parecen tan protuberantes.

—Dígame, ¿cómo es su padre?

—Mi padre es el ejemplo perfecto del hombre común.

—¿Y usted lo acepta?

—Es un hombre ético, honesto, tolerante, amarrado

a lo que él considera normal o racional, y a mí no me entiende.

—¿A sus hermanos los entiende?

—Sí, porque hacen exactamente lo que él quiere.

—Bueno, pero su padre no es una mala persona, usted misma lo dice.

—No, no lo es, pero siempre favoreció a mis hermanos y a mí me hizo a un lado porque soy mujer. En la casa es el amo y su presencia intimida a todos. Recuerdo que de niña, cuando él llegaba, cesaban nuestros juegos.

—¿Por qué no puede obedecer a su padre?

—Porque tengo adentro algo que lo impide. Cuando le decía que estaba aburrida en casa, respondía: «*Breed fox terriers*», como si entrenar a perros pudiera salvarme, o «Aprende a cocinar», cuando nunca me interesé en saber si en la sartén se pone primero el huevo o el aceite. A él le habría hecho feliz que yo me casara con un rico y que fuera a misa los domingos.

—¿Y por qué exige usted que se le dé aquí, en el sanatorio, un trato especial? —pregunta Luis Morales con sorna.

—Porque yo soy especial. ¿Puedo fumar?

—Sí.

Aunque en el sanatorio está prohibido fumar, le enciende su cigarro. Don Luis tuvo vocación para el sacerdocio pero prefirió la medicina.

—¡Qué bueno que no es usted sacerdote, odio a los curas! Al menos usted no pretende ser un santurrón. Además, me gusta como hombre.

—¿Me desea?

—Depende.

Esta mujer, con su prodigiosa vida interior y su belleza, es un regalo de Dios. Su voluntad de independencia y su actitud hacia sí misma lo deslumbra. Acostumbrado a tratar a pacientes víctimas de sus circunstancias, se maravilla: Leonora es un caso único. Don Luis le sonríe. Ella no sabe si devolverle la sonrisa.

Leonora intenta decir algo y le sale otra cosa. La boca se le llena de saliva. «¡Que este hombre superior, dios, médico, analista me deje en paz!»

—No más interrogatorios. —Se levanta inquieta—. Tengo que reflexionar y encontrar la solución. Ayer estuve a punto de dar con ella.

¿Qué quiere de ella este hombre? ¿Por qué le arrebata su rutina? De pronto, la certeza de que Morales quiere hacerle daño se impone:

—¡Déjeme, déjeme! ¿No se da cuenta de que yo estaba tendida al sol en las piedras blancas de St. Martin d'Ardèche?

El médico sonríe:

—Es normal que esté desubicada. Hay que esperar un tiempo.

Se da la media vuelta y la enfermera la toma del brazo.

Al paso de los días, otros internos la observan a través de la puerta de cristal. Entran a su cuarto. A veces el príncipe de Mónaco, tan rancio como su rancia familia, la saluda con una reverencia, su mano cadavérica en el aire. Otras, el marqués Da Silva, íntimo amigo de Alfonso XIII y de Franco, camina como si llevara una corona en la cabeza y cuando le tiende la mano Leonora nota que se come las uñas.

—Se las come porque es adicto a la heroína —le dice José—. Le inyectaron Cardiazol pero él cree que fue una picadura de araña.

—Usted es amigo de Franco —le dice Leonora al

marqués Da Silva, que tiene una elegancia innata— y yo tengo que hablar con él. ¡Consígame una cita! Si lo logra, terminará la guerra.

Leonora liga su vida personal a lo que le sucede al mundo; ella es la tierra, sus brazos son los olivos que se levantan contra el nazismo. A ella no la han aprisionado, es a Inglaterra, a Francia, a España a las que encierran en un manicomio. Los gobiernos son la suma de todos los egoísmos, que han llevado a Europa a su derrota. Quieren hacerle a la gente lo mismo que Harold Carrington le hizo a ella. Su batalla es contra la represión. Si a ella la desatan, volverá a ser la novia del viento y tomará los países en brazos para llevarlos a un lugar seguro por encima de las nubes.

El príncipe de Mónaco, con su nariz aquilina y su mirada extraviada, instaló en Villa Pilar una máquina de escribir y una radio. De la mañana a la noche mecanografía con dos dedos cartas a diplomáticos e invita a Leonora a escuchar la estación de Radio Andorra.

—¿Por qué tiene tantos mapas pegados a la pared? ¿Se va a quedar aquí para siempre?

Leonora busca el trayecto que hizo desde St. Martin d'Ardèche y el príncipe le dice que, si lo desea, puede marcarlo con lápiz rojo.

—Así sabrá cómo regresarse, Lady Carrington.

—No soy Lady, mi familia no tiene títulos nobiliarios pero sí muchas ínfulas, y se han propuesto encerrarme aquí.

—¿Para qué quiere irse? Afuera es una carnicería. Aquí nos dan un trato de reyes.

—Pero sin cortesanos. Tengo una tonada en mi cabeza y quisiera bailar.

—Salga usted al jardín y hágalo, siga su instinto. Yo la

acompañaría si no tuviera que escribirle al Duque de Sessa y a los padres de Cayetana de Alba para decirles que le busquen otro peluquero.

No se lo dice dos veces y Leonora sale con los brazos por encima de la cabeza y se balancea al caminar. Ahora sí, la libertad de su cuerpo es sólo suya; la liviandad de sus muslos la transporta fuera del manicomio. «¡Nunca me voy a cansar, soy toda fortaleza!» A la hora del crepúsculo, Leonora gira sobre sus pies e intenta cantar una balada que no necesita palabras. La melodía acompaña los latidos de su corazón. ¿Serán los sidhes quienes le mandan esta música? El príncipe de Mónaco deja la máquina de escribir, tira sus cartas al aire, la alcanza con castañuelas invisibles en las manos y zapatea frenético hasta que se oye el grito de Frau Asegurado:

—¡Esos locos al agua fría!

Capítulo 25

LA OSA MAYOR

Leonora escucha los gritos de los demás internos, el chirriar de las sillas sobre el piso, la lluvia contra el cristal de la ventana. El tono de voz de Frau Asegurado le resulta desagradable, no así el de Piadosa ni el de José. A ellos les responde con un movimiento de cabeza porque sabe que la tratan con algo parecido al afecto.

—No vayas a dejar de comer para que salgas pronto de aquí —le dice José.

Desearía preguntarle por la alarma que la despierta todas las mañanas. ¿Es una fábrica? ¿Es la señal de un bombardeo? ¿Es la guerra? ¿Es que a ella le toca la misión de liberar el día? ¿Es que debe correr al pabellón Abajo y abrir las puertas para que todos salgan?

Sube a una silla, se trepa al ropero y permanece vigilante, casi sin respirar. Qué placer estar en un lugar elevado. Ave de las alturas, sus ojos vigilan la puerta. Un flujo magnético la mantiene en lo alto. Si alguien entra le caerá encima.

—¡Miren cuánto equilibrio el de la loca allá arriba! —exclama Santos, que entra con una cubeta de agua.

—No se meta conmigo, soy pintora.

—¿Ah, sí? Después de haber dormido en un charco de mierda las pretensiones se vuelven mierda también.

Leonora se tensa. A lo mejor Santos va a bajarla a cubetazos. ¡Qué suerte, sigue su camino y hasta le parece que sonríe!

Entra Piadosa con una charola en la que Leonora ve un vaso de leche, fruta, galletas, miel y un cigarrillo de tabaco rubio.

—Su desayuno, inglesita —murmura Piadosa, que ni siquiera levanta los ojos.

Leonora desciende y, al ver la distribución de los alimentos en la bandeja, tiene la certeza de que los médicos la transferirán a Abajo, el mejor de los pabellones, lujoso como el Ritz, con ventanas que se abren a la felicidad porque un árbol crece frente a cada una.

Medita sobre la forma de mudarse lo más rápidamente posible Abajo, eso depende del acomodo que le dé a las pepitas de la manzana, al hueso rojo del durazno, a la piel de las uvas sobre el plato que trajo Piadosa. Tiene que reproducir las constelaciones: aquí la Osa Mayor, allá las Pléyades, más acá, la Osa Menor, el hueso del durazno a la derecha y en el otro extremo las pieles verdes de las uvas. ¿Quién le dijo alguna vez que tenía piel de durazno?

Su cuidadora le prepara un baño.

—Puede lavarse sola, allí tiene esponja y jabón.

Leonora exprime la esponja, es un ser vivo, flotaba en el mar.

—¿Ya terminó? ¿Por qué se tarda tanto? Voy a conducirla al solario.

Desnuda, danza con la toalla y, al levantarla, Leonora se da cuenta de que el firmamento la obedece. Resulta que es esencial para resolver el problema de su yo con relación al sol.

El solario difunde una luz que la ciega; bajo esa luz, Leonora deja atrás la sordidez de la materia y entra a otro espacio. Se mantiene tendida varias horas y los rayos entran a través de los cristales.

—Salga, va a darle insolación.

—Páseme papel y pluma.

La enfermera le dice que puede escribir una vez fuera pero Leonora gana la partida y recibe una hoja blanca. En ella escribe: «Soy el sol y la luna, soy hombre y mujer, soy noche y día, no habrá guerra porque ya todos saben lo que es la guerra.»

—Llévele este mensaje a don Luis.

—Primero le doy de comer y después se lo llevaré.

El Cardiazol obliga a obedecer y facilita la renuncia.

El pabellón de Abajo es la tierra prometida, el arribo al Edén, Jerusalén, la puerta de la libertad. Los Morales son Dios Padre e Hijo. Cuando recupere la lucidez, sus enfermeros la llevarán a Abajo, en calidad de Tercera Persona de la Trinidad, porque sin una mujer la Trinidad no tiene sentido.

—¿Y la mujer? Yo tengo que ser la mujer. El Espíritu Santo es una paloma.

Desde lo alto del ropero, Leonora emprende su vuelo de paloma.

Frau Asegurado le devuelve los objetos confiscados al ingresar al pabellón.

—Tengo que ponerme a trabajar con ellos y combinar sistemas solares para regular la conducta del mundo.

Unas cuantas monedas francesas representan la caída de los hombres por culpa de la codicia. Su pluma sin tinta es la inteligencia, sus dos botellas de agua de colonia son los judíos y los nazis. Su cajita de tapa blanca y negra de polvo Tabú es el eclipse. Dos frascos de crema son mujer y hombre. Su pulidor de uñas, un talismán. En cuanto al tubo de labios Tangee, probablemente sea el encuentro del color con la palabra.

En el piso yacen las partes de su cuerpo y no sabe cómo unirlas ni cuál es la clave para que no vuelvan a irse por su lado: el brazo allá, en el rincón; la pierna derecha en el corredor; la cabeza sobre la cama. Vocea a todo pulmón sus ideas acerca de cómo terminar la guerra y las representa con sus visajes y con los gestos de sus manos mientras los demás la ignoran. Después de un rato, Frau Asegurado le dice:

—Está sudando, ya cálmese.

Entonces Leonora siente unas incontrolables ganas de huir y galopa como la yegua que es hasta que Frau Asegurado, enojada, llama a Santos y entre ambos la interceptan:

—Siéntese y recupere el aliento.

También Luis Morales sale de su oficina irritado.

—Denos un momento de tregua, ya sabemos que es sumamente ágil. Imposible vigilarla los sesenta segundos de cada minuto.

—Don Luis, anoche soñé que estaba en lo alto de una lomita en el Bois de Boulogne, viendo una feria equina. Esperé a que dos grandes caballos atados saltaran la valla, vinieran hacia mí, y cuando lo hicieron ya no eran dos sino tres, porque un potro blanco se les unió y rodó moribundo a mis pies. Ese potro soy yo.

—Aquí los únicos equinos son los de los jinetes que vienen los domingos. Mejor regrese a su dormitorio —responde el médico.

Leonora organiza su propia defensa. Cierra los ojos para evitar la llegada del más insoportable de los sufrimientos: la mirada de los otros.

Los mantiene cerrados durante largas horas. Así expía su exilio del resto del mundo, ésa es la señal de la huida de

Egipto, como ella llama al pabellón Covadonga, a China, el solario. Cerrar los ojos le permite tolerar también el sufrimiento de la segunda inyección de Cardiazol y se repone tan rápido que al tercer día le dice a Frau Asegurado:

—Vístame, tengo que ir a Jerusalén a contarles lo que he aprendido.

La enfermera la lleva al jardín. Deja atrás Villa Pilar, el pabellón del príncipe de Mónaco y el tecleo de su máquina de escribir. A medida que avanza el paisaje se torna más hermoso porque se acerca a Abajo.

—He triunfado —le dice a la alemana.

Si sube encima del excusado, desde la ventana del baño puede contemplar el cementerio marino, donde está enterrada Covadonga, la hija de don Mariano.

Piadosa y Frau Asegurado siguen atendiéndola. Don Luis le dice que por ahora no considera necesario ponerle más Cardiazol. Y añade:

—Esta casa será su hogar, hágase responsable de ella.

—En algún momento de mi vida supe hablar chino y ahora no sé ni dónde está China. ¿Aquí los enfermos son chinos o judíos?

Leonora se responde que los internos son judíos y ella se encuentra en el manicomio para vengar a Max y a todos aquellos que vio tras de los alambrados en Les Milles.

José, el enfermero, y Leonora se dan cita en lugares apartados del jardín para besarse.

—Leonora, ¿dónde se ha metido? —grita su cuidadora.

Aprisa, aprisa, los besos caen en las comisuras de los labios. El tiempo no alcanza.

—Bésame otra vez antes de que nos descubran.

¡Qué incómodo es besarse con el enemigo al acecho!

José le ofrece cigarrillos.

—Si no estuvieras tan chalada, me casaría contigo.

213

Capítulo 26

NANNY

Don Luis le anuncia la llegada de Nanny.

Después de quince días de viaje en una estrecha cabina de un barco de guerra, Nanny llega al manicomio desorientada y en un estado de exaltación difícil de controlar. ¿A quién se le ocurre enviar a Santander a una empleada que no habla ni una palabra de español?, se preguntan los Morales. Nanny va de un lado a otro como un conejo extraviado y no hay quien le ofrezca una taza de té.

Leonora, que sabe ser hiriente, la recibe con desconfianza.

—Te mandaron mis padres en un submarino amarillo para que me lleves de vuelta a Hazelwood, ¿verdad? ¿Por qué no vinieron ellos si tanto les preocupo?

—Prim, vine porque te quiero y porque no te veo desde hace cuatro años. ¿Dónde crees que podría yo conseguir una taza de té?

—Regrésate a Inglaterra, allá te la darán.

La hostilidad de Leonora se acentúa. Nanny la oye toser y pretende traerle un vaso de agua pero, como no sabe dónde está la cocina, se equivoca. Cada vez que acomoda sus almohadas, Leonora se retrae y le da la espalda. Quiere reemplazar a la enfermera y Leonora se regodea ante la incapacidad de esa mujer pequeña, arrugada, de pelo gris amarrado a la nuca. No se pregunta cómo llegó, si tiene hambre, si está cansada, dónde va a dormir, lo único que le preocupa es saber a qué viene. «*What are you here for? My father sent you.*» ¡Que mueran los Carrington! Nanny la devuelve a su infancia y aumenta con su presencia la confusión de su cabeza. «*Behave, Prim, behave*», le dice cuando rechaza la comida. Si llora o monta un berrinche, se sienta al borde de la cama:

—Prim, antes, si querías algo, bien que sabías luchar para obtenerlo.

A veces le suelta el nombre de *Black Bess*, su pony, o de *Winkie*, su yegua, o el del hijo del chofer, Tim Braff, por quien sintió simpatía, «Ya se casó, su mujer espera un hijo», o el de *Lassie*, el perro que Harold quiso especialmente y ahora está bajo tierra, o el del nuevo arzobispo, que pretende cambiar los ritos y es simpatizante de los republicanos porque conoció a Julian Bell, sobrino de Virginia Woolf. ¡Qué intensidad la suya, qué verde es el recuerdo, qué irresistible el clavado en la niñez! Los rostros de Gerard, Pat y Arthur danzan en su mente y le nublan la vista.

—Nanny, ya cállate.

Apenada por la actitud de su ama, Nanny se retrae, la cola entre las patas. «Nanny es una mujer insignificante y sin autoridad», opina Frau Asegurado. Mortificada porque otra tomó su lugar al lado de Leonora, la nana se encela y acumula errores. «*Let me do it, I can take care of her, I know her better, her parents sent me for this*», y resulta que Leonora no le permite ni que la acompañe al baño.

Nanny irrita a Leonora con su alma desbordada de cariño y su ceño fruncido. A cada rechazo, sus ojos se llenan de unas lágrimas que enfurecen a su ama. ¿Qué hace aquí esta torpe emisaria del pasado que viene a coartarla, a tomarla de la mano como cuando era niña y a jalarla hasta Lancashire? Le repugna que Nanny estire su brazo hacia ella:

—No te atrevas a tocarme. Eres la cómplice de Carrington.

Le hace a Nanny lo mismo que le hicieron a ella cuando entró al manicomio: la degrada. Sólo falta que le inyecte Cardiazol.

—*I came here to help you. Why is this German woman always interfering, Prim?*

—*Because she is a professional nurse and you're not.*

—*But I've known you since you were a child.*

—*Nanny, stop it, you're making me nervous.*

Para Leonora los celos de Nanny se vuelven un problema cósmico que se añade a otros aún sin solución. El primero es el de su cambio al pabellón Abajo, en el que los internos son felices porque van a salir en libertad.

En St. Martin d'Ardèche se atrevía a la desnudez, segura de su belleza, y ahora es un esqueleto. Pueden contársele las costillas, la piel se estira sobre las clavículas, los huesos de su cadera son ganchos de colgar ropa, su estómago sumido la repele, sus mejillas chupadas son un fruto seco.

—¿Qué me han hecho?

La piel amarillenta que cubre sus pómulos está a punto de quebrarse.

—Parezco el monstruo de Frankenstein.

Nanny llora.

—¡Me pones nerviosa con tus chillidos! Cállate o vete a llorar a otra parte. No quiero oírte, regrésate a Lancashire.

Su narcisismo hace que Leonora sólo gire en torno a ella misma.

—Has cambiado tanto —lamenta Nanny—, ya no eres la Prim que conocí desde que nació.

—Pues si ya no soy la misma, ¿para qué estás aquí? ¡Vete!

—Independientemente de tus padres, yo te quiero, Prim.

La rabia de Leonora es tan grande que no sabe esconderla. Quisiera pulverizar a Nanny, patear el montón de sus cenizas, olvidar que existe.

—No puedes salir al jardín conmigo.

—¿Por qué, Prim?

—Porque la que me acompaña es Frau Asegurado.

Cada mañana a las once, cuando sale con la enfermera alemana, le da alguna tarea a Nanny para que no vaya a seguirla.

Definitivamente, su nana la estorba.

—No quiero tener que pensar en ti. Si apenas me aguanto, ¿cómo voy a tolerar tus celos?

Lastimarla es una compensación porque a través de ella ofende a su padre. Si Nanny cree que todavía tiene poder sobre ella, Leonora la desengaña. Tuvo razón de ser en su infancia, ahora ya no.

Nanny no es poderosa, no es nada, sólo una hilacha del pasado. Humillarla la vuelve cómplice de los Morales. Si se somete a los médicos, pasarán de verdugos a aliados y la soltarán.

Ni en la peor de sus pesadillas, Nanny imaginó que Prim la traicionaría.

—No voy a regresar contigo, ¿me entiendes? Hazelwood se acabó, mi meta es Abajo.

Al lado del pabellón Abajo, el jardín se agiganta y, sobre todo, se abre la puerta del garaje, que Leonora acecha para ver entrar a don Luis en su automóvil. A unos cuantos pasos, una cueva sirve para guardar las herramientas y las hojas secas que los jardineros amontonan. En su mente, la pila de hojas muertas es la tumba de Covadonga, la hija del director y hermana de Luis Morales.

—Ellos creen que yo soy Covadonga —se dice Leonora—. Vine a reemplazar a su hija. Por eso quieren sepultarme aquí.

Además del automóvil, los Morales tienen su propio comedor. A mediodía, un olor nauseabundo invade la habitación de Leonora. Los jardineros esparcen estiércol sobre el césped. Leonora no comprende cómo Mariano Morales, Dios Padre, consiente que le envenenen así su comida. Indignada, se levanta y, seguida por su enfermera, entra al refectorio privado. Los dos médicos ignoran la impertinencia de Leonora y don Luis le habla a Frau Asegurado en alemán. Irritada porque sólo se dirige a la enfermera, ¡y en alemán!, Leonora se sienta entre los dos y la atraviesa una corriente eléctrica que va del uno al otro. Se levanta y la corriente se apaga: «Esa corriente es el fluido del miedo que me tienen.»

La mirada de los médicos es aprensiva; en el manicomio el miedo va de unos a otros: los locos son capaces de cualquier cosa y los médicos los aplacan con inyecciones, el Cardiazol también resuelve la incapacidad de los médicos.

Como don Luis sigue comiendo, Leonora pide a José papel y lápiz y dibuja el Cosmos (el padre), el Sol (el hijo) y la Luna (ella). Le tiende el dibujo a su médico, que se lo devuelve sin decir una palabra. Decepcionada, Leonora se dirige a la biblioteca de Villa Covadonga, elige un libro de Miguel de Unamuno y lo abre al azar: «Gracias a Dios tenemos pluma y tintero.» Tiene la certeza de que éste es un mensaje del cosmos.

Una libélula se posa en su mano y se sujeta como si no quisiera separarse nunca. Leonora la mira sin moverse hasta que cae muerta sobre las baldosas.

—Es la mano de don Luis, que desea mi muerte. Me voy a adelantar a su deseo —le asegura a la alemana.

A todo le da un significado trascendental. Si una ráfaga de viento abre la puerta es porque el jardín la llama y tiene que salir de inmediato.

Para salir a caminar, don Luis le regaló un bastón al que cuida porque para ella es un cetro.

En el cerebro de Leonora giran las páginas de Alicia, las de *The Crock of Gold*. Trabaja con los tres números que la obsesionan —el seis, el ocho y el dos— y obtiene una cifra que le recuerda a la reina consorte Isabel Bowess-Lyon.

—Soy la reina de Inglaterra.

—¡Eso dígaselo al doctor! —gruñe Frau Asegurado.

Leonora corre al consultorio:

—Soy Isabel, la reina de Inglaterra.

—No, Leonor, usted es Leonor Carrington, no necesita ser reina de ningún lado.

—Es que necesito sacarme todos los personajes que traigo adentro y el que más me desagrada es Isabel de Inglaterra.

—Vaya y expúlsela de su vida, entonces.

En su cuarto construye una efigie de la reina. Una mesa de tres patas representa sus piernas; una silla encima de la mesa conforma su cuerpo y sobre el asiento coloca una licorera con tres rosas rojas: la conciencia-corona de la reina Isabel. Para terminar la viste con su propia ropa y frente a las patas de la mesa acomoda unos zapatos de Frau Asegurado.

Feliz por la figura lograda, corre al jardín y se le atraviesa un enorme penacho de juncos crecido en el hoyo que dejó una granada, al que llama África. Recoge ramas y hojas con las que se cubre completamente y avanza pecho a tierra hasta la puerta, sólo para comprobar que está cerrada. Regresa al pabellón en un estado de gran excitación sexual. Le parece natural encontrar a don Luis frente a la efigie de la reina Isabel de Inglaterra.

—La felicito, arrojar fuera personalidades que no pertenecen a su esencia es un síntoma de cordura.

Don Luis le acaricia la mejilla, le introduce uno de sus dedos en la boca y esto le produce placer. Leonora se excita. Él toma su recetario y arranca una hoja: «O corte, o cortijo.» Desde ese momento, Leonora empieza a desearlo y le escribe todos los días: «Doctor, ¿qué significa volver a nacer? Algo me crece adentro. Usted provoca lo que está sucediendo dentro de mí»; «Doctor, ¿cree que he hecho progresos y puedo mudarme a Abajo?»; «Ábrame su puerta, estoy sola»; «Sufro por usted»; «No soy una mujer, soy una yegua»; «En este jardín sólo estamos usted y yo. Doctor, tómeme de una vez. Si no lo hace me volveré loca»; «Mi locura es mi deseo insatisfecho»; «No me aguanto, mire cómo estoy, consumida»; «Admito la derrota, usted y los otros son más fuertes que yo»; «¿Quién se cree que es para infligirme tal tortura?»; «Soy su esclava, soy el ser más débil del mundo y estoy para servirle, puedo satisfacer sus deseos cualesquiera que sean, lamo sus zapatos»; «Estoy dispuesta a morir».

Luis Morales calla y evita encontrarse con ella a solas.

—¿Va usted a tomarse unas vacaciones de sí mismo o se ha vuelto loco como sus pacientes? —le pregunta Leonora desde lo alto del ropero, cinco días después.

Desaliñado, agitado, sin dominio de sí, el médico va de un lado a otro acompañado por su perro, *Moro*. Leonora piensa que *Moro* tiene en ese momento el poder de su amo y que si intenta escapar posiblemente el perro se lo impida. Se alegra con la idea de que don Luis se ha vuelto loco.

—¿Qué se siente al estar del otro lado, doctor?

—Bañen a la inglesa, eso la calma.

—Podríamos tomar el baño juntos, don Luis.

Frau Asegurado la baña con agua fría y la mete en la cama. Leonora reflexiona: «Me preparan para mi noche nupcial.» Aunque su cara es la del perro *Moro*, el médico tiene cuerpo de hombre. Cierra los ojos y ahora don Luis tiene el cuerpo de *Moro*. «Ésta va a ser mi entrada triunfal en Abajo.» Se ilumina la puerta con una luz naranja tan maravillosa que Leonora presiente la salida. Más tarde, José le trae su cigarrillo y le da las buenas noches con un beso.

Seguro que ha dormido veinticuatro horas: un anciano la observa, es el director del manicomio, el amo de las alucinaciones, el dueño y señor del infierno. Las pupilas de sus ojos se parecen a las de don Luis. Mariano Morales le habla cortésmente en francés, cosa a la que ella ya no está acostumbrada.

—¿Se siente mejor, mademoiselle? No reconozco a la leona que entró aquí hace cuarenta días. Usted es una dama.

El viejo ordena que la lleven al solario. Leonora obedece como res en matadero. Amanecer a la vida del sanatorio después de este tratamiento de choque es mucho peor que estar amarrada.

Leonora sueña que de sus manos salen plantas que se enroscan alrededor de su cuerpo. Max la pintó en una jungla en St. Martin d'Ardèche y cuando vio la tela terminada sintió miedo: «Tus lianas y ramajes van a devorarme.»

Olvida recordarle a don Luis que cure su pierna, todavía muy inflamada, y se enfrasca en una acalorada discusión política en la que insulta a Franco. Mientras alega, descubre que está en un jardín parecido al que soñó la noche anterior, sentada al sol, limpia y vestida:

—Puedo hacer lo que sea gracias a mi saber y a mi bastón de la Filosofía —le dice contenta.

—Entonces hágame el mejor médico del mundo —bromea don Luis.

—Déjeme en libertad y lo será. Don Luis, yo vivía fuera de la realidad y aún no había probado lo que es la esencia del sufrimiento; desde que estoy aquí la conozco.

—Usted es la autora de su sufrimiento, responsabilícese de él. —La sonrisa del médico desaparece.

—¿Ah, sí? ¿Y quiénes son los verdugos?

Capítulo 27

ABAJO

Don Mariano le da permiso de mudarse a Abajo.

Nanny, asustada ante la idea de vivir en la sección donde los locos tienen mayor libertad, trata de disuadirla: «*It's a bad place, a very dangerous place.*» Tiene pavor de encontrarse con los internos que descienden al jardín. «*I'm not going down below.*» Insiste tanto que Leonora teme darle la razón.

—Si usted, doctor, me da una tela y unos tubos de pintura, le prometo no volver a molestarlo —pide Leonora.

Morales manda comprar una tela de mala calidad y varias pinturas, principalmente una roja. Ávida, Leonora pinta *Abajo*: un caballo, una mujer desnuda con cara de ave y otra con alas sobre un fondo de tormenta, un Pegaso a punto de despegar. La figura más provocativa está sentada de lado, con medias rojas, y esconde su rostro tras una máscara veneciana con cuernos de carnero; exhibe unos senos lechosos que desbordan su corsé negro. Por si no bastara, desafía al espectador con un grueso muslo blanco y sostiene una máscara que podría ser el rostro de

Max Ernst. A Leonora esta obra la emociona y la agota. Poseída, pinta día y noche; Nanny se espanta por la sensualidad de la escena.

Morales ignora a la niñera. Para él es difícil darle su lugar, ¿cuál lugar? Sabe suficiente inglés para comunicarse con ella pero ni siquiera lo intenta.

A Nanny le encargaron un reporte del tratamiento y Luis Morales no puede creer que el dueño de Imperial Chemical haya confiado esta misión a una criatura para él inferior y entrada en años. Sin embargo allí está, frente a él, esperando la respuesta. Detrás de ella se levanta un emporio, la Imperial Chemical de Harold Carrington, que envía dinero desde Inglaterra y pregunta imperiosamente cuál es el diagnóstico. ¿Histeria? ¿Esquizofrenia? Exige un reporte. Luis Morales pontifica:

—Se aplica un tratamiento convulsivo que devuelve a los pacientes a la normalidad.

—¿Algo así como una bofetada?

—Sí, un cubetazo de agua fría.

—¿Qué consecuencias tiene? Personalmente, veo muy mal a miss Carrington.

—Hasta ahora hemos obtenido muy buenos resultados.

Nanny recuerda al príncipe de Mónaco, que se siente tutor de Cayetana de Alba, al marqués Da Silva, que dice conocer a Alfonso XIII, y se pregunta cuáles son los resultados. Lo que a Leonora le sucede es infame. A pesar de que sólo tiene una vaga idea del sufrimiento de Leonora, se encoge de horror ante la brutalidad del procedimiento.

—Cuando llegó de Madrid era una piltrafa humana. Su mejoría, que usted no puede advertir, es evidente —presume don Luis.

—Entonces ¿cuál es el reporte?

—Utilizamos lo más innovador en neuropsiquiatría y estamos en contacto con el gran médico húngaro Ladislaus von Meduna, el descubridor del metrazol, para curar casos como el de miss Carrington. Hemos avanzado mucho con ella, el tratamiento es lo más moderno de Europa.

—¿El mismo que le da al resto de los pacientes que se ven tan mal? Su método es degradante y, de estar aquí, Mr. y Mrs. Carrington jamás lo permitirían.

La cólera de don Luis se revuelve en sus entrañas. ¡Qué hijaputa la viejecita! Pero él no necesita tomar medidas contra ella, basta con el trato que le da la paciente.

Leonora no soporta la ingenuidad de Nanny y hasta las mucamas son testigos de cómo anda de un lado para otro y no entiende ni los saludos.

Esa noche, don Luis le dice a su paciente que elija un asiento en el comedor de los médicos.

—¡Quiero estar donde pueda yo ver quién entra y quién sale! —grita.

—Gritar es una liberación catártica, ayuda a sentirse mejor, pero le ruego que no lo haga en la mesa.

—Es que vi entrar a su hermana Covadonga.

—¡Imposible! Pero en fin, le conviene más gritar que bloquearse.

—Nunca me he bloqueado.

—¿Ah, no? Voy a demostrarle que sí, voy a ayudarla a descubrirse verbalmente.

—¿Qué es eso?

—Puede repetir la escena de gritos que acaba de hacer pero ahora hágalo suave y conscientemente.

—Yo no dependo de nadie y mucho menos de mis padres, soy un fenómeno aislado. Mis padres no son nada.

—Mire, Leonor, absténgase de buscar fórmulas mágicas para llegar al fondo de su propio sufrimiento y trabaje para arrancárselo de adentro.

—El que quiere arrancarme el alma es usted con el trato que me dan aquí. Usted es un almicida, un asesino de almas.

—¿De qué le sirve su hostilidad, Leonor? Es fácil aceptar las ideas racionales que la trajeron hasta aquí, como la guerra, los bombardeos, la muerte y el abandono de Max; pero es imposible comprender su actitud actual.

—Max no me abandonó, quién sabe en qué campo de concentración se encuentre.

—¿Qué más podía hacer usted, Leonor? ¿No fue hasta Les Milles con él?

—¿Cuándo le conté eso? Desde que estoy aquí no he abierto la boca.

—No desconfíe de mí. Mírese y recuerde cómo llegó, mire qué bonita está ahora con el pelo recogido y la mirada limpia.

—Eso se lo debo a Piadosa y a José... Bueno, también finalmente a Nanny.

—Aquí cambiamos conductas disfuncionales, enseñamos a adquirir autodisciplina.

—Yo no creo en la autodisciplina, creo en la inspiración.

—Por lo pronto, intente fumar menos, es malo para sus pulmones.

—Es lo único que me calma.

—Le aconsejo que cada vez que se lleve un cigarro a la boca deje la punta encendida en sus labios unos segundos.

Leonora se mete el cigarro a la boca y el médico cuenta quince segundos.

—¡Saque su cigarro, se va a quemar, carajo! ¡Nunca he visto cosa igual! —exclama don Luis.

—¿No le dije que era yo faquir, novia de la gran cucaracha hindú?

Don Luis le propone su primera salida del manicomio y la lleva en su automóvil. En una avenida encuentran a un grupo de soldados que cantan: «¡Ay, ay ay!, no te mires en el río.» A su regreso, Nanny la recibe con el bastón en la mano.

—Lo tomé para defenderme de los locos.

—¿Cómo se te ocurre darle semejante uso a mi tesoro, a mi más seguro medio de saber? Te odio más que nunca.

Don Luis la autoriza a sacar libros de la biblioteca.

Eufórica ante la cantidad de libros, Leonora estira la mano hacia un título. De pie detrás de ella, la sola presencia de su enfermera le impide tomar el volumen que ha escogido. Leonora lanza al piso cuanto libro tiene a mano y estalla contra el médico, que llega alarmado.

—¡No admito el poder de ninguno de ustedes sobre mí! Frau Asegurado no me dejó elegir. Yo no soy su propiedad. Tengo mis pensamientos y mi valor. No les pertenezco.

El médico la toma del brazo y Leonora comprende con horror que va a administrarle una tercera dosis de Cardiazol. «¡No, doctor, por favor, no!» Se tira al suelo y le promete todo lo que está a su alcance. Don Luis la levanta y, mientras la arrastra por el camino, Leonora recoge un casquito de eucalipto. «Esto me va a ayudar», y lo aprieta en su mano.

La habitación decorada con papel de pinos plateados sobre fondo rojo le produce pánico.

Está dispuesta a oponerse con todas sus fuerzas al instante de la descarga.

En estado cataléptico, la trasladan a su cuarto. Nanny repite: «¿Qué te han hecho... qué te han hecho?», y llora junto a su cama.

Lejos de conmoverla, la exaspera; a través de su nana siente la succión paterna.

—Creo que es mejor que regrese a Inglaterra —le aconseja don Mariano a la anciana Mary Kavanaugh.

—Sé que la saco de quicio.

El viejo la mira solidario. Es una mujer de edad como él, es valiente, atravesó el mar en plena guerra; la vida se le ha ido en cuidar a los hijos de otros.

—Ésta fue la última dosis de Cardiazol —le informa compasivo.

La partida de Nanny es un enorme alivio.

Leonora duerme ocho horas seguidas. Por primera vez, después de muchos meses, se siente en paz y serena. Bañada, peinada, la cara lavada, la mirada tranquila, se sienta al sol en una banca del jardín al lado del doctor Luis Morales. Sus ojos saltones están en tregua pero Leonora no se atreve a mover un dedo, no vaya a romper el encanto. Luis Morales la mira con simpatía y el sol cae liviano sobre sus hombros. La que ahora está sentada frente a él es una mujer delicada, noble, inteligente, una paciente especial.

Hasta en sus peores ataques de cólera, hasta en su rabia de animal a la defensiva hay algo sobrenatural que la hace distinta. ¡Cómo se le aventó a la enfermera desde lo alto del ropero, se pescó de sus cabellos, le rodeó el cuello con su brazo! ¡Con qué maestría evitó que la amarraran! Claro, luchaba por algo, algo que los demás quieren aniquilar y que sólo a ella le pertenece.

—A los artistas habría que darles un trato distinto —le dice don Luis a su padre—. A lo mejor pintar es una terapia. ¿Sabes quién es Salvador Dalí?

El viejo médico no tiene la menor idea de lo que significa el surrealismo y guarda silencio. El hijo continúa:

—Creo que esa mujer ha vivido una experiencia terrible y debemos darla de alta.

—Todavía no tiene suficiente fuerza para adaptarse a la sociedad.

—¿A qué sociedad te refieres, padre? Yo no me atrevería a clasificar a Leonor. ¿Sabes lo que me dijo? «Hay algo que tengo que preservar adentro, algo que si dejo que destruyan no voy a recuperar.»

—Todavía no está lista para andar por el mundo —insiste el viejo.

Leonora tiene un primo médico que trabaja en un sanatorio público de Madrid, pariente de los Moorhead. En la embajada británica se entera de la presencia de Leonora en Santander. «¡Mañana iré a verla!» El doctor Mariano Morales prohíbe las visitas pero como él es médico, insiste.

Leonora ve a un joven que atraviesa el jardín y se dirige hacia ella.

—Soy inglés, me especializo en psiquiatría.

—Tengo poder sobre los animales —le confía Leonora.

—Es natural en una persona sensible como usted.

Un gran júbilo se apodera de ella. Este hombre la toma en serio. En ese instante, como si se le abriera el cerebro, Leonora comprende que el Cardiazol es una inyección, que don Luis no es un brujo sino un sinvergüenza, y que Covadonga, Amachu y Abajo no son Egipto, China y Jerusalén, sino pabellones para dementes. El psiquiatra inglés desmitifica el misterio, el poder hipnótico de Van Ghent se desploma, los Morales ya no son Dios Padre y Jesucristo.

CapÍtulo 28

LA LIBERACIÓN

Los médicos Morales, padre e hijo, la envían en tren a
Madrid con Frau Asegurado, su cuidadora. Es el último
día del año de 1940, la temperatura es tan terrible que
amorata la piel y el tren se detiene horas enteras en Ávila.
En los rieles aledaños se estaciona otro tren con vagones
cargados de ovejas que balan de frío.

—Voy a recordar el sufrimiento de estas ovejas hasta
el día que muera. —Leonora esconde la cabeza entre sus
manos.

Frau Asegurado mira por la ventanilla.

—En Villa Covadonga yo fui uno de esos corderos.
—Leonora se tapa los oídos.

En Madrid se hospedan en un hotel amplio y lujoso,
pagado por Imperial Chemical. Impresionada, Frau Asegurado le permite asistir a un té danzante en el primer
piso del hotel. La orquesta toca valses de Strauss. Un
hombre se acerca, la invita a bailar y, cuando está a punto
de aceptar, Frau Asegurado ordena:

—Está autorizada a ver bailar, no a bailar.

—¿Y a beber?

—Eso sí, voy a traer dos copas de Rioja que acabo de ver en una bandeja.

Para su sorpresa, Leonora tropieza con Renato Leduc del brazo de una rubia despampanante y le cuenta su odisea.

—Me acompaña una enfermera, Frau Asegurado, véanla allá sentada con su vino en la mano. Me encerraron en un manicomio en Santander y me curaron con tres dosis de Cardiazol que equivalen a tres electroshocks. Mi padre rige mi destino, me quiere a su lado en Inglaterra y prefiero la muerte antes que él siga controlándome.

—¡Tenemos que hacer algo! —La rubia casi llora.

—¿Adónde vas después de Madrid, Renato, por amor de Dios? —pregunta Leonora.

Frau Asegurado se acerca, su copa en la mano.

Hablan en francés, lengua que la alemana desconoce.

—Búscame en la embajada de México en Lisboa —responde Leduc.

Leonora duerme mucho más tranquila, la enfermera ronca.

Reaparecen sonrientes en la mañana el cónsul de la embajada británica y el director de la sucursal madrileña de Imperial Chemical, y la invitan a cenar.

Se despiden con un abrazo. No cabe duda, el vino hace milagros y la enfermera olvida su papel de verdugo.

El director de Imperial Chemical en Madrid se deshace en atenciones.

—Por favor, coma usted.

Recelosos porque acaba de salir del manicomio, Leonora se da cuenta de que la mujer se sobresalta al verla empuñar los cubiertos. La hija de Harold Carrington hace todo por no desmoronarse. «Los tengo aterrados.»

—Tal parece que resulto alarmante para la alta sociedad madrileña —dice Leonora, cuchillo en mano.

Ya sin su esposa, el director de Imperial Chemical
vuelve a invitarla.

—Éste es el mejor restaurante de Madrid.

Le sonríe. Leonora ordena Turbot en salsa de champaña.

—Su familia ha decidido enviarla a Sudáfrica, a un
sanatorio donde será muy feliz.

—No estoy segura de eso.

—Personalmente, tengo otra propuesta: podría comprarle un piso aquí y visitarla a menudo. —Pone la mano
encima de su muslo.

La alternativa es tremenda: o se embarca para Sudáfrica o se acuesta con este hombre espeluznante. Para hacer tiempo, Leonora corre al baño.

A la salida, el director intenta abrazarla.

—Venga, cúbrase del frío.

Afuera, una tremenda ráfaga de viento sacude el
anuncio de metal del restaurante y cae justo a sus pies.

—¡Pudo matarla! —Su abrazo es aún más apretado.

—No, mi respuesta es no —se aparta Leonora.

—¡Entonces púdrase! Viajará a Portugal y de allí a
Sudáfrica.

—¿Portugal?

El cónsul británico y el director de Imperial Chemical la suben al tren con sus documentos, que, por lo visto,
han reaparecido. Leonora les repite:

—¡No voy a ir a Sudáfrica ni a ningún otro sanatorio!

En la estación la recibe un comité de la Imperial Chemical: dos hombres que parecen policías y una mujer de
rostro avinagrado.

—Tiene usted mucha suerte, va a vivir en una casa

preciosa de Estoril antes de que el barco zarpe a África.

—Será maravilloso.

Leonora ha aprendido a superar en astucia al enemigo.

A unos kilómetros de Lisboa, en la casa de Estoril, la bañera contiene apenas un centímetro de agua y unos loros parlotean en su jaula. Pasa la noche pensando en cómo escapar y a la hora del desayuno le advierte a la mujer-vinagre:

—Es época de frío y necesito cubrirme. Tengo que comprar guantes y sombrero.

—Naturalmente, nadie sale sin guantes ni sombrero en esta época del año —coincide la mujer-vinagre.

Al descender del tren en Lisboa, ve un café. «Ahora o nunca», piensa. Tiene sólo un instante para actuar

—Me urge ir al baño.

Le ruega a toda la corte celestial que el café tenga una puerta trasera.

La vigilanta la espera frente a una mesa.

Ha calculado bien, el café tiene otra salida y corre hacia ella. Leonora está de suerte, alguien de la corte celestial le envía un taxi en ese momento.

—A la embajada de México.

Paga con el dinero para comprar los guantes.

En la embajada pregunta en su español de manicomio:

—¿Se encuentra Renato Leduc?

—No tiene hora de llegar.

—Voy a sentarme a esperarlo.

—Pero señorita...

—¡Me busca la policía!

Varias personas la miran. En ese momento abre la puerta de su despacho Emmanuel Fernández, cónsul de México.

—Está usted en territorio mexicano y goza de inmunidad diplomática. Sus compatriotas no pueden tocarla —le asegura el funcionario.

¿Es verdad o es cuento lo que le sucede? Nadie la maltrata y el colmo se da cuando aparece Renato, cuya compasión es evidente.

—Tus preocupaciones se acabaron, Leonora, necesitas reponerte y para eso tienes que comer bien y dormir bien.

La lleva a su hotel. Al otro día, el desayuno con Renato es una delicia. Alegre y ocurrente, su sola presencia la anima y ante ella se abre el horizonte como el Mar Rojo ante Moisés. Leonora se lanza a todo galope.

CAPÍTULO 29

RENATO LEDUC

Renato le resultó atractivo desde que lo conoció en
París, y ahora lo es más, porque a su simpatía se suma su
capacidad para salvarla.

Le agrada el acento de Renato en francés.

—Me lo enseñó mi padre y lo practiqué con él. Siempre me gustó andar, a pie, a caballo, en tren, en bicicleta,
en lo que sea; lo llevo en la sangre. Creo que en otra
vida fui nube.

A lo largo de los días, la sorprende con su chispa y le
murmura un poema que a ella le sienta como anillo al
dedo: «Negra su cabellera, negra, negra, / negros sus ojos,
negros como la fama de una suegra.» Leonora ríe.

—¿Tú has tenido suegra?

—No. Max no tenía madre.

—Tienes toda la razón.

A la embajada de México cada día llegan más hombres, más mujeres, familias enteras a pedir salvoconductos. Mientras Renato los atiende, Leonora camina, respira
el aire salado, sonríe al vuelo de las gaviotas y fuma. El

hotel donde se hospedan es limpio y Renato también lo es. Limpio de espíritu. No le pregunta nada y le ofrece llevarla a comprar lienzos y tubos de pintura para que pinte mientras se embarcan.

—Quién sabe cuánto tiempo estaremos aquí. Hay mucha gente que espera y su situación es pésima.

—La guerra todo lo destroza, ¿verdad, Renato?

—Sí —le responde como a una niña.

Lisboa es el puerto de salida y no cabe un solo refugiado más. Las calles atestadas también parecen esperar el viaje y fuman y juegan a la gallina ciega, que es un buen juego de guerra. Leonora se aventura en el mercado y de pronto queda paralizada; no puede ser, es una más de sus alucinaciones, la gente se parece entre sí. Pero ese hombre alto de pelo blanco es igualito a Max, su espalda idéntica a la de Max. El caballero que sopesa un martillo como lo haría Max hace que ella se acerque y él, al volver la mirada, provoca que Leonora caiga al fondo de sus ojos pescados. Max Ernst la mira tan azorado como ella. No hacen un solo gesto para ir el uno hacia el otro, él, martillo en mano, ella, cigarro en mano; se miden aterrados.

Por fin Max suelta el martillo y la toma de la mano. Los nudos en su garganta se desatan y le cuenta que al salir del campo de Les Milles fue a buscarla. Sí, sí, al mes encontró su mensaje en la casa de St. Martin d'Ardèche: «Querido Max, me fui con C. y te esperaré en Extremadura.»

—Te fuiste sin llevarte nada, entregaste la casa a un hostelero sin escrúpulos. Abandonaste todo y todo se ha perdido.

—Nada se ha perdido si nos hemos encontrado. —Leonora tiembla pero Max no la escucha.

—Regresé a St. Martin d'Ardèche y no estabas —insiste.

—¿Cómo viste los viñedos?

—En un estado lamentable, los han puesto a dormir, así son los viñateros franceses. De nuestro vino no quedó ni una botella. Allí, en St. Martin, me escondí unos días, enrollé unas cuantas telas, me llevé lo que pude. Alfonsina repetía: «*Elle a perdu la tête.*» Pasaste al café a gritarle que huías a España con una pareja. ¿Por qué no me esperaste, Leonora?

—No sabía si ibas a regresar y la sola idea me enfermó. Si Catherine y Michel no vienen por mí, allí me hubieras encontrado.

—En vez de esperarme, desapareciste.

—Bueno y ¿tú qué hiciste? —lo interrumpe Leonora, que prende un nuevo cigarro.

—Esconderme, recoger las telas y, apenas pude, irme a Marsella, al refugio de la Villa Air Bel. Kay Sage, la esposa de Yves Tanguy, le pidió a Peggy Guggenheim que financiara mi viaje, el de Breton, Jacqueline y Aube a Nueva York. Le rogué a Peggy que intentara recuperar las esculturas y bajorrelieves de St. Martin d'Ardèche. Como ella las había visto en los *Cahiers d'Art*, certificó ante un abogado que valían por lo menos 175.000 francos y salvó lo que pudo. Por cierto, tengo conmigo dos pinturas tuyas, *The inn of the dawn horse* y tu gran retrato de *Loplop, el pájaro superior.*

—¿Pinturas?

—Sí, ¿o no recuerdas que somos pintores?

Leonora no lo puede creer, a lo mejor no lo sabe. Max no le pregunta por ella, por su sufrimiento, por el sanatorio en Santander. Compulsivo, habla de sí mismo, enumera los lienzos recuperados, el que quedó sin terminar, *Europa después de la lluvia;* recuerda el número de figuras esculpidas en los muros de St. Martin d'Ardèche, la del pescado en la cabeza, la del sombrero, la del minotauro.

—Se llevaron hasta la banca que pinté, patearon el bajorrelieve, rompieron la puerta. El bajorrelieve puede restaurarse.

Insiste en que ella abandonó la casa. Sus ojos azules se oscurecen, sus gestos son cada vez más cortantes. Ordena café tras café.

—¿Y los gatos, Max, qué pasó con los gatos?

—¿A quién le importan los gatos? —se irrita aún más.

Leonora intenta prender su cigarro, no encuentra su encendedor dentro de su bolsa, tampoco encuentra su razón de ser. Busca mientras Max diserta; su único tema es el arte, y se lo comunica con tanta frialdad que Leonora empieza a temblar.

—Max, déjame ir al hotel, creo que no me siento bien.

—Te acompaño, también yo tengo que ir a la estación a recoger a una amiga.

En su habitación, Leonora se tira en la cama, esconde la cabeza bajo la almohada. Ignora que Max va a recibir a Peggy Guggenheim y que en este mismo momento, el rostro descompuesto, la voz ahogada, toma del brazo a la mecenas, la lleva aparte y le dice, apenas ha puesto un pie en el andén:

—Ha pasado una cosa terrible, encontré a Leonora.

—Qué bueno para ti. —Peggy se crece bajo el golpe.

Van al hotel y tratan de parecer naturales, abren varias botellas de vino. A medianoche, Max le pide a Peggy que lo acompañe a caminar. «La encontré, la encontré», repite a cada paso, como un martillazo en la nuca de Peggy.

—¡Pareces no ver ni entender nada! —se queja Max, porque ella no le responde.

—¿Qué quieres que entienda, Max? Tú y yo... no sé qué somos. ¿Somos algo?

Max guarda silencio. La que paga su viaje a América es Peggy, la que comparte su cama es Peggy.

—Vamos a conocer a Leonora —le ofrece Peggy a Max.

—Ya la conoces.

—Bueno, a reconocerla —se corrige la mecenas.

Toman té y Leonora habla del «mexicano» con quien va a casarse o ya se casó.

—Soy capaz de cualquier cosa con tal de escapar de Imperial Chemical y de Harold Carrington. Lo que quiero es vivir en el fin del mundo para que no me encuentren mis padres —dice Leonora con fiereza.

—América es el fin del mundo —enfatiza Max, tenso como un arco, el deseo pintado en el rostro. Sus inmensos ojos azules siguen a Leonora y registran el menor de sus ademanes. Ella finge no darse cuenta, ordena más té y le da un pisotón a Peggy.

A partir de esa noche, la millonaria se muda a otra habitación.

—Como buen latino, Renato es celoso —informa Leonora.

Peggy ofrece invitarlo a cenar, apenas una mínima venganza contra Max, y Leonora acepta.

—Sólo está libre en la noche, trabaja todo el día.

—¿Es embajador? —inquiere Peggy.

—No, es el segundo cónsul.

Leonora le da la mano a Peggy, inserta un clavel en el ojal del saco de Max y lo besa.

—Si todos enloquecen con la guerra, nadie es tan frágil como Leonora —comenta Max mientras caminan de regreso al hotel.

—Como tengo dinero no soy frágil, ¿verdad? —interroga Peggy.

El regreso es lamentable. Max no le ofrece ni el brazo; envuelto en su capa negra, avanza ensimismado.

Los hoteles de Lisboa ya no tienen habitaciones y la gente se sienta en el café a esperar, se levanta y echa a andar a otro café a seguir esperando. A las dos o las tres horas vuelve a lo mismo, como en el juego de las sillas musicales. Peggy se queda con Sindbad y Pegeen, sus hijos, en el Hotel Frankfort-Rocío pero es tan fuerte su despecho que se refugia en los brazos de Laurence Vail, su ex marido y padre de sus dos hijos; le avisa de que va a cancelar su viaje a los Estados Unidos.

—Me quedo en Inglaterra a ayudar a la Real Fuerza Aérea. Los aviadores me necesitan.

—¡No seas irresponsable. Sindbad y Pegeen, los amigos y yo dependemos de ti!

Y Laurence Vail toma a Peggy en sus brazos.

Leonora no sólo se atraviesa en el camino de Peggy, sino en el de Laurence Vail y su segunda mujer, la pintora y escritora Kay Boyle, los cinco hijos de ambos, dos de Peggy y tres de Kay, y, sobre todo, en el del nuevo amante oficial de Peggy: Max Ernst.

Antes, los campos magnéticos los unían, ahora la guerra los desquicia y gritan, pelean y se perdonan, beben y se abrazan, se aman con pasión y al otro día ya no recuerdan cuál fue el motivo de su arrebato, ni con quién pasaron la noche. Conocen de memoria la vida íntima de cada uno, sus confidencias son escatológicas; que todos los miren, que todos sepan cómo son y lo que valen. Lucirse es su razón de ser, el único secreto que guardan bajo llave es el de sus ingresos.

Hablan mucho de Varian Fry y de la Villa Air Bel, en Marsella, una casa grande a la que Breton bautizó con el nombre de Villa Esper Visa.

—¿Por qué le pusieron ese nombre? —pregunta Leonora con inocencia.

—Porque eso es lo que hicimos: esperar una visa. ¿No te diste cuenta de lo difícil que es conseguir una visa para España y para Portugal?

—Dile a Peggy...

—Peggy puede...

—Peggy está a punto de recibir una remesa del Bank of America.

—Si le caes bien, Peggy lo va a hacer.

—Mira, Peggy pagó el viaje de André Breton, de su mujer, Jacqueline, y de su hija Aube, que ya zarparon a La Martinica en el *Paul Lemerle*, y ahora paga diez asientos en el *clipper* Lisboa-Nueva York.

Por haber sido el primer marido de Peggy, Laurence Vail dirige al grupo, escoge dónde comer, beber, discutir, gritar. Se va de juerga y entre más odia al grupo menos se separa de él.

El séquito vive en la cresta de la ola, el *leit motif* de su vida es saber hacer dinero como lo hacen en América. Kay Boyle, a punto de separarse de Laurence, sólo habla de un prisionero al que pretende sacar de un campo de concentración.

Naturalmente el tema de moda es la inglesa pálida que Max acaba de reencontrar: Leonora Carrington, que vivió con él en St. Martin d'Ardèche.

—Su familia quiere sacarla del mapa y enviarla a una clínica psiquiátrica en Ciudad del Cabo —confía Max en voz baja, buscando la complicidad de sus oyentes.

—¿Adónde? —insiste Peggy vengativa.

—A un ma-ni-co-mio en Sudáfrica. Por eso ella le tiene más miedo a su padre que a los nazis.

Renato trabaja en la embajada de México y una noche alcanza al séquito Guggenheim en el Leao d'Ouro. A Peggy le impresiona demasiado ese hombre de piernas largas, rostro moreno y pelo cano que les habla en francés. Tiene mucha información política sobre Portugal, Francia, España y hasta Estados Unidos. Lo asedian con preguntas.

Copas van y vienen, los que antes estuvieron casados son cómplices y brindan información comprometedora. Los recién llegados tienen el brillo de la novedad.

—*Your Mexican is beautiful, get me one like him* —dice Peggy.

Renato flirtea, brinda, bebe, sonríe, y Leonora se siente apoyada. Desde luego, Max lo detesta porque, si bien Leonora pasa todo el día con él, en la noche «el mexicano» la recupera.

—La guerra nos hace estar más juntos —dice la esbelta Kay Boyle, que adopta a Leonora y procura sentarse junto a ella en todas las reuniones.

Kay proviene de una familia rica de Estados Unidos, tiene una nariz casi tan grande como su estatura y habla sin cesar de los campos de concentración y del terror que inspiran los nazis; pretende llevarse a su amigo prisionero a Estados Unidos y Laurence Vail, su marido, le dice que el cautivo bien puede zarpar en el *Winnipeg*, que sale de Marsella, y no con ellos.

—No comprendo por qué tu amante tiene que viajar con un boleto de avión que paga mi ex mujer.

Marcel Duchamp y Herbert Read le aconsejaron a Peggy qué obras adquirir para su colección, que ahora navega rumbo a Nueva York.

—Escuché una noticia terrible, Peggy —anuncia Kay Boyle—. Se hundió el barco en el que iban tus pinturas.

—No seas dramática, Kay —la regaña Laurence—, te

encanta decir cosas que sólo existen en tu imaginación calenturienta. Mejor úsala para escribir.

Laurence avienta su vaso contra la pared, luego toma un plato y lo quiebra. Marcel Duchamp y Peggy, acostumbrados a las escenas de Laurence, lo miran sin inmutarse y Max opta por hacer lo mismo. Laurence fue el rey de la bohemia. Herbert Read le quita un nuevo plato y Kay, habitualmente tan dueña de sí, solloza. Lloran, ríen, se ofenden, se reconcilian, se desean, se traicionan. Max Ernst se preocupa por los amigos que se quedaron atrás. Hans Bellmer, Victor Brauner.

—Quiero ayudarlos —dice dirigiéndose a Peggy.

—A mí tus amigos me parecen fantasmas —responde la mecenas.

Max se enfada.

—Es que mencionas el nombre del campo de concentración como si fuera St. Moritz, Mégève, Deauville, Eden Roc, Kitzbühl o cualquier otro sitio de veraneo.

A través de comidas y cenas, Leonora se entera de lo que le sucedió a Max después de que el gendarme se lo llevó.

—Leonor Fini viajó a Marsella a ver a Max, es su consentida, ¿tú ya sabes que fueron amantes, verdad? Así como Hans Arp tiene a dos Sofías, Max tiene dos Leonoras, la Fini y la Carrington, por eso promueve sus carreras. La Fini se refugió en Montecarlo y ahora hace retratos. Me quiso vender en diez mil dólares una pintura del tamaño de una postal.

—A mí me parece que es vulgar y sus modales son de puta —interviene Laurence Vail.

—Tampoco yo la aprecio y eso que me gustan las putas —lo secunda Marcel Duchamp.

—Max la adora y quiere que yo también la adore. Me

la presentó como patrona de las artes, no como su querida.

—Peggy, por favor —se defiende Max.

—Max piensa que es un prodigio sólo porque ella lo pintó. Apoya a cualquier muchacha joven, bonita y aduladora. ¡No es tan indulgente con los pintores!

—Pero a ti lo que te sobra es indulgencia, Peggy —interviene Kay.

Max le aconsejó negar su origen judío.

—A la policía le dije que mi abuelo era suizo y que yo soy norteamericana, y como los norteamericanos acababan de enviarle un barco lleno de alimentos a Francia, los inspectores me trataron bien.

Peggy relata cómo Max necesitaba cincuenta dólares en billetes de banco y los pidió prestados a Chagall.

—No sé nada de dinero, hablen con mi hija —se excusó el ruso.

Varian Fry, a quien Max encontró en la calle, de inmediato sacó sesenta dólares y se los dio. Así pudo salir de Marsella con todos sus lienzos bajo el brazo y llegar a Lisboa.

—¿Sabías que hay un Bosco en Lisboa? —le pregunta Max a Leonora—. ¿Quieres que vayamos al Museo Nacional de Arte Antiguo mientras Peggy es el centro de atención?

—Sí.

Las tentaciones de San Antonio los acercan y se prometen pintar su propio San Antonio algún día. Cada uno de los detalles del cuadro pintado hace casi quinientos años los deja sin habla: la reina de los diablos, la adoración de los reyes magos, los puercos y los perritos, la torre en ruinas que podría ser la de Babel, la pareja que vuela sobre un pez y escapa para siempre.

—¿Escaparías conmigo montada en un pez?

CAPÍTULO 30

EL SÉQUITO

Peggy, Leonora y Max se dan cita para montar a caballo.

—De niña —cuenta Peggy— sufrí una terrible caída pero volví a subir al caballo, como dicta la ley, con la mandíbula rota y varios dientes menos.

«¿Así que esos dientes no son suyos?», se divierte Leonora, a quien Peggy le parece fea a pesar de su buen cuerpo.

Peggy no vuelve a acompañarlos pero ve a Leonora con frecuencia, porque Max no la suelta.

—¿Tienes que incluirla en todos nuestros desayunos, comidas, cenas, paseos y visitas? —le reclama.

Peggy, la protectora a quien deben la vida, preside la mesa en la que se sientan codo a codo ex maridos, ex esposas, amantes, hijos de matrimonios anteriores; un mundo de gente que se reúne a beber. Peggy es la que más brinda, los demás ríen, se psicoanalizan, descubren lugares mágicos y secretos, gastan dinerales y vuelven a ser jóvenes. A las doce del día toman los primeros cócteles —las mujeres prefieren el oporto con hielo, que las embriaga—, y ya en la madrugada muchos se llevan sus *drinks* a la cama y los llaman *nightcaps*. Presumen de sus *ménages à trois*. A mediodía vuelven a beber y hacen siesta toda la tarde.

—¿Sabías que el griego Niarchos colgó un Greco en su yate?

Peggy grita:

—¡Qué imprudencia!

Kay insiste en que las obras de arte europeas corren peligro y que ahora mismo los cuadros de la colección Guggenheim podrían estar en las mandíbulas de un tiburón.

—Es más, a Franco no le importaría comerse un Picasso con una rica ensalada de girasoles.

Al terror a los nazis se añade otra obsesión: el encierro de Leonora en el manicomio de Santander.

—Yo comprendo que haya perdido la cabeza —dice Kay—. A los veintitrés años es difícil vivir ilegalmente con un genio alemán, lejos de tu familia, en un país ajeno. Yo también me habría deprimido. Además, ¿qué se hace contra la guerra? Morirse o volverse loco. He hablado con ella y quisiera protegerla.

—Está en los huesos y nos observa con miedo —opina Laurence Vail.

—Ojalá eso fuera todo, yo la veo hacer cosas raras —insiste Kay Boyle.

—¿Qué cosas?

—Siempre busca algo en su bolsa como desesperada. Fuma como chimenea y mira hacia atrás a cada momento como si la estuvieran persiguiendo. Se restriega las manos, es un tic nervioso —me doy cuenta—, pero también se le disparan las cabras con frecuencia.

—Habla con nerviosismo y se ve muy insegura —añade Marcel Duchamp.

—No tan insegura. Max no se separa de ella un segundo —la defiende Herbert Read.

—También eso es consecuencia del manicomio. Max se siente responsable —insiste Marcel.

—Max la ama, se nota a leguas —exclama Kay.

—Max le debe la vida a Peggy, no creo que sea tan cretino como para pensar que una mujer que acaba de salir del manicomio le sea más útil que Peggy —interviene Laurence Vail.

—Es que la demencia lo vacía a uno de su propio ser y lo vuelve otro —opina Herbert Read.

—Habla con una voz distinta a un ritmo distinto, y la estructura de sus frases es otra. Es como si su forma de hablar se hubiera vuelto muy densa. Anoche lo comentamos Herbert y yo —concluye Laurence.

—En todo caso, lo que salta a la vista es que le tiene confianza al mexicano —añade Kay Boyle.

—¿Confianza al mexicano? Ese hombre no tiene nada que ver con ella —alega Duchamp.

—Algo ha de tener, puesto que duerme con él —remata Kay.

Una mañana, después de despedirse de Renato, Leonora sale sola. De pronto ve venir hacia ella una figura alta que la saluda con efusión:

—¿Me permite caminar a su lado?

Es Herbert Read.

—Nos conocimos en Londres, toda su atención estaba fija en Ernst. Dígame, Leonora, ¿qué es lo primero que busca cuando conoce a alguien?

—Supongo que el talento, una voz fuera de lo común.

—¿A pesar del escándalo?

—Sí. ¡Es preferible Peggy Guggenheim y sus seguidores, con todo y su afición por el escándalo, que el convencionalismo del imperio británico!

Read está convencido de que la sociedad nunca logrará entender al artista, ese «egoísta supremo» condenado a amar a quienes lo rechazan. El arte nada tiene que ver con la derecha o la izquierda, con los comunistas o los capitalistas, y, aunque lo usan en beneficio propio, los políticos jamás podrán crearlo, someterlo ni destruirlo.

A medida que caminan, Read le dice que muchos surrealistas se inspiran en la naturaleza y buscan en ella un nuevo diseño, como Ernst en sus bosques. Por eso estudian la estructura de los minerales y de los vegetales, la biología y la geometría; Max es un sabio, lo apasiona la astronomía, investiga a fondo para darle a su pintura un orden vivo y universal.

—Entonces ¿el surrealismo se inspira en la naturaleza? —pregunta ella.

—Claro. Una vez Tanguy me contó que al caminar por la playa descubría minúsculas formas marinas, y eran el punto de partida de su imaginación a la hora de crear. ¿Usted de dónde toma su inspiración?

—No sabría explicarlo, es algo físico, como comer, dormir, hacer el amor.

—¿Y la naturaleza?

—La naturaleza está fuera de mí. Mi pintura está aquí dentro —lleva sus manos a su vientre.

—¿Va a quedarse con Max? —le pregunta como un hermano mayor.

Leonora le asegura que terminó con Ernst pero se siente confundida.

—Me parece que ésta es la comedia de los errores —responde Read.

—Sí, tiene razón; Peggy tiene celos de mí y Max, de Renato. Vivimos una comedia absurda, una opereta.

—La vida es una aventura surrealista.

Herbert Read se burla de los valores burgueses de la sociedad británica. De joven se reía de los pasatiempos de la elite, los códigos de comportamiento en sociedad y el peso de los títulos y honores.

Leonora lo escucha con devoción. Para ella es un personaje único. Quisiera decirle: «Mi madre me regaló su libro *Surrealismo* con la portada de Max, y nada me gustaría más que ser su amiga.»

De todos los que zumban como moscas en torno a Peggy, Leonora se siente mejor con la amable, sensata y reflexiva escritora Kay Boyle, que la interroga acerca del mexicano —como lo llama el grupo— y le asegura que se ve más cuerdo que Max.

—La de Peggy es una corte destructiva.

—Nada más destructivo que su nariz —opina Leonora.

Para la inglesa, la nariz de Peggy es lo más feo que existe. La propia Peggy explica que la suya fue una de las primeras cirugías estéticas hechas en Saint Louis, Missouri.

—Pero, como nadie conoció la nariz que tenías, no hay punto de comparación —añade Laurence sarcástico.

Cuando Peggy explica sus pifias y desgracias se vuelve atractiva, pero ser el eterno centro de la fiesta puede hacer odioso hasta al mismísimo *Poverello* de Asís. El séquito de Peggy es estrafalario y repelente como los cortesanos que entre cabriola y cabriola se vuelven bufones.

Max y Leonora se apartan y suscitan los celos de la norteamericana, que le confía a Kay:

—Estoy segura de que Max sigue enamorado.

—No te preocupes, a la que necesita es a ti.

Leonora camina durante horas al lado de Max. Entran a las iglesias, recorren la plaza del Municipio y la rua

Augusta; con cada paso regresa su antigua seducción: nadie ve lo que él ve, nadie divide los rayos del sol, nadie le pone sombrero a la luna, nadie hace cantar los vasos; no hay nadie con toda esa gama de posibilidades.

Max le regala una libreta comprada con el dinero de Peggy. Dibujan codo a codo, se enseñan sus apuntes y Max vuelve a ser un niño Jesús tierno y rubio con ojos inocentes.

Ernst no suelta a Carrington ni a sol ni a sombra, le importa un comino lo que sufra Peggy. Quisiera hipnotizar para lograr que lo mirara como antes. Nunca se ha sentido tan enamorado. Perderla lo hace ser insistente, nervioso, casi histérico.

Peggy bebe.

—Para mí Lisboa es el infierno —le confía a Kay Boyle—. Max ni siquiera me habla.

Lisboa es una multitud, podrían desaparecer si quisieran; pero él quiere que lo vean. Leonora, con su rostro blanco y su cabellera negra, es su trofeo; la ganó como el nadador ciego y va a recuperarla ahora, antes de atravesar el Atlántico.

A mediodía comen con el grupo, una orgía de sardinas y oporto, y a Leonora le da miedo lo que oye. Si ella estuvo loca, sus nuevos amigos giran a ciento ochenta kilómetros por hora en torno a un planeta cuyo centro es Max. Peggy cuenta que Max se encela si ella se compra un vestido, porque él quisiera ponérselo. En Marsella se compró una chaqueta de gamuza y Max la misma.

—El dueño, sorprendido, insistió en que era un diseño femenino y aceptó cortar una nueva pieza de gamuza del tamaño de Max.

Es imposible quitarle a Max los ojos de encima porque su mirada es la del águila y su nariz semeja un pico de plata.

—Sabes, Leonora —dice Peggy—, Max me regaló sus libros, entre ellos uno con una dedicatoria a ti que reza así: «Para Leonora, real, bella y desnuda.» Leí «La dama oval» y «Pigeon vole». ¡Qué encantadores! Los terminé en el tren.

Si Leonora registra, lo borra de inmediato.

Peggy cuenta que pasó toda la noche en el tren con Max:

—Qué viejo se ve cuando está dormido, ¿no te parece, querida?

Al ver la cara de Leonora, Peggy cambia de tema y le dice que quisiera rescatar a Victor Brauner, el que perdió un ojo. Le niegan la visa porque la cuota de rumanos para Estados Unidos ya está cerrada. Leonora mira a Max, que guarda silencio.

La visa de Max a Estados Unidos expiró y renovarla implica días frente a la embajada. «*Help! Help! Help!*», Peggy agita su pasaporte en alto y los oficiales le franquean el paso. Todopoderosa, logra burlar a la policía; no sólo es la heredera, también salva a sus maridos presentes y futuros. Djuna Barnes, en París, espera su pasaje.

Obtener visas es un infierno porque faltan actas de nacimiento, órdenes de salida, *permis de séjour,* y algunos amigos no cuentan sino con un pasaporte vencido. ¡Ah, la burocracia! Para olvidarla los amigos comen mariscos en el Leao d'Ouro, donde encuentran a Max y a la inglesa, que apenas si saluda a Peggy.

Una bolita de grasa en el pecho obliga a Leonora a internarse en el hospital para operarse.

Recargada en una almohada blanca, su cabello negro le cubre los hombros. Sus brazos como de alabastro la vuelven transparente. Los demás enfermos, conscientes de su belleza, se asoman a verla. «Es un cuadro.» «Su boca es rojísima.» «Sus ojos queman.» Peggy también se impresiona. Los enormes ojos negros bajo las cejas espesas de Leonora la observan con recelo. La perfección de su nariz, fina y delgada, asaeta. Es tan bella que Peggy se da la media vuelta y regresa al bar del hotel.

—Sírvame un whisky doble —le ordena al camarero—. Pensándolo bien, mejor déjeme la botella.

Max pasa el día entero junto a ella y sólo se despide cuando llega el mexicano. Marcel Duchamp, Herbert Read y Laurence Vail la visitan en la clínica. Todos están de acuerdo en que Leonora es una aparición. «Max no la suelta. Está loco por ella, ahora me doy cuenta de cuánto la ama. Nunca pensé que fuera capaz de amar en esa forma», comenta Herbert Read.

—¿Te duele? —pregunta Max a cada momento.

La mano de Leonora se confunde con el color de la sábana.

—¿Tendrás fiebre? Me parece que has enrojecido.

Leonora responde que no con la mano, vuelve sus palmas hacia arriba y Max las besa. Se mantiene impávida, podría pasar sus dedos entre los cabellos blancos, podría acariciar sus ojos pescados azules; pero no lo hace. En la mirada de Max se acentúa el sufrimiento. «Así sufrí yo en Villa Covadonga.» Guarda silencio porque nada de lo que le sucede ahora se parece a lo de Covadonga. Alisa la sábana, la sensación de bienestar es nueva y sube desde la punta de sus pies hasta sus últimos cabellos. ¡Qué fácil es dormir protegida! Allá en Villa Covadonga despertaba al borde del abismo, en medio del olor a orines; aquí la cama es una hostia, un pañuelo, una nube.

—Soy la Inmaculada Concepción, bésame los pies.

Max los besa.

Leonora se embelesa consigo misma. «Todos me aman y por lo tanto yo también me amo con locura.»

Max y ella leen y dibujan juntos en perfecta armonía, no necesitan hablarse, el día se les va como agua. Kay Boyle jura que Max es otro junto a Leonora. Si ella se ausenta, él se ve triste, nervioso, todo lo irrita. «*He's crazy about her, ab-so-lu-te-ly crazy.*» Kay, internada en la misma clínica por un problema de sinusitis, va a su cuarto en la mañana y se vuelven íntimas.

—¿Qué vas a hacer finalmente? —pregunta Kay—. ¿Regresarás con Max?

—No sé, no le puedo hacer eso a mi marido.

—¿Al mexicano?

—Sí. Ha sido muy bueno conmigo.

—También Max.

—Él no tanto.

—Mira, Leonora, das la impresión de estar esperando a que alguien te hipnotice, pareces una médium en trance.

—No sé qué hacer.

—¿Ya te casaste? ¿Ya tienes tu acta de matrimonio?

—Sí.

—¿Te gusta él?

—Sí, es muy buena persona.

—Eso no importa. ¿Te gusta él como hombre?

—Sí.

—Entonces no sigas actuando como si esperaras un mandato divino, porque lo que te vas a llevar es un golpazo.

Kay la persuade de quedarse con el mexicano.

Max desprecia a Renato. A veces, la fuerza de las circunstancias los reúne y la pasan mal. Renato conoce sus derechos y ella lo sigue. «*Good night, Max, sleep well.*» «Si vives con Max —insiste Kay—, terminará usándote.

La única convivencia que Max acepta es la de la servidumbre.»

—¡Me jugaste sucio! —le reclama Max a Kay—. Creí que eras mi amiga y me traicionaste.

—Tú eres el menos indicado para hablar de traición —se defiende Kay.

Cuando a Leonora la dan de alta, regresa al grupo, que le tiende los brazos.

—No entiendo cómo una mujer tan bella puede vestirse tan mal —comenta Peggy—. Seguramente sus fachas están conectadas con su locura.

—Peggy, no seas cruel —interviene airada Kay—, acaba de salir del hospital y hace unos meses estuvo en un manicomio.

—Podrías sugerirle que escriba sus aventuras allá adentro.

—Lo va a hacer. Ha sido una experiencia aterradora. El mexicano la ayudó y todavía hoy la cuida.

—Pues qué bueno que él se haga cargo de ella, porque Max abandonó a su primera mujer, mandó al diablo a la segunda y ni siquiera se ocupa de su único hijo.

—El mexicano le da estabilidad...

—Y vaya que la necesita, porque la veo en la cuerda floja.

Leonora le explica a Max que tiene que permanecer al lado de Renato hasta salir a Nueva York.

—Para mí es una ofensa que te quedes con él, prefiero no verte.

Laurence Vail decide ir a la playa de Monte Estoril; el séquito lo sigue.

En la primera noche, Peggy encuentra a Max en el hall del hotel y le pide el número de habitación de Laurence para darle las buenas noches. Max le da su propio número. Peggy pasa la noche con él y reanudan su vida amorosa.

Durante las cinco semanas en que permanecen en la costa, Leonora viene con frecuencia a pasar el día. El club hípico es magnífico, los caballos, muy buenos y el ambiente la devuelve a su infancia. Niños y adultos montan toda la mañana. Leonora alardea. Si pudiera relincharía. El caballo se mimetiza con ella, es una mujer con cuerpo de caballo, o una yegua con cara de mujer. Ondas de energía se concentran en torno a su figura, la fuerza que emana de su galope iracundo atrae las miradas. Los niños se detienen imantados, sus ojos fijos en la pista. Deslumbra, su figura se alarga, salta las trancas, las pezuñas de su montura resuenan, son campanas, herraduras de la buena suerte. Nada la hace más feliz que este vuelo equino que Max sigue con los ojos como ave de presa.

—¿Qué haces con ese hombre inferior? —pregunta Max a horcajadas sobre su caballo.

—¿A qué te refieres? —Leonora se detiene en seco.

—Lo sabes muy bien.

Leonora espolea su caballo.

—No es un hombre inferior y le debo la vida.

Una vez en la caballeriza, Ernst arremete de nuevo contra el mexicano.

—No te atrevas a hablar mal de él, no te lo permito —se le nubla la vista—. Estuve devastada por tu pérdida pero mi encierro en el manicomio me abrió los ojos.

—Una experiencia como la tuya cambia la vida, lo sé, pero de ahora en adelante vamos a vivir juntos, pintar juntos.

—¿Y Peggy?

—No amo a Peggy.

—Si no la amas no deberías estar con ella.

—Peggy fue mi única salida. ¿Tú amas al mexicano?

Desesperado con la idea de perderla, Ernst la agobia:

—Peggy sabe que a quien amo es a ti.

—Entonces ¿la estás usando?

—¿Y tú usas al mexicano?

—Mi situación es distinta.

—No, no lo es. Peggy me saca de Europa, pero una vez en Nueva York las cosas van a cambiar.

—La guerra nos trastorna a todos. Yo le debo mi sobrevivencia a otro y ya no estoy segura de lo nuestro. —Leonora da media vuelta.

Un domingo se presenta en Estoril con Renato. Excelente jinete también, los entretiene con sus relatos de Pancho Villa, el único que ha invadido los Estados Unidos, el Centauro del Norte, el general que dinamitaba las vías del tren con todo y vagones y se llevaba en ancas a las mujeres. Leonora sonríe y Max, furioso, intenta desbancarlo mientras Peggy festeja la Revolución mexicana: «¡Ésos sí son hombres!»

El grupo comenta que Leduc podría comandar un batallón, asaltar una fortaleza, atravesar al galope el desierto de Antar.

Por la mañana, Leonora abre la puerta. Su pelo mojado cuelga sobre sus hombros.

—Quiero hablar contigo —le dice Peggy—. Es hora de aclarar nuestra situación. Te invito a una copa.

Sentadas la una frente a la otra, las dos mujeres se miden. Leonora abre tanto sus ojos que arrojan puñales y a Peggy se le ha torcido la nariz.

—O regresas con Max o lo dejas conmigo.

—Es todo tuyo.

—¿Te vas a quedar con el mexicano?

—Eso es asunto mío.

—¿Qué vas a hacer?

—Por lo pronto, no volver a Estoril. Eso sí, voy a extrañar los caballos.

Leonora se levanta de la mesa y deja a Peggy con la palabra en la boca.

Cuando Peggy le cuenta a Max la escena, éste se enfurece tanto que la obliga a escribirle a Leonora para rogarle que reanude sus visitas a Estoril.

Leonora no vuelve nunca.

—Seguramente el mexicano la entretiene mejor — insinúa Kay.

Capitulo 31

LA GUGGENHEIM

—¡La guerra cambia las cosas, Max!

—Lo sé, me encerraron en tres campos de concentración. Si alguien sabe de esos cambios, ése soy yo.

«¿Y yo qué? —piensa Leonora—. ¿Por qué nunca pregunta por mi encierro en el manicomio? ¿Por qué lo único que me dijo a la hora del reencuentro es que yo había perdido la casa y sus lienzos? ¿Por qué no me escucha y sólo habla de sí mismo? También en St. Martin d'Ardèche la vida giraba en torno a él. Cuando lo pinté como el pájaro superior, con su capa emplumada, sentí el mismo escalofrío que ahora; pensé que él podía acabar conmigo.»

Una noche, Peggy oye que tocan a la puerta de su habitación en el hotel. Abre y se encuentra con Leonora y Max.

—Toma, te lo devuelvo —le dice la inglesa.

No hay duda de que, pese a todo, Leonora tiene más en común con el grupo que gira en torno a Peggy Guggenheim que con Renato Leduc. Hablan la misma lengua, pisan el mismo terreno, se mueven en los mismos círculos, leen los mismos libros, frecuentan Picadilly, Saint Gilles, el Hyde Park Corner, Ascot, la Tate Gallery. Son insaciables. Hacen gala de su ingenio al criticar a los ausentes. Peggy Guggenheim pondera a Lucien Freud y Herbert Read pone freno a sus impulsos de coleccionista.

De tanto comprar, la millonaria adquiere buen ojo. Claro, Read está atrás de ella; pero en muchas ocasiones escoge sola y da en el clavo. Kay Boyle se queja de que la guerra le impide escribir y le chismea a Leonora que Samuel Beckett también fue amante de Peggy.

—No sé quién es Beckett pero lo peor de todo es que no he leído ni a Djuna Barnes, de quien ustedes hablan tanto —se disculpa Leonora.

—Sí sabes quién es Read, el que asesora a Peggy en sus adquisiciones.

—Sí, el otro día caminamos juntos por el malecón.

Peggy le ofrece a Leonora volar con el grupo a Nueva York.

—Gracias. Me voy en barco con Renato Leduc.

—Entonces ¿vas a salir antes que nosotros? —interviene Max.

—Sí, zarparemos en el *Exeter*.

—¿Crees que podrías llevarte enrolladas algunas pinturas mías que no puedo llevar en el *clipper*? —pregunta Max, blanco de ansiedad.

—Sí puedo.

—Es un rollo grande. Ahí va, además del *Loplop* que pintaste, mi *Leonora a la luz de la mañana*.

Max vigila que al empacarlo se tomen todas las precauciones con el rollo, que es pesado y estorboso.

En la noche, en el hotel, Leonora le informa a Renato:

—Max no ama a Peggy y está con ella.

—Y tú, que te casaste conmigo, ¿me amas?

—Todavía no, aunque puedo llegar a hacerlo —confiesa Leonora—. ¿Qué piensas de Peggy, Renato?

—Es una gringa que sabe gastar su dinero.

—¿Y de Max?

—De ese hijo de la chingada prefiero no hablar.

—¿Qué es eso de hijo de la chingada?

—Ya te enterarás en México. Para mí el tal Max es un cabrón.

Leonora guarda silencio y se repite como si rezara: «Me casé con Renato, viajo con Renato, estoy con Renato, si a alguien le debo algo es a Renato.»

En Crookhey Hall, todo se guardaba bajo llave. Ahora ella guarda en su corazón la decisión de seguir a Renato.

Las peticiones de salida en el consulado rebasan a Leduc, que regresa exhausto.

—Es dramático, parece un nuevo diluvio universal, todos quieren meterse al arca mexicana.

—No olvides hasta el último par de lagartijas aunque a lo mejor en tu país se vuelvan cocodrilos.

Sentarse en una silla de lona sobre la cubierta del *Exeter*, al lado de Renato, que pretende cubrirla con una cobija, la reconforta. Los marineros vuelven la cabeza para verla con su pelo al viento. Leonora no hace caso del ruido de las máquinas y la escasez alimentaria.

—Renato, allá donde termina el mar veo un castillo.

—Es un espejismo.

—Cristo viene caminando sobre el agua.

—¿No que no creías?

—Pero creo que viene borracho, porque zigzaguea.

El alba, el crepúsculo, el aire salado y el vuelo de las gaviotas le dan un bienestar que hace años no sentía.

CAPÍTULO 32

NUEVA YORK

Leonora y Renato viven en el 306 de la calle 73 Oeste,
en Manhattan. En la mañana, Leduc va a la embajada de
México y Leonora, todavía con cierto temor, sale a la calle
—el impermeable sobre los hombros y un cigarro en la
boca—, después de ingerir cuatro tazas de té. Camina,
nada le gusta tanto como caminar. ¡Qué forma de desafiar al cielo la de Nueva York! ¡No sólo crece para arriba,
echa raíces en el fondo del mar y los rascacielos se aferran
para no emprender el vuelo! La gente se eleva por la calle,
los brazos son alas para llegar más alto. Caminar por
Central Park es cruzar un Edén. La gente va de prisa, la
piel tersa, los cabellos y los ojos brillantes. Hombres, mujeres y niños se saludan felices: «*Hi*», «*Hi there*», «*Hello*».
¡Qué aliento el de los neoyorkinos, con su pasta de dientes por sonrisa! Leonora estrena la ciudad como si fuera
un vestido, la tierra cruje bajo sus castañuelas. «No, España no, nunca más España, jamás volveré a España; voy a
inaugurar a otra Leonora.»
Con su forma de ver la vida, Renato la pone de buen
humor. Siempre tiene una broma a flor de labios: «Ay,

Leonora, no te compliques, cada día nos brinda algo distinto, ¡aquí y ahora!, no te apendejes.»

En el andén del Metro, entre un negro alto como la Estatua de la Libertad y los aretes largos de una portorriqueña, Leonora reconoce a su vieja amiga de la academia Ozenfant, Stella Snead: «¡No es posible, de veras que el mundo es un dedal!» Stella le informa de que Amédée Ozenfant, también en Nueva York, sigue enseñando. «Vamos a saludarlo.» Al recibirlas, ya no las trata como alumnas. «Tenemos que celebrar.» Son sus pares. Las invita a tomar té en Tiffany's. En la noche, Leonora le cuenta su día a Renato y le dice que vio a Max Ernst.

—¡Qué casualidad, otra vez el mono neurótico!

—Lo encontré en la Galería Pierre Matisse. Él y Peggy Guggenheim nos invitan a cenar el sábado. Voy a aprovechar la ocasión para devolverle sus telas enrolladas. Me contó que, al descender del avión, en el momento en que Jimmy quiso abrazarlo, dos oficiales lo apresaron y lo encerraron en Ellis Island. Su cara de pánico salió en el periódico. Lo incomunicaron en una celda. Jimmy se movió como loco y, gracias a él, al director del Museo de Arte Moderno de Nueva York y al dinero de Peggy, Max salió en libertad.

—Pues ese muchacho sí que se fregó, porque no tiene un padre sino un padrote.

—¿Qué es padrote?

—Un hombre que vive de las mujeres, como tu Max.

Peggy es dueña de una casa cerca del Hudson, en Sutton Place, barrio de los diplomáticos. Cuando ve a Leonora, la recibe con cara de langosta. En cambio, abraza a Renato. Esa noche se retratan junto a Peggy, Kurt Seligmann, Jimmy Ernst —que a Renato le simpatiza más que su padre—, Berenice Abbott, Amédée Ozenfant, André Breton, Fernand Léger, Marcel Duchamp y Piet Mondrian.

—Man Ray se toma demasiado en serio, Marcel Duchamp es mucho más fácil de trato —le dice Leonora a Renato.

—Marcel Duchamp es un hígado que se la pasa jugando ajedrez y Max, un neurótico como no he conocido otro. ¿Alguna vez tomarás distancia de los surrealistas? —le reclama Renato.

—Son mi gente —alega Leonora.

Definitivamente el único simpático es Luis Buñuel, a cuyo lado Renato siempre busca sentarse porque habla sin pretensiones y, con sus ojos interrogantes y saltones, le pregunta por México.

—¿Hay enanos en tu país?

—Tenemos muchos políticos de poca alzada.

Esa noche, Leonora sueña que Peggy y ella son dos langostas que se atacan mientras los demás observan sin intervenir.

A partir de ese momento, Leonora, Max, Peggy Guggenheim, André Breton y Jacqueline Lamba, Marcel Duchamp, Luis Buñuel y el viejo Amédée Ozenfant se ven con frecuencia. Van de fiesta en fiesta siguiendo a Peggy, que congrega a posibles compradores. Una de las frases favoritas de Peggy es «*Let's give a party*». Su energía es inagotable, su capacidad de compra también. Promueve, divulga, pondera, habla de originalidad, de vanguardia; con una copa en la mano, se mueve de un grupo a otro con la delgadez altanera de una modelo. Siempre parece traer un animal excitado en su regazo. Invita a comer, piropea, su energía concentrada en el negocio, así que gracias a ella, los surrealistas venden su obra.

Sin pudor, le rinden pleitesía a los millonarios, se promueven como merolicos o declaran estar al borde del suicidio. De lo que se trata es de darse importancia y Peggy es la reina de las relaciones públicas. La prensa divulga sus escándalos y los vende al mejor postor.

—*We are on the top of the world* —declara Man Ray.

En la agenda de Peggy se acumulan las citas. «*Lunch* con Herbert Read», «té con Elsa Maxwell», «entrevista con el director del *New York Times*, el del *Vogue* y el del *Harper's Bazaar*».

Detrás de los cuadros inertes que los pintores se pelean por colgar en el mejor sitio, hierve, burbujea el dinero. Cada uno de los pasos de la Guggenheim por su gran salón significa dólares, cuando tiende la mano para que se la besen, caen dólares, cada llamada telefónica cierra un negocio. Seguro va a quedarse con el inmenso retrato que Leonora le pintó a Max en St. Martin d'Ardèche, *Loplop, el pájaro superior*, que él salvó y le entregó.

—Mándalos a todos al diablo, yo te mantengo en México —ofrece Renato.

—No, no puedo, son mis amigos, mi familia.

—Creo que yo soy más que todo eso.

Leonora guarda silencio.

Sin proponérselo, Dalí les abrió el camino a los surrealistas en Nueva York. En 1939 los socios Bonwit y Teller le pidieron decorar un escaparate para su almacén principal y el catalán eligió el tema del día y la noche: *El día*, un maniquí a punto de entrar a una bañera de astracán como la taza de café peluda de Meret Oppenheim; *La noche*, una brasa contra telones y paños negros. Sin consultárselo, los dueños modificaron el escenario por parecerles obsceno; Dalí esperó el momento más concurrido y se lanzó con todo y bañera encima de los espectadores. El tribunal le obligó a pagar los cristales rotos más una fianza para no ser encarcelado. Edward James, su mecenas, corrió con los gastos: «No importa, todo Nueva York muere por un Dalí», alegó James. Ahora los curiosos ansían un nuevo espectáculo.

Max Ernst acosa a Leonora:

—Eres mi mujer, eres a quien amo; la novia del viento. Loplop y ella no pueden estar separados.

Se presenta en su casa una hora después de que Renato ha salido a la embajada:

—¡Vámonos!

Leonora se echa el impermeable a los hombros y lo sigue. A diferencia de Renato, Max es su mundo, su mentor, le señala los edificios que hay que ver, los libros que se deben leer, hace brillar frente a ella un futuro de reconocimientos, el Grand Prix en la Bienal de Venecia y el Grand Prix de Roma.

Si él no viene, Leonora, ansiosa, lo llama por teléfono para que la lleve a comer. La complicidad es un candado y Max tiene la llave. Recorren las márgenes del Hudson, por el que navegan largos cargueros tristes que Bell Chevigny ve pasar desde su ventana en Riverside Drive.

—Caminar nos hace bien y podemos imaginar que el río es el Sena.

De las diez de la mañana a las ocho de la noche caminan exaltados, se detienen en Washington Square, visitan Manhattan, descubren el Lower East Side, llegan hasta Brooklyn, lo cual Max jamás hace con Peggy. La Guggenheim es la proveedora, Leonora, la inspiración. Peggy organiza muestra tras muestra para olvidar que Max vuelve a casa cuando se le da la gana y sólo tiene ojos para Leonora. A quien presenta es a Leonora, a quien le da el brazo es a Leonora, a quien no pierde de su vista es a Leonora. Tiene una sola obsesión: Leonora, Leonora, Leonora; y Peggy sufre. Esperar a Max se vuelve una agonía.

—Todos comentan que te la pasas al lado de ésa —protesta Peggy—. Si estás en Nueva York es gracias a mí, no a ella.

Jimmy Ernst también se preocupa por la extraña

mezcla de desolación y euforia en el rostro tenso de su padre: los ojos fijos, las líneas de los labios adelgazadas por la amargura.

—Lo único que te importa es tu reencuentro con la inglesa.

Jimmy no existe para él.

Max se sienta al lado del teléfono a esperar una llamada de Leonora. Si no llega, cae en lo más hondo de la depresión.

—*Not today, Max* —se niega Leonora, y no se da cuenta de que lo precipita al abismo.

Los fines de semana son para Renato, que la lleva a Coney Island. «Vamos a subir a la montaña rusa más antigua de América», y Leonora se deja guiar. Cada vez se acostumbra más a la presencia de Renato, sus retrasos la angustian.

Esos días, los ojos desesperados de Max no saben dónde posarse y cuando ríe sin razón, su risa es ofensiva. A Max le importa un bledo lo que hagan los demás, salvo lo que haga Leonora.

—Anoche seis gansos atravesaron la Quinta Avenida —le comenta Leonora a Max—. Se dirigían a Sutton Place porque en tu casa los iban a trufar para una cena pero de pronto salió una hiena, se los comió... y se cebó la cena.

De vez en cuando Leonora protesta y él no sabe qué responder. Su ironía la hace impenetrable. Max desearía tomarla en sus brazos, ella lo impide. Desde que salió de St. Martin d'Ardèche ya no es la misma, la hostilidad entre ellos se acentúa.

—¿Y Peggy? —pregunta Leonora.

—Ella es una ejecutiva.

Capítulo 33

CONEJOS BLANCOS

Leonora gira bajo los rascacielos, se extasía con esta nueva vida fuerte y rápida que la marea. ¿Cómo se puede ser tan feliz después de haber sido tan desdichada? Leonora amanece ligera como una pluma, los surrealistas comentan su sentido del humor, sus actos libertarios. El cambio después de Villa Covadonga es inaudito. La inglesa lo agradece. «Los Morales nunca imaginaron que podría llegar a ser este cometa del que todos quieren colgarse.» A veces, a medio torbellino, una daga se le clava entre los omoplatos. «Son mis alas a punto de salir —piensa— son mis alas para escapar de Max.» *Darling, Glad to meet you, Have a good day, Enjoy,* las fórmulas acicatean la huida.

—Mañana quiero estar sola, Max.

—Mañana no puedo verte, Max.

—Mañana voy a escribir, Max.

—Mañana tengo un compromiso ineludible, Max.

Max no la ve los días en que ella se lava el pelo. Leonora anticipa la ceremonia: «El jueves me lavaré el pelo.» Después de enjuagarlo se sienta junto a la ventana a secarlo al sol y abre la cortina azabache que cae sobre su cara para mirar los edificios negros y lamidos por el hollín, que a lo mejor se parecen al suyo.

Saberse amada por Max pero lejos de él es un descanso.

Desde la ventana observa un cuervo que viene a posarse en la balaustrada del edificio de enfrente. El cuervo se rasca, busca algo debajo de su ala, mientras una mujer sale al balcón y pone en el piso un plato que el pájaro recibe con un graznido. Desde su balcón, la mujer observa a Leonora, le sonríe y le pregunta si no le sobra algo de carne para dársela al cuervo.

Leonora compra carne y espera a que hieda para atravesar la calle. La mujer, con cara blanca y salpicada de mil estrellas diminutas, le abre:

—Suba.

Adentro, cien conejitos blancos de ojos rosas esperan a que les arroje la carne podrida. La despedazan. La anfitriona le señala a un hombre con la piel tan brillante como la suya, arrinconado en un sillón.

—Te presento a Lázaro.

Sobre sus rodillas, Lázaro tiene un conejo grande que desgarra a mordidas un trozo de carne. La mujer acerca su cara a la de Leonora y su aliento putrefacto la espanta.

—Si se queda a vivir con nosotros, señorita, su piel se cubrirá de estrellas y habrá adquirido la enfermedad sagrada de la Biblia: la lepra.

Al huir, Leonora alcanza a ver que la señora del balcón alza una mano para saludarla y se le caen dos dedos.

Leonora escribe «Conejos blancos» y lo vive como una premonición. Si se queda en Nueva York, adquirirá la lepra porque Peggy Guggenheim contagia a todos los conejos que giran en torno a ella.

El comportamiento de Leonora en Nueva York sigue siendo excéntrico. Se reúnen a comer en el restaurante francés Larre, en la calle 56, o van al departamento de Breton en Greenwich Village. Allí hablan con entusiasmo de la revista *VVV*. Breton sigue dando órdenes y Jacqueline se ve harta. «Es muy dominante», aclara; Leonora concuerda con ella. A veces el grupo celebra las ocurrencias de Leonora, a veces las condena. Luis Buñuel se sorprende cuando, a media cena, en casa de Barbara Reiss, Leonora se levanta, entra en el baño y sale empapada, el vestido pegado al cuerpo. Regresa a la sala escurriendo agua, se sienta frente a él y lo mira fijamente:

—Tomé una ducha.

—¿Vestida?

—Sí.

—Te voy a llevar a tu casa.

—Eres un hombre atractivo —le dice a Buñuel apretándole el brazo—. Te pareces a mi carcelero Luis Morales.

No cabe duda, Buñuel es un buen hombre. Leonora no estuvo en el estreno de *La edad de oro* en París, la noche en que la Liga de los Patriotas y la Liga Antijudía echaron tinta contra la pantalla y apuñalaron cuadros surrealistas en el vestíbulo; ahora Buñuel la toma del brazo y sus ojos saltones la cuidan. Cuando ella se angustia, le dice: «El excomulgado soy yo», y su sonrisa la apacigua. «Ser un condenado te eleva por encima de la multitud. A Charles de Noailles lo expulsaron del Jockey Club por culpa de mi película; ese día abrimos una botella de champaña. ¿Quieres que vayamos a tomar una copa ahora?»

Sus experimentos gastronómicos causan sensación. Invita a comer a André Breton y a Marcel Duchamp y les sirve un conejo relleno de ostiones.

Ninguno trata ya a Salvador Dalí. «Es una ramera.» «Ha ido demasiado lejos.» Max tampoco vuelve a ver a Gala, su ex amante, y ahora la llama por su verdadero nombre: Elena Dimitrievna Diakonova. Ser extravagante es una forma de adquirir celebridad y a los surrealistas no les interesa la gloria.

Hay días en que Leonora regresa a Villa Covadonga y a su depresión. Otros su furor la hace reírse de ella misma. En un restaurante se embadurna los pies con mostaza. «Así este mesero tan pomposo va a echarnos a la calle.»

Buñuel le cuenta de un experimento que hicieron científicos norteamericanos con una pareja encerrada en una jaula a la que alimentarían durante la duración de la prueba. Enamorados, aceptaron ser conejillos de indias. A medida que aumentaba su hambre, el amante olvidó su amor y tuvieron que sacar a los tortolitos antes de que se destrozaran.

—¿Él dejó los huesos?

—¡Ay Leonora!

—Entendí que él se la había comido.

—No, no fue así.

—¿Crees que Max se habría sacrificado por mí?

Buñuel opta por relatarle el libro que más le gusta. Dos buenos amigos que se perdieron de vista hicieron cita para reencontrarse. Uno, con loca ilusión, tomó el tren a la casa de campo del otro, que lo esperaba ansioso. Al final se dieron cuenta de que no tenían nada que decirse.

—¿Me lo cuentas por Max?

—No, Leonora, no lo remitas todo a ti misma —le pide Buñuel.

—¿Crees que Max y yo ya no tenemos nada que decirnos?

—Leonora, no empieces.

A Renato la conducta de su mujer le tiene sin cuidado; está tan poco tiempo con ella que no se da por enterado. Leonora se siente a salvo con él y, para complacerla, a veces la acompaña a sus cenas; pero cuando él se niega a salir Leonora tampoco aparece, para la rabia de Max.

Breton y Tanguy son asiduos a las reuniones y se preocupan por ella. «Leonora, no vayas a dejar de escribir», «No vayas a dejar de pintar». Dentro de ella, el manicomio sigue vivo y aparece en lo que pinta. En *Té verde*, una Leonora envuelta como momia después de su terapia de choque se detiene a la mitad del jardín de Santander dentro de un círculo que no tiene salida. A un costado, una perra-hiena con cola de árbol tiene amarrado en su tronco a un caballo que también tiene cola de árbol y la amarra a ella.

En el estudio de Stanley William Hayter, Leonora crea su primera impresión en blanco y negro sobre una placa donde revive la locura; dibuja con una precisión tan real que parece estar copiando la escena grabada de por vida en su cabeza: perros encadenados que van hacia el centro de un círculo que también tiene patas y cabeza. Leonora es la misma perra encadenada que aparece en *Té verde*.

—Mira, Leonora —le dicen David Hare, Breton y Duchamp—, tu boceto va a ser parte de un portafolio original de trabajos de *VVV* que vamos a lanzar.

También colaboran Chagall, Calder, el inventor del móvil, Masson, para quien Nietzsche es Dios, el macabro Kurt Seligmann, Tanguy, Breton, Matta y Robert Motherwell.

Leonora no cabe en sí de la sorpresa cuando Manka Rubinstein, la hermana de Helena, le pide un cuadro del tamaño de uno de los muros de su casa.

—Ni siquiera tengo el dinero para comprar una tela de ese tamaño —le dice a Max.

—No te preocupes, vamos a ver a Chagall. Es el único que vende como pan caliente. Dile que le pagarás en cuanto recibas el dinero de la Rubinstein —propone Duchamp.

Chagall mira los ocho pequeños bocetos de la inglesa y deja caer con su acento ruso: «Sigue pintando, pequeña, sigue pintando», pero no le presta una sola tela y mucho menos dinero. A Breton se le ocurre quitar la sábana de su cama y ponerla sobre los brazos de Leonora.

—Ahora sí, a trabajar. ¿Para qué perder el tiempo con ese tacaño?

Duchamp, Matta y Ernst son sus asistentes. El chileno Roberto Matta es entusiasta y, como es arquitecto, lo sabe todo de proporciones y perspectivas. Para él las perversiones sexuales ayudan a comprender al sujeto. Duchamp, por quien Leonora siente simpatía porque no se toma en serio, pinta el fondo. En la parte superior izquierda de la tela, Max firma con un pajarito azul.

—¿Por qué firmas si el cuadro es de Leonora? —pregunta Duchamp.

—Sólo hice un pájaro azul de la buena suerte —pretexta.

Cuando terminan el mural, Manka Rubinstein, encantada, paga doscientos dólares, más de lo que Leonora ha recibido jamás por una pintura.

—¿Te imaginas lo que Helena Rubinstein le habrá pagado a Dalí por decorar su apartamento?

Una noche, después de una larga celebración con Max, Duchamp y Matta por el éxito con la Rubinstein, Leonora regresa por fin a su casa y descubre que Renato no está. Su ausencia le provoca un ataque de pánico. Toma la Olivetti portátil de Leduc y escribe compulsivamente:

«¿Volviste a salir al no encontrarme? ¿Llegué tarde? Tenía yo la impresión de que estabas aquí y ahora todo es tan triste aquí dentro. Cuando entré el portero me echó una mirada como si tú le hubieras dicho algo sobre mí. ¿Es verdad?

»Reviento lenta y penosamente por el deseo de verte, regresa pronto. Sólo voy a destender la cama, engullidora de fornicadores, si tú regresas; no me atrevo a acostarme sola en semejante artefacto. Me da miedo caer en medio del abismo. Te amo atrozmente, es horroroso aquí sin ti, a pesar de que me dejas sola todo el día. Detesto Nueva York. Te amo, tengo ganas de hacerte el amor, de besarte y de lamerte. Se hace tarde y no vienes. No tengo miedo de nada, por el amor de Dios o de Satán —más bien por el de Satán—, ven rápido, ven rápido, Renato. Sin ti me vuelvo loca porque te necesito. Estoy angustiada, te necesito demasiado. ¡Sabes cuánto te necesito! No voy a dejar de escribir hasta que regreses, así tu ausencia será menos terrible. ¿Has tenido estas emociones? Es horrible. Mañana iré contigo al consulado para no estar sin ti. Esta noche perdida es terrible. —Ahora me estoy poniendo histérica. ¿Me estás castigando y por eso no vuelves?— No creo que seas capaz de eso. Afortunadamente no eres como yo. Sería capaz de regalar el gato, mis cabellos y mi mano izquierda para que regresaras. Voy a deshacerme de las emociones violentas para no estar de mal humor cuando regreses. Es terrible enojarme contigo. Te amo. De vez en cuando me detengo para ver si te escucho subir la escalera. Si no vienes pronto, tendré que escribir otra página y luego otra durante toda la noche. Nada más atroz que este sentimiento que me ahoga. El gato sufre como yo cuando está solo, deberían darle algunas dosis de Cardiazol y meterlo en un manicomio al lado del mar.

»(Ves, tuve que empezar otra página.) Ahora de veras tengo miedo. ¿Qué estás haciendo? ¿Dónde estás? ¿Eres feliz sin mí en este momento? RENATO, POR EL AMOR DEL DIABLO, VEN PRONTO.

»No sé si debo salir a buscarte. De todos modos no sé dónde buscarte... Esto es pavoroso. Me doy cuenta de lo cerca que estoy de la locura: transpiro y tiemblo por algo que para otros no tendría importancia.

»¿Debo salir o no? Es difícil saberlo. Creo que estoy empezando a escribir tonterías. RENATO, RENATO, RENATO, debes oírme, grito tan fuerte en mi interior. ¿No me oyes?

»Si este amor para ti es ya una monserga, deberías saber que no hay que enamorarse de las locas, todas somos así.

»RENATO.

»RENATO.

»RENATO.

»Escucho un ruido en la escalera pero no eres tú.

»NO.

»Te amo, te amo, te amo, te amo, te amo, te amo, te amo, te amo, te amo. Cuando regreses no podrás imaginar lo que he pasado, qué tempestades de miedos y de tristezas. Tú estarás tranquilo.

»Me torturo, me muero, tengo rabia y sé que exagero. R E N A T O, si tú no vienes antes de que escriba cuatro líneas más, saldré a embriagarme. Tristemente, enteramente y dignamente sola. Mi ortografía es de veras mala. Ven pronto porque voy a salir. Estoy aterrorizada sin ti. Quizá estés descansado de mí. Renato, después de que hayas leído esta carta, quiero que me digas varias veces que me amas para convencerme, que me beses por lo menos cien veces con mucha dulzura, porque es horrible ser una histérica como yo. No debes dejarme sola, *damn blast bugger and hell FIRE*.

»RENATO, TENGO UN MIEDO HORRIBLE DE ESTAR SIN TI.

»Bajaré la escalera, te amo.»

CAPÍTULO 34

JAQUE AL REY

Peggy Guggenheim no permite que sus sentimientos ofusquen su admiración por la pintura de Leonora y la incluye en su muestra Art of this Century con *The horses of Lord Candlestick*.

Son treinta y una mujeres surrealistas que exhiben su propia revolución.

Peggy atraviesa nerviosa los salones de exposición. Desde que amanece, Max se instala junto al teléfono a esperar la llamada de Leonora. Djuna Barnes lo confirma:

—La única vez que he visto a Max mostrar alguna emoción es al lado de Leonora, porque para mí es frío como un reptil.

En las reuniones, Leonora procura sentarse al lado de Breton. Reconoce su imperio. Breton admira la originalidad de la pintora que fue capaz de regresar del abismo.

—Después de ver tus dibujos, creo que es importante que escribas sobre tu locura. Cuando fui médico, el psiquiatra francés Pierre Janet me habló del «amor loco», un estudio de la histeria en las mujeres. Descubrió el erotismo y la estética que yo convertí en surrealismo.

—No puedo, André, todavía no puedo, me duele demasiado.

—Es que si lo haces vas a salvar a mucha gente. Desde hace más de quince años protesto contra la reclusión de los enfermos mentales. De eso trata el primer Manifiesto Surrealista. Podría pasarme la vida recogiendo los secretos de los dementes y defendiéndolos contra la ley que los juzga por actos que para mí son de libertad.

—¿Qué actos son de libertad para ti?

—Desafiar al que te confronta, decir lo que piensas, desnudarte en el momento en que se te antoja, llegar a la convulsión por dolor o por alegría...

¿Y por qué no es Breton el de la belleza convulsiva, por qué siempre una mujer? Breton no se ofrece para amanecer desnudo embarrado en sus heces. Él lo que quiere es que la mujer regrese del abismo para analizarla y completar su visión del inconsciente.

—Hay un abismo entre tus conceptos teóricos y la agonía que sufrí por el Cardiazol.

—A pesar de tu angustia, debes hacer el esfuerzo.

—Por más médico que seas, hablas como espectador.

—Con Janet estuve en manicomios franceses y seguí experimentos de hipnosis contra la histeria.

—No viviste allí dentro, ésa es la diferencia.

—Soy médico y amo a las mujeres. Te aconsejo que escribas lo que viviste. Tus cuentos son excelentes; escribe, Leonora. ¿O lamentas algo de tu vida?

—No lamento nada.

Leonora pergeña con esfuerzo una versión de su experiencia en Santander.

—Enséñamela —insiste Breton.

Jacqueline Lamba y Breton no se aman como antes y eso repercute en Aube. Jacqueline se queja de que Breton nunca la presenta como pintora sino como una náyade que pescó en el Sena. En venganza, Lamba cultiva a David Hare, un enamorado millonario que la sigue a todas partes e insiste en que es un genio y cada pincelada suya, una revelación.

Breton incluye a Leonora en la exhibición surrealista en la mansión Reid para ayudar a prisioneros de guerra y a niños franceses.

—Es un acontecimiento fantástico, Nueva York va a caer de bruces ante nosotros.

Para decorar el feo interior de la mansión Reid, los pintores recurren a Duchamp, que no se despega de su ajedrez.

—¡Marcel, estás fuera de la realidad! —le dice su inseparable Man Ray—. Tu vida son sesenta y cuatro casillas en blanco y negro.

El ajedrez es satánico. Duchamp pasa semanas encerrado buscando nuevas estrategias, las treinta y dos figuras de madera son su madre, su padre, sus hermanos, sus amigos, sus amantes. Man Ray lo interrumpe y Duchamp, molesto, lo corre:

—¡Déjame en paz, estoy estudiando las ventajas del enroque y de la horquilla!

—¿Cómo es posible que reduzcas tu vida a unas astillas talladas cuando todos te están esperando afuera?

Por fin, cuando ya no tiene qué comer, Peggy Guggenheim le propone pagarle por anticipado la decoración de la mansión Reid. Ansioso de regresar a su tablero, Duchamp trabaja como peón, corre como caballo y en dos días coloca una gigantesca tela de araña que va de una estancia a otra. Susanna, la mujer de David Hare, le ayuda a desenrollar miles de metros de cuerda para tejer una malla con la que cubre el techo. Primero los asistentes se sorprenden, luego el inmenso talento de Duchamp sobrevuela sus cabezas y los atrapa en su movimiento, que es el mismo del desnudo bajando una escalera.

—¡Tu telaraña es magistral! —exclama Herbert Read.

Leonora expone dos cuadros y acude a casa de Duchamp para decirle que el techo de la mansión Reid es un sueño:

—¿Sabes jugar al ajedrez? —le pregunta antes de saludarla.

—No, enséñame.

—Yo juego desde los siete años.

Duchamp, el tablero sobre la mesa, le explica que los peones avanzan siempre en línea recta, dos casillas con el primer movimiento, y comen en diagonal a la derecha y a la izquierda; que el caballo camina en L, la torre en línea recta y el alfil sólo por su color de casillero; que la reina hace lo que se le da la gana, como todas las mujeres, y que el rey es un vividor: «Como yo intenté serlo hasta que Lydie me ganó la partida.»

Después de la segunda explicación, Leonora le come a la reina y prepara su torre para un jaque. Duchamp, que ha jugado con los mejores ajedrecistas del planeta, tumba su rey y se levanta furioso.

—La tuya es la suerte del principiante.

—¿Cómo en el póquer?

En abril, un número de la revista *View*, dedicado a treinta pinturas de Max Ernst, incluye una reproducción de *Loplop, el pájaro superior*.

—Es la despedida, el fin del pájaro y la yegua —advierte Leonora.

—Max y el surrealismo cambiaron tu vida irrevocablemente. Irte a México es un error. Te vamos a hacer mucha falta. Max es el pájaro superior. ¿Cómo va a terminar tu historia? —inquiere Breton.

—A lo mejor es ahora cuando empieza.

El conflicto con Peggy la desgasta. Los amigos hablan de la obsesión de Max por ella y de la ronda de dólares que hace girar al surrealismo en torno a la Guggenheim.

—Estás tan loco por Leonora que no puedes esconderlo.

—No, Peggy, tú eres mi mujer, Leonora fue mi discípula. Lo que me interesa de ella es su talento.

Max insiste en que la persona con quien vive y duerme es Peggy.

La revista *VVV* publica el cuento «Esperando»; *View*, «Conejos Blancos». Nueva York se rinde ante Leonora. Renato ansía regresar a México y Max se inquieta.

—Espero que te hayas dado cuenta de que tu lugar está aquí. Puedo conseguirte otras publicaciones, una exposición.

—Voy a irme con Leduc.

—¡Imposible! Vas a perderlo todo, es el fin de tu carrera, México no está en el mercado del arte, no hay galerías, te vas a sepultar en vida en un país de sacrificios humanos. Los muralistas son unos propagandistas panfletarios. A ti, una libertaria, nadie te va a entender. ¿Cómo es posible que te quieras ir cuando empiezas a darte a conocer? —se desespera Max.

—Esta conversación es de mal gusto y me niego a gastar mi energía en ella.

Max es su maestro pero dentro de ella algo o alguien le repite: «Si permaneces aquí cometerás un acto de cobardía, te paralizarás a la sombra de Max y a la de Peggy hasta que una de las dos reviente.»

—Te has vuelto de piedra, Leonora.

—Sí, el sufrimiento petrifica.

—Sólo piensas en ti.

—¿Y tú en quién piensas, Max?

¿Qué sucedería si también ella se descubriera piedra?

Si no huye lo más lejos posible, volverán a atraparla las reglas, esta vez las de los surrealistas. México es su puerta de escape, la escalera externa en caso de incendio.

Después de la guerra y del manicomio ha conocido los extremos de sinrazón y de crueldad a los que puede llegar el hombre.

—Max, todavía no sé cuál es el sentido de mi vida pero sé que quiero pintar y que solamente lo haré viviendo una vida de acuerdo conmigo misma; necesito explorar algo que vislumbré en el manicomio, algo que va más allá y que no te puedo explicar.

—Es absurdo que te vayas.

—Es que quiero ir detrás de lo absurdo, caer del otro lado de la lógica, encontrar lo que da el absurdo, si es que puede darme algo.

Algunos regresan a Francia. Breton ni siquiera hace el intento de aprender inglés; Jacqueline Lamba, su mujer, lo deja por David Hare; Max Ernst permanece al lado de Peggy; ella, Leonora, tiene que hacer una apuesta mayor: ésa ha sido la lección de Santander. Imperial Chemical no la seguirá hasta México. Lejos del padre perseguidor y de Max escogerá su propia vida, será leal a su vocación, leal también al sufrimiento del que nadie tiene ni la menor idea y que ella algún día, a los noventa y nueve años, olvidará.

—Quiero mantener viva mi alma y si no lo intento, me habré perdido. Tengo algo especial adentro, mi materia quizá se disuelva o a lo mejor me quemo hasta volverme vapor o me enfrío como un hielo que quema —por-

280

que los extremos se tocan y el hielo quema tanto como la lumbre—; pero si sigo aquí, en Nueva York, Max, sólo seré tu proyección.

Renato insiste en la hermosura de México:

—Es un país virgen, Leonora, en el que todavía hay zonas por descubrir. Europa es un puchero, un *pot au feu*, ya todo se coció. Ahora, en Nueva York, hay interés por los surrealistas, mañana quién sabe. Los gringos cambian de moda de la noche a la mañana. Pero en México no hay snobismo ni sofisticación, tenemos hambre en todos los sentidos. Nueva York es una carrera de ratas, tienes que sobresalir a como dé lugar. En mi país este juego apenas empieza; somos más ingenuos y por lo mismo más crueles.

—¿Y yo para qué quiero crueldad?

A Leonora el manicomio le embarró el rostro contra la tierra y se lo hizo sangrar. Ella sufrió por Max en St. Martin d'Ardèche y fue a dar hasta Santander. A Max no le importa usar a Peggy, él todo se lo merece. De pronto retumban los gritos de Marie Berthe Aurenche en la rue Jacob, el destino de Luise Straus, arrestada por los nazis, el estupor en los ojos de Jimmy y se afianza su decisión. ¿Cómo será México y cómo será Renato Leduc en México? ¿Se estará arrojando al vacío? Los surrealistas son su medio natural, sus amigos, sus cómplices, sus admiradores, pero Leonora es otra mujer. Santander la transformó, la acompaña y la despierta cada madrugada, está presente siempre, al alcance de su mano, sobre la almohada. Claro, Nueva York es la Meca del arte, las galerías, los acontecimientos culturales, la vida que se renueva después de la guerra, las oportunidades, a pesar de que Leonora no tiene ideas claras acerca de sí misma salvo una: dejar a Max. Él no puede retenerla porque ella conoce la locura, no la idealizada por André Breton ni la que predican los genios, sino la que puede palpar todos los días porque allí sigue y retumba en sus cinco sentidos.

Leonora le recuerda a Max un pasaje de la *Alicia* de Carroll:

«—¿Me podrías indicar hacia dónde tengo que ir desde aquí? —pregunta Alicia.

»—Eso depende de adónde quieras llegar —responde el gato de Cheshire.

»—A mí no me importa demasiado adónde.

»—En ese caso, da igual adonde vayas.

»—Siempre que llegue a alguna parte —musita Alicia.

»—¡Oh! Siempre llegarás a alguna parte, si caminas lo suficiente.»

Max abraza a Leonora:

—Llévate *Leonora en la luz de la mañana*, es tuyo, te lo regalo.

Max regresa temprano y anuncia en tono lúgubre:

—Leonora se va a México con el mexicano.

Su partida es la victoria de Peggy pero el triunfo le dura poco porque dos meses más tarde Max escoge a la joven Dorothea Tanning como amante.

Capítulo 35

MÉXICO

Durante el viaje en tren a la ciudad, Renato le cae como un soplo de aire fresco, el mismo que siente cuando abre la ventanilla en la estación y escucha a los viandantes, cuyo color es el de la piel de su marido. El rostro moreno de Renato le abre el camino de la levedad y valemadrismo. Hablan sin parar y al atardecer le dice: «Rueda la noche y en la noche el tren, / el uno y la otra por distinta vía; / alguien habrá que en el desierto andén / consigne fardos de melancolía.» Le cuenta que fue telegrafista y Leonora se percata de que todo ha girado en torno a ella y que no sabe de él. Renato toma poco en serio lo que para ella es de vida o muerte. Anduvo con la tropa en el norte de México y adquirió el idioma de los hombres que combaten. Su padre francés se quedó en México y convirtió a su hijo en un lector compulsivo. Irreverente, Renato dice lo que no se dice y hace lo que no se hace. Eso la atrae. Perteneció a la División del Norte y galopó al lado de Pancho Villa y de un periodista al que le decían «Chatito», que resultó ser John Reed.

—Imagínate, los caballos iban dentro de los vagones

tomando té y la gente en el toldo con todo y rifle, moján-
dose, helándose, amándose, porque cada soldado traía a
su soldadera y el que no estaba fregado.

—¡Eso de los caballos me encanta, Renato!

—Oye, tú deberías haber nacido en Houyhnhnms.

—Ése es el país que más me gusta de los viajes de
Gulliver. Es el mundo perfecto: los caballos son inteligentes y nunca mienten, en cambio los hombres son egoístas
y salvajes.

—Recuerda que el único que recibió bien a Gulliver
fue el caballero-caballo, porque los demás lo veían como
un ser humano, y tú eres un ser humano.

—Por fuera, Renato, por dentro soy una yegua.

—¿Sabes que a Leonor Fini esa palabra la ofendía? En
Argentina «yegua» es un insulto.

—Para mí es un elogio.

A diferencia de Max, Renato no tiene el menor deseo
de deslumbrarla o de enseñarle nada. Sólo la hace reír y le
aconseja olvidar las ciudades negras y lluviosas. Ni el sol
tímido y frío de París, Londres o Roma vale la pena porque se va a encontrar con un sol de a de veras y con casas
de tezontle y árboles centenarios y dos grandes volcanes
que ya se durmieron.

El tren se detiene varias horas en la estación de Houston y Renato decide tomarse una cerveza bien fría. «Yo
soy un hombre de café y de cantina.» Apenas entran, el
mesero se acerca a decirles que las mujeres tienen prohibida la entrada y que a él no le pueden servir porque es
mexicano. «*No dogs and Mexicans allowed*», se lee en la
puerta de otro restaurante.

Leonora no entiende nada.

Luego de salir de la estación de Buenavista y tomar el
paseo de la Reforma, Leonora ve a jinetes ensombrera-
dos: «Este país es para mí, pertenezco a los caballos.»

El Distrito Federal es una ciudad que tiene origen de quimera, sacada del agua, levantada sobre el agua. Los mexicanos viven sobre lo inestable, trampa, marisma y pantano a la vez. Aquí lo real y lo irreal se confunden.

—¿Se parece a Venecia? —pregunta Leonora.

—No se parece en nada, es una «ciudad fundada por economía / de material hidráulico, en un lago que era / acueducto, drenaje y Helesponto».

La imagen de la Ciudad de México es la de una isla que va a terminar tragada por el lodo.

Se instalan en una casa vacía en Mixcoac y se tiran sobre un colchón que el bohemio compra en la primera tienda.

La piel de Renato es fuerte, da una energía pesada, se estira bonito, sin arrugarse en los codos, lisa y tensa, oscura al lado de la suya, blanca y quebradiza. En la madrugada se levanta de un salto, descalzo, cuando ella busca sus pantuflas. Con su camisa blanca, Renato se ve más moreno y Leonora recuerda a Kay Boyle diciéndole: «*Your man is gorgeous.*»

Leonora recibe diez pesos de manos de Renato. Señala el pan en la panadería, las lentejas y la botella de aceite entre los abarrotes. Lo que más le gusta es que el veneno para ratas se llama La Última Cena. Camina bajo un aire transparente y un cielo más azul que el de St. Martin d'Ardèche. Su corazón se acelera por la altura y se pone en alerta, sus ojos no tanto, el reflejo del sol le impide ver un desnivel en la acera y cae.

—¿Qué le pasó, güerita?

Una mujer de delantal la ayuda a levantarse y Leonora piensa que los mexicanos son dulces. La acompaña hasta su casa y, cuando está por despedirse, le dice que cualquier cosa que se le ofrezca, está para servirla.

En Xochimilco, las trajineras se abren paso con su

carga de músicos, sus jarras de pulque y sus cervezas. Algunos canales, cegados por los lirios, les impiden avanzar.

A Leonora el paseo la aburre.

—Te hubieras empinado unas cervecitas, de eso se trata —alega Renato—. O hubieras cantado *London Bridge*. ¡O pones de tu parte o te chingas!

Leonora no habla español y depende de Renato. En la calle, la gente se aparta al pasar a su lado, los ojos fijos en sus pies. Después de los españoles que hablan a gritos y de los norteamericanos que hienden el aire, se pregunta por qué serán tan apocados los mexicanos. Ocupar el menor espacio posible es su regla de vida.

Intuye que en el mercado, encima de los montones de rábanos y jitomates, puede llegar a entender a los tenderos; pero no hay forma de comunicarse con alguien que no sea Renato. En Nueva York era dueña de sí misma, aquí se mantiene al margen.

—Renato, no sé quién es esa gente, no sé de qué huye, no sé por qué esconden su cara dentro de su rebozo, no los aguanto ni me aguanto a mí misma, no sé qué hago en México.

A Leonora le gusta la nueva casa en la calle de Rosas Moreno, cerca de San Cosme, por alta y espaciosa, y por su aire europeo, a pesar de que sus muros estén a punto de caerse.

Un campesino va arriando en la acera a un rebaño de guajolotes.

—¿Por qué en México los pavos caminan en bandada por la calle?

—Los venden de casa en casa para hacer mole.

—¿Qué es mole?

—*Du poulet au chocolat* —sonríe Renato.

Al día siguiente, en la esquina, Leonora descubre a los perritos danzantes. Parados sobre sus patas traseras, saltan al son de un tambor y una flauta que tocan un hombre y una mujer, sus amos. La gente que pasa les echa unos centavos y entonces vuelven a sus cuatro patas y sus ojos ya no imploran.

—Los entrenan en un comal. El miedo a quemarse las patas los hace bailar —explica Renato.

—¡Qué país tan cruel! Un día los guajolotes, al siguiente los perritos.

—Hoy te voy a llevar al Sanborn's, es un lugar dadaísta por excelencia, te va a encantar.

Leonora se asombra porque a la mesa llega a abrazar a Renato un amigo tras otro y no le dejan comer. El regocijo es evidente. Al cabo de un rato, Leonora come sola, ya el caldo Xóchitl de Renato está hecho sebo.

A Leduc cada día lo jalan más los amigos. Leonora memoriza la palabra «cantina». Los hombres se citan en la cantina y, a diferencia de Europa, la comida se prolonga hasta la noche.

—¿Y este animal, Leonora?

—Lo recogí en la calle.

El perro se esconde.

—Me siguió y le puse *Dicky*.

A la noche siguiente, Renato inquiere:

—¿Otro perro?

—Sí, está lastimada, se llama *Daisy* y también me traje una gatita: *Kitty*.

—¡No es posible! ¿Dónde los vamos a meter? A mí no me gustan desde que me mordió un perro policía.

—Los perros policía no son animales.

—¿Y qué son entonces? —se burla Renato.

—Son seres pervertidos sin mente animal. Si la tuvieran podría comunicarme con ellos, porque puedo hablar con cualquier animal menos con un perro policía.

El perro amarillo levanta la cabeza y la perra *Daisy* lo

mira con ojos implorantes; Leonora ha de haberlos llamado muchas veces porque reconocen sus nombres.

—Ya los bañé, no tienen pulgas pero ahora son las chinches las que suben por la pared.

Renato adivina que la convivencia con Leonora en México va a ser difícil.

—Las chinches se acaban con azufre. Ve a la tienda, compra azufre y lo quemas. Al rato las verás caer muertas, el humo las ahoga.

—No quiero matar nada.

—Bueno, yo lo haré mañana en la noche, al regreso del trabajo.

—¿Qué trabajo?

—Soy periodista, Leonora. Fui diplomático, ahora trabajo en un periódico.

En las calles de esta ciudad hostil Leonora ve recuas de mulas que jalan vigas de madera sobre su lomo y burros con ojos más tristes que los de los perritos danzantes.

—Vi a un pobre hombre cargando un ropero de dos lunas inmensas.

—Sí, es un mecapalero que viene desde La Merced.

—¡Qué horror! ¿Por qué aquí andan descalzos?

Es un placer ir al centro en un tranvía abierto con asientos de madera que atraviesa campos verdes y floreados por la colonia de los Ríos: Mississippi, Ganges, Sena, Duero, Guadalquivir.

—¡Qué bueno que en México hay tan poquitas casas, tan poquita gente y toda tan presurosa, tan dispuesta a desaparecer!

Dentro de su soledad, Leonora escucha caer el tiempo. ¿Sabrá Renato lo que es el tiempo? Fuma, espera, mira por la ventana. De pronto, cuando vuelve la cabeza hacia la cocina, ve a un pajarito rojo sobre el respaldo de una silla. Es tan rojo como un niño acólito, tan rojo como un coágulo de sangre. No entiende cómo pudo entrar si la puerta y las ventanas están cerradas. Le tiende un cachito de plátano, ¿qué otra cosa darle de comer? Y el pájaro echa a volar para regresar y picotear algún prodigioso miligramo. *Dicky* no dice nada pero *Kitty* mira al pájaro y se relame.

—Lo mejor para ti es un trocito de carne roja y alada pero no voy a permitir que te lo comas.

El canto de *Don Mazarino*, que así bautiza al pajarito, es estridente. El corazón de Leonora late fuerte, ese canto la acicatea, es un látigo que azota al aire: «Leonora, haz algo por ti misma.»

La soledad no cede. A eso de las seis de la tarde una legión de caballos provenientes de Gran Bretaña cruza el Atlántico y, bajo su galope, Leonora se rinde. Nadan entre los buques de guerra, los paracaídas y los cadáveres de los soldados, sus cascos hábiles y rápidos entran sonoros a Rosas Moreno y la pisotean. Dejan sus profecías y Leonora las escribe.

—Léelas, Renato, son terribles, lo que va a sucedernos es terrible.

Renato la abraza.

—Necesito a *Dicky*, a *Daisy*, a *Kitty*, me acompañan.

—Acompáñame tú a mí, Leonora, hazte parte del país, conócelo antes de rechazarlo.

—Es que no entiendo nada.

Se mudan a la calle Artes, número 110, departamento 3, en la misma colonia. Renato la lleva al Danubio y al Prendes. Es muy popular y a cada rato le envían botellas a la mesa. Lo abrazan a grandes palmadas que suenan como tambor. Eso es Renato, un tambor. Cada vez que abre la boca, las carcajadas ensordecen a Leonora y los comensales lo miran cómplices, felicitándolo: «¡Qué chula está tu vieja!», «¡Qué muchacha tan bonita te trajiste!».

Renato la deja esperando. Nada peor para perder la

razón que dar de vueltas en una pieza, abrir un libro y no poder leerlo, levantarse de la cama y volver a acostarse. Ni siquiera logra llorar. «¿Qué voy a hacer mañana? ¿Qué tengo que hacer mañana? ¿A qué horas llegará Renato? ¿A qué voy a amanecer?» El galope en su cabeza le impide conciliar el sueño. A lo mejor es la altura. La ciudad está a más de dos mil metros sobre el nivel del mar. La falta de sueño se traduce en una parálisis diurna y Leonora pasa la mayor parte del día sentada en una silla al lado de la ventana. Hace calor. Leonora, ilusa, creyó que la vida seguiría como en Nueva York pero ahora, la soledad la asfixia. Tanto aire caliente allá afuera y ella adentro detenida en el tiempo.

Abre la puerta y afuera un perro blanco la mira fijamente. Es grande, casi un pony.

—Entra, *Pete*.

Al verlo, Renato no protesta y *Pete* lo sigue. En la mañana sale con él y lo acompaña hasta la parada del tranvía, luego regresa a la casa solo. En la noche, es al único al que Renato saluda. Leonora, en cambio, se enjuga las lágrimas.

—No puedo conmigo misma.

—Vente conmigo, ándale. Te sientas en la redacción de *El Universal* mientras termino el artículo y después nos vamos a echar unos tequilas.

—No. Me dan miedo tus cantinas y tus amigos.

—Por lo menos abre la puerta, salir a la calle es el remedio a muchas calamidades. Mira, Leonora, a mí no me enfada el tráfico, el calor o las distancias, es más, ni siquiera me importa saber adónde me dirijo, salir afuera es salir de ti mismo, salte, ándale, juégatela, sal.

—No conozco a nadie, no hablo el idioma.

La falta de atención de Renato se acentúa y Leonora no tiene idea de cómo integrarse a su grupo de amigos, que preguntan:

—¿Vas a traer a tu inglesa?

—No, qué la voy a traer, la cabrona habla más con el perro que conmigo.

—Está retechula.

—Sí, chula de preciosa pero no encaja.

—Dale tiempo y cuídala, no te la vayan a volar.

Leonora se vuelve a preguntar qué hace en México. «He cometido un error terrible.» Sale a caminar con sus perros y extraña a Renato, que teclea en una Remington en la redacción de un diario cuyo nombre ignora.

Un joven de piel morena y overol lo busca en la calle Artes.

—¿Está Renato? Necesitamos que vaya al juzgado a ayudarnos a sacar a un compañero del bote.

Leonora nunca sabe dónde está y se pregunta si el tecleo de su máquina será igual al del príncipe de Mónaco en el manicomio y cuál es el sentido de semejante ajetreo. Todo lo que Renato había dejado atrás ahora lo sumerge en un tornado de festejos. Los políticos se citan a las tres de la tarde y su comida se vuelve cena. Renato es el centro del jolgorio.

—Leonora, esto va a pasar, celebran mi regreso pero no va a ser así siempre —se excusa Leduc—. A todos les caes bien, no seas cabrona, acompáñame.

—No me necesitas para nada.

Es cierto, después de varias comidas que se extienden más allá de la medianoche, Renato la olvida en medio de aplausos y risotadas. Lo que dice es recibido con júbilo pero Leonora no lo entiende ni tampoco acepta el azote de los vasos ni la estridencia del ambiente.

—No pongas esa cara, son mis cuates.

Renato le ha pertenecido a ella pero en México regresa a sus antiguos bebederos.

«Cuenta tus bendiciones», decía Nanny, y Leonora las

enumera: «México está lejos de las garras de mi padre y de Imperial Chemical. Carrington nunca llegará hasta aquí. Estoy libre de la tutela de Max, me recuperaré como me recuperé de Santander. Renato Leduc y su manera despreocupada de ver la vida me hacen bien, quienes sobran son sus amigos.»

En cuanto amanece, la angustia se tiende otra vez sobre la almohada. Entonces Leonora salta de la cama y se sienta junto a la ventana después de escuchar a Renato decir en francés: «Me voy al periódico, nos vemos en la noche.» En la Ciudad de México cantan millones de pájaros y uno solo la acompaña: *Don Mazarino*.

Como Renato no vuelve, Leonora recurre al sueño. «Si sueño podré liberarme de la soledad.» Regresa al invernadero de Crookhey Hall, cálido y húmedo durante todas las estaciones del año. En diciembre salía de la casa a la nieve para llegar al jardín de invierno y el olor de la tierra mojada, que ahora asocia con su niñez, la tomaba por asalto. De cada maceta surgía un prodigio verde y entre la gran profusión de enredaderas Leonora se convertía en humo. Ver una hoja desenroscarse de la noche a la mañana hacía que algo verde y sedoso zumbara en su interior.

Los recuerdos de su niñez le ayudan a atravesar el día. Rápido, que pasen las horas rápido y venga la noche para olvidar a Max, a Peggy, a los Morales, a Frau Asegurado y hasta a Nanny, que quién sabe cómo regresaría a Inglaterra.

Desde que llegó a México se siente pequeña e ignorada y eso la disgusta. Sueña con meterse dentro del cuerpo de un oso pero, por más esfuerzos que hace, el animal nunca se corporiza. «Renato, me estoy despreciando a mí misma y esto es inaceptable, quiero sentirme enorme, poderosa, bella», dialoga con un Renato ausente.

—Debe haber en México una embajada de Inglaterra...

CAPITULO 36

LA CASA AZUL

En la calle Río Lerma 71, en la colonia Cuauhtémoc, encuentra una casa de tipo europeo: la embajada.

—No pueden pasar sus perros.

—Yo soy inglesa.

—Se ve a leguas que sus animales son mexicanos.

Es tan bonita que el portero la retiene y manda llamar a un secretario que le hace muchas caravanas.

—Dígame su domicilio y le enviaremos una invitación a las distintas actividades de la Gran Bretaña en México.

En la madrugada, las mujeres salen a barrer la calle con una escoba de varas. En ninguna ciudad del mundo ha visto Leonora que cada quien barra con ese esmero su pedazo de calle. Las mujeres lo hacen despacio, a conciencia, y con un recogedor toman el montoncito de hojas, la basura que dejan otros, y lo meten a su casa para que al día siguiente o dos días más tarde se lo lleve un camión que anuncia su llegada a campanazos. Decide escribirle a Maurie y darle también su nueva dirección. Ya desde Nueva York le había enviado varias postales del Empire State y de la Estatua de la Libertad.

—Mientras Max ande por allí, imposible visitarte —respondió Maurie, con su letra picuda de alumna de escuela católica.

En la embajada de Gran Bretaña Leonora conoce a Elsie Fulda, una anglosajona de carácter fuerte que le simpatiza de inmediato. Esposa de un empresario mexicano, Manuel Escobedo, su casa en la calle Durango es un oasis. Elsie canta acompañada por una amiga pianista porque le gusta compartir. También toca la viola y cuando su hija Helen le pregunta: «¿Por qué no el violín, mamá? Es más chico y manejable», responde: «No, porque violas hay pocas y violines, muchos.» Con su fuerza de carácter y su capacidad de convocatoria, logra que gire en torno a ella toda una vida cultural. De inmediato reconoce el talento de Leonora. Los artistas que vienen de Europa la buscan. «Sus problemas se van a resolver», dice con voz fuerte. Ayuda a que Sandor Roth, maestro del violonchelo, Joseph Smilovitz y Janö Léner se instalen y formen el Cuarteto Léner. También le encuentra salida a la angustia de los refugiados de la Guerra Civil española. «Voy a organizar una serie de conferencias.» Su dinamismo levanta los ánimos. «Hay que empezar de nuevo, nada de sentarse a llorar, México tiene mucho que ofrecer. Hasta la muerte es una vuelta de hoja. Mira, si tú no lo haces nadie lo va a hacer por ti.»

En su casa, Leonora vuelve a encontrarse con Catherine Yarrow, recién llegada de Londres, a quien los Escobedo llaman Cath. Las tres inglesas se sienten en familia.

Alice Rahon y Wolfgang Paalen visitan la casa con frecuencia, se instalan en el gran sofá de la sala y no vuelven a moverse. Sus temas: la pintura, México y el arte precolombino. Después de comer, Alice embelesa a todos porque recita su poesía en voz alta. Paalen los hace modelar pequeñas figuras con plastilina. Hablan hasta altas horas de la noche y se despiden porque Leonora comienza a repetir una y otra vez que le inyectaron Cardiazol.

—Tu amiga la pintora es un poco excéntrica, ¿no te parece? —le dice Escobedo a su mujer.

—No te preocupes por sus arranques. Prefiero su locura a la pasividad de tus amigos empresarios, cuyas mujeres sólo hablan de niños y de nanas.

A pesar de su desconfianza, Manuel Escobedo toma a Leonora bajo su protección:

—Mira, si tienes cualquier problema, yo te oriento.

—Tengo que escribirle a Maurie, mi madre; no tengo un centavo.

Cuando Leonora regresa en la noche al tercer piso de la calle Artes, ya no le importa la tardanza de Renato. «Estoy haciendo mi vida», se conforta, y se duerme pronto con *Kitty* acostada en su cuello.

Renato la lleva a la calle Londres en Coyoacán, a una fiesta que dan Diego y Frida. Atraído por su belleza, Diego le dice:

—Tienes algo de Paulette Goddard.

—¿Ah, sí? ¿Y quién es ella?

—Fue mujer de Charlie Chaplin.

—Chaplin es un genio. Lo tomo como un cumplido.

Diego, vestido de overol, se sienta junto a ella y la divierte. La Casa Azul, atiborrada de gente que camina de la sala a la cocina con un tequila en la mano, tiene algo de rodeo y de feria popular. Algunos invitados vestidos de mezclilla, con un paliacate al cuello, rodean a un hombre de traje y corbata: Fernando Gamboa. Las mujeres son un espectáculo: enaguas floreadas, largos aretes de oro y trenzas tejidas con lanas de colores. Muchas doblan el cuello por el peso de sus collares de piedras precolombinas. Vestirse de tehuana y usar rebozo está de moda.

—¿Así se visten todos los días? —pregunta Leonora a Diego, azorada.

—No, qué va, sólo para las fiestas. Los demás días visten como tú; yo las desvisto y las pinto desnudas.

Leonora se mantiene alejada de Frida Kahlo y su cabello trenzado con listones de colores. Le disgusta su forma estruendosa de hablar y el coro apretado de mujeres que la celebran. «Creo que fumar es lo único que tenemos en común», piensa.

En cambio, Alice Rahon, bellísima con su largo cabello negro coronado de flores y sus brazos, que emergen de un pareo tahitiano, se identifica con Frida.

—Yo la quiero, ambas sabemos lo que es estar clavada en una cama y lo que es perder un hijo.

A Leonora la atosigan los gritos, iguales a los de la cantina, las carcajadas, las sonoras palmadas a la hora de los abrazos. ¡Cuánto ruido! Las guitarras nunca se callan. De pronto algún huésped entequilado grita: «Ay, qué bonito es volar a las dos de la mañana. Ay, qué bonito es volar. ¡Ay, mamá!» Apenas los ven vacíos, los meseros rellenan los caballitos de tequila, traen otra cerveza sin que se les pida, corren de un lado a otro, la sed es insaciable, nadie bebe agua. A algunos se les pasan las copas; buscan a su mamá. Un bigotón vestido de negro llora dentro de su paliacate, otro se peina con el tenedor y una más, cubierta de cadenas de oro, le da gracias a la bendita revolución.

Leonora no aguanta el continuo chirriar de las guitarras y los ¡Ay, ay, ay!, y recuerda que Napoleón exclamó: «Detengan ese ruido infernal.»

—Aquí no es precisamente la inteligencia lo que sobresale, veo sentimentalismo por todas partes.

—Es que todos son prometeos sifilíticos —responde Renato.

Al día siguiente, Leonora va a ver los frescos de Diego Rivera:

—*They are not exactly my cup of tea* —le dice a Renato.

Un mes después, Renato vuelve a llevarla a la Casa Azul y Leonora, cigarro en mano, para en seco a Diego cuando le dice que él come carne humana:

—Mire, Diego, no chingue, no soy una turista, soy inglesa e irlandesa.

—Y yo soy indio.

—No tiene cara de indio.

—¿Ah, no, y de qué tengo cara?

—De panadero, de zapatero; mi marido es mucho más indio que usted.

—¿Y quién es tu marido?

—Renato Leduc.

—Ah, hubieras empezado por ahí.

A Diego le intriga la inglesita malhablada. «Óyeme, ¿de dónde la sacaste? Es divina. Ya me di cuenta de que eres su maestro de español.» A Leonora la fiesta le parece un carnaval, todos giran como los jarritos de barro llenos de aguardiente. Las vociferaciones y los brindis le ponen los nervios de punta. El tema recurrente es la Revolución mexicana. Esa noche Frida no sale de su recámara porque atiende a una amiga, le dicen.

—Deberías ver su cama con dosel.

En el jardín un venado tiembla, un loro verde de ojos amarillos grita: «Perico-perro, perico-perro», y un invitado informa: «Se lo enseñó a decir Frida.»

También hay monos que no abandonan a su ama y viven colgados de su cuello como collares negros.

Leonora ve a Orozco una vez, le repelen sus trazos rojos de cólera y Frida —que podría gustarle más— siempre está convaleciente o a punto de entrar al hospital.

—Mira, Renato, salí de Nueva York para no ser parte del séquito de Peggy; en México no voy a serlo del de Diego y Frida.

La mayoría de los mexicanos, Diego incluido, presumen de pistola al cincho.

—Yo sí viví sentada en una bomba y sé lo que es la guerra, ¡no tolero esas bravuconerías!

En las calles de la ciudad se desatan balaceras. Los cohetes estallan en el atrio de la iglesia, en las bodas de vecindad, en las fiestas patrias. La pólvora es una constante y a la menor provocación los mexicanos gritan: «¡Te va a cargar la chingada, cabrón!»

Renato invita a Francisco Zendejas y a Juan Arvizu a la casa. Arvizu canta *Santa* y *Concha Nácar*. Leonora la pasa muy bien y a los tres días vuelven y Arvizu entona, guitarra en mano: «Tres cosas hay en la vida: salud, dinero y amor», y Leonora repite: «Tres cosas hay en la vida: *Dicky*, *Daisy* y *Kitty*.» Cuando Leonora llama Pendejas a Zendejas, Renato la excusa:

—Es que es inglesa y no puede pronunciar tu apellido.

La inglesa hace reír a Arvizu al preguntarle si quiere un chingado tequila.

—Oye, Renato, ¿es eso lo que le enseñas?

—Tiene una memoria prodigiosa —responde Renato.

Leonora canturrea en inglés: *London Bridge is falling down, falling down, falling down...,* y piensa que también el puente está cayéndose para ella.

Capítulo 37

TANGUITO

Leonora descubre que los domingos son de los toros o que los toros son lo que hace el domingo, más que la misa, más que el descanso, más que las cortinas metálicas cerradas. La ciudad se redondea sobre los toros.

Renato no va a perderse una corrida por nada ni nadie.

—¡No vayas!

En Lisboa eran afines, reían al unísono; aquí en México Renato parece otro. Leonora no imaginó que caminaría por la calle seguida por *Dicky*.

En la casa de la calle Artes, antes sede de la embajada rusa, que guarda algo de su pasado esplendor, Renato sacude su cabeza, la mira a los ojos y le pregunta:

—¿Estás triste o encabronada?

—Hace mucho que no monto a caballo.

—Eso tiene remedio, Leonora. ¿No has visto a los jinetes trotar por el paseo de la Reforma? No hay ningún problema. Voy a decirle a mi amigo Rodolfo Gaona que me preste uno de sus caballos y vas a poder montar cada vez que te dé tu chingada gana.

Gaona, a quien llaman «El Califa», siente una inmediata simpatía por «la inglesa de Renato», y le presta un caballo alazán.

—Si no te hallas con el alazán, te tengo una yegua blanca, *Highland Queen*, para que cabalgues por el bosque y llegues hasta el castillo como la princesa que eres.

Galopa en la mañana gris y solitaria del paseo de la Reforma, otros jinetes la saludan con una inclinación de cabeza. Casi no hay gente, el recorrido es plano, la emoción se limita a algunos perros callejeros que ladran al paso del caballo y hacen que respingue. ¿Habrá sidhes en Chapultepec? Los ahuehuetes centenarios imponen su grandeza.

Una semana después, todavía en pantalones de montar, la inglesa le dice a Rodolfo Gaona:

—Ya me aprendí el recorrido desde el paseo de la Reforma hasta el castillo, le he dado cuatro mil vueltas al lago, ya no voy a montar.

—¿Quisieras pertenecer a un club hípico? También podrías ir al lienzo charro a lazar potrillos.

—Monto con albardón y ver cómo tiran a los caballos en la arena me disgusta.

—Quizá te atraigan los toros, te invito el domingo con Renato.

—En el sur de Francia vi una tienta con becerros y no toleré el espectáculo.

—Ahora la fiesta te va a encantar. Torear es un arte, una ciencia, tú eres una artista.

En la noche Renato trata de convencerla. Antonin Artaud comparó los rituales de la Atlántida de Platón con los sacrificios de toros entre los tarahumaras: «Algún día iremos a la sierra tarahumara, tengo muchísimos amigos en Chihuahua y hasta tuve una noviecita rarámuri.»

La atmósfera de la plaza es azul y oro. Leonora y Renato, sentados en primera fila al lado de Gaona, se emocionan. Gaona es un rey, lo saludan, le gritan piropos. «Estoqueaste siete toros el día de tu despedida.» «Nadie como tú, Gaona.» «Torero.» Inventor de la gaonera, los aficionados lo idolatran. Renato también es popular y la muchacha bonita a su lado seguro que aspira al estrellato. Leonora escucha comentarios aquí y allá: «Veinticuatro horas antes, encierran al toro en la oscuridad.»; «Le liman los cuernos para proteger al torero.»; «Lo golpean en los testículos y en los riñones y después lo sacan al ruedo.»; «A ese collón no le dieron lo suficiente.».

Después del paseo de los toreros con sus medias rosas y sus trajes de luces, sale el primer toro de pelaje de obsidiana. *Tanguito* embiste contra la barrera e intenta saltarla.

—Es que quiere huir —comenta Leonora—, lo enceguece y ensordece la gente. ¿Por qué gritan en esa forma, Renato?

«¡Oooole! ¡Oooole! ¡Oooole!», aúllan tras de ella y corean Leduc y Gaona. Leonora abuchea, «¡Buuuu!». En cambio, cuando el toro embiste al torero, se pone de pie y aplaude. *Tanguito* brinca al callejón y todos echan a correr. Leonora lo ovaciona. El público avienta botellas y cojines.

«Toro, toro, toro», el picador lo llama desde su montura. *Tanguito* brinca de un lado a otro, bailotea como si le hubieran untado chile en las patas.

—¿Qué le impide quedarse quieto? ¿Qué le va a pasar al caballo? —pregunta Leonora—. ¿Qué diablos hace ese panzón con una pica en la mano?

—Los caballos ya vivieron su vida, están pendejos y tienen un colchón para protegerlos. Mueren a las tres o cuatro corridas porque el toro les quiebra las costillas o los destripa.

—Renato, te odio —dice Leonora apretando los dientes y los puños.

De pronto el toro embiste con fuerza y el picador le clava la pica en la columna. Leonora se lleva la mano a la boca. El toro se desangra. Las banderillas, clavadas casi en el mismo lugar, se le enganchan en la piel, desgarrándola, y la sangre fluye encima del pelaje.

—¡Está perdiendo mucha sangre! —se enerva Leonora.

Confundido, *Tanguito* ya no levanta la cabeza; mira a Leonora con sus ojos húmedos. Leonora jala de la manga a Renato.

—Estoy segura de que me miró. Tenemos que hacer algo, Renato, ¡detén todo esto, salva a *Tanguito*! Me imploró por su vida, esto es un crimen.

Renato intenta calmarla:

—Ya está a punto de terminar, ahora viene lo más bonito, los pases.

Leonora protesta:

—Ya no aguanto.

Debajo de la muleta se esconde una espada de ochenta centímetros y de repente el torero la saca y la apunta hacia la cabeza, entre los dos cuernos; cuando embiste el toro, la clava hasta el fondo. Destroza la gran arteria: es una estocada a los pulmones, a la pleura, al hígado, al corazón. El toro se golpea contra el ruedo, sus ojos son de azoro, algo le pregunta a Leonora antes de caer; ya no es toro, ya ni siquiera es animal, es sólo un peso sobre la arena, toda su nobleza embarrada contra el suelo. La fiesta acabó, el toro agoniza, su sangre corre a borbotones por el hocico y la nariz. *Tanguito* muere ahogado en su propia sangre. El torero le mete una larga espada que termina en una cuchilla. Gaona explica:

—A eso lo llaman el descabello.

Leonora grita:

—Yo me voy.

—Espérate, le van a dar la puntilla.

Leonora se pone de pie, Leduc y Gaona la jalan de los brazos.

—¡No hice nada! ¿Qué podía yo hacer? —Leonora llora y enfrenta a Renato—: No es posible que seas una buena persona y te gusten los toros. No puedo vivir con alguien que festeja la muerte de un animal indefenso.

Gaona sonríe:

—Te ves más bonita enojada.

Al toro lo arrastran fuera del ruedo.

—¿Adónde se lo llevan?

—Al rastro.

—¿Y si todavía tuviera conciencia?

—¡Estás loca! —le dice Renato.

No se da cuenta de que le encaja la misma puntilla que al toro.

Renato llega tarde todas las noches. Discutirle a Renato es una pérdida de energía. Cuando regresa, Leonora sigue hablando sola o con *Pete*. «*Dicky*, *Daisy*, *Kitty*, vamos a salir a dar la vuelta.» Se acrecienta su soledad y, desde su torbellino, Renato la pierde de vista. Ensimismada, Leonora mira frente a ella. Una mañana le dice:

—Renato, no sé qué hago junto a ti. No quiero hacer escenas sórdidas, no sería digno ni de ti ni de mí, pero no sé qué hago aquí encadenada. Me siento desdeñada, no estoy dentro de nada, no sé dónde estoy y eso no me gusta. Quiero sentirme inmensa y poderosa, no puedes imaginarte lo cansado que es estar sola con una misma todo el día.

—Ya van dos veces que me dices lo de inmensa y poderosa. Te compré lienzos, pinturas. Lo que pasa es que no quieres adaptarte. A ver, ¿qué pintaste hoy? Vas bien, este huevo te salió chingón; échale ganas, pinta otro huevo, luego te traigo a la gallina ponedora al fin que ya tienes tu gallo fino.

—Es que tenemos mundos distintos.

—Mirar al vacío durante horas, como haces, es de güevones. Anda, vente, vamos a tomarnos un tequilita. Les caes a toda madre a mis cuates.

—Yo no entiendo tu mundo.

—Cuando hables español, lo entenderás.

—Creo que tampoco.

—Entonces ¿cuál es el remedio?

—Lo que sueño en la noche.

Renato la mira largamente:

—Tengo que trabajar y tú tienes que hacer de tripas corazón para ser feliz. Yo quiero que seas feliz. Aquí está tu caballete, aquí tus colores; ponte a pintar. Tú solita te buscas tu desgracia por pendeja y no hay nada más pendejo que la autocompasión.

—No es eso, soy víctima de mi incapacidad para odiarte, no sé cómo vengarme de ti.

—¡Nadie te obliga a quedarte, Leonora!

—El odio impotente es una tortura. Estoy aquí sentada sola y le tengo miedo a todo, a México, a ti.

—Mira, saca tu odio pintando, pinta fantasmas, pinta a tus perros, a tu gata, pinta tus recuerdos de infancia, pinta a tu madre, pinta a Irlanda, pinta doce caballos, pinta, no seas idiota, ódiame pintando, haz algo.

—Sí hice algo —protesta Leonora—, pinté una yegua.

—¿Dónde está?

—De espaldas a la pared...

Renato la encuentra y le da la vuelta:

—Está a toda madre.

—Es una yegua que quiere irse por la ventana; se lo impiden dos vigilantes.

—Es muy bueno tu cuadro, te lo juro.

—También pinté otro —se anima Leonora—, *Artes 110*, nuestra casa en el tercer piso, aunque siento que algo le falta. Lo único que logré pintar fue una cabeza de caballo.

Renato la abraza.

—Deja que otros critiquen tu obra. He visto mucha pintura y te aseguro que la tuya tiene vida. ¿Vas a seguir sí o no?

—Sí, creo que ahora sí voy a poder.

—Ya ves, no hay que tomarse a uno tan en serio.

Capítulo 38

REMEDIOS VARO

A unas cuantas cuadras de su casa, Leonora se detiene fulminada por un rayo. En la calle Gabino Barreda, en la colonia San Rafael, en medio de un terreno baldío, ve a Remedios Varo. Remedios también la reconoce.

—¿Tú aquí? ¡Qué buena sorpresa!

Remedios la mira como a una aparición.

—¿De veras eres tú, Leonora?

—¿Y tú, Remedios?

—Vine con Benjamin. —A Leonora le sonríen unos grandes ojos almendrados dentro de una cara en forma de corazón rematada por una cabellera rojiza y frondosa—. Vivo en el número 18 de esta calle. Bajé por unos cigarros pero ven a conocer mi casa, allá arriba están Kati Horna y Esteban Francés.

Leonora sube tras ella como si se elevara al cielo. *Dicky* la sigue, el hocico pegado a los escalones, la cola alta, *Daisy* también manifiesta su curiosidad.

—¿Pueden entrar mis perros?

—Claro que sí. ¿No espantarán a mis gatos?

—Ellos me obedecen en todo y se llevan bien con *Kitty*, una gatita blanca que se quedó en casa haciendo la siesta.

Es la primera vez desde que llegó a México que Leonora se siente bien. En el departamento que Remedios comparte con Benjamin Péret la reciben, pegados con una chinche, un dibujo provocador de Picasso, uno fálico de Tanguy, otro ya conocido de Ernst. Está en terreno familiar.

—Pasa por favor a tu humilde casa, como dicen los mexicanos.

Kati Horna le tiende las dos manos. Las tres mujeres huyeron de la guerra: Kati de España con su maleta de fotografías y el escultor andaluz José Horna. Pasaron por Ellis Island hasta que llegaron a México el 31 de octubre de 1939. Remedios y Benjamin Péret corrieron peligro en un barco portugués, el *Serpa Pinto*, cuyo capitán, enloquecido, tenía fama de tirar a sus pasajeros al mar; finalmente salieron de Marsella hacia Marruecos. Leonora, traída por Renato, es la que menos riesgos corrió, porque a los veintiséis años los peligros son desafíos.

Benjamin Péret entra y se alegra. Ninguno pregunta por Ernst, aunque él se levanta entre ellos y Leonora escucha hasta su respiración.

—Salí en barco de Lisboa a Nueva York, me quedé allá un año y luego Renato Leduc quiso regresar a su país.

—Benjamin y yo estuvimos en la Villa Air Bel, en Marsella. Varian Fry y el Emergency Rescue Comittee nos salvaron y zarpamos de Casablanca a Nueva York. Vinimos a México porque no había la menor posibilidad de que a Péret le dieran permiso de entrada.

—Claude Lévi-Strauss, Wifredo Lam y Elena, su mujer, Victor Serge, Laurette Sejourné y su hijo partieron rumbo a La Martinica. Aquí está Pierre Mabille, que vino de Haití —informa Benjamin Péret.

—Como José se mareó y se la pasaba vomitando, se encerró en la cabina —ríe Kati Horna—. Mientras tanto el capitán me invitó a su mesa. «No traigo más que lo puesto», le dije. «No importa, no importa, es usted joven y bella.» Todas las noches cené caviar y foie-gras, y bebí Campari.

Kati tiene el don de ver lo bueno de la vida.

—En Nueva York avisaron de que no quedaban sino dos boletos de primera en el barco que salía a México. Los judíos, refugiados como nosotros, reunieron el dinero de los boletos. Ahora José y yo vivimos en una casa espléndida en la calle Tabasco, a pocas cuadras de aquí. Voy a invitarte a tomar té. No te importa si sólo tengo dos tazas y dos cucharas, ¿verdad?

Kati habla como el molinillo de café de Marcel Duchamp. Desde temprano sale con su cámara al hombro, sus zapatos cubiertos de polvo; Remedios aclara que siempre se ve muerta de cansancio. Sube al tranvía para ir de un extremo a otro de la ciudad porque toma fotografías para revistas de escasa circulación y de pago aún más escaso. Es tan buena y generosa que los demás se aprovechan de ella.

—Creo que voy a poder dar clases de fotografía.

—Muy bien, pero si la clase es de una hora, no te quedes cinco más porque todos te explotan —advierte Remedios.

Leonora ofrece acompañarla de regreso a la calle Tabasco y, al llegar frente a su puerta, como Kati no ha terminado su historia, la toma del brazo y la encamina hasta su casa.

—Acompáñame otra vez, Leonora.

—Por favor, Kati, ya no.

A partir de ese momento, Leonora deja de sentirse sola, la amistad con Kati y Remedios hace toda la diferencia. Además de su tiempo, Kati ya no sabe ni qué ofrecerle. «¿Tienes frío? Te paso mi suéter.» Pequeña, inteligente, dinámica y observadora, lleva noticias del exterior a la casa. Ver su falda escocesa es ya un regalo. Kati no tiene la menor coquetería. En cambio Remedios ciñe su cintura, ya de por sí delgada, con un cinturón ancho, se viste de negro y guarda dos pares de zapatos de tacón alto. Nueve años mayor que Leonora, es la maestra, la animadora, la que enamora a los hombres, la que protege a Benjamin y todavía se da el lujo de recoger gatos perdidos y convertirlos en talismanes como las piedras, las conchas de mar y los cristales que acomoda en el librero.

Estar juntas las protege y se amparan tomándose de la mano.

—Vivimos en la clandestinidad —dice Remedios—, y ya nos acostumbramos.

—En la clandestinidad y en la frugalidad —sonríe Benjamin, que no tiene trabajo.

—Tenemos amigos —suaviza Remedios—. ¡Mira todo lo que te quiere Paalen!

A través de Breton, en Nueva York, Paalen puso a disposición de Peggy Guggenheim su cuadro *Combat des princes saturniens II* para venderlo y así resolver los problemas económicos de Péret.

Wolfgang, Alice y Eva vienen desde San Ángel. Paalen se ve muy pálido, la imposibilidad de regresar a Austria le duele. Hace años, los nazis incluyeron su nombre en la lista de los pintores degenerados, lo mismo que el de Max. Alice es poeta pero Paalen la inicia en la pintura, así como impulsa a Eva Sulzer a la fotografía.

—No hay arte, hay artistas —discurre Paalen—. Si

Homero o Rembrandt o Shakespeare no hubieran aparecido, ser artista sería idéntico a cualquier otro oficio.

—El artista es un egoísta supremo —interrumpe Eva Sulzer.

—Es fácil destruirlo —aventura Remedios.

—Yo creo que el arte es destreza —tercia José Horna.

—Será destreza pero yo pinto con mis emociones, mis deseos, mis fantasías, mis miedos; me meto debajo de mí misma, de mi *noir animal*, mi inconsciente me abre la puerta y llego hasta la angustia —alega Alice Rahon con vehemencia.

—Eres una masoquista —ríe Paalen.

La amistad de Remedios es para Leonora un patio abierto, el jardín verde en torno a Hazelwood Hall, la certeza de que para ella se ha ido la soledad. Remedios la complementa, termina las frases que ella inicia, su sonrisa la cubre, es su hermana gemela. Nadie le interesa tanto como ella, quisiera enseñarle sus lienzos, los cuentos que ha escrito, contarle su vida. «Que me quiera, lo que más deseo en este momento es que Remedios me quiera.» Remedios también siente cariño por esta insólita figura delgada que se presenta a mediodía y ofrece ayudar en la cocina.

—Desde que te encontré soy más Leonora. Antes, no sé lo que era yo. Ahora mis perros ladran, mi gata maúlla; antes no me dirigían la palabra.

Descubrir a Remedios es asirse a un salvavidas, caminar al lado de Kati es hacerlo a paso redoblado, José Horna, el andaluz, ama la vida y la toma con alegría:

—¡Qué guapo es José!

—Sí, lo conocí en la Federación Anarquista Internacional y me pidió fotos para hacer sus carteles.

—Ya no voy a hundirme.

—¿Estabas cayendo en el pozo? Sé lo que es eso —dice Remedios—. Lo importante es que no te invaliden tus pensamientos.

—Es que no puedo pintar, no me sale nada.

—Ya te saldrá algo. Mira, por lo pronto lo único que necesitamos son tijeras —dice Remedios, y cubre la mesa de periódicos—. Algo vamos a encontrar. En unas revistas médicas hallé fotografías de órganos, medicamentos, operaciones quirúrgicas, plantas, flores y animales que son perfectas para los collages. Aquí tengo un catálogo de zapatos. Fíjense, Kati y Leonora, vamos a convertir esta estufa en el cuerpo de la bailarina y si encuentran pollos desplumados, sería bueno pegarlos como una corona sobre su cabeza.

Leonora le devuelve la sonrisa a Kati, que no parece cansarse de tanto correr por el centro de la ciudad.

—¿Por qué no vienes mañana en la noche a conocer a Gunther Gerszo? Es muy divertido.

Leonora se presenta con sus perros y la sonrisa de Remedios le asegura que es bienvenida.

—Mira, tengo esos pedacitos de tela para ti. Son para confeccionar muñecas. ¿Te gusta coser? Yo me coso todo y hasta puedo armar un traje sastre.

Esa misma tarde, con los retazos, Leonora confecciona una muñeca.

—Armoniza conmigo de una manera que no puedo entender —le explica a Remedios—. Para los celtas, todos tenemos un doble. Tal vez esta muñeca sea mi doble.

—¿Cosiste tu corazón?

—Sí, y lo uní a mi cabeza.

A lo largo de las semanas, Leonora trae otras muñecas.

—Esta gordita de nariz como de nabo, quizá algún

día la termine. Esta otra me salió igual a mademoiselle Varenne. Esta que ves aquí, tiene un peyote adentro y me aseguraron que va a vivir muchos años —dice con ojos traviesos.

—Qué buen entretenimiento el tuyo, Leonora —le dice Kati.

—Si fuera un entretenimiento, sería para *matar el tiempo*, como dicen los ingleses; lo que yo hago no es para matarlo sino para acortarlo.

Remedios se acostumbra a verla entrar con su mata de pelo negro alborotado, un suéter, un pantalón y sus mocasines, que le permiten reducir las distancias, porque va y viene a pie por la calle Artes.

—Creo que nunca he tomado un taxi desde que estoy aquí, sólo con Renato. Adoro los tranvías, él no tanto.

—¿Quién es Renato?

—Es mi razón de estar en México.

—¿Lo preferiste a Max?

—No sé, supongo que sí porque estoy frente a ti y no en Nueva York.

—¿Ésa fue la decisión que tomaste?

—No sé si fue una decisión, creo que nunca he tomado una decisión en mi vida.

—Sí que las has tomado. Decidiste dejar a tus padres.

—Todo hijo deja a sus padres en un momento dado. A mí, Remedios, las cosas me suceden.

Codo a codo, Remedios y Leonora recortan fotografías de boxeadores, caballos, estrellas de mar, y destripan compendios de anatomía y de moda. Leonora pega un zapato encima de una cabeza y luego se retracta: «No, se parece demasiado a Dalí.» Escoge un árbol al que rodea con latas de sardinas y recorta un gato que une al rostro de Marlene Dietrich en el *Harper's Bazaar*. Monta una tortuga encima de un avión y una escalera que va a dar a un caldero del que salen dos gemelas uniformadas. Remedios pega flores de papel sobre un mar muy azul. Se ríen. A Leonora le hace bien la risa de Remedios.

A las tertulias de Gabino Barreda se une el peruano César Moro, delgado y pequeño bajo su sombrero de fieltro. Escribe en francés, idioma que hizo suyo después de nueve años en París a la sombra de André Breton.

—Me aparté de él cuando declaró que la única manifestación válida del amor es la heterosexual.

Aún recuerda con nostalgia algunos versos de su primer cuaderno de poesía entregado a Éluard.

—Lo perdió en un viaje en tren.

—Escríbelo de nuevo.

—No puedo.

—Entonces mata a Éluard. ¿También participaste en el homenaje que los surrealistas dedicaron a Violette Nozière, César? —pregunta Remedios.

—Sí, fue condenada porque asesinó a su padre e intentó matar a su madre.

—También yo quisiera matar a Carrington.

—Si lo haces prometo escribirte un conjunto de poemas.

—Breton le dedicó un poema a la Nozière donde dice que ante su sexo alado, como una flor de catacumba, estudiantes, ancianos, sacerdotes, jueces, abogados se arrodillan porque toda jerarquía termina en la cópula.

Xavier Villaurrutia y el pintor Agustín Lazo los visitan invitados por César Moro, fundador junto con Emilio Westphalen de la revista *El uso de la palabra*. Octavio Barreda también está interesado en la revista *Dyn*. Paalen es un entusiasta del arte totémico y quiere saberlo todo del México anterior a la conquista. Discute fogoso el *Tótem y tabú* de Freud, donde se habla del animismo, la magia y la omnipotencia de los pensamientos de los pueblos primitivos. El tabú es más antiguo que los dioses y cualquier religión. En cambio, el peruano no sabe ni siquiera lo que es Macchu Picchu y jamás se preocupó por visitarlo. Se queja de que no lo publiquen en Francia por no ser francés y en Lima menos, porque hay que traducirlo.

—¿Para qué escribes en francés? ¡Qué manera de complicarte la vida! —dice Alice Rahon, su íntima amiga.

Moro llama a su continente «Cretinoamérica». Paalen lo invita a colaborar en su revista *Dyn* porque admira sus pleitos con Huidobro.

—Vicente es un imitador —insiste Moro.

—¿Qué es eso de *Dyn*? —pregunta Leonora.

—*Dynaton*, lo que es posible... ¿Ya se te olvidó tu griego? *Dyn* va a promover el arte de Alaska, el de los mayas, el de los aztecas, y le va a dar sentido a la obra de los pintores que abominan del muralismo mexicano.

—¿Quiénes? No hay, todos están metidos en esa pintura de mierda —exclama Péret.

—Conocí a un joven bastante distinto; también a su mujer; los dos pintan en forma semejante, Rufino Tamayo y María Izquierdo —recuerda Paalen.

Benjamin Péret se siente mal en México, vive con la cabeza vuelta para atrás, le apasiona *El libro del Chilam Balam*, la lectura del *Popol Vuh* lo exalta, consulta códices y manuscritos pero su mente está más en la capitulación de Francia frente a los nazis que en los relatos de los mayas quichés.

—Escribo acerca de ellos, a pesar de que nunca se me quita lo francés —se lamenta.

—La alucinación que tuve en las cuevas de Altamira

me cambió para siempre, el genio está en los pueblos primitivos —dice Paalen.

Cada vez que se abre una carretera salen a la luz piezas precortesianas, sólo hay que ir detrás de los bulldozers para recogerlos. Hasta en los cementerios aparecen jícaras y vasijas; saltan a la vista como palomitas de maíz. A Paalen le exaltan los objetos rotos y las flechas de obsidiana enterradas en torno a las pirámides de Teotihuacan.

—No logro entender cómo puedes exaltarte a ese grado. México es una ciudad horriblemente triste —alega Péret—. Está muerta, no hay cafés ni tabernas.

—¿Y el Sanborn's de Madero? —lo consuela Remedios.

—Yo hablo de los cafés en las aceras que lo energizan todo, las mesas al aire libre, el encuentro inesperado, Nadja que de pronto aparece y te pide que enciendas su cigarro.

Remedios es la única que tiene trabajo y los estimula: «Muévanse». Eva Sulzer, dueña de una gran fortuna, mantiene a Paalen y Alice Rahon.

—Yo hago de todo, etiquetas y propaganda, diseño trajes, decoro muebles y restauro la cerámica precolombina que me encarga Paalen —se ufana Remedios.

—Voy a darte trabajo en *Dyn* —anuncia Paalen.

—¿Quién va a pagar?

—Eva.

Eva Sulzer también les compra sus cuadros.

En Tlatilco apareció un cementerio de piezas prehispánicas y Péret, en general sombrío, se entusiasma. ¡Cuánta sofisticación, cuánto misterio! Algunas máscaras son deslumbrantes. Reconstruir las figuras rotas no cuesta trabajo y a Remedios la emociona recuperar la sonrisa de una carita de barro.

La más mínima cuentita de jade es un regalo del cielo en las manos de Benjamin Péret y de Wolfgang Paalen.

—Mucho antes de la era cristiana, los mayas podían predecir eclipses —dice Miguel Covarrubias, que acepta colaborar en la revista *Dyn*.

Paalen transita de las cumbres más altas a los abismos de la depresión. Hay días en que Alice Rahon, su mujer, no logra sacarlo de la recámara ni para comer. Cuando le pregunta qué tanto hizo con la puerta y las cortinas cerradas, responde: «Mirar el techo.» Entonces ella le pide a Covarrubias que la ayude. «El Chamaco» invita a Paalen a Tabasco y enloquece con cinco cabezas olmecas encontradas en el parque de La Venta.

—¡Nunca he visto nada tan esencial, tan contundente!

Regresa exaltado y escribe sin parar un ensayo que publica en *Cahiers d'Art*.

Los proveedores de Paalen y de Péret traen bolsas de papel de estraza y al abrirlas aparecen piezas de Iztapalapa, Tenayuca, Teotihuacán y hasta de Xochicalco y Tula. Diego Rivera completa su colección particular y Jean Charlot dibuja y cataloga cada figurilla. Miguel Covarrubias es el más entusiasta, el más generoso. El acervo de Kurt Stavenhagen es envidiable y el yucateco Alvar Carrillo Gil acapara la península maya. Péret nunca imaginó que el arte precolombino tendría tanta demanda. Escribe a Nueva York y a París para ofrecerlo y, a vuelta de correo, le llueven pedidos.

—Los mexicanos ignoran el tesoro que tienen. Este país está mal de la cabeza —ríe Péret cada vez que un campesino venido de Cholula o de Cuicuilco le pide $2.50 por un tesoro incalculable.

—Algún día se van a dar cuenta —pronostica Paalen—, pero para ese entonces ya nos habremos muerto.

Se consolida el mercado de los ídolos en Nueva York, París, Berlín. Remedios restaura las piezas con sus manos de costurera, por eso le resulta incomprensible que Péret nunca tenga un centavo.

—Hay que pedirle a Eva.

—¡Qué bueno tener a una suiza, además de los Petits Suisses!

—En México no hay Petits Suisses.

—El queso de chihuahua es bueno.

—El huachinango es bueno.

—El chocolate caliente es bueno.

—La sopa de elote es buena.

—El arte popular es muy bueno.

—Los churros con chocolate son una delicia.

Los aficionados entran a las iglesias abiertas y se llevan en brazos crucifijos y cuadros coloniales sin que nadie proteste. ¡Y qué decir de los exvotos que cubren los muros de la sacristía!

A Eva Sulzer México la tiene subyugada. La millonaria suiza cita a Durero, que en Berlín, al ver la cerámica y las joyas precolombinas, exclamó: «Nunca he visto en todos mis días algo que regocijara tanto mi corazón como estas cosas.»

En Texcoco, José Feher hace copias de originales y los vende como pan caliente. Su mujer, Itza, conserva las costumbres de Europa y alimenta gansos para convertir su hígado en paté de foie-gras.

A Leonora le gusta llegar a lo alto de la pirámide de Cuicuilco, al sur de la ciudad, porque Gunther Gerszo, de padre húngaro y madre alemana, lo sabe todo y le cuenta que en el centro de Cuicuilco hubo un templo circular de veinte metros de altura, desde el cual la vista de los volcanes es imponente.

—Aquí vivieron miles de personas hasta que estalló el volcán Xitle y cubrió la milpa de lava.

Conoce la historia de México y se burla de los Tres Grandes que pintan horribles monotes.

—Me pongo mi sombrero y voy contigo, Gunther —contesta Leonora entusiasmada.

Al ver la tierra desde lo alto, Gerszo la captura en su lienzo y la corta en pedazos: aquí el maíz amarillo, acá la alfalfa verde y, de pronto, rasga la superficie lisa con un corte de navaja; le confía a Leonora que eso es México, una venganza inesperada.

—¿Una traición?

—Sí, también los mexicanos son traidores.

—A veces, en nuestros paseos, siento vértigo.

—Todos somos frágiles.

—Los espacios que pintas no lo son. Antes te parecías a Tanguy, ahora te pareces más a ti mismo —confirma Leonora.

Gerszo sigue caminando, su libreta de apuntes en la mano.

—Finalmente el paisaje es tu personaje —le repite Leonora.

—¿Y cuál es el tuyo?

—Es el de mi infancia, el de los sidhes, el de los caballos, el de los celtas.

Benjamin Péret cuenta que el primer sol fue un jaguar que todo lo devoró; el segundo, un gran viento que también acabó con el planeta; el tercero ahogó a todos los animales y no quedaron ni lagartijas; así hasta llegar al quinto sol, que transforma a los mexicanos en el pueblo del sol, el escogido. El viejo continente aún no se da cuenta de lo que significa ser el pueblo del sol.

—Leonora, me sobra un Huitzilopochtli, ¿no quieres llevártelo a tu casa? —ofrece Paalen.

—Me da miedo. Esas figuras que a ti te emocionan

para mí son malévolas. Uno solo de estos diablos puede destruirme.

—Nunca he visto nada más bello que la Coatlicue —se exalta Paalen—. Condensa todo el genio artístico de lo primitivo.

Leonora se cubre los ojos.

—¡Qué pesadilla!

La diosa azteca se alza frente a ella con sus garras de águila, una calavera en vez de cabeza y una falda de serpientes.

Para Péret, México no debería haber sido conquistado; su pasado es superior a todo lo que pudieron idear los porquerizos que lo sometieron.

En la calle Gabino Barreda, viven en familia y juegan «cadáveres exquisitos»; mantienen cerrada la hoja donde escriben su palabra o trazan su dibujo hasta que revelan su contenido. Remedios y Leonora practican la escritura automática.

—Primero tienes que hacer el vacío dentro de ti y a esperar. El dibujo nace en el inconsciente, su aparición en el papel es puro ademán, ritmo, encantación, un garabato. Ya entraste en la fase inicial, ahora suéltate y libera tus represiones en la hoja de papel.

Leonora regresa a casa entusiasmada. Ha encontrado su ámbito espiritual, su verdadera familia; lo que acaba de caerle del cielo se lo debe a Remedios.

El grupo, quiéralo o no, la devuelve a Max. Péret recuerda que Max era inseguro y se sentía atraído por quienes viven en el límite de lo que se llama locura.

México es el país del futuro. André Breton había escrito dos años atrás «que en él arden todas las esperanzas...»

Los amigos citan a Max a cada instante y ella piensa en lo que ha perdido.

Capítulo 39

MEMORIAS DEL INFIERNO

En la casa de Gabino Barreda, Francia es el tema del día, sobre todo porque el alma de Péret sigue viviendo en París.

—¿Nada de lo que sucede aquí te interesa? —le pregunta Leonora.

—La verdad, para mí México es Pompeya y soy un muerto más.

—¿Por qué Pompeya?

—Porque si el Vesubio acabó con Pompeya, a México lo sepulta la lava y...

Péret no termina la frase y continúa discurriendo acerca de su obsesión: el nazismo.

—¿Hubiera sido fácil asesinar a Hitler antes de que cundiera el nacionalsocialismo? ¿Son conscientes los mexicanos que admiran la disciplina nazi y la aplauden a la hora de los noticieros?

Guarda distancia con los muralistas, que según él celebran la violencia. Péret conoce la muerte y sabe que morir no cambia nada.

—¿La revolución? Sólo deja cadáveres, huérfanos y viudas. Los Tres Grandes aniquilan a los demás. Nada existe salvo ellos. Su lema «No hay más ruta que la nuestra» es una ignominia —clama Péret.

—Herbert Read tiene razón, Diego Rivera es un pintor de segunda fila —concluye Esteban Francés.

El país es hospitalario, les abre la puerta a los refugiados.

José Horna pone de buen humor a cualquiera. Hizo muchos de los mapas para los republicanos y ahora ha pegado unos cuantos en la pared de su casa. A Leonora le parece guapo y le divierte que diga:

—Ayudo en todo siempre y cuando no me despierten antes de las once de la mañana.

A Leonora le encanta escucharlo y lo llama «niño». Remedios le traduce México a Leonora y le enseña a pronunciar Quetzalcóatl, Tecuahuatzin, Xicoténcatl, Axayacatzin, Cuetlaxóchitl, y Leonora escribe cuentos con personajes de los mercados de Jamaica y de la Merced. El de Sonora es diabólico, vende yerbas para matar, yerbas para abortar, y las mujeres se acercan con temor y preguntan por ellas en voz baja. De los puestos cuelgan murciélagos y las calaveras se golpean entre sí. A las groserías que le enseñó Renato, Leonora añade adivinanzas que recoge en la calle: «Una negra larga y fea / que sin comer se mantiene / todo tiene, carne no / porque la carne soy yo / con la que ella cuerpo tiene. / ¿Qué es?» Tanto Leonora como Remedios se obsesionan con la sombra de sus personajes.

—A ver, adivina esta otra: «Yo soy un pobre negrito / no tengo brazos ni pies, navego por mar y tierra / y al mismo Dios sujeté, ¿qué es?»

—Ése es el clavo que yo tengo adentro y se llama Max.

Remedios le presenta los insectos que se comen: gusanos de maguey y de nopal. Los conoce bien porque los dibuja con minuciosidad y Leonora aplaude sus dotes de miniaturista.

Las dos están seguras de que la naturaleza cura y los embrujos alivian el alma o la precipitan al infierno, así que frecuentan a yerberas y curanderos.

—A veces quisiera que me quitaran el cerebro para no pensar en Santander —le dice Leonora, y Remedios le da un té de toronjil para el olvido.

Remedios sabe regatear.

—¿Cuánto?

—Quince.

—Diez.

La vendedora acaba por dárselo en lo que ofrece. La llama «señorita» o «niña», y eso rejuvenece a ambas.

—¿No quiere este burrito que es manso y comedido?

Leonora compraría un burro de mil amores pero entonces Remedios responde:

—No, me conformo con mi marido.

Leonora ríe.

—No te rías, Benjamin sabe hacer veinte mil cosas; en el *Petit Parisien* todavía lo extrañan.

Andar entre tantos vendedores cálidos y huidizos a la vez las estimula.

Remedios lee mucho y habla de Alejandro Dumas, Julio Verne, Poe, Huxley y Antoine de Saint-Exupéry.

—¿Sabes?, escribo una novela, *Lady Milagra*.

Se la lee en voz alta a Leonora, que ya ha publicado dos libros de cuentos. Las dos se hacen «limpias» con Pachita, la curandera, que las barre de arriba abajo con hojas de pirul, ruda y limón. Remedios le lleva un huevo y Leonora, segura de la perfección de su amiga, se horroriza cuando del cascarón sale el gusano negro de la muerte.

—Kati y tú han cambiado mi vida en México, Remedios. Ha desaparecido la angustia y ya casi no tengo esos horribles pensamientos.

Ponen a hervir su amistad a fuego lento en un caldero celta:

—Somos como el zorro y el principito. «El tiempo que invertiste en tu rosa, hace que tu rosa sea tan importante» —asegura Remedios, que se sabe de memoria *El principito*.

—Lo que más me gusta de ese libro es la boa que se tragó un elefante —responde Leonora.

—Dicen que para dibujarla Saint-Exupéry se inspiró en una isla de la Patagonia que vio desde su avión.

En la cocina del piso venido a menos de la calle Gabino Barreda, preparan manjares fantásticos. Juntas, no necesitan a nadie. Remedios escribe cartas a psiquiatras imaginarios y Leonora ríe porque el ingenio de su amiga la sorprende.

—Acabo de escribirle otra carta a mi psiquiatra Justo Locatelli.

Leonora le confía a Kati su horror al mundo de Renato, el de los políticos, los toreros, los periodistas, la embriaguez, los gritos y balazos en la cantina...

—Pero Renato no es tan abominable, ¿verdad? —pregunta Kati.

—No, él es muy bueno.

La inglesa responde de inmediato a la atmósfera de las casas de Remedios y de Kati. Está persuadida de que Remedios, la hermana mayor, posee una verdad absoluta, un secreto que cambiará la vida de ambas. Cuando al despedirse le dice «Voy a ponerme el abrigo de murciélagos», Remedios se lo tiende y a veces le advierte: «¡Estás olvidando tu abrigo de murciélagos!»

—¿Cuál es tu número?

—El siete.

—El mío es el ocho —sonríe Remedios—. ¿Conoces la ley de las octavas? Nuestras vibraciones coinciden.

Las dos pintoras leen libros de alquimia, que siempre le han fascinado a Leonora, e interpretan el tarot. En los arcanos se sintetizan sus pasiones, sus deseos, la historia que las une.

—¿Conoces el tarot que hicieron Brauner, Herold, Max, Masson y Lam? Los personajes son Paracelso, Hegel, Lamiel, Novalis, Freud, Baudelaire, Alicia, Ubu, Lautréamont, Helen Smith y Pancho Villa.

Leonora pinta para sí misma y Remedios ilustra los catálogos de la casa Bayer. Si Remedios y ella se disgustan en algún momento, allí está Kati, la conciliadora.

En la esquina de la calle se instalan vendedores de hierbas, camaleones, conchas de mar y paquetes envueltos con etiquetas que rezan «debilidad sexual», «riumas», «bilis», «empacho», «mal de ojo», usados por las curanderas, las espiritualistas, los hueseros, que saben más que los médicos. Remedios prefiere un té de hinojo a una pastilla. En México, los milagros, como los ídolos, salen hasta por debajo de las piedras. Cada vez que se excava un sitio, aparecen urnas y máscaras que Hernán Cortés y su ejército pretendieron destrozar y hoy se atesoran.

—*What is this?* —se sorprende Leonora.

—Es una máscara de jade. El jade era muy preciado, la piedra sagrada por excelencia —responde Péret.

—No es la única piedra —añade Wolfgang Paalen—, también está la chalchiuitl, que quiere decir «piedra preciosa que alumbra», redonda y brillante; los olmecas la colocaban en la boca de los cadáveres para que iluminara su camino al inframundo. También los chinos tallaban cigarras de jade para meterlas en la boca de sus muertos.

Esta tierra que a cada momento expulsa restos de una cultura extraordinaria conmueve a Leonora. En cambio, la religiosidad de los mexicanos la apabulla; se persignan con la primera moneda del día, beben aguardiente frente al altar y se sacan sangre el Viernes Santo. En cada zocalito, una iglesia engulle a los paseantes. El primer día de noviembre, Remedios le compra a Leonora una calavera de azúcar con su nombre, al cual añade la «a» con un pincel porque sólo encuentra una Leonor.

—Así me decía el doctor Morales en Santander.

En cuanto Renato se va al periódico, Leonora corre a la calle Gabino Barreda. A Remedios la conoció en París con Esteban Francés, su marido de entonces, antes vivía con Gerardo Lizárraga. Ahora está con Benjamin Péret.

—En París el grupo de los surrealistas me intimidaba y por eso fui pocas veces al Flore —le explica Remedios, que la anima a toda clase de juegos.

Desde que salió de la clínica de Santander, Leonora aprendió a guardar distancias pero Remedios derrite su armadura. Apenas pisa el departamento, recobra su seguridad. Remedios la arropa, la protege, la adivina. Nunca ha tenido una amiga así de cercana.

—Sólo estoy bien cuando estoy contigo. Me siento liviana.

—¡Qué bueno que el doctor Mabille vino a México! Ha preguntado por ti, espera verte —le dice Alice Rahon.

Para Breton, su gran amigo, el médico francés es un surrealista excepcional. Parece traer su bata blanca encima incluso fuera de su consultorio. Su ensayo en la revista *Minotauro*, sobre la importancia del espejo en la psicología del ser humano, causó revuelo en el grupo. En él sostuvo que el hombre reconoce en la imagen del espejo a su «yo». En París, la lectura de «La dama oval» le hizo escribir que Leonora era un personaje maravilloso y que desde que entró en la rue Fontaine, «delgada, con su pelo oscuro, las cejas espesas, los ojos brillando con un fuego singular», lo deslumbró. «Evocaba las princesas de la Escocia legendaria, esos seres de gran ligereza que se escapan por los techos de los castillos medievales para galopar sobre caballos blancos, salvajes, para luego desvanecerse a una vuelta del camino de la landa...»

A Leonora no le habría gustado que Mabille confundiera irlandeses con escoceses e ingleses, pero la fuerza poética y la guapura del médico surrealista le hicieron confiar en él.

—Pierre, soy una adicta —lo abraza Leonora.

—¿No crees que lo que haces es ahumar tus emociones? Si puedes pintar con un cigarro en la mano, podrías volver a escribir lo que te sucedió en Santander.

—No, Pierre, no puedo, ya lo escribí una vez en Nueva York, no quiero volver a hablar de eso.

—Si no lo pones en palabras, tu cuerpo va a explotar. El mundo entero habita la locura. En Haití, de donde vengo, el vudú es una liberación. Allá la locura aparente es la normalidad. En el norte de México, los rarámuri mantienen ceremonias milenarias y su danza es una catarsis. Si bien para los curiosos sus pasos repetitivos no tienen ningún sentido, ellos se vacían de sus tormentos.

—¿Quieres que baile?

—Quiero que escribas tu experiencia en Santander, yo te ayudo. Lo que te pasó le sucede a más de uno. No tienes el monopolio de la demencia.

—Han pasado tres años, imposible revivirlo.

—Para poder olvidar, primero hay que recordar. Lo que apareció en la revista *VVV* cuando estuviste en Nueva York apenas es un esbozo. No seas tan narcisista, te vas a volver como Santa Teresita; la virgen de cuya boca salen rosas es común y corriente en el pensamiento mágico del pueblo, así como las lágrimas que se convierten en perlas y las gotas de sangre que lo hacen en rubíes. Pero el relato de una mujer que regresa del infierno y sabe comunicarlo es un regalo para el psicoanálisis y la filosofía.

—Tengo miedo.

—Le tienes terror a la sociedad. Olvídala, impide el desarrollo de los artistas.

En agosto de 1943, Leonora desciende al infierno y escribe de un tirón las cien páginas de *Memorias de Abajo* ayudada por Jeanne, la mujer de Pierre.

—No sé si logré expresar el horror de aquel tiempo; lo que puedo asegurarte es que escribí en trance y sufrí como un Prometeo.

Pierre Mabille le dice que vuelva en un par de días y en la siguiente cita la abraza emocionado:

—Eres una visionaria, tu texto es un tratado del sufrimiento.

Leonora le enseña la hoja con el retrato que le hizo al médico Luis Morales y el mapa del manicomio con sus rejas, su castillo, su huerto de manzanos, sus perros encadenados, algunos trazos que considera símbolos alquímicos, un caballo de bruces —«¿Seré yo, Pierre?»— y un ataúd que contiene un cuerpo con dos cabezas.

La sentencia de Mabille es definitiva:

—Nunca debieron inyectarte Cardiazol, Leonora.

Capítulo 40

EL FOTÓGRAFO HÚNGARO

En la noche, Leonora le reprocha a Renato:

—Te pasas todo el día en el periódico.

—Y tú tomas muy en serio mis consejos, no hay una sola pincelada nueva en tu tela.

—¿Ah, sí, pendejo, ya te volviste crítico de arte?

—¡Qué bien sabes injuriar en español! —le dice Renato.

—Es que siento que te odio; no sabes cuánto te odio y odiarte me disgusta. Estoy profundamente disgustada conmigo misma, me horroriza estar sola porque no me gusto.

Renato da un portazo y al irse murmura: «Estás loca.» A Leonora la inunda el resentimiento.

—¡Me voy! —alcanza a gritarle Leonora.

En su casa de la calle Durango, Elsie la recibe con los brazos abiertos.

—Claro que puedes quedarte a dormir aquí.

En la casa de Gabino Barreda lo que menos quieren oír es de pleitos, de armas y de revolución. Están de regre-

328

so de cualquier tipo de crueldad y a Leonora Elsie le da fuerza con su buen juicio. El jardín de su casa es cálido y la tranquiliza.

—Vente, Leonora, a mediodía vamos a comer huevos revueltos a La Casa de los Azulejos —la invita Elsie—. Vas a ver lo bien que duermes esta noche.

A la mañana siguiente, Leonora avisa a la hora del desayuno:

—Regreso con Renato.

—¿Por qué?

—Es que no sé dormir sola.

—Ayer querías separarte para siempre.

—Hoy ya no. Quiero alcanzarlo antes de que salga para el periódico.

Cuando entra al departamento de la calle Artes, Renato está en la regadera, y le grita como si nada:

—Renato, nos invitaron a cenar Remedios y Benjamin.

—Muy bien, paso por ti a las ocho.

—Eres impuntual y eso me desespera.

Dan las nueve y Renato no ha llegado. Entonces Leonora decide ir con *Pete, Dicky* y *Daisy* a casa de sus amigos. *Kitty* aguanta muy bien la soledad; es dormilona. Tres horas más tarde, Renato encuentra a Leonora platicando con un fotógrafo húngaro recién llegado al país, Imre Emerico Weisz, a quien le dicen Csiki, que en México se transforma en Chiki porque los mexicanos convierten la cs en ch.

—Por poco y muere en un campo de concentración, a su hermano lo mataron. Robert Capa me lo presentó en Madrid —le advierte Kati.

Renato y Benjamin Péret rememoran el cabaret La Cabaña Cubana, en el que bailaban unas negras sensacionales. «Allí llevé a Picasso y la pasó bomba.»

El húngaro es guapo, tiene los ojos rojos y devana su

huida de Europa con una precisión matemática que emociona a Leonora.

De pronto, por el solo hecho de recordar a la guerra, ambos se aíslan y los demás permanecen fuera de la burbuja. A medida que él avanza su relato, Leonora contiene su respiración.

—¿Sabes cuál fue el día que habría de determinar la vida de Imre Emerico Weisz? —le pregunta Chiki.

—No, ¿cuál? —coquetea Leonora pensando que quizá le responda «el día que te conocí»; pero él aclara sombrío—: El día que mi madre me entregó al orfanato.

—¿Cuándo fue eso?

—Cuando tenía cuatro años. Éramos tres hermanos y había que escoger a uno. Yo fui el elegido.

Leonora imagina la escena del niño adormilado a quien la madre saca de la cama, viste y lleva a un edificio frente al cual hacen cola otras madres con sus hijos. Chiki desaparece tras la reja, lo rapan y, por ser el más pequeño, un monitor lo viste con un pantalón a rayas y abrocha su chaqueta con el número 105 cosido en la pechera.

—Sal a devolverle a tu madre la ropa que trajiste.

La madre se hinca frente a él y le dice que va a aprender muchas cosas útiles.

Chiki llora. Su madre lo suena con un pañuelo:

—En el futuro, tendrás que sonarte solo.

—¿Por qué me trajiste?

—Tú fuiste el elegido, como Isaac ante Abraham, deberías estar orgulloso. Eres judío, no lo olvides nunca.

Se da la media vuelta, Chiki corre tras de ella; las botas nuevas lo hacen caer de bruces.

Ya no le importa que ciento cincuenta niños lo vean llorar.

A partir de ese momento, Chiki grita en la noche y

despierta a los demás: «¡Otra vez el 105!» Vuelven a dormirse. Chiki no.

A Leonora le resulta incomprensible que una persona se convierta en número.

Como también ha sufrido insomnio, se identifica con Chiki cuando le cuenta que «la luna brillaba sobre el linóleo del piso del dormitorio y transformé ese brillo en el agua del Danubio y mi cama se volvió un barco enfilado hacia Budapest».

—La primera vez que intenté secar la sábana, el monitor descubrió la mancha y todos se enteraron: «¡Qué bonito, 105!» —abrió la cama ante todos.

—Qué gente tan cruel, ¿cómo pudiste soportar la humillación? —Leonora no se lo pregunta a Chiki sino a sí misma, porque se ve acostada en sus propios excrementos.

—Al menos me consolaban las matemáticas y cada vez que me llamaban al pizarrón sorprendía a los maestros. Un día hasta convertí la historia de mi país en una ecuación.

—¿Cómo?

—El maestro me pidió que describiera la coronación de Szent István de Hungría y yo hice un diagrama matemático. Entró el director y anunció con voz grave: «Imre Emerico Weisz parece haber confundido la coronación de Szent István con cálculos matemáticos superiores», y me ordenó: «Por favor, sígame a la dirección.»

—Y te dio la regañada de tu vida.

—No, trazó otro diagrama en el pizarrón y me preguntó si sabía qué era. «Un dibujo parecido al que hice en la clase de historia», le respondí. Me preguntó dónde lo había aprendido y le dije que no sabía. A partir de ese momento, los maestros me trataron mejor.

A Leonora la emociona el relato de Chiki porque jamás imaginó que de niño se pudiera sufrir tanto. Ella era Alicia en el país de las maravillas en comparación con Chiki. Hablaba con los caballos, la cuidaban los sidhes, la Reina Roja la protegía; no tenía nada que ver con las ecuaciones de un cerebro superior.

Chiki le cuenta su enamoramiento de una niña «cuyo color rosa subido era el del *krumplicukor* que se come en ocasiones excepcionales». A él le temblaba el cuerpo, un calor extraño le subía por las mejillas y al descubrir que la niña tenía poder sobre los animales olvidó sus pesadillas.

En retribución a su confianza, Leonora le hace la crónica del día de su Primera Comunión. De regalo, su madre la llevó al zoológico de Blackpool. Las dos solas. Todavía llevaba puesto su vestido blanco de comulgante y los monos se acercaron a los barrotes de la jaula para darle la bienvenida. ¡Qué fiesta! ¡Y además sola! Sin su padre, sin sus hermanos, sin Nanny. «Señor León, me presento, soy Leonora Carrington y lo admiro», «señorita hiena, aunque huela feo, quiero que me enseñe francés en vez de mademoiselle Varenne», «señor lince, qué bueno conocerlo, invíteme a correr a su lado», «don elefante, qué bien lava sus orejas con la regadera de su trompa». «El elefante nunca olvida», le advierte su madre, que además se sorprende:

—Los animales vienen hacia ti, Prim, mira cómo se acercan a los barrotes de la jaula.

—Es normal, saben que yo hablo su idioma.

Sus cuadernos son un bestiario: caballos, conejos, tortugas, hienas, zorros, ovejas. A cada vuelta de hoja, las cebras rayan su mente. El cocodrilo es el único que le disgusta porque se arrastra y tiene demasiados dientes.

Antes, en el jardín de invierno de Crookhey Hall, hablaba con las plantas: «Buenos días, rosal, ¿qué pasó contigo? Abre tus botones, desperézate»; imaginaba cómo sería cuando entrara a verlo al otro día. «Nada es como uno se lo imagina.»

A Leonora le duele la niñez de Chiki. Podría pintar y destejer la historia de las manzanas robadas a la orilla del Danubio.

—El dueño de este huerto debe ser rico y seguro tiene una familia grande para comer tanta fruta —le dice el 99 al 105.

—A lo mejor tiene seis mujeres y diez hijos con cada una.

—No, esas manzanas son para los cerdos —asegura el 99.

Por la noche el 19, el 60, el 38, el 105, el 68, el 85, el 27, el 99 y el 55, llamados András, Szabo, Mirko, Emerico, Antal, Nikola, Sándor, Ferenc y János, salen de su dormitorio por una ventana abierta. La luna les ayuda a encontrar el camino. Se separan en el huerto, recogen la fruta y, ya en la letrina, reparten el botín.

—En realidad la fruta me daba igual —le dice Chiki a Leonora—. Todavía hoy recuerdo el sabor de la libertad en plena noche. De pronto oí un ruido y se acercó un pequeño caballo blanco haciendo cabriolas.

—¿Un corcel? —se sobresalta Leonora.

No cabe duda, Chiki es su alma gemela, que avanza hacia ella encaramada en las ramas del manzano.

Leonora nunca comió el pan ácimo que le tocó a Chiki, su convento era para niñas ricas.

—¿Qué hacía tu madre, Leonora?

—Nada, dar órdenes, montar a caballo, servir el té, viajar, organizar ventas de caridad, hacer visitas. ¿Y la tuya?

—Cosía desde el amanecer. Yo me ponía rojo de odio porque era imposible interrumpirla. No tenía tiempo para nosotros, la vida se le iba en el tac-tac-tac-tac de la máquina.

—¿Y tu padre, Chiki?

—Murió en Polonia, bajo la nieve, ¿y el tuyo?

—El mío es un ogro. Todavía sueño que me persigue.

—¿Sabes, Leonora?, en el fondo de mis pesadillas siempre está el sonido de una máquina de coser y a veces sueño que ocho sacerdotes de rostro blanco mueven palancas y aprietan botones para coserme a mí. «¡Soy el 105!», me defiendo, y despierto empapado en sudor.

—Yo también veo monjas y sacerdotes junto a jabalíes, liebres y patos en la gran mesa del comedor que preside Carrington.

Le tiende a Chiki una piedra:

—Nuestro padre es el agua, nuestra madre la tierra y viviremos en la misma casa porque el fuego es mío y el aire es tuyo. Puedes abrir la puerta con esta piedra afilada —ofrece Leonora—. De ahora en adelante, tú eres yo y yo soy tú.

Chiki percibe el respeto en la mirada de Leonora.

—Sigo viviendo en un orfanato al lado de niños hambrientos. Ésa es la puerta que quiero abrir. Soy judío, Leonora; ser judío es un largo grito que atraviesa la noche.

«Sabe mucho más que yo, es un hombre superior», se emociona Leonora. Kati lo confirma. Chiki proviene de un país desarrollado y en Budapest se movió entre intelectuales. Su hermana se casó con el rector de la Universidad y por él se salvó del campo de concentración. Ahora, en México, se la vive en la biblioteca, es un catedrático.

Al fotógrafo también le gusta ella.

—¿Sabes quién es Robert Capa?

—Sí, un gran corresponsal de guerra. He visto sus fotos en revistas.

—Capa es mi amigo. Con él trabajé cuando éramos jóvenes. En Budapest lo llamábamos «Bandi». Ambos éramos judíos y antifascistas, Csiki y Bandi. Escapamos de Hungría, cada uno con una cámara al hombro, y llegamos a París. Allá no había nada para nosotros, salvo la cárcel o la muerte. «Me recomendaron buscar alojamiento cerca del barrio latino», dijo Bandi. ¿Conoces el Hotel Lhomond, entre el Panteón y la calle Mouffetard? Yo no tenía un centavo. Bandi pagó las dos primeras noches.

»—Si nos morimos de hambre podemos robar una baguette.

»—Yo sugiero pescar en el Sena.

»—No, Csiki, en el Sena no hay nada que pescar. Además, no sabemos hacerlo.

»—Es cuestión de paciencia.

»Sacamos dos pescaditos con sabor a lodo. A la tercera noche, nos mudamos a uno de los estudios en la rue Froidevaux, donde otros húngaros vivían hacinados. Con una baguette y varias cajetillas de cigarros, soportamos el hambre. Bandi tenía la certeza de que el pan es más llenador. Yo seguí con mis *pommes frites*.

Leonora bebe sus palabras, Chiki la seduce, la transporta a París, le da recetas de vida.

—Esdras Biro, un húngaro, nos recomendó las peladuras de papa; saben mejor que el tabaco y calman los nervios.

—Me encantaría comer peladuras de papa —sonríe Leonora.

—Además de jóvenes, éramos idealistas. Bandi soñaba con comprarse una Leica de 35 milímetros. En Hungría, Lajos Kassak nos enseñó a tomar fotos y nos dijo: «Tras su lente están las grandes injusticias sociales.» Jacob Riis y Lewis Hine tuvieron todo el dolor del mundo al alcance de su cámara.

»Bandi confiaba en sí mismo. Yo soy inseguro e intro-
vertido. A él las mujeres lo festejaban y a mí me paraliza-
ba la timidez. En la noche, Bandi roncaba como aserrade-
ro y yo tardaba horas en conciliar el sueño. "Csiki, no
camines detrás de mí, pareces mi perro", me reprendía.
Creo que pensaba que tenía poco carácter; en realidad me
faltaba la seguridad que a él le sobraba. Salía solo. Un día
regresó entusiasmado de su encuentro con un fotógrafo
polaco, David Szymin, Chim, y me dijo:

»—Tuve una conversación con un hombre de lo más
inteligente y jovial, con una mirada extraordinariamente
perspicaz detrás de sus gafas. Me invitó a comer y le pregunté si podrías acompañarnos.

»Para el horror de ambos, en vez de una buena comida, ordené las papas a la francesa de todos los días y me
las llevé a la boca una por una, mientras ellos se arrebata-
ban la palabra. A partir de ese momento me sentí desban-
cado: "¡He aquí un hombre estimulante!", decía Bandi.

Ser confidente de Chiki halaga a Leonora. «¡Qué ex-
presivo es!»

—Se unió a Bandi y a Chim un muchacho delgado,
de frente amplia: Henri Cartier-Bresson. El trío se reunía
en Le Dôme, en Montparnasse. «¿Vienes con nosotros?»,
inquiría Bandi. Yo me negaba. Comer solo es odioso.
«¿No lo acompaña su amigo, el que siempre anda con usted?», me preguntaba la dueña del café, que era tan amable que por poco me enamoro de ella.

Antes de que Leonora pueda preguntarle si tuvo que
ver con la dueña, Chiki continúa.

—Lo peor sucedió cuando hizo su aparición Gerta
Pohorylle, la alemana. Bandi le dedicó todas sus noches.
«¿Qué pasó con su amigo, el de los ojos de terciopelo?»,
preguntaba la dueña del café. Me sentía más solo. Esdras

Biro, que era un húngaro sabio, me aconsejó: «Csiki, deberías buscarte una mujer que te ayude a conservar las calorías. Tu amigo y su novia sólo salen de la cama para comer y mear.»

A Leonora la palabra «mear» le molesta tanto en francés como en español.

—Una tarde Bandi anunció: «De ahora en adelante yo soy Robert Capa y Gerta es Gerda Taro. Somos un fotógrafo americano de dos cabezas, una masculina y la otra femenina, un triunfador, un hombre de mundo. La fórmula nos va a abrir muchas puertas. Lo primero es deshacerme de esta chaqueta de cuero. Lo segundo, ir a la peluquería. Haz lo mismo que yo, cámbiate de nombre, sacúdete la polilla.»

—¿Y te cambiaste el nombre? —pregunta Leonora.

—No, lo conservé. Aún resuenan en mí las palabras de mi madre: «Eres judío, no lo olvides nunca.» Para los judíos, cambiar de nombre es cambiar de esencia, algo de nosotros muere. Sarai se vuelve Sara, Saulo, Pablo; y yo quiero seguir siendo Imre Emerico Weisz hasta mi último día. Lo irónico —sonríe— es que durante mi infancia fui un número y en México me dicen Chiki, un apodo que me hace menos.

Sin lugar a dudas Leonora siente que lo admira.

—El 18 de julio de 1936 estalló la Guerra Civil en España. La tierra entera sería otra, el Estado laico se impondría, habría trabajo para todos, se cerrarían los orfanatos donde los niños se vuelven un número. «Nos vamos a España con Chim», anunció Capa. En la Gran Vía de Madrid, a Capa le sucedió algo increíble; encontró a Kati, su amiga de infancia, la novia de toda su vida, y se precipitó sobre ella: «¡Kati, Katherine Deutsch!» La levantó en brazos y la apretó tanto que ella se debatió.

—Porque eres guapo crees que todo te está permitido.

—¿Qué haces aquí?

—Trabajo para *Umbral* y *Tierra y Libertad*. Estuve en el frente de Aragón y desde allí me mandaron acá.

—Csiki, te presento a Kati Deutsch, a quien deseo furiosamente desde los quince años. Escapó después del incendio del Reichstag porque ella le prendió fuego. Así como la ves, es una amenaza —le dice Chiki a Leonora.

Capa, Taro y Chim se fueron al frente, Kati se quedó atrás y atrapó expresiones de sufrimiento que otros reporteros no consiguieron. Mientras ellos corrían, Kati retrató a una mujer de pie, amamantando a su hijo entre los escombros, hizo varias tomas de recién nacidos acostados sobre una mesa. A los tres días, Capa cayó en la cuenta de que no había nadie que se encargara del revelado y me pidió que regresara a París. «Allá eres indispensable y aquí ya somos muchos.»

—Entonces, Chiki, prácticamente no conoces España —comenta Leonora.

—No, lo que le pedí a Bandi, ahora Capa, fue despedirme de Kati, y le dije a ella que sus fotos eran excelentes. «Cuídate, volveremos a vernos. ¿Sabes, Kati?, con tus fotos me siento más próximo a los anarquistas.» «¿Y Gerda Taro?», me preguntó ella. «Bandi es un seductor, las mujeres caen a sus pies. Su madre me contó que ya de bebé les sonreía a las muchachas.»

»No sólo Capa, Taro, y Chim Seymour, sino también Maurice Oshron enviaban su material desde España a París, y yo lo revelaba en el cuarto oscuro y archivaba los negativos. Las fotografías de Capa se confundían con las de Gerda, las de Chim y las de Maurice Oshron. La firma era Robert Capa y, en esos días, lo de menos era el crédito.

Cualquiera podía morir en un abrir y cerrar de ojos, en un clic del obturador.

»A la revista *Vu* se unen otras dos: *Regards* y *Voilà*; el trabajo se multiplicó. Nunca he buscado destacar; al contrario, creo que para seguir viviendo hay que mantenerse lejos de los triunfadores. Guardé los 127 rollos de los negativos en pequeños compartimentos, dentro de tres cajas de cartón con celditas como de panal. A cada una pegué una etiqueta: lugar, fecha y situación. Son más de tres mil negativos que cuidé como la niña de mis ojos.

Leonora piensa que la capacidad de entrega de Csiki no tiene límites.

—Destripada por un tanque republicano, Gerda Taro murió en Brunete con su cámara al hombro como única arma. Robert Capa no dejó de culparse: «Debió tocarme a mí.» Yo seguí revelando, archivando, atesorando, y recordaba a Kati, tan pequeña, allá sola o a lo mejor no tan sola, porque una mujer de veinte años hace que los hombres vuelvan los ojos y más si sienten que los ronda la muerte. Entre sus negativos, Capa incluyó un mensaje: «Las cosas van muy mal.»

—¡Es increíble que hayas sobrevivido a todo eso! —se aflige Leonora.

—Lo demás ya lo sabes, Leonora. Los republicanos perdieron la guerra, la desbandada fue terrible. Chim Seymour zarpó a México en el *Sinaia*, a Esdras Biro, a pesar de su edad, lo encarcelaron. El día en que Capa salió a Nueva York, tomé el tren a Marsella con los negativos en una maleta. «Si yo no me salvo, por lo menos que quede constancia de que dimos la lucha.» En Marsella entregué la maleta a Francisco Aguilar González, diplomático mexicano. «Su país es el único que apoya a los republicanos», insistí. Poco después, en Marsella, los franceses de Vichy me deportaron a un campo de concentración.

»En Casablanca me embarqué rumbo a México en el barco portugués *Serpa Pinto*, el mismo que antes tomaron Remedios y Benjamin. No tengo pasaporte, no tengo dinero, y de Veracruz viajé a Ciudad de México en tren porque un español me pagó el boleto.

Chiki guarda silencio.

—Bueno, creo que eso es todo.

Leonora lo observa con admiración: Chiki es estoico; confiar en él es lo más natural. ¡Qué distinto a ella, que huyó de Lisboa del brazo de Renato! Su situación fue de privilegio comparada con la de él. Su sencillez la apabulla. Lo mira como a una imagen mítica. Un hombre así de íntegro es lo que le hace falta, un hombre que tiene las mismas raíces, un europeo, alguien que ha sufrido como ella. «Además es guapo», sonríe Kati. Leonora lo magnifica, inventa a su propio Chiki.

Cuando Renato le dice que ya es hora de irse, Leonora regresa de otro mundo y Remedios percibe un brillo en sus ojos. A lo mejor Renato también lo nota. A partir de esa conversación, todas las noches, Leonora repasa el rostro del húngaro; su voz resuena dentro de su cabeza.

CAPITULO 41

DE HILOS Y DE AGUJAS

En México, Leonora pasa desapercibida y al lado de Chiki más. En las calles ajetreadas de Nueva York tampoco volvían la cabeza; aquí, cuando la ven, bajan la mirada. Además, se apartan temerosos.

Su nuevo enamorado la recoge en la calle Artes y, como ninguno de los dos tiene dinero, salen a caminar con los perros, lo cual jamás hace Renato. Alto, delgado, narigón, su gran sonrisa la reconforta. Chiki es el hombre más atento de la Tierra.

En toda su figura hay algo desprotegido y modesto. Al igual que los mexicanos que cruzan en la calle, pareciera que pide perdón por vivir. Leonora olvida el sombrero de paja comprado en el mercado, se enfrenta al sol y tiende los brazos. «No importa. De niña, en el convento, detuve al sol, hoy voy a hacer lo mismo.» Hablan en francés o caminan en silencio por la avenida Álvaro Obregón, que es la más parisina. Leonora da órdenes: «*Stop*», «*Go*», «*Good boy*», «*Good girl*», y los perros vuelven la cabeza para verla, agradecidos. A Chiki el fotógrafo Semo le regaló una cámara que ahora lleva colgada al cuello.

Aprende español antes que Leonora porque los noviecitos o los colegiales en la calle le preguntan: «¿Nos toma una foto?», y conversan con él.

—¿Cuándo me va a dar mi foto? ¿De dónde es usted?

Como casi nadie conoce checo, polaco, húngaro o ruso, los eslavos tienen que aprender idiomas y a los tres meses se da a entender mejor que Leonora.

Reunirse con él en la tarde le hace la vida más llevadera. Además, Chiki la mira con veneración.

A Leonora ya no le afecta el remolino de compromisos y parrandas que envuelven a Renato. Entre menos lo vea, mejor.

—Quisiera irme montada en un caballo blanco y salir por la ventana.

—Ya encontraste a tu montura húngara, ¿verdad?

—Sí. Tengo más en común con él que contigo.

—¿Y te va a ayudar a pintar ese cabrón?

—No sé.

—De lo único que me acuerdo es de sus ojos rojos y de su nariz, también roja.

—Conoce a André Breton.

—¡Ah, mira, qué gran recomendación!

—Ha sufrido mucho.

—Ésa no es razón para matrimoniarse.

—Yo también he sufrido mucho.

—¡Mira, no te hagas pendeja y ya deja esa cantinela!

—Ya no quiero vivir contigo.

—Que yo sepa este piso es lo único que tienes.

—Ya hablé con Elsie Escobedo y me invitó a su casa.

—¡Estás loca! ¿Dónde vas a dejar a tus animales?

—Me los voy a llevar.

—Leonora, no puedo cambiar de trabajo porque moriríamos de hambre, tienes que poner de tu parte.

—¡Sí, voy a poner de mi parte yéndome!

Renato sale dando un portazo y Leonora recoge su maleta, sus perros, su gata, la jaula de *Don Mazarino* y cierra la puerta. Ahora sí, es definitivo. Al único que deja atrás es a *Pete*, porque intuye que Renato lo quiere y se lo dice al despedirse: «Tú eres de esta casa.»

—Si hubiera espacio aquí, en Gabino Barreda, te invitaría; pero apenas si cabemos Benjamin y yo —le dice Remedios Varo—. Deja a *Kitty* con mis gatos.

—Voy a seguir viniendo a Gabino Barreda.

Elsie la conduce a su recámara en su casa de la calle Durango.

—Aquí todos te queremos.

En la tarde, Leonora cose el vestuario de unos títeres de José Horna. Una noche, hilvana la bata de un médico y lo escucha hablar con la voz de Luis Morales.

Corre a la recámara principal y se mete gritando a la cama de Elsie y de Manuel Escobedo.

—Deja de temblar y no llores, que Manuel tiene que levantarse temprano.

—¿Puedo encender un cigarro?

—En la cama no —se enoja Manuel Escobedo.

A la noche siguiente, Leonora abre la puerta y salta encima del ropero.

—¡Abajo, en mi recámara, está el médico Luis Morales con la jeringa llena de Cardiazol para inyectarme!

Elsie la calma, y Manuel Escobedo se acostumbra a encontrar colillas en toda la casa, así como a la visita nocturna que interrumpe su sueño.

—Leonora, sería bueno que vieras a un psicoanalista —aconseja Elsie.

—¿Cuesta muy caro?

—Vale la pena.

—Adentro traigo a mi propio psicoanalista y escucho su voz de día y de noche.

—Por lo visto, no está dando buen resultado, tenemos que buscar otro. Mientras tanto, para no oír esa voz que te embrutece, ponte a leer. ¿O no puedes leer?

—Sí, a veces. Siento que llevo adentro de mí una multitud de personas, no soy una sola. Todo mi cuerpo es como una radio, recibe y emite mensajes. Algunas ondas no entran. A lo mejor el loco recibe sólo una frecuencia.

—Lo que necesitas es salir de ti misma y ejercer un oficio. Míranos, aquí todos tenemos una responsabilidad. Los perros ladran en el jardín y el pájaro canta en su jaula.

A Leonora le atrae el inglés anticuado que habla Miguel, el hijo de dieciséis años de los Escobedo, que la sigue de la sala al comedor y la interroga.

—Yo soy tu psiquiatra —le asegura Leonora.

—*Since brevity is the soul of wit, and tediousness, the limbs and outward flourishes, I will be brief. You are mad, good madam* —contesta Miguel.

La hacienda Ojo Caliente de los Escobedo es un oasis. Catherine Yarrow también pinta. Decide hacer un retrato de un caballerango, a quien le ordena desnudarse en el patio; él se ofende. La madre de Manuel pone el grito en el cielo.

—Las iniciativas de creatividad de tus compatriotas son ilimitadas —le dice Manuel a Elsie.

—Sí, vivimos tiempos dorados; vamos a montar *La loca de Chaillot*, de Jean Giraudoux.

—¿Y quién va a ser la loca?

—Yo. Leonora me está confeccionando un sombrero con una cigüeña encima, además diseña el vestuario que Remedios va a ensamblar, porque tiene la máquina de coser. ¡Es una extraordinaria modista!

Elsie invita a Leonora a Acapulco, al único hotel de la bahía: El Papagayo. Leonora lee acostada sobre la arena frente al hotel. Sus cabellos negros rizados son un desafío y los vacacionistas vuelven la cabeza para verla. «Mira, una sirena.» Entre los que se acercan a conocerla, el inglés Edward James la encuentra crispada y altanera. Su ingenio y su sentido crítico la distinguen. Elsie también es aguda y se burla del *stiff upper lip* británico. Leonora responde desde lo alto de su superioridad y cuando conversan se aísla y lee. Si le preguntan algo, emite monosílabos.

—Deberías ver lo que pinta —le dice Elsie a Edward.

—¿Esta inglesa arrogante pinta?

—Sí, y muy bien.

A la hora de comer, Edward James se sienta junto a Leonora y Miguel Escobedo le pregunta a Edward por su colección:

—Yo no tengo colección, compré cuadros de pintores jóvenes y desconocidos. Algunos de ellos se volvieron célebres pero lo que necesitaban era ayuda financiera y aliento moral.

Leonora se da cuenta de que, además de la nacionalidad, comparten las costumbres de una clase social privilegiada.

La personalidad de Elsie remite a Leonora a su adolescencia. Es una mujer de carácter como Ursula Goldfinger, Stella Snead, Catherine Yarrow. Es de las mujeres que saben qué se hace con la vida. A veces Leonora irrita a Elsie y entonces la releva Catherine, que es indómita y salvó a Leonora durante la guerra.

—Tengo alma de psicoanalista, sé manejar cualquier situación. La tranquilicé en St. Martin d'Ardèche, la calmé en Madrid, puedo estabilizarla en México.

345

Al finalizar la sesión de análisis, Catherine le avisa a Elsie:

—Leonora se va. Chiki, que vivía en una casita al fondo del jardín del anarquista Ricardo Mestre, encontró un departamento.

Elsie se preocupa.

—¿Tú crees que Weisz pueda con una mujer con ese temperamento y ese talento?

—No le queda otra alternativa, Leonora está embarazada.

En la noche, Leonora se acerca a Elsie:

—Voy a tener un hijo.

—No te preocupes, te va a hacer bien, yo tengo dos.

❧

CAPÍTULO 42

EL AMOR QUE MUEVE AL SOL...

—Te ves muy bonita embarazada —le sonríe Remedios.

Leonora no tiene ni idea de lo que es eso. Chiki tampoco, los dos se miran inquietos.

—Yo no había pensado en tener hijos.

—Ahora vas a tener uno. ¿Qué prefieres, niño o niña? —pregunta Kati.

—Preferiría pintarlo. ¿Qué cosa es un hijo? ¿Cómo se le hace?

—Tú fuiste niña, ¿no?

—No, fui un pony, luego una potranca y ahora soy una yegua.

—¡Dirás una vaca! —ríe Remedios.

—El cartero me trajo una carta de mi madre. Ojalá venga a México porque no tengo un centavo. ¿Crees que venga, Kati?

—Tú misma me has dicho que está ansiosa de verte.

Se instalan en un departamento en Álvaro Obregón, número 174. A Leonora le gusta esta avenida; los faroles traídos de París iluminan sus recuerdos.

A pesar de que no saben de qué se trata, Leonora y Chiki se interrogan con la mirada.

—Creo que ya escuché su corazón.

Chiki lo siente moverse bajo sus manos.

—Ya patea.

¿Qué irá a pasar? Ambos tienen miedo. Leonora no deja de fumar. Chiki se inquieta.

—¿De qué se vive en México sin papeles y sin relaciones? ¿Cómo vamos a mantenernos?

Traer un hijo al mundo cuando es imposible prever el futuro es algo que a él le aterra. Leonora apenas si engorda y camina por la calle sin tener conciencia de que está cargada como una yegua. El problema es el dinero. Harold la desheredó y repartió su fortuna entre Pat, Gerard y Arthur. Chiki no sabe darse a valer, jamás levanta la mano para decir aquí estoy; gana poco con la fotografía y a su mujer no la conocen. Viven del dinero que envió Maurie.

En su caballete, Leonora pinta *La tentación de San Antonio* tal como lo vio en El Bosco y Pieter Brueghel el Viejo. Pone al ermitaño al lado del agua con un puerquito rosa y negro. Le dibuja al santo tres cabezas. Una muchacha calva, envuelta en un vestido rojo, combina la sensualidad con las delicias de la mesa y prepara un caldo con langostas, tortugas, pollos, jitomates, hongos, queso gorgonzola, chocolate, cebollas y duraznos en conserva. La mezcla, salida del caldero, tiene un color verde fermentado. La reina de Saba, la mujer de Salomón y su séquito de doncellas caminan hacia el ermitaño, cuya única comida diaria es pasto seco y agua tibia.

Una paloma mensajera vuela de la casa de Kati a la de Leonora. Kati la entrenó.

Leonora pinta con fervor pero no sabe qué sucederá con sus lienzos. Lo primero es pagar la clínica.

—Yo soy fuerte —presume—. Al día siguiente del nacimiento de mi hijo, me sentaré frente al caballete.

—No tienes idea del tiempo que requiere un recién nacido —dice Elsie Escobedo.

—¿Te gustan los niños? —pregunta Remedios.

—No.

—¿Y a Chiki le gustan?

—Que yo sepa, no.

Dos días antes del parto, Leonora termina *L'amor che move il sole e l'altre stelle*, inspirado en un verso de «El Paraíso» de Dante. Una carroza dorada —salida de una de las cartas del tarot— anuncia la nueva vida. La pareja, vestida de rojo, los brazos en alto, baila al amor y a la luz. En víspera de la llegada del primer hijo, la pintora, que nunca había recurrido a la religión, apela a la visión del trono-carroza de Dios del profeta Ezequiel.

Cuando le ponen en brazos una cosa enrojecida, un pedazo diminuto que late y abre la boca, Leonora se queda pasmada. Su corazón nunca ha latido tan fuerte.

—Es su hijo —le dice la mujer de blanco—. Tómelo.

—¿Cómo?

—Póngalo sobre su pecho.

El niño es el peso más bello.

—Es igualito a usted —confirma la enfermera.

El 14 de julio de 1946, día de la toma de la Bastilla, Leonora atraviesa el espejo y entra a un espacio que jamás imaginó: el de la maternidad. «Nunca pensé que tendría tal sentimiento.» Ya en la clínica se preocupa: «¿Sentirá frío o hambre? ¿Dormirá bien?» Remedios también se inquieta y sale a fumar al corredor. Y no se diga Chiki, que, ansioso, habla en húngaro con Kati.

—Le pondremos Harold —anuncia Leonora.

—¿Cómo? Si tú estás en guerra con tu padre —exclama su marido.

—Quiero que se llame Harold.

—Él te desheredó.

—Quiero que se llame Harold.

—Bueno, Harold Gabriel —interviene Chiki.

—Toda Francia celebra su nacimiento —sonríe Kati.

Chiki sale en la mañana a tomar fotografías para los Rotarios, cuyas reuniones son actos sociales para recabar fondos y dotar a los colegios de agua potable y material didáctico, así como de comida a los asilos de ancianos. Chiki ve con asombro cómo mujeres maquilladas y recién salidas del salón de belleza se precipitan sobre las charolas de bocadillos y copas de vino, y recuerda el reparto del pan en los refugios de Madrid. A cada fotografía se superpone otra: «¿Por qué me hago esto a mí mismo?»

Cuando los periodistas se lanzan sobre un personaje, el sonido de las bombas sobre Madrid zumba en sus oídos. Una cronista de Sociales apunta nombres y confirma: «Sí, licenciado, como usted diga, licenciado», porque no hay nada mejor que ser el licenciado Gómez, Sánchez, López, González, Rodríguez... Sus abrazos son sonoros, sus copas chocan en un brindis y Chiki escucha cómo se rompen los cristales de las ventanas en la calle de Bravo Murillo, en Madrid. Incrédulo, con su cámara en la mano, vive el resultado de la Revolución mexicana.

—¿Oíste algo digno de retenerse? —pregunta Leonora a su regreso.

—Oí a una señora decir que tenía nueve coches, uno para cada hijo, y vi a un diputado mostrarle un Rolex a una secretaria: «Mire qué aparato, nunca me falla.»

—¿A qué se refería?

Chiki cambia de tema e insiste en que su mujer debería dejar de fumar.

—Eso sí que no puedo. Lo que se me antoja ahora es una buena taza de té.

El nacimiento de Gaby la regresa a la *nursery* de Crookhey Hall. Leonora le confecciona una sirena de terciopelo rojo, cubierta de bolsitas para guardar centavos, botones, canicas. La maternidad la empuja hacia las labores del hogar. Sentada al lado de la cuna, cose.

—Fíjate que me encontré a Renato y me dio este poema para ti —le dice Kati—. «Cuando vino usted / cuando ella se fue, / miramos, ¿miramos? / con esa mirada que no dice nada / las frágiles tazas / y un terrón de azúcar / y las ambarinas burbujas de té. / Índice y pulgar, / tan finos, tan finos, / que al verlos alzar la taza de té / me digo: / esos dedos se van a quebrar... / ¿Dónde estaba usted?... / Índice y pulgar levantan la taza de té. / Usted me contesta con aquellos ojos / hondos, asombrosos, / que según afirma le dio el niño-dios. / Índice y pulgar / bajan poco a poco la taza de té. / ¿Dónde estaba usted?... / Y la voz de usted: ¿sabe?... / Me quemé...»

—¡Lo voy a invitar a cenar! —ríe Leonora.

Esteban Francés le cuenta que Edward James, el gran coleccionista, las admira a ella y a Remedios.

—Te vio con los Escobedo en la playa en Acapulco y no le hiciste el menor caso; sólo leías.

—¿Y qué hace ese inglés en la Ciudad de México? —pregunta Leonora.

—Ya lo sabes. Es un bicho raro, viaja adonde se le da la gana. En Nueva York, Peggy Guggenheim y Man Ray le hablaron de ti. Para pintores como nosotros, México es un sepulcro; tú ya echaste raíces en este pozo de la angustia y no sé qué va a ser de ti y de tu hijo. Tú que no vendes nada, debes aprovechar al mecenas. René Magritte, su protegido, lo pintó de espaldas mirando un espejo, dibujó cada uno de los cabellos de su nuca y llamó a su retrato *Prohibida la reproducción.*

Poco a poco, Leonora comienza a identificarse con él: es inglés como ella, excéntrico como ella, aristocrático como ella, insatisfecho como ella, y propietario de un castillo en Inglaterra. Al igual que a ella, lo retrató Cecil Beaton; pero nunca lo pintó Max Ernst en la luz de la mañana. West Dean House se parece a Crookhey Hall y en Monktown House, decorada al estilo Dalí, Edward James acomodó dos sofás de satén rosa que representan los labios de Mae West, y Dalí convirtió un teléfono en langosta.

El departamento de Leonora en Álvaro Obregón es la antítesis de todo lo que James conoce. Entra por el corredor oscuro y desemboca en la cocina. Leonora le ofrece té y lo sienta en una silla dura.

—¿Qué haces en México? —pregunta mientras pone agua a hervir.

—Geoffrey Gilmore, un compañero de Oxford, me invitó a su casa de Cuernavaca y aprovecho para visitarte. ¿Ésta es tu sala?

—Sí, Remedios Varo la llama mi gruta mágica y hasta la pintó.

El té es una ceremonia líquida y lenta, las manos de Leonora sobre el mantel de linóleo son bellas: pequeñas, sin anillos, de dedos largos y fuertes, son las herramientas de una mujer que sufre y no controla sus pesadillas.

—Oye, ¿tú eres dueño de tus sueños? —pregunta al ofrecerle una segunda taza de té.

—Aún no. ¿Sabes, Leonora? Yo también tuve una *nanny*. Mi primer viaje al extranjero lo hice a los cuatro años, a San Remo. Recuerdo que un ejército de sirvientes, nanas y secretarios se apretujaban en el barco y, una vez en tierra, casi llenaron un vagón. Las nanas son indispensables en la vida de los niños de nuestra clase. Mi madre le dijo a mi *nanny*: «Quiero a uno de los niños para llevarlo a misa.» «¿Cuál de ellos, señora?» «El que haga juego con mi vestido.»

—Mi *nanny* me introdujo a los sidhes.

—Sé muy bien quiénes son los sidhes. Me encantaría conocer tu estudio, Leonora.

—Te lo enseño, vamos.

Suben a un cuarto de trebejos del tamaño de un palomar. Hasta ahora los artistas que James frecuenta pintan en un taller digno de su obra y de lo que cobran.

—¿Es éste tu *sancta sanctorum*? —pregunta James, asombrado—. No lo puedo creer. ¿De aquí sale la pintura que me seduce? ¿De este agujero? ¿Es éste tu atelier? —pregunta de nuevo incrédulo.

Nadie excepto Leonora lo llamaría estudio. Mal iluminado, estrecho, endeble, el visitante tiene que hacerse a un lado porque una muchacha con su escoba se tropieza con él. «No, ahora no limpies, tenemos visita», ordena Leonora. James se hace a un lado y se emociona: Leonora es más fantástica que las criaturas que pinta. Desahuciado, huérfano de luz y de aire, este cuartucho lo exalta; en una mesa se retuercen los tubos de pintura al lado de la paleta, el cenicero rebosa de colillas, una araña teje su tela. Leonora es la depositaria de todas las orfandades, podría pintar en un basurero. Este cuchitril se presta a las más bizarras construcciones mentales, lo inquieta y lo llena de energía. Le habían dicho que Leonora era original, pero nunca pensó que lo fuera de esta forma admirable. Nada la contamina, no imita a Ernst, su mundo interior es sólo de ella. Las únicas huellas dentro de este patíbulo son las suyas. Prisionera de sí misma, es una condenada a pintar.

Su maternidad la avasalla. Los pañales, los biberones, los «¿Qué le pasa al bebé?», las desveladas, el asombro de Chiki, que siempre se queda atrás, la mantienen al filo de la navaja. Allí está la tela, sobre el caballete, nunca se ha sentido tan productiva.

James, encantado, ofrece comprar cuatro cuadros a un precio irrisorio y Leonora airada lo conduce a la puerta sin darse cuenta de que ese gesto la agiganta ante sus ojos, porque, a pesar de haber cumplido sus caprichos y desafiado las convenciones, Edward James sabe que la rebeldía de Leonora va mucho más lejos que la suya. Desde que amanece, Leonora confronta la autoridad, se burla de lo que sucede a su derredor con una libertad que James desconoce. ¡Con qué gallardía le señaló la puerta! Al otro día regresa y le ofrece una disculpa que Leonora acepta: «¿Te tomarías una taza de té?»

Leonora acepta retos fuera de lo común, su pintura es sólo de ella, se pitorrea del intrincado sistema de privilegios sociales y deleita a sus oyentes con su ironía. La pintora es libre, James confunde el delirio con la creatividad, y las ocurrencias con ideas. También comparte la mitología irlandesa de Leonora y disfruta como nadie de su compañía. La introduce en el conocimiento del *Libro tibetano de los muertos*. Lo único que lamenta es que pierda tanto tiempo en el cuidado del bebé. Cuando él pretende hablar con ella, Leonora le advierte que tiene que atender a Gaby o sacar al perro o preparar la cena o ir al centro a comprar un lienzo de 75 por 40 centímetros.

En su casa no existen las mesitas, los taburetes, los bibelots. Muy joven, rompió las amarras con el pasado, no quiere que nada se le atraviese. ¡Jamás se le ocurriría pensar en el decorado del baño como James, que encargó el suyo a Paul Nash en Wimpole! Su impulso creativo borró el pasado de una pincelada y cava su veta como un minero dentro del carbón.

Con James, Leonora puede hablar de todo segura de

que la entiende. Además, Edward es un seductor. A Leonora le asombra todo lo que sabe de arte. A él lo halaga la manera en que ella lo escucha, sus ojos inteligentes, fijos en lo que va a salir de su boca. Quiere comprarle todo, inclusive lo que no ha pintado. Permanece horas frente al caballete y observa: «Creo que esta figura estaría mejor de pie», y tiene razón. Chiki nunca se atrevería a darle consejo alguno. Leonora lo supera y él, demasiado modesto, reconoce su genio.

Edward James se vuelve parte de la familia. Llega sin avisar, entra al estudio, examina el cuadro, opina que el azul debería ser más fuerte y que unos abrigos rojos les convendrían a los personajes de la esquina derecha y que en cambio falta un animal en el extremo izquierdo. Lo más importante es que le pone un título a cada tela. Leonora lo consulta. Nunca nadie le ha dado tanto. El mecenas examina la tela. «¡Admirable, admirable! ¡Tú haces que valga la pena venir a México!» «¿Qué título crees que deberíamos ponerle a éste?», pregunta Leonora. Su influencia es tan notoria que lo consulta con el pincel en la mano. Mientras pinta, James se mantiene a su lado, casi sin respirar.

Lo que Leonora ama de él es su pasión por ella, la mira con una enorme curiosidad, qué va a hacer, qué va a decir. Se cuelga de cada una de sus palabras, las registra. Ejercer esa fascinación sobre un hombre es un motivo más para pensar que está en buen camino. Por primera vez desde que llegó a México alguien la alienta. Max lo hacía de otro modo. Edward confirma que su arte es verdadero, que Leonor Fini no le llega ni a los talones. A Remedios le compra unos cuantos dibujos, a Kati y a José Horna los ilusiona con proyectos de futuro; pero es a Leonora a quien considera realmente una artista.

James la comprende, es un excéntrico como ella, lo

que él más valora en México es a ella y a su inmenso talento, un talento que abarca también la escritura, porque sus cuentos le llegan hasta la médula. «Yo sé lo que es descender al infierno de la depresión, Leonora», le dice a propósito de *Memorias de Abajo*. A pesar de todo lo que les ha sucedido, ninguno de los dos ha convocado nunca a la muerte. Ya en 1937, en Francia, Leonora oyó que el inglés Edward James había comprado un cuadro de Max Ernst, *Antípodas del paisaje*, en la Galería Mayor de Londres. Ésa fue la primera vez que supo de él, y no tenía idea de lo que podía significar un mecenas, a no ser la imagen de Peggy Guggenheim, rodeada de perros, comprando la obra de otro perro, ése sí de dos patas, con la lengua de fuera y mucho más faldero.

Su protector le dice que su pintura es espontánea e inconsciente.

—Tal parece que guardas en tu alma escenarios de previas reencarnaciones. No son pinturas literarias, las destilaste en la cava de tu libido.

Leonora es aprensiva, recurre a él y a su buen juicio, y en momentos la deslumbra; Nueva York es el mercado y James tiene la llave. ¿A qué galerías recurrir? Leonora defiende su obra como una leona, como a su hijo recién nacido. Chiki fotografía cada lienzo, la vida entera gira en torno a la pintura sobre el caballete, todos en la casa se dan cuenta de que ella es la proveedora. Chiki no alza la voz, se lo impide su humildad natural y una cortesía antigua que provienen del momento en que su madre lo abandonó en el orfanato.

A Chiki sus zapatos le quedan grandes.

La fascinación de James por Leonora es tal que en 1948 escribe un ensayo de ocho páginas sobre su obra, la promueve y en menos de dos meses organiza su primera exposición en Nueva York.

—No puedo asistir, me la vivo entre pañales y biberones.

El heredero inglés lleva una vida sensacional y cuando viaja a atender sus cuentas de banco, sus cartas son como su vida: invitan a la creación. Tiene dinero porque sabe hacer dinero; tiene éxito porque es un triunfador nato. «¿Qué galería prefieres, Leonora? Yo te aconsejo la de Pierre Matisse, el hijo de Henri, pero también está la de Alexander Iolas. Los conozco, puedo hablar con ellos y organizarte un *one man show*. También conozco a los *dealers*, Kirk Askew, Karl Nierendorf, Julien Levy; creo que la Matisse es la galería que más te conviene y si tú quieres yo le llamo.»

Maurie llega a México y se asombra de lo bien que atiende Leonora a su hijo.

—Parece que lo has hecho toda tu vida. ¿No vas a bautizarlo? —pregunta.

—No. Es judío.

—Pero tú no.

—No lo soy pero siempre he sabido que yo, una celta y aria sajona, he soportado todos mis sufrimientos para vengar a los judíos por las persecuciones a las que han sido sometidos. Incluso si lo fuera, tampoco le impondría mi religión.

Leonora nunca se ha sentido tan bien. Su pintura es una celebración del nacimiento de Harold Gabriel, a quien llaman Gaby. Pinta entre desvelos, pañales y visitas al pediatra. Pinta con fervor, porque dentro de un momento tendrá que atender a su hijo. Tomarlo en brazos es un instinto natural, pintar también lo es. Apenas el recién nacido cierra los ojos, su madre corre al caballete y pinta *Night Nursery Everything* y *Kitchen Garden of the Eyot*.

Por primera vez Maurie le pregunta por las imágenes de sus cuadros.

—Llegan pero no sé de dónde vienen —responde.

—¿Serán de tu abuela Monica Mary?

—No sé.

—¿Vendrán de tu inconsciente?

—Desconozco de qué parte mía sale lo que hago.

—Lo traes en la sangre. Lo heredaste de mí. También yo pintaba.

Leonora explica:

—Sabes, mamá, los personajes suben solos a la tela.

A Leonora le gustaría que Edward James regresara pronto de Inglaterra, extraña su admiración; le escribe «*Darling*», «*Dearest*», quisiera presentárselo a su madre para que viera que otro inglés de la clase alta piensa como ella. Desde Londres, desde París, desde Roma, sus cartas la compensan de todas las fatigas. Es todavía más cariñoso por correspondencia que en persona. Le parece un regalo estar ligada a ese hombre al que puede preguntarle: «¿qué color?», «¿qué falta?», «¿qué sobra?». Si él dice que otro fondo convendría más, se dispone a cambiarlo. Ahora ansía saber qué precio ponerle al cuadro. Edward James le aseguró que en la pintura todas las partes invisibles de la mente salen a la superficie y por eso él quisiera pintar. Una tarde lo encuentra pincel en mano frente a su *Portrait of the late Mrs. Partridge* y se enfurece:

—¿Cómo te atreves?

—Sólo quería ayudarte.

Suelta humillado el pincel.

Una muchacha oaxaqueña con cara de venado y trenzas apretadas mece la cuna mientras Leonora pinta.

—En México, la nana es mejor que la propia madre —reconoce Maurie, que planta un aguacate en el corredor de la casa—. El sol mexicano es demasiado fuerte para una irlandesa.

Lleva un sombrero de alas anchas y le afecta la altura. Mira a Chiki con curiosidad.

—Ese hombre mudo que jamás me dirige la palabra te ha hecho bien, creí que no tendrías hijos; veo que has sentado cabeza.

A veces, Maurie se levanta a medianoche para acunar a su nieto.

—Te pareces a Nanny Carrington arrullando a Arthur.

—Todavía vive y quiere verte. ¿Cuándo vendrás a Inglaterra?

—Cuando crezca Gaby.

Maurie no toca un solo tema del pasado: no pregunta por la casa de St. Martin d'Ardèche, ni por el departamento de la rue Jacob. Ni una sola mención al manicomio de Santander. Sería de pésimo gusto hablar de esas cosas. Y además ¿para qué? Lo que es más raro aún es que sólo de vez en cuando recuerda a Harold, que murió en enero de 1946. Todo se lo llevó el viento sobre sus alas negras. Tampoco pronuncia el nombre de Ernst, aunque Leonora comenta una vez, al levantar los ojos del cuadro en su caballete: «Éste le gustaría a Max.»

—¿Qué hacen mis hermanos con el dinero que les dejó mi padre?

—Beben.

Maurie entierra el pasado bajo el césped verde de Hazelwood para que germine. A lo mejor ésa es la razón de su piel blanca y rosada, de sus ojos brillantes, del gusto con el que prueba las quesadillas, de la ternura con la que abraza a su nieto. A Chiki sólo lo ve a la hora de la comida. Maurie tampoco se hace ilusiones en cuanto a lo que pueda sucederle a su hija en este país tropical en el que la gente camina descalza. Le sorprende la ferocidad con la que cuida a su hijo. Maurie nunca tuvo esa cercanía con los suyos. Otros los cargaban. Leonora mete el codo en el agua de la tina para probar su temperatura antes de bañar al niño y lo viste con una sorprendente habilidad.

—¿Dónde aprendiste a hacer eso?

—Mi instinto materno.

El agua para el té hierve a todas horas. Leonora introduce papaya en el desayuno y Maurie la acepta. «*It helps your digestion, you know.*» Las naranjas mexicanas son casi tan buenas como las de Valencia. Leonora se da tiempo para guisar papas y sobre todo para preparar huevos revueltos a la mexicana.

—Nunca había probado tal delicia. Arrancar el día con un desayuno mexicano es un regalo del cielo.

—De Quetzalcóatl, mamá.

—*How can you pronounce such names?*

Leonora tiene todo un acervo de nombres impronunciables escritos en una libreta.

Un año después nace Pablo, su segundo hijo. Leonora pinta *Chiki, ton pays*. Rememora el trayecto que su esposo hizo de Hungría a Francia, a España y a México. De nuevo pinta una carroza, esta vez roja, porque es la de los enamorados, que avanza sobre un subterráneo, precedida por una piel de jaguar, el animal mitológico de México. Leonora le pone pies a Chiki y a ella pezuñas.

Leonora florece, es el símbolo perfecto de la maternidad, nunca ha sido tan feliz. Los niños salen de los rincones, abarcan toda la casa, suben por la escalera, dejan la puerta abierta, en cada ventana ríe una carita embarrada de chocolate, en cada risa se asoman los dientes de leche.

Capítulo 43

ATLÁNTICO A LA VISTA

La mitología celta es la única religión de Leonora; México le entra por los poros, a pesar de que los indígenas vivan en un mundo cerrado cuyo secreto olvidaron hace siglos.

También Chiki vive en un lugar secreto. México es cruel, tiene rabia. Ser extranjero es un estigma.

En la casa rige el pasado inglés de Leonora. Hungría, la patria de Chiki, queda relegada al cuarto oscuro. A la hora de la comida y a la hora de la cena se plantean problemas de la escuela y entre los cuatro intentan resolverlos. Hablan en francés porque Chiki detesta el inglés; Leonora insiste en que sus hijos lo aprendan. «Su abuela los espera en Hazelwood, ¿cómo van a comunicarse?»

Chiki confronta a Gaby.

—Tienes que adaptarte a las circunstancias.

—¡Me parece una tarea imposible! ¡Vivo en un mundo que no escogí y al que no le veo ni pies ni cabeza!

Leonora se pone de su lado. A Gaby le cuestan las matemáticas y Chiki permanece junto a su hijo hasta que termina la tarea.

Chiki teme por sus hijos y se preocupa más que cualquiera de los padres de familia del Westminster. Algunos ni siquiera revisan las tareas, Chiki contagia su nerviosismo.

—Hoy no tienen permiso de ir al cine.

—¡De todos modos, mamá nos va a llevar! —se jacta Gaby.

En el cine de las Américas pasan películas de policías y ladrones. Cada balazo la sobresalta. «No tengas miedo, Ma, toda la vida voy a protegerte», le dice Gaby. Estoica, Leonora aguanta los Westerns con sus cowboys, cuyas pistolas todavía humean, y sus diligencias asaltadas por indios que bajan a galope de la sierra entre tiroteos. El galope de los caballos la estimula.

—Yo solía galopar mejor que ése —le dice a Gaby.

—¿Y salvabas a la muchacha?

—Si no me salvé ni a mí misma ¿cómo podría salvar a muchacha alguna?

Después beben malteadas de chocolate y de fresa o piden banana splits mientras Leonora se queja de la mala calidad de su té.

Al regreso, Chiki lee para ellos cuentos del grueso volumen de la editorial Labor. Si no se duermen, saca del librero un texto religioso y ése sí que los noquea.

Pablo hace una acuarela que Leonora festeja y pega con una chinche a la pared.

—Ma, anoche la niña que pinté saltó fuera del cuadro.

—No te preocupes, también los que yo pinto se escapan. Ayer vestí con mi falda y mi suéter a una viejita y vino en la madrugada a devolverme las prendas: «Me desvisto de ti», me dijo.

Leonora sufre grandes crisis. «Ya no puedo dibujar», y José Horna la lleva a Cuernavaca a tomar aire y a ver árboles.

Leonora, Chiki, Gaby y Pablo no tienen más familia que los refugiados. A Kati Horna, hija de un banquero húngaro, le mataron a una hermana. Para Chiki no hay una sola razón para volver a Budapest.

Cada vez más desesperado, Benjamin Péret increpa a Remedios:

—¿Cómo puedes vivir sin pensar en volver a Europa? Yo estoy muerto.

—Vete, nada ni nadie te retiene —se impacienta Remedios.

—Claro, nada, excepto la falta de dinero —ironiza Péret.

Los amigos surrealistas en París costean el pasaje de Péret. Su partida es un alivio para Remedios. Una carta de Sudamérica la decide a irse a Venezuela, donde vive su hermano Rodrigo, con Jean Nicolle, su nuevo amante, que es piloto: «...ocupo un puesto en el Ministerio de Sanidad de Caracas... Sería un gusto compartir mis ratos libres con ustedes».

Remedios se despide de Leonora y prometen escribirse: «No sé cómo te subes a un avión, Remedios, yo les tengo pánico.»

En Caracas, la misma compañía farmacéutica, Bayer, le encarga ilustraciones de analgésicos y le sugiere inspirarse en instrumentos de tortura medievales. Remedios pinta mujeres apuñaladas y encadenadas a un potro, cubiertas de clavos, sus rostros distorsionados por el dolor.

—Con sólo ver tu ilustración de «Reuma, lumbago y ciática» me duele todo el cuerpo y muero por una de esas píldoras —bromea su hermano Rodrigo.

Leonora se da cuenta de que a medida que pasa el tiempo la angustia regresa con más ímpetu. Se esfuerza por mantener el equilibrio pero hay mañanas en las que no tiene ganas de levantarse de la cama. La voz de Gaby y Pablo es el hilo que la saca del laberinto. La pintura en el caballete la llama.

—A lo mejor es tu angustia la que te hace pintar. Respeta a tu angustia —interviene Chiki, que lleva y trae a los hijos.

«¿Y si regreso a Inglaterra y mando todo al demonio?», se pregunta. «Pero ¿qué es todo? Peor aún: ¿vale la pena ese "todo" a costa del exilio?»

—Nada hacemos, todo nos sucede —le dice Chiki.

—Tú eres el que no hace nada, me tienes harta.

Se dejan de hablar durante unos días.

«A veces me siento como una planta sin raíces. Max tenía razón, soy "la novia del viento"», le escribe a Remedios.

«Lo sé todo de la malaria, dibujo mucho para los laboratorios Bayer, estoy tranquila, tengo trabajo, ya ningún insecto tiene secretos para mí y eso quiere decir que me dedico a la entomología...», responde Remedios. «Creo que pronto volveré a México.»

«¡Qué largos dos años!», se queja Leonora.

Entre tanto pinta *Crookhey Hall, Seraputina's Rehearsal, Kandy Murasaki, Plain Chant*, además de *Nine, nine, nine*.

«Ya tuve mi primera exposición en la Pierre Matisse de Nueva York y a Edward James le encanta lo que pinto», le escribe orgullosa.

No sólo el nacimiento de sus hijos, también Edward James tiene mucho que ver en su productividad. Cuando Remedios regresa a México en 1949, la pintura de Leonora la deslumbra.

—¿Así que mientras yo ilustraba catálogos médicos, tú hiciste esta maravilla? ¡Cuánto has progresado!

Las amigas vuelven a ser el complemento perfecto: inquisitivas y críticas. Las cabelleras rojiza y azabache se pasean por Álvaro Obregón, entran a la Sala Margolín, la única tienda especializada en música clásica de la ciudad. Walter Grüen, ahora viudo, sorprende a Remedios con su sabiduría.

—También me gusta mucho Stravinsky —comenta Walter.

—Conozco a Stravinsky, ha venido a casa; nunca quiere hablar de música, sólo de su sinusitis —responde Leonora.

—Mi preferido es Ravel —interviene Remedios.

—No sé por qué, siempre tuve la impresión de que Ravel se fue quedando sordo a medida que componía su bolero y por eso va desde la sordina hasta la fanfarria —interviene de nuevo Leonora.

Sus comentarios irritan a Walter, en cambio los de Remedios lo seducen. El austriaco y su esposa Clara formaron parte del grupo de Remedios y él aún recuerda el caviar que una noche ofreció Leonora en una fuente plateada y cómo Benjamin Péret se sirvió a cucharada llena hasta que la inglesa confesó:

—Es tapioca que pintamos con tinta de calamares; sabe igualito, ¿no?

Grüen festejó la ocurrencia, Péret se molestó.

Remedios encuentra en el viudo un remanso. Además, pintar «en serio», como él se lo propone, es tentador. «Tú pintas, yo proveo.» La pareja se instala en un departamento en la avenida Álvaro Obregón.

Ahora sí que Remedios ya no tiene que ilustrar catálogos de laboratorio y pinta *Mujer o El espíritu de la noche*, *Retrato del Barón Angelo Milfastos de niño* y *La Sorcerèsse*. Al año de vivir con Walter, termina *Premonición*:

tres mujeres de blanco, las parcas, se alejan de un huso gigantesco cuyos hilos blancos retienen sus túnicas.

Leonora y Remedios se consultan, Remedios se enamora de Piranesi, de Goya, Antonello de Messina, El Bosco. Si Leonora tiene su universo celta, ella construye el suyo a partir del jardín de las delicias, los huevos y los minotauros. Al igual que Leonora, busca al alquimista Nicolas Flamel, a Basilio Valentín, a Fulcanelli y las escuelas ocultistas. Sus telas en el caballete se empalman con las de Leonora:

—Ya casi termino *And then we saw the daughter of the Minotaur*, y es la primera vez que utilizo la técnica del pan de oro. Pego pequeñas hojas de pan de oro sobre las figuras. Si hago un solo movimiento en falso, pierdo la hoja —le dice Leonora.

En la tarde, si se demora y los niños inquietos se aprietan contra el cristal del estudio, Leonora llama a Chiki:

—Lo que yo estoy haciendo requiere gran cuidado, destreza y reflexión. El procedimiento es muy delicado, me ponen nerviosa, llévalos a caminar.

Lo primero que hace al terminar su cuadro es ir a casa de Remedios:

—¡Qué bueno que estás aquí porque quería contarte que anoche soñé que bañaba a una gata rubia en el lavabo; la gata eras tú, Leonora, y llevabas un abrigo amarillo que necesitaba una buena enjuagada!

—¿Y luego?

—Pues nada, me desperté.

—Tu sueño me indica que necesito un cambio en mi vida. La verdad, ya no aguanto a Chiki.

—Más bien Chiki es tu gato —refuta Remedios.

Walter entra, echa una mirada inquisitiva y desaparece. Apenas cierra la puerta, Leonora pregunta:

—¿No te fastidia? *For me he is really a bore.*

Remedios cumple cuarenta y cinco años y lo festeja en el departamento de la avenida Álvaro Obregón, que se hace chico porque los empleados de la Sala Margolín traen seis mariachis desde la plaza Garibaldi. Los sombreros rodean a los invitados, las guitarras cubren la panza de los cantantes y Leonora pide que repitan *Las mañanitas* porque le gusta la parte de «cantaron los ruiseñores».

Uno de los cantantes abandona su sombrero charro en una silla y Pablo le vacía adentro media botella de tequila.

—¿Por qué lo deja en cualquier parte? A un sombrero así le cabe mucho tequila —defiende Leonora a su hijo.

Para Leonora, hagan lo que hagan, sus hijos tienen la razón.

Kati y José Horna cantan con los mariachis, Nora no suelta a Pablo y se desteje las trenzas.

—Kati, toma unas fotos —le pide Chiki.

—Te juro que ya no aguanto «la cansancia».

—Tienes razón en feminizar el cansancio —sonríe José.

Hay palabras que sólo son de Kati. A su cámara le dice «cámera».

Al año siguiente, Remedios pinta el *Retrato de Walter Grüen*. Apenas si abandona el caballete, apenas si duerme. Sigue con *Espejo para tocador* y *Tejido espacio-tiempo*.

—Oye, Remedios, ¿por qué te afanas en esa forma? ¿Qué prisa tienes?

Leonora también pinta el *Sacrificio a Minos*; casi no avanza porque cada vez que llega a la inmolación del toro recuerda la corrida a la que fue con Leduc y Gaona.

—No quise arruinar mi toro de Minos con el cuerpo de un hombre.

Leonora no sólo termina su *Sacrificio a Minos* sino que pinta *Sidhes, the White People of Dana Tuatha Dé Danann*. Reunidos alrededor de una mesa, los sidhes lunares festejan las bodas de Daghda y la Gran Diosa. Bailan una ronda en torno al caballo que los celtas veneraban por su velocidad y bravura. Todos son seres de luz.

—Cuando salíamos a pasear por el parque con Mary Monica Moorhead, mi abuela, ella se detenía y formaba unos círculos con piedras en memoria de los sidhes —recuerda Leonora.

—Convertir un montículo de piedras en homenaje a los muertos es bueno, me gustan los dólmenes de Irlanda frente al mar —refiere Kati.

Los cincuenta son años de gran producción, las pintoras echan carreras, Kati publica cada vez más fotografías. Leonora, además, atiende a sus hijos, se divierte con sus ocurrencias.

Remedios le informa de que el banquero Eduardo Villaseñor le encargó un mural sobre la historia de la banca:

—Le respondí que podría pintar un hombre a la entrada de una caverna protegiendo un montón de huesos con un mazo. Pensé que él ya no regresaría; a los dos meses se presentó de nuevo: «¿Podría retratar a mis hijos, Andrea y Lorenzo?» Y acepté.

Ese año, Leonora pinta *The chair: Daghda Tuatha Dé Danann*, un homenaje al huevo y a la fertilidad. En el rostro de la mujer-silla se nota el deseo de la hembra de ser fecundada por el pequeño huevo que sus manos están a punto de sopesar. Destellos de luz blanca salen del asiento, que representa el sexo femenino.

Vuelve sobre el tema en *Ab eo quod*, y mezcla un enorme huevo, uvas y dos copas de vino intactas con un texto de alquimia de 1351 extraído del *Asensus nigrum*: «*Ab eo,*

quod nigram caudum habet abstine terrestrium enim deco-
rum est (¡Aléjate de cualquiera con una cola negra!, ésa es
la belleza de la tierra.)» Un rostro sombrío hecho de hierbas y raíces negras se asoma debajo de la mesa y en torno
a él revolotean polillas que se convierten en mariposas.
Remedios comenta:

—Nos salvas a todos al sacarnos del capullo.

—Esa mariposa amarilla que aletea frente al rostro
oscuro soy yo, estoy que ardo —confiesa Leonora.

Remedios expone por primera vez en la Galería Dia-
na: «Tengo miedo, no sé cómo vayan a reaccionar. Walter
me tranquiliza pero...» En tres días vende todo y los coleccionistas hacen lista de espera. «Hay que festejar», propone Leonora. Cenan en un restaurante y Leonora pide
una botella de Pétrus.

—¿Dónde aprendiste a catar vino de esa manera?
—pregunta Remedios.

—Aprendí desde joven, me gradué con honores gracias a St. Martin d'Ardèche y a Max.

De pronto, de un día para otro, aparece un baúl en
medio de la pieza.

—¿Y eso? —pregunta Gaby.

—Era nuestra mesa de té. Vamos a un lugar ajeno a
la civilización —los ojos de Leonora brillan—. ¡A Inglaterra!

Mientras empaca, la madre les cuenta:

—Lo compré en Nueva York.

—Parece un ropero —dice Pablo.

Forrado con un papel tapiz que le gustaría a Max
Ernst, es tan grande que le caben lienzos de más de un
metro, pinturas y hasta un pequeño caballete, dos paraguas, porque allá son más caros, un *walking-stick*, un desatornillador, martillo y clavos, varias cuerdas, retazos

para parchar pantalones rotos, que seguro van a hacer falta, y un reloj despertador que sólo los ingleses pueden componer. Leonora empaca ropa de abrigo porque el tiempo en su tierra es impredecible y a la menor provocación se descose el cielo.

Viajan en tren. Chiki los acompaña a la estación de Buenavista con su boina vasca en la cabeza y los contempla partir desde el andén; sus ojos más rojos que de costumbre.

—Adiós, Pa', adiós, Pa'. ¿Cuándo vas a venir con nosotros?

—Cállense, ya bastante carga llevo con el baúl —se enoja Leonora.

—Es que no me gusta verlo tan solito —alega Pablo.

—No está solo, visita a Kati todos los días.

En Saint Louis, Missouri, toman otro tren a Nueva York. A nadie le importa lo largo del viaje, Leonora es una fabulosa cuenta cuentos y se enteran de cómo Alicia juega a las cartas, de la isla de los liliputienses, de la tierra de Brobdingnag, en donde todo es descomunal, del miedo de Gulliver a los ratones y a los mosquitos, de la esposa del frutero que se convierte en una enredadera, de la reina que se vuelve loca por el calor, de *Tártaro*, el maravilloso caballo de Lucrecia-Leonora, del tío Sam Carrington, que no para de reír cuando hay luna llena. La «Cabine class» es la mejor y dormir en ella, un lujo. «Mira, apenas si quepo en el excusado», se asombra Pablo.

La cubierta del *Queen Elizabeth* es amplia y observar el mar, un gozo. Si no los acompaña, Leonora les impide a sus hijos recargarse en el barandal y ver el agua golpearse contra los flancos del barco.

Recuerda su primer viaje a América. En las madrugadas despegaba su cuerpo del de Renato y subía a cubierta a hacer conjeturas sobre su porvenir y a meditar si no se había equivocado al emprender el camino hacia lo desconocido. Una madrugada encuentra a Gaby, acodado al borde del barandal, los ojos fijos en el horizonte. «¡Cómo se me parece este hijo mío!», piensa. Con el cabello volando, Gabriel Weisz es un mascarón de proa.

—Nunca he contemplado el amanecer —le dice Gaby cuando la ve acodada a su lado—. ¿Qué te gusta más, Ma, el amanecer o el anochecer?

—El amanecer, porque es el principio del mundo.

Pablo duerme mientras Leonora y su hijo mayor permanecen en cubierta. Leonora recuerda que Renato le advirtió hace diez años: «Vas a ver el nuevo mundo.» Y ella le siguió la corriente: «Al rato, van a aparecer las sirenas.»

El puerto de llegada es Calais. De Calais atraviesan en otro barco a Southampton y la abuela Maurie los manda recoger para llevarlos a Hazelwood.

Los jardines simétricos de Hazelwood Hall fueron creados por Thomas Mawson, el mismo que diseñó el Palacio de la Paz en La Haya. Los niños inspeccionan la casa y su jardín. Además, se oye el mar y en la primera oportunidad corren a la orilla a meterse al agua, a pesar de que está helada.

En México, el clima es una maravilla. En Inglaterra, para salir tienen que cubrirse y pelarse como cebollas de regreso en el vestíbulo. Extrañan la cálida desnudez del cielo de México.

El espíritu de la abuela se ha vuelto casi tan libre como el de su única hija. Expresa abiertamente lo que siente y acepta o rechaza de un solo golpe. El lado irlandés de Leonora proviene de Maurie, que dice todo lo que piensa y exclama si la contradicen: «*Oh, what a bloody nuisance!*»

La casa de Hazelwood Hall, con su balcón al jardín, hechiza a los nietos: su inmensa escalera, su piso de mármol, la armadura medieval, que creen habitada por Harold Carrington, y el barómetro complejísimo que los transporta al país de Alicia. Incluso si Maurie los llama a la hora del té, siguen viviendo con el gato de Cheshire. Tres grandes arcos en la parte baja de la casa los intrigan porque son sombríos y a lo mejor conducen al infierno. «Ma, ¿son esos arcos los que pintas en tus cuadros?»

Gaby y Pablo pronto se dan cuenta de que, para la abuela, cada quien tiene su espacio y a los niños les está vedado intervenir en la conversación. La vieja Nanny, que cuidó a Leonora, y que a pesar del maltrato que sufrió en Santander no guarda ningún rencor, sigue contando las mismas historias:

—Cerrid Gwenn se fue al bosque y eligió el nogal más vivo por la gran cantidad de pájaros en su copa. Instaló el caldero más mágico a su sombra. Mezcló con paciencia ocho gotas de entendimiento, cuatro pétalos de rosa, dos gotas de consejo y un ala de mariposa, una pizca de compasión, tres chorritos de conocimiento, cinco estelas de cometa, dos cucharaditas de fortaleza, puso todo a cocer y revolvió, revolvió, revolvió, revolvió...

—¡Ya, Nanny!, ¿y qué pasó? —se inquieta Pablo.

—Durante un año y un día, sin parar, mantuvo encendida la llama del caldero. Rehízo la receta y le agregó cuatro flores de jazmín. Finalmente, sacó del caldero unas gotitas mágicas que guardó en una botella. Al probar la fórmula, el efecto fue instantáneo: descubrió el secreto de la Sabiduría y a partir de ese momento fue feliz.

—Yo quisiera ese frasquito, Nanny, para no tener que ir a la escuela —dice Pablo.

—Entonces habrá que buscarlo, porque Gwenn lo escondió aquí, en Hazelwood, pero vamos a hacerlo mañana, porque es hora del té —responde Nanny.

Pat y Gerard visitan a sus sobrinos venidos del otro lado del océano. Pat los aburre, Gerard lee sus poemas y ríe sin cesar. Gaby concluye que es buen poeta y que la vida a su lado debe ser agradable.

Leonora le escribe a James, que responde desde París: «Estoy a punto de embarcarme a Nueva York, nos vemos en México.»

Después del té salen a caminar: «En Hazelwood abundan las hadas.» Leonora asegura que sus amados sidhes no tienen que ver con los cuentos de Andersen.

—Las hadas milenarias son más salvajes que los chaneques de Chapultepec. Ustedes tienen sangre celta, Gaby.

Sus hijos corren frente a ella; al final del dique, se encuentran con una bola roja que les devuelve la mirada y le preguntan quién es. Es el sol que va bajando. A Leonora, el sol a punto de desaparecer le da la certeza de haberse equivocado. «¿Qué hago en México? Aquí es adonde pertenezco.» La invade una enorme tristeza.

—Mañana salimos a París, Ma.

Capítulo 44

LA DESILUSIÓN

En París, André Breton los ve entrar con temor a la rue Fontaine. Gaby y Pablo tocan sus tambores africanos y se ponen sus máscaras. «Aube nunca fue así, tus hijos son unos salvajes.» Su nueva mujer, la chilena Elisa Claro, desaparece. «No puedo atenderlos, estoy a la mitad de un poema.»

Todo ha cambiado. Jacqueline Lamba y su hija permanecieron en Nueva York. Breton se volvió a casar, ella también. La vida de cada uno va de salida: es la vejez. Duchamp también se quedó, con su alfil, su reina y sus torres, al otro lado del Atlántico. Man Ray y Max Ernst se casaron el mismo día, en una doble ceremonia con Juliet Browner y Dorotea Tanning. Lee Miller, separada de Roland Penrose, vive en Sussex con el hijo de ambos.

A Breton le sorprende que Leonora no frecuente a Diego y a Frida, y que sólo vea esporádicamente a Victor Serge y a Laurette Séjourné. Leonora le cuenta que Serge escribió sobre su pintura, lo mismo que Gustav Regler: «Eso fue muy bueno para mí.» Ya Lázaro Cárdenas no es el presidente de la república y desde el asesinato de Trotsky los extranjeros son mal vistos. La Secretaría de Gobernación se ha vuelto más severa, México es inferior a su pasado. Los permisos de estancia se renuevan con menos frecuencia, en las calles ya no hay árboles, se talan los bosques en la falda del Popocatépetl y del Iztaccíhuatl, la ciudad se cubre de una horrible capa de cemento Tolteca y unas máquinas traídas de Estados Unidos tiran los palacios de tezontle. El nuevo presidente, Manuel Ávila Camacho, tiene cara de plato.

—Entonces ¿México ya no es surrealista?

—Tampoco los surrealistas lo son.

—¿Y Buñuel?

—A él sí lo veo pero nunca saca a su mujer. ¿Qué piensas de los hombres que no salen con sus mujeres?

—¡No empieces como Jacqueline!

Breton los invita al Flore; allí no hay nada divertido para los niños. Tampoco para los grandes, comprueba Leonora. Francia todavía no se recupera de la guerra y ya los franceses hablan de la bomba atómica.

—Leonora, acabo de apoyar el reconocimiento a la autonomía de la cultura celta.

A pesar de que Sartre y Camus ganan la primera plana, los franceses leen a Breton, que prepara una antología de sus poemas. Lo entrevistan en la radio, le piden su opinión acerca del existencialismo.

—Como tú vives en México, te mantienes al margen de la moda y ésa es una gran ventaja, Leonora.

La desilusión política de Breton es evidente y Leonora no sabe responder a sus preguntas sobre la influencia de Trotsky.

—¿Conoces a algún seguidor de Trotsky?

—Del único que sé algo es de Victor Serge y él sólo vive para escribir.

375

—Sigo creyendo que ningún hombre debe imponerle su autoridad a otro.

Leonora no responde. ¿Para qué?

—Fuiste la musa de hombres superiores —sonríe Breton.

Leonora se enfurece.

—Yo no tuve tiempo de ser la musa de nadie. Estaba ocupada rebelándome en contra de mi familia y aprendiendo a ser artista.

—Tus padres persiguieron a Max como si fuera un psicópata al que hay que expulsar de la sociedad.

—Sí, le hicieron la vida imposible; pero también a mí me la hicieron.

La conversación languidece, cosa imposible en otros tiempos y Leonora ve llegar a Leonor Fini con alivio.

—Antonin Artaud murió. Extraño su sonrisa de diablo. A Péret lo veo poco. Ya nada es como antes —se despide Breton.

Leonor Fini los invita a Les Halles a comprar los caracoles que quiere ofrecerles a la hora de cenar en compañía de Péret.

—No voy a comer esos pobres animalitos —protesta Pablo.

—Son *escargots*, te van a fascinar.

Benjamin Péret toma a Pablo de la mano para atravesar el Boulevard des Capucines; el niño, asustado por el tráfico, le da una patada en la espinilla y lo muerde. Al llegar al otro lado de la calle, Leonora reprende a su hijo:

—¿Qué te pasa, te crees azteca?

Leonor Fini, Benjamin Péret y Leonora terminan hasta el último de los *escargots* al ajo y al vino blanco. Gaby protesta:

—Estoy muy disgustado contigo, Ma, creí que amabas a los animales.

Al igual que Breton, Péret, desanimado, pregunta varias veces por Remedios y asegura extrañar México:

—Pero si decías que era el lugar más triste de la Tierra.

—Creo que yo era el triste.

Para los surrealistas, los niños son *objets trouvés* a los que hay que entretener para poder conversar con su madre.

—Cuidado, Pablo ya está cabalgando la escultura de Giacometti.

—Míralo, quiere mejorar este Picasso.

—Leonora, si los dejaras tus hijos tirarían la Torre Eiffel, Notre Dame y el Arco de Triunfo.

Leonora ya no los llama los anticristos como cuando eran niños y los lleva a Hauterives y al valle del Ródano a dormir en una granja. El cartero Cheval la atrae aún más al ver el interés de Gaby. Pablo saca una libreta y dibuja los detalles de las esculturas. «Son mejores que las de Max», piensa.

También los viñedos y la vendimia ejercen su encanto. Leonora enferma de gripe y sus hijos salen envueltos en sus capas recién compradas y le llevan a la cama tisanas y compotas. «Edward —escribe ansiosa—: ¿Habría alguna posibilidad de vivir en Francia o Inglaterra? ¿Crees que Chiki podría encontrar trabajo? Yo pinto donde sea pero ¿qué hago con Chiki?»

Edward responde que llegará a México al mismo tiempo que ella y allá le dará respuesta.

Apenas hace su entrada en casa de Nancy Oaks y Patrick Tritton, en la calle Marsella de la colonia Juárez, Edward llena el espacio y los invitados giran en torno a su altura, sus ojos de águila listos para saltar sobre la presa. James va de un lado a otro con una elegancia natural que hace que murmuren a su paso. «Es multimillonario», «es un excéntrico», «un hombre de mundo», «si le caes bien, te regala hasta lo que no», «su casa de West Dean, en Sussex, tiene 300 habitaciones y 240 hectáreas», «su divorcio de Tillie Losh le costó un ojo de la cara», «todo su dinero proviene de Marshall Fields». El vasto imperio maderero que heredó de su padre lo convierte en becerro de oro y, por si fuera poco, los chismes aseguran que es hijo ilegítimo del rey Eduardo VII, cosa que él jamás desmiente.

Si pudiera oír las conversaciones a su alrededor, tampoco le parecerían excéntricas, como no le parece raro que alguien nazca con pelo verde:

—Acabo de llegar de Ravello, alquilé una villa durante el verano.

—Fui como cada año a Bayreuth, al festival de Wagner, que tanta influencia ejerció en los simbolistas.

—Me compré un departamento en el East River con vistas sobre el Hudson.

—Traería mis caballos a México de no ser porque pienso que aquí los caballerangos son tan pobres que son capaces de comérselos.

—Ésa es una vil mentira, los trataron muy bien durante la revolución.

—Ahora tienen más hambre.

—¿Sabes de dónde salió el teléfono con auricular de langosta que tiene Edward James? De una cena en que él y sus amigos aventaron las cáscaras de langosta contra el techo y una fue a caer encima del teléfono. James le dijo entonces a Dalí que le hiciera una bocina en forma de langosta.

—Nada más surrealista que la casa de James en Monkton; verdaderamente es el ejemplo más notable del surrealismo tridimensional.

—Edward James pagó la edición de sus once volúmenes de poesía y lo único que se recuerda de ellos es su tipografía y el lujo de su manufactura.

—Yo supe que en 1938 la Oxford University Press le publicó *Los huesos de mi mano*.

—Lo que no sabes es que Stephen Spender escribió que se trataba del capricho de un millonario. A partir de eso, James no volvió a publicar, salvo unos cuantos artículos para *The London Evening Standard* de lord Beaverook.

James va más lejos que los multimillonarios que suplen su falta de creatividad comprando, porque él sí tiene talento. Comisiona a arquitectos y decoradores para que rehagan sus casas en Inglaterra. Fabulosamente rico, impulsa a artistas como Stravinsky, Christopher Isherwood, Aldous Huxley, George Balanchine, que después de aprovecharse de él lo tiran como a un calcetín. Será por eso que James deja sus calcetines por todas partes.

A los veintiún años, el joven heredero cambió Oxford por la fiesta perpetua. Nueva York, Londres, París, Roma y Berlín son sus coordenadas. Ahora está en México y a la única que distingue, a la primera a quien se dirige entre todos los invitados es a Leonora.

—Vine por ti.

Capítulo 45

EDWARD JAMES

Cuando Edward James llega a la oscura casa de Leonora, sobre el caballete, ve *La giganta*, y de inmediato sabe que está frente a una obra maestra. Leonora explica que el cuadro es fruto de sus lecturas de Jonathan Swift:

—Es una habitante de la isla de Brobdingnag.

—Parece que emergiera del principio de la creación, del caos. Mira la desesperación de esos hombres que luchan por salvarse —comenta James.

—¿Los que están remando?

James continúa absorto:

—Tu giganta protege con sus manos un pequeño huevo. En comparación con su cuerpo, sus manos son diminutas. Bajo sus pies, caballos y seres humanos, con arcos, flechas y lanzas, huyen aterrados porque nunca han visto nada igual. Leonora, tú eres la giganta de tu cuadro —decreta James—. ¡Te lo compro!

Gaby y Pablo regresan de la escuela y al ver *La giganta* sobre el caballete le preguntan si es su retrato cuando era niña porque su cabeza está rodeada de polvo de estrellas;

los pelícanos, las gaviotas y las naves emergen de su capa blanca. A su madre le parece muy natural que los niños interrumpan, se tropiecen con su caballete, se apropien de sus colores, sobre todo Pablo, que sin más toma los pinceles.

—¿Quién es este señor, mamá?

—Es un inglés que llegó volando y cayó en la azotea.

—¿Es un inglés o una cigüeña?

—Si te digo que llegó volando, más bien podría ser un ave migratoria o una garza real.

A Edward James le encanta eso de garza real. «Los niños siempre dicen la verdad, tengo muy buena facha.»

—Leonora, la luz es pésima —se conduele.

—No importa; de todos modos, apenas regresan mis hijos de la escuela, dejo de pintar.

—Todos hablan de la luz mexicana y para ti no existe.

—Yo tuve muchas ganas de que Europa fuera la tierra de mis hijos.

—Pero te quedaste aquí, ¿no?

—Nunca lo decidí, simplemente sucedió.

Town and Country publica una fotografía de *La giganta* (también llamada *La guardiana del huevo*) que acompaña una historia de Jean Malaquais —«Día uno»—, a quien Leonora recuerda haber visto caminar por París como un indigente y Max señaló: «El idealismo de ese polaco me encanta.» Vladimir Malacki, que escribió sobre el campo de concentración donde lo encerraron, ahora vive en México.

—¡Mira! Aquí *Time* y *Art News* hablan de tu obra. ¿Dónde guardas los artículos que se escriben sobre ti?

—No los guardo; a lo mejor Chiki sí.

—El periódico *Horizon* es un cúmulo de elogios. ¿Viste que Victor Serge escribió que tu pintura lo emociona porque refleja una «adolescente pero luminosa vida interior»? También Gustav Regler reproduce dos cuadros tuyos.

A Leonora la halaga el artículo porque Regler, el novelista, luchó en la XII Brigada Internacional en España y ahora en México se apasiona por las culturas prehispánicas.

Aparece en el catálogo del Bel Ami International Art Competition al lado de Salvador Dalí, Paul Delvaux, Max Ernst y la nueva mujer de Max, Dorothea Tanning.

En febrero de 1950, la galería Clardecor, que se dedica a la decoración de interiores, le brinda sus muros.

—¿Una tienda de muebles?

—Leonora, *this is Mexico* —le dice Edward.

—No es lo que te mereces; pero al menos puede ser una oportunidad para que los mexicanos te tomen en cuenta —añade Esteban Francés.

En la Clardecor, una mujer pequeña con tobillos como de canario de tan delgados, Inés Amor, que fuma tanto o más que Leonora, observa cada cuadro con detenimiento. Es la directora de la Galería de Arte Mexicano. «Ésa sí que sabe vender», le susurra Jesús Bal y Gay al oído. La mayoría de sus clientes son estadounidenses. A pesar de su físico endeble, tiene una voluntad de hierro. «Vas a ver cómo te van a tratar los mexicanos conmigo a tu lado», reconforta Inés a Leonora, que se queja de la xenofobia en el ambiente.

—A menos que me vuelva chichimeca, no creo que me hagan ningún caso. No he pintado una sola rebanada de sandía.

—Conmigo las cosas van a cambiar.

En efecto, la reconocen como artista del país y la incluyen en la exposición «El retrato mexicano contemporáneo», que patrocinan el Museo Nacional de Arte Moderno y el Instituto Nacional de Bellas Artes. Cuando Inés Amor inaugura su primera exposición individual en la calle Milán, los críticos hablan de su técnica, del misterio de sus temas; Margarita Nelken, refugiada de la Guerra Civil española, escribe en *Excélsior* que es la mejor exposición presentada en México. Antonio Ruiz, El Corcito, declara que por fin ha encontrado un alma idéntica a la suya.

—¡Qué bueno que estés en manos de Inés Amor! —se congratula Gunther Gerszo—. Es la única que logra que un comprador le ruegue.

Leonora y sus hijos asisten al ballet de *El Infierno*, del ruso George Balanchine, que días después se presenta con un maletín lleno de planos y programas porque Leonora va a hacer los decorados y el vestuario. Para variar, ella pasa a Balanchine a la cocina y le ofrece té.

—¿Cómo puedo extender mis planos si el gato está sobre la mesa?

—Pablo, *get Kitty*.

Pablo, en bata porque ya es hora de dormir, corre tras la gata, que a su vez intenta cazar un ratón; pero como ya *Kitty* casi no ve, el ratoncito se mete en la manga de su bata y, cuando lo descubre, el niño sube y baja por la escalera haciendo gran escándalo. «Ma, el ratón me está mordiendo, el ratón se come mi brazo.» Los gritos son cada vez más agudos. Aunque son muy viejos, *Dicky* y *Daisy* ladran sin parar. Balanchine, que no ha podido tomar siquiera su primer sorbo de té, se pone de pie y también grita:

—¡Aquí no se puede trabajar! ¡No tenemos ni un minuto de tranquilidad, esta casa es un manicomio!

Empaca sus cosas y se va.

—¿Por qué hiciste eso? —le pregunta Chiki a Pablo.

—El ratón se metió en mi manga y me di cuenta cuando empezó a subir por mi brazo.

—Ahora vas a pedirle una disculpa a tu madre.

Chiki lo castiga con su silencio, Leonora en cambio lo consuela:

—No te apures, no hiciste nada malo, el idiota es Balanchine. Si hubiera tenido interés, habría aguantado.

Leonora pinta sin parar; en 1957 su segunda muestra en la galería de Antonio Souza atrae a nuevos admiradores.

La vanguardia se concentra en torno a la Galería Souza, que exhibe a los artistas más inesperados. También el público es inusual. María Félix, Juan Rulfo, Maka Tchernichew, Patsy O'Gorman, Mathias Goeritz, Gunther Gerszo y Juan Soriano platican con Rufino Tamayo, que se sirve un tequila. Bridget Tichenor departe con Pedro Friedeberg, su amigo del alma. «Tienes que conocer el De Chirico que Bridget colgó en su sala», le dice Antonio Souza a Eugenia Orendain. Souza, con una florecita azul en la solapa que curiosamente se llama pincel, hace comentarios que harían sonrojarse al Marqués de Sade o a la Condesa Sangrienta. Cínico y ocurrente, cambia el nombre de sus pintores y a Benjamín López le pone Francisco Toledo. Paul Antragne, un joven dibujante, se encierra en el baño a drogarse. La sonrisa de Pedro Friedeberg, íntimo amigo de Souza, es de felicidad porque en sus sillas de madera con forma de mano se sientan embajadores, consejeros culturales, Bona de Pisis y André Pieyre de Mandiargues. En 1938, Kurt Seligmann convulsionó a la sociedad parisina con su silla *L'ultra-furniture* sostenida por tres sensuales piernas de mujer. Por fin, Mexiquito está tirando su cortina de nopal como anuncia José Luis Cuevas, que le dio un pisotón a Siqueiros y otro a Diego

Rivera: «¡Muévete, escuincle cara de ratón!», lo reprendió Rivera. Una de las pinturas de Leonora se incluye en una exposición del Museo de Arte Contemporáneo de Houston: «The Disquieting Muse: Surrealism». «¡Ya ven que yo sí internacionalizo a mis pintores!», grita el poeta Souza, dueño de la galería más esnob del país.

Cada vez que regresa Edward James de algún viaje, invade la casa con sus guacamayas y culebras, que no le permiten meter al hotel Francis. Las iguanas se quedan en la azotea, los loros y los papagayos revolotean y las tortugas se pierden en el corredor; cinco pericos traídos de Manaus hablan sin parar y siete tejones tan feroces que ni *Kitty* se les acerca cagan por toda la casa.

Los deja al resguardo de Leonora, que termina por rebelarse.

—¿Podrías subirlos a la azotea para que les dé el sol, Leonora? —todavía insiste Edward.

—También él podría subir los calcetines que esconde detrás de la puerta para que les dé el sol —reclama Pablo.

Edward es ya el benefactor de los Weisz; se siente con derecho a dejar sus horribles calcetines amarillos en cualquier rincón de la casa y Pablo se ofende. Las excentricidades de James a veces la irritan y regresa a la casa con los ojos negros de cólera. Aun así, Leonora se alegra de salir con él. Resulta que James la invitó a comer al University Club del paseo de la Reforma y a la hora de pagar sacó un sobre con puros billetes de a peso y le preguntó si ella traía dinero. Leonora enfureció: «Pues nos quedaremos a lavar los platos, porque no tengo un centavo.»

La casa de los Weisz resguarda las reliquias robadas de iglesias de pueblo y sacristías empolvadas, santos sin manos o sin brazos, y una hermosa cruz churrigueresca que James reclama dos o tres años más tarde.

Leonora tiene menos paciencia que Kati con los armadillos y las iguanas. A Pablo le choca que use el champú para lavarse las manos, que deje tirada la toalla, que se acabe rollos enteros de papel, que empape el piso, cuando a él y a Gaby sus padres los obligan a limpiar.

—Mamá, James nos cae de la patada —le dice Pablo.

—Puede caerles muy mal, pero sin él, no comeríamos.

Gaby mueve la cabeza resignado, mientras que Pablo se indigna:

—Prefiero morir de hambre que soportar sus calcetines amarillos.

—Y eso que no has leído su poesía. ¡Está peor que sus calcetines! —lo consuela Gaby.

CAPÍTULO 46

UN PALACIO EN LA SELVA

Edward James llega en automóvil de Estados Unidos; entra al país por la carretera México-Laredo apenas inaugurada y atraviesa la Huasteca potosina. En Taninul, el hotel en la selva es una aparición surrealista, sus grandes albercas de agua caliente reflejan el cielo. «Estamos inmersos en un cuadro de Rousseau; seguro aquí pintó *El sueño*.» James enloquece por las orquídeas que cuelgan de los árboles. En Tamazunchale pregunta por más orquídeas:

—¡Váyase a Xilitla, patrón!

El heredero inglés se empeña en ir a pie a Xilitla. Son catorce kilómetros de camino de tierra; a medida que se acerca la noche, un viento frío lo pone a tiritar como una hoja. De pronto, le pide a su acompañante, Ronald McKenzie, un sargento norteamericano retirado, que le pase la maleta:

—Allí, debajo de unos plátanos y unas naranjas, puse un rollo de papel higiénico, pásamelo, rápido.

Se lo enrolla alrededor del torso: «De esta manera

conservaré el calor.» Una hora más tarde, a los habitantes les sorprende ver entrar a una momia amortajada en papel de baño.

Xilitla es un pueblo cafetalero en la Huasteca potosina, protegido por la Sierra Madre Oriental, con casas de madera y techos de dos aguas. James se adentra en un bosque de lluvia y descubre un pequeño paraíso al que llaman Las Pozas porque en el río Tranquilín se forman pozas de agua clara. Allí, en medio de una vegetación lujuriosa, predominan las orquídeas, entre ellas aparece Plutarco Gastélum, un joven de veintinueve años, delgado, alto, de frente amplia y nariz afilada.

Para Plutarco, el recién llegado es un espectáculo. Alto y distinguido, bajo una túnica hindú amarilla y oro, sus aspavientos son de asombro y de júbilo; su sonrisa se columpia de un árbol al otro.

—¡Fantástico, maravilloso! —gesticula—. ¡He llegado a la tierra prometida! ¡Aquí voy a levantar mi casa sobre la tierra!

«Así son los que atraviesan el océano; seguramente Hernán Cortés se dio los mismos gustos», piensa Plutarco. «Este hombre blanco, a pesar de su entusiasmo, es otro conquistador, hay que seguirle la corriente, cumplirle los antojos por más bizarros que parezcan.»

—Aquí, en mi paraíso personal, desafío a la muerte —vocea James con sus brazos en alto. Ya más tranquilo, por la noche, escribe: «Mi casa tiene alas y, a veces, en la profundidad de la noche, canta.»

Los habitantes ven con sorpresa a ese turista eufórico que todos los días se baña desnudo en una de las nueve pozas y permanece horas enteras sentado bajo los árboles dibujando en una libreta los monumentos que piensa erigir dentro del gran jardín paradisiaco.

En Xilitla, James levanta treinta y ocho esculturas de cemento; inmensas flores de pétalos de piedra, tréboles gigantes de cuatro hojas, anillos y víboras. Cuando Leonora le dice que le encantaría ser un murciélago, a él se le ocurre el Arco de los Murciélagos para rendirle homenaje, como se lo rinde a Max Ernst. Construye La Casa de los tres pisos que pueden ser cinco, La Casa de los Peristilos, La Casa de las Plantas, Las Puertas de San Pedro y San Pablo, La Terraza de los Tigres, El Palacio de Verano. Nada va a ninguna parte, James invierte los arcos, balancea las columnas, las puertas se abren al abismo, las varillas y el cemento desafían la lógica y se exponen a todas las inclemencias del tiempo. Nada hay del otro lado del puente, los balcones inician un vuelo suicida, el futuro queda abolido, se suspenden todas las garantías. Sus telarañas de piedra construidas sobre el vacío, sólo tienen sentido para él. Por fin, ha logrado lo que no logró en la poesía: revelarse y decir: «Éste soy yo.» En la selva Huasteca, el suyo es el grito del desquite. Aquí sus sueños y sus animales podrán andar libres y él dormirá en la inmensa hamaca tropical construida bajo las estrellas.

—¡Aquí está todo lo que amo! Éste es mi cielo y mi abismo. Piranesi y Gaudí, Escher y Chichén Itzá son mis maestros.

Los potosinos, atónitos, obedecen, don Carmelo Muñoz calcula cimientos y grosor de varillas, pesos y palancas. Bajo su mando, vierten la mezcla dentro de prodigiosos moldes de madera, doblan las varillas, cargan las carretillas de cemento, acomodan los ladrillos con su cuchara y se atreven a preguntar si «el loco» les va a hacer casa a ellos. «Claro que sí», responde Plutarco, y señala a James con una guacamaya al hombro a la que llama *Eulalia* y le canta canciones de cuna o le recita su poesía.

La gran nube de mariposas monarcas que llega a su santuario lo corona. «Si guardas silencio, puedes escuchar su aleteo; a lo mejor son tus ángeles tutelares.» Esa nube de mariposas es para él. Lo maravilla que hayan atravesado más de cuatro mil kilómetros sólo para reproducirse aquí, en Xilitla, así como él recorrió la Tierra entera para abrazar a Plutarco. Él, que viene de tan lejos, por primera vez siente un amor desenfrenado por el yaqui, que lo mira como un venado. ¡Qué importan las distancias infinitas si por fin ha encontrado la razón de su vida! Todo lo que ha visto y amado se encarna en Plutarco. Si en las monarcas, la cópula dura una hora o más, él la hará durar hasta la hora de su muerte. James enloquece:

—De cuatro a doce días es lo que tarda el huevecillo para convertirse en oruga. Yo voy a hacer de ti la mariposa más deslumbrante, la más lujuriosa y fresca, la única que tenga acceso al cáliz de todas las flores. Dentro de ti vivirán los tres reinos. Plutarco, llegas a mí envuelto en un manto de mariposas, eres noble y poderoso como ellas, eres el soberano de las distancias, el rey de reyes, mi emperador, el sultán de los deseos que albergo desde niño, un aristócrata con alas, el príncipe de los aleteos; eres todo lo que soñé, fuiste una oruga en un cuerpecito de apenas cinco gramos y diez centímetros y mira ahora adonde has llegado. Antes de verte, el mundo era para mí absurdo, insensato; ahora me muestras uno coherente y armonioso. ¿Te das cuenta, Plutarco?

Le narra el poema «La conferencia de los pájaros» de Attar, el persa del siglo XII que describe el vuelo de las aves en busca de su rey.

—Tú eres mi valle de peligros y maravillas.

Nadie más atractivo que Plutarco. Al yaqui, nacido en Sonora, le rendirían tributo los soberanos de la Tierra.

«Plutarco en traje de baño es el espécimen perfecto de Yuku, dios de la lluvia.» James lo fotografía a cada instante; en Nueva York le ordena a Tchelitchew que pinte su cuerpo maravilloso para añadir a su colección al mejor modelo. «¡Vas a ver qué hombre!» También a Leonora la conmina:

—Leonora, tienes que verlo, es Adonis, es lo mejor de la creación; nunca contemplarás a nadie tan bello. —La invita a que lo acompañe.

—¿Con Gaby y Pablo?

—¡Claro!

Para entonces, James se ha comprado un tráiler y salen a Xilitla en medio de una tormenta que hace subir el agua hasta las salpicaduras. Leonora se sienta al lado de Plutarco, los niños van atrás con James.

—¿Ma, qué vamos a desayunar?

—Dos rinocerontes, un tapir, un pajarito amarillo, tres dedos de monja. Prohibido nadar en la poza hasta dentro de una hora, no vayan a congestionarse.

Plutarco se zambulle y sale del agua brillante y musculoso. Todos aplauden y él agradece con una gracia suprema. James corre hacia él, le tiende una toalla y lo envuelve frente a Leonora, Gaby y Pablo. «Es el hijo de Tláloc y Coatlicue, es Dios.» James se inclina hasta el suelo, pretende besarle los pies, Plutarco se cohíbe. «Los extranjeros no se miden», piensa. «*Edward is making a fool of himself*», comenta Leonora esbozando una sonrisa de complicidad o quizá de celos. James quiere que todos se tiren a la poza con él desnudos y los potosinos se las arreglan para desaparecer. «¡Híjole, qué chivo más loco!» Insiste en que sus empleados se desnuden y se bañen con él; Plutarco alega: «Es que les da pena.» Don Cipriano dice que los ricos son así, que creen que todo les está permitido. James nunca ha sido tan feliz, habla como perico y viaja con una boa de mascota en un brazo y un pequeño cocodrilo en otro, ¿o será una iguana?

A Gaby le fascinan las luciérnagas y a Pablo los chapulines, que guarda en una cajita de metal ajeno a las locuras de los adultos.

Edward James, emocionado, le ofrece a Gastélum:

—Plutarquito, te voy a enseñar las maravillas de la civilización.

Lo conduce a su tráiler de cocineta y baño, prende la llama del gas y Plutarco se echa para atrás y exclama: «¡Oooooh!» Luego le enseña el refrigerador y Plutarco otra vez hace: «¡Oooooh!»

—¿A poco nunca habías visto uno igual? —le pregunta Pablo.

—Claro que sí, conozco el gas, el hielo, la electricidad; pero si a él le da gusto, pues me hago menso.

—¿Y todos los demás aquí se hacen mensos? —pregunta de nuevo Pablo, a quien no se le va una.

—No, esos se pasan de listos, pero los tengo bien controlados.

Edward ya no halla cómo conquistar a Plutarco y además de comprarle cuarenta hectáreas de tierra y construirle un castillo, a cada rato le recita frases de Plutarco, el griego, que su homónimo acoge con escepticismo: «Disfrutar de todos los placeres es insensato; evitarlos, insensible» o «No necesito amigos que cambien cuando yo cambio y asientan cuando yo asiento. Mi sombra lo hace mucho mejor».

—¿Sabes que Plutarco tuvo mucha influencia sobre Shakespeare, Plutarquito?

Pablo sigue a los adultos, Gaby se aísla. Lee una y otra vez *Tarzán*, su libro preferido, porque en medio de la selva es fácil imaginar a su héroe colgado de las lianas con Chita abrazada a su cuello:

A Gaby lo que más lo regocija es no ir a la escuela en plena época de exámenes.

—¿Te gusta aquí? —le pregunta a su madre—. Esto es un paraíso: las puertas del paraíso se parecen mucho a las del infierno.

Que sus hijos falten a la escuela, sólo es problema para Chiki.

Cuando Pablo ve a Edward dormido en su hamaca, toma una oruga y la echa en su boca abierta.

—¿Viste lo que hizo tu hijo? —despierta Edward, que se enoja todavía más porque Plutarco ríe.

Leonora, acalorada, el pelo electrizado por la humedad, pinta con colores sepias en un muro a una mujer alta y delgada con cabeza de carnero mientras sus hijos juegan y James se duerme de nuevo escondido bajo su sombrero de paja.

En una de las casas, James guarda pinturas de Varo, Carrington y De Chirico. Recarga los cuadros contra las paredes húmedas, entre musgos y raíces, a riesgo de estropearlos. El piso es de tierra y los hongos crecen en los rincones.

De los hijos de Leonora, James prefiere a Gaby y lo demuestra. Al mayor le regala un rompecabezas que representa una carabela de más de cien piezas. «¡Qué belleza!» En cambio, a Pablo le tiende un paquete mal envuelto: «¿Por qué me regalará una muñequita de porcelana si no soy niña?»

Cuando se despide porque tiene que ir a Estados Unidos, a Inglaterra o a Italia, llama a los sesenta y ocho albañiles para encargarles las orquídeas.

La variedad de flores en el bosque de lluvia es fascinante. Edward les dice a sus hombres: «Miren esas raíces, ¿no parecen testículos? Cuídenlas mucho, hagan de cuenta que soy yo.»

Asienten todos con la cabeza.

Ese año, dieciocho mil orquídeas mueren por la helada.

Capítulo 47

EL PESO DEL EXILIO

Caminar por la avenida Álvaro Obregón y tomar té en la gruta caliente de su cocina oscura le sabe a Londres. Algunas tardes, cuando sale en los días de lluvia, el olor del pasto recién cortado la transporta a Hazelwood.

Si vivir de por sí cuesta trabajo, para muchos exiliados un guía espiritual, un gurú, un psiquiatra, una figura paterna se vuelve fundamental. El recuerdo de la tierra que se añora puede envenenar la sangre.

—¿Tú te identificas con la hilera de magueyes que avanzan como un ejército verde sobre la llanura mexicana, Leonora? —interroga Remedios.

—Me identifico con el tequila.

Aún no se acostumbra a los gritos cada 15 de septiembre, ni a la orfandad callejera, ni a los perros sin dueño, ni a los cohetes en los santorales, ni al abuso de la autoridad, ni a las peregrinaciones del 12 de diciembre, ni a la impuntualidad tan aceptada, ni al «¡Mande!» como sometimiento. Vive con un pie en el mundo que la concibió, del que la separa un océano.

El día en que un funcionario mexicano se despoje de su traje y ande entre la gente, el día en que una mujer impida que su marido le pegue, Leonora sentirá más suyo a México. Éste es el país de los licenciados; brotan como hongos en los juzgados, los registros civiles, las iglesias. En la calle de Bucareli, las colas para renovar documentos son una tortura: «No podemos darle la prórroga, tiene que salir del país y volver a entrar.» «Vamos a ponerle una multa por no avisar cambio de domicilio.» «¡No es culpa mía! El que le puso otro nombre a la calle es el gobierno.» «Eso es cosa del gobierno, a usted le toca lo suyo.» «¿Qué, usted no tiene madre? ¿Por qué me da un solo apellido?»

—Tengo un monólogo que no puedo silenciar y me está matando —le dice a Remedios—. Nunca descansa, se repite y repite y repite, y por más que hago sigue dando vueltas. Lo llevo a todas partes apenas amanece.

—Salte a caminar —aconseja Remedios.

—Ya no aguanto a Chiki ni me aguanto a mí misma. Estoy dispersa, mi cuerpo está fragmentado, no sé cómo juntar los pedazos.

—Hiciste bien en casarte con Weisz, es un hombre bueno, confiable, inteligente. Gracias a él, saqué a Lizárraga en libertad porque lo reconocí en un campo de concentración que Chiki filmó en Francia.

—A mí, Chiki no me ha salvado de nada.

—No seas injusta, Chiki se rompe el lomo por ustedes. Vente con nosotros a Erongarícuaro, a casa de Onslow Ford, de allá regresamos renovadas Eva Sulzer y yo. Es un oasis de paz. Estudiamos a Gurdjieff y a Ouspensky, que nos llevan a una vida superior.

—Siento que nunca va a desaparecer esta angustia porque la angustia soy yo. Cada mañana abro los ojos al borde del precipicio y la certeza de la caída es espantosa.

Leonora y Remedios comparten su vida interior.

—Me encanta tu *Angustia*. ¿Por qué la firmaste Uranga?

—Porque era para la Casa Bayer —responde Remedios.

—Siento que me retrataste.

—No, Leonora, no digas eso, tú no estás amarrada. Además, tu inteligencia es superior.

Chiki espera a la cajera que, detrás de la ventanilla, debe tenderle el sobre amarillo con su paga y el recibo con siete copias en la caja del *Novedades*. Como el tiempo se alarga, escoge un periódico al azar. Data de hace más de seis meses. En una página interior lee: «La muerte de Robert Capa es una gran pérdida para el fotoperiodismo.» El corazón quiere escapársele por la garganta. Robert Capa murió en Indochina el 25 de mayo de 1954. Pisó una mina que le voló por completo la pierna izquierda y le abrió el pecho. Tenía su cámara Contax todavía en la mano; su Nikon había volado varios metros más lejos.

Chiki se da la media vuelta. Sube al autobús Roma-Mérida y corre a la calle Tabasco a buscar a Kati. La carrera le acelera la respiración y le oprime el pecho; lo devuelve al verano de 1938 en Madrid, a la agencia Pix, a «Clartés», a Simon Guttmann y a Chim. ¿Qué será de Chim? Ante todo piensa en Kati, que amó a Capa desde la adolescencia. No es posible su muerte, él sabía calcular los riesgos mejor que nadie. Capa era todo lo que Chiki no podía o no quería ser. Devastaba a las más bellas, seducía a los poderosos, bebía martinis, regañaba a los meseros, se hacía amigo de quien encontrara en el bar y ante todo se jugaba la vida en el campo de batalla para tomar las imágenes de guerra que daban la vuelta al mundo.

—¡Kati, murió Bandi! —dice en húngaro.

Kati apenas si abre sus ojos ya cansados y prende un cigarro.

—Ya lo sabía.

—¿Lo sabías y no me lo dijiste?

—Lo supe dentro de mí.

Chiki se desploma. En su vida, siempre habrá alguien que se le adelante.

—Vamos a sentarnos allá afuera a ver si es cierto que, como dice Octavio Paz, la felicidad es una sillita al sol.

Su cigarro en la mano, el sol en el cenit, recuerdan el origen judío de los tres, Hungría, la escuela Pécsi y cómo, ya adolescente, Bandi quería comerse al mundo pero Kati era su puerto de buena esperanza; Kati, su ancla; Kati, su conciencia, porque ella nunca buscó los focos, nunca renegó de su anarquismo, nunca traicionó a esa campesina chimuela de pañuelo en la cabeza que retrató para uno de los múltiples carteles hechos para la Federación Anarquista Ibérica. Bandi buscó la celebridad, mientras que sus compañeros nunca tuvieron esa urgencia.

La Katherine Deutsch de su adolescencia en Budapest era la única que lo conocía. De no estallar la guerra, el intrépido Bandi sería director de teatro en Buda, la ciudad de ambos; y ella, Kati, su primera actriz.

—Las mujeres del mundo han de estar llorando, sobre todo Ingrid Bergman.

—¿Y tú, Kati?

—Yo hace mucho que me siento desolada.

—Voy a llamar a Leonora y a Remedios.

Las tres tienen en común su pasado europeo, la guerra, el arte, la orfandad; las tres se acompañan, se consuelan, se animan, tienen las mismas razones para vivir.

A Paalen lo rodean las *trouvailles* de sus viajes, un pene de ballenato petrificado de más de tres metros de largo, que cuelga de una viga del techo de su estudio.

—¿No vendes tu pene? —pregunta Kati—; porque tengo un amigo millonario que seguro te lo compra.

Así como Leonora pinta caballos, Remedios acumula gatos y búhos en sus lienzos.

—¿Por qué pintas búhos si dicen que auguran la muerte? —le pregunta Gaby a Remedios.

—Porque estoy casada con la muerte.

—Mi mamá pinta a Boadicea y dice que esa reina guerrera se ponía al frente de sus hombres a caballo y era pelirroja como tú.

—¿Te gusta lo que pinto?

—A Pablo le gusta más Magritte.

—¿Y a ti?

—Me gusta el *Gato Helecho*.

Hace tiempo que Leonora se psicoanaliza con Ramón Parres, porque entre cuadro y cuadro cae en la depresión. La pintura es su bálsamo, como lo fue el opio para Joë Bousquet, pero hay mañanas en que la ansiedad la asfixia incluso frente al caballete. No poder identificar el rostro de la bestia que la hace dar bastonazos de ciego la inquieta y llama a Pedro Friedeberg:

—¿Puedes llevarme al loquero en tu coche?

Chiki le pide que se calme:

—Chiki, cada quien es dueño de su destino y no voy a dejar que me hundas.

Él guarda silencio. El temperamento de su mujer va más allá de sus posibilidades.

Pedro la espera en su automóvil para regresarla a su casa:

—Sabes, Leonora, va a llegar el día en que la psicología, el hipnotismo y la psiquiatría se borren de la Tierra porque atentan contra la salud pública.

Al igual que Leonora, Remedios quisiera llegar al perfeccionamiento de sí misma. Los intervalos de paz son breves y Erongarícuaro se los brinda porque Gordon es un buen amigo:

—Remedios, pintas un universo en el que todo es relativo. No te preocupes tanto, tu pintura te vuelca hacia el cosmos —le dice Gordon.

—A veces mis visiones son aterradoras.

—Pinta tus sueños, Remedios, y dile a Leonora que haga lo mismo, la veo más acongojada que tú.

—Ella tiene una capacidad de furia que no tengo. Lo que yo quisiera es dejar de bracear como ahogado. Por eso busco un guía.

—Vivir en medio de exiliados te hace sentir excluida, deberías ver a otra gente.

—Somos nuestra única familia. A los mexicanos no les interesamos. Cuando voy a otras reuniones, jamás me preguntan qué hago ni de qué vivo.

—¿Y tú les preguntas?

—Pues, no.

A través de la Embajada Británica, Leonora descubre al inglés Rodney Collin Smith, que llega a México un año después de la muerte de su maestro, Ouspensky.

—Es un iluminado como a ti te gustan —le informa Elsie Escobedo—. Acompañó a Ouspensky, que ya para entonces era un hombre roto, hundido en la autocompasión. Verlo morir borracho le hizo tomar la decisión de convertirse en guía espiritual.

—De todos modos, quisiera escucharlo porque además del camino del faquir, el del monje y el del yogui, hay un cuarto camino: la sublimación de la energía sexual que, estarás de acuerdo conmigo, es poderosa.

—Me parece que esos Rasputines de segunda no te hacen ninguna falta. Dense un baño de agua fría, tú y Remedios. Es más sano y efectivo que tu cuarto camino.

Rodney Collin Smith es inocente, crédulo, los demás abusan de él, se pone a la disposición del primero que pasa, se adelanta hasta al deseo más extravagante de su prójimo.

«¿Necesitas algo?», pregunta, y se desgasta para cumplirlo. Construye un planetario porque piensa que las células y las galaxias son lo mismo y que cada uno tiene su buena estrella. *El nuevo modelo del universo*, de Ouspensky es su Biblia. Su mujer, Janet, funda una clínica para los pobres.

Compran un terreno arbolado cercano a la fábrica de papel de Peña Pobre para retiros espirituales, y Leonora se enamora del gran jardín con sus geranios y sus rosas silvestres. Peña Pobre es un oasis de verdor en medio del cemento. Cada discípulo tiene su propia cabaña. Rodney, su esposa y tres empleados ocupan la casa principal. El guía recorre las veredas del jardín como si levitara.

Cuando les da la bienvenida, explica:

—Aquí estamos separados del mundo, en un desierto que debemos atravesar solos y en silencio. No se asusten si se encuentran cara a cara con su miedo porque para eso me tienen a mí.

La puntualidad es de rigor y a Leonora le molesta que esté prohibido fumar. Como lo hace a escondidas, Natasha, otra seguidora, la acusa. A la hora de comer y de cenar, el guía se sienta a la cabecera y lee *Relatos de Belcebú a su nieto*, de Gurdjieff. Escoge un fragmento titulado «La oveja y el lobo».

—¿Qué entiendes por oveja y por lobo? —pregunta con gran amabilidad a Leonora.

—Según su Gurdjieff, el lobo y la oveja deben vivir en armonía. El lobo representa el cuerpo y la oveja los sentimientos, ¿entendí bien?; la verdad, me resulta imposible creer que lobo y cordero convivan, y más inexplicable aún que no me permita fumar.

—Si logras dejar el cigarro, tu victoria será tu salvación.

—¿Y quién te ha dicho que yo quiero salvarme?

Al cabo de los días, Leonora se fastidia. También le resultan intolerables sus compañeras de más de cincuenta años, que parecen de cinco. Lloran al hablar y se lamentan.

—El sentimentalismo es una forma de cansancio —repite Leonora, impaciente.

También la hacen recordar lo que le decía Renato Leduc: «En la vida uno debe hacer lo que le da la gana porque frase que comienza con "hubiera querido" vale para una chingada.»

Para desahogarse, destroza a las compañeras en un diario dirigido a Remedios donde además se pitorrea de Rodney y de su mujer, Janet.

—Si en vez de despedazar a los demás con sus sarcasmos, hicieras tus ejercicios de meditación, este retiro te sería provechoso —le dice Rodney con dulzura, como si adivinara el contenido de sus escritos.

—Tengo la sensación de que, vaya donde vaya, cargo un costal lleno de piedras —replica Leonora.

—Ésas son las piedras de tu maledicencia, es tu falsa personalidad, a la que debes renunciar.

—¿Cómo? ¡Yo no tengo ninguna falsa personalidad!

—Eso es lo que crees; hay que mirarse más a fondo, recordar el pasado, rasgar la máscara para que aparezca el verdadero yo. Gurdjieff dijo: «Esfuérzate para que tu pasado no se convierta en tu futuro.»

—Hay momentos en que, por más esfuerzos que hago, el pasado se apropia del presente.

—El pasado muere si el presente le corta el cuello —dice Lillian Firestone con sus anteojos en la punta de la nariz.

A la hora de comer, Janet reparte porciones frugales. Cuando Natasha pretende que le sirvan de nuevo, aclara:

—Si comen demasiado, no podrán sentir la energía cósmica.

Janet insiste en que las luces se apaguen a las diez de la noche. «¿A poco ya regresé al convento?», se irrita Leonora. No aguanta a Lillian Firestone y se lo escribe a Remedios: «¿Dónde estarían los astros en el momento de su nacimiento? Creo que esa imbécil nació en tiempo de las cavernas.» Tampoco aguanta la cara de Natasha y la placidez de su sonrisa. Repite a cada instante: «Quiero integrarme al cosmos», y Leonora le dice en tono de broma que sólo una catapulta podría lograrlo. La otra le da las gracias: «Dentro de mí tengo un cuerpo astral. ¡Qué bueno que lo has comprendido!»

—Nuestra vida es de náufragos, huimos de un fracaso para caer en otro. Este retiro es un salvavidas. Recuerden la frase preferida de Gurdjieff: «El que avanza lento, llega lejos.»

—Por lo visto Gurdjieff no se caracterizaba por su originalidad, porque ésa es una fábula de La Fontaine —responde Leonora con voz aguda.

Además de la posición de loto, Rodney Collin Smith les enseña a meditar y a respirar. Les pide que compren su libro, *The Theory of Eternal Life*, basado en las ideas de Ouspensky. Les cuenta que ahora trabaja en *The Theory of Celestial Influence* y les dará un ejemplar a cada una cuando se publique. También tiene fe en el budismo Zen, por eso les ruega permanecer inmóviles, los ojos bajos, escuchando su respiración, porque la inmovilidad las obliga a vivir el momento presente.

Más tarde, las inicia en movimientos de danzas sagradas, así como en el trabajo comunitario, que une al espíritu con el cuerpo y enseña a amar al prójimo. Hacen su cama, barren su cabaña, lavan su ropa y se turnan para ayudar en la preparación de los escasos alimentos. El propio Rodney aparece con una escoba, un trapeador, es fácil verlo acuclillado frente a las baldosas de la cocina, que talla con una sonrisa a pesar de que el sudor le escurre sobre los ojos.

Georgina, otra comulgante, le espeta a Natasha, que teje una bufanda: «¿Estás haciendo un suéter para una culebra? ¿De dónde sacaste esa nauseabunda lana verde?» Leonora disfruta de la franqueza de Georgina, sobre todo a la hora de la clase de Biblia:

—Todo el mundo sabe que la Biblia no es de fiar. «No me importa hasta dónde sube el agua siempre que no llegue al vino», dijo Noé, que llenó un arca con animales, se emborrachó, cayó al agua y su esposa lo dejó morir ahogado.

—Eso no es cierto, Georgina —la interrumpe Natasha.

—Claro que sí, su esposa se quedó con la herencia y en esa época una yunta de bueyes era mejor que una cuenta bancaria.

¡Qué alivio dejar a esas tontas y a su guía espiritual! Christopher Fremantle, que también llega de Gran Bretaña, es otro gurú. Remedios Varo se entusiasma:

—Es pintor como nosotras. ¡Corre, vamos a conocerlo! Intimó con Gurdjieff. Aplica al arte los conceptos del maestro; para él la concentración es una meta suprema.

Con él, los iniciados descubren líneas nunca vistas en una flor, una fruta, un tablón de madera. Cuando el maestro pregunta: «¿Qué es más importante, la forma o el color?», Leonora titubea, recuerda los *frottages*, los *grattages* de Max, y piensa que la forma es superior a todo.

—Fremantle es un ser excepcional y además tiene muy buena facha. Con él vamos a reducir nuestra paleta a un solo color —suspira Leonora.

La generosidad de Anne Fremantle cautiva a Remedios, a Kati, a Alice, a Eva, a Leonora, que comparte sus conclusiones espirituales con Remedios:

—Libérate de la expresión estereotipada, libérate de las creencias de todos, libérate de los lugares comunes, libérate de las visitas, libérate de aquellos que se consideran visionarios, me lo dicen los dos hemisferios de mi cerebro.

—Últimamente sueño con un cuadro de una monja que me guiña un ojo desde su torre —le cuenta Remedios a Leonora—. Creo que se trata de una figura de la escuela de Zurbarán, o quizás del siglo XVIII, es siniestra y hechizante.

—Píntala.

—Ya pinté *Hacia la torre.* ¿No lo recuerdas?

Además de las endemoniadas de Loudun, a las dos pintoras les fascinan las monjas poseídas por los diablos de Louvier, que derrotan al exorcista. A cada religiosa, la atormenta un demonio distinto. Sor María del Santo Sacramento es poseída por Putifar, Sor Ana de la Natividad, por Leviathan, Sor María de Jesús, por Faeton, Sor Isabel de San Salvador, por Asmodeo. Durante sus vacaciones en Manzanillo, Leonora las retrata a punto de ahogarse: *Nunscape at Manzanillo.* Remedios, educada en colegio de monjas, la aclama.

—Recientemente —le confía Leonora—, tuve un sueño asombroso: estoy muerta y tengo que enterrar mi propio cadáver. Empieza a descomponerse, decido embalsamarlo y enviarlo a cobro revertido a mi casa de la calle Chihuahua. Cuando llega la funeraria tengo tanto miedo de verme que me niego a pagar y lo devuelvo.

—Como si te rehusaras a pagar el precio de la vida; en fin, ¡qué alivio no tener que ocuparnos de nuestro entierro! —concluye Remedios.

Influida por las lecturas que hace de Gurdjieff, Remedios pinta *Ruptura*. Su personaje abandona una casa con seis ventanas y de cada una asoma un rostro idéntico al suyo: «Son mis múltiples yoes, me deshice de ellos cuando me conocí a mí misma», explica.

A la semana, Leonora ve a Fremantle de nuevo y lo encuentra seductor.

—¿Cómo se siente usted del retiro que hizo con mi amigo Rodney Collin Smith?

—Bien, a pesar de que en mi cabeza danzan Tlalpan, Gurdjieff, Ouspensky y los diez mandamientos, así como la escasez de comida durante la semana que pasé a la sombra de sus enseñanzas.

—Estoy seguro de que aprendió algo.

—Ahora quiero escucharlo a usted porque me interesa su teoría del color. Me han contado que sabe todo del rojo, del azul y del amarillo.

Al regresar a la calle de Chihuahua le grita a su marido:

—¡Chiki, sal de tu cueva, hice una deliciosa cena! —Chiki obedece—. A pesar de todo, este retiro en Peña Pobre me dio una paz que no había conocido antes —le comenta a Chiki.

—A ver cuánto te dura.

Capítulo 48

DESATARSE A TIEMPO

Ya sin recursos y en su tercer matrimonio, ahora con Isabel Marín, hermana de Lupe, Paalen se dedica a vender piezas prehispánicas. Como ya no soporta los peligros del contrabando, las drogas y el alcohol aminoran su angustia. Seguidor de Schopenhauer, para quien la solución más inteligente es quitarse la vida, toma su enseñanza al pie de la letra.

Paalen se suicida en Taxco el 24 de septiembre de 1959. Escoge el hotel, paga con anticipación y hasta deja una buena propina. Su último *Autorretrato* muestra un rostro de rasgos desvanecidos, inmerso en el humo de velas que llamó *fumage*.

—Me desconciertan los suicidas, para mí nada supera al espectáculo de la vida —dice Eva Sulzer, y llora.

—Qué ironía, hace años fabricó una pistola de huesos —recuerda Remedios—. El homenaje de Breton en la revista *Medium* fue oportuno.

—Jamás pensaría en matarme —interviene Leonora—. Tengo demasiada curiosidad por saber lo que va a suceder mañana.

—Yo sí comprendo a los suicidas —se apiada Remedios.

—Yo no. Finalmente pasamos más tiempo muertos que vivos —concluye Leonora.

—Bueno —se consuela Alice—, al menos disfrutó de la vida.

—¿Era bisexual? —pregunta Remedios.

—Era trisexual —responde Eva con conocimiento de causa.

Eva y Alice se confortan. Alice tiene el recurso de su pintura, Eva el de su fotografía y su fortuna suiza. Ambas analizan a Paalen y se detienen en las funciones del inconsciente. Su relación con él fue sobre todo psicológica, ambas eran sus esposas, Eva aún más que Alice, porque es la más fuerte del trío.

Eva Sulzer arde de pasión por Jung y habla de él en las reuniones. «Es uno de los más grandes médicos de todos los tiempos.» Remedios y Leonora se reconocen en su interpretación de los sueños.

—Jung dice que nuestros sueños son una fuente de autoconocimiento. Las mentiras que vivimos se nos revelan en los sueños. Tal parece que el inconsciente es un cancerbero al que nunca podemos engañar. Además, no se podría entender el surrealismo sin el psicoanálisis.

—Yo no puedo soñar —alega Kati—. Tengo demasiado trabajo.

A los veinte años, Eva se dispuso a viajar a Nueva York para analizarse con Jung pero había que pedir una cita con un año de anticipación. El psicoanalista suizo perdió la oportunidad de conocer a una mujer bella e inteligente que entraba partiendo plaza, la cabeza erguida. A Eva, a Leonora, a Remedios, a Alice Rahon las cautivan, como a Jung, los fenómenos ocultos. Se cuentan sus sueños. Muy pronto Kati, Remedios y Leonora se apartan porque a Alice le interesa hablar del origen psíquico de la esquizofrenia y a Eva Sulzer de lo mal que se portó Paalen y cómo debió atormentarlo su conciencia. Gran admiradora de Remedios, quiere saber qué va a pintar en su próxima tela. Leonora guarda un hermético silencio sobre sus proyectos. Insiste en alcanzar una verdad que la haga más feliz. «Quiero llegar a ser "persona", lo máximo del ser humano.» También Remedios recurre al psicoanálisis, además de a Walter Grüen, que la complace en todo; Chiki, en cambio, no sabe cómo proteger a su mujer.

—¿Qué indujo a la serpiente a hacerse crecer plumas? —pregunta Leonora.

—¡Ay, Leonora, deja a Quetzalcóatl en paz por un momento!

—En realidad, hablo de una fuerza sin nombre que opera en la psique y puede hacer milagros.

—El mejor psicólogo es el trabajo —insiste Kati.

—¿Tú no te psicoanalizaste nunca?

—Me psicoanalizó la guerra, y ahora lo único que sé es que si no salgo de la cama, nadie lo hará por mí.

Eva Sulzer, la sabihonda, se enoja:

—Tú, Leonora, vas a tus sesiones para no descubrirte; la mayoría va para conformarse, incluso si esa conformidad los lleve a la esclavitud y finalmente a la destrucción.

—¡Quiero conocerme; encontrar mi verdad! —refuta Leonora.

—El día que eso suceda dejarás de pintar.

—La Reina Roja le dijo a Alicia que para llegar más aprisa debía caminar para atrás.

—¿Es eso lo que haces en tu psicoanálisis?

—Sí, me la vivo en Clayton Greene, Lancashire, del brazo de mi padre.

—Lo que pasa, Leonora, es que tú pretendes ocupar

el lugar de tu padre —dice Eva Sulzer, que también se siente psicoanalista.

—¿Cómo voy a serlo si soy su antítesis? —se ofende Leonora.

—¡Te le pareces, eres autoritaria y pretendes que todos dependan de ti! Quizá por eso siempre has sentido que te persigue.

—¡Mentira! —grita Leonora.

Alice Rahon la defiende:

—La gran virtud de Leonora es esa curiosidad que la desuella y, si todos la tuviéramos, se develarían los misterios del espíritu.

—Preferiría que se me revelaran los misterios de la digestión —asienta Leonora.

—Cuando el artista se encuentra a sí mismo, está perdido. No encontrarse nunca es su único logro —insiste Alice.

—Si meditas durante cuarenta minutos cada día, vas a estimular tus hormonas —se apresura Leonora.

—¿Quéeeee? —pregunta Eva sorprendida.

—Perdón, quise decir neuronas —se excusa.

—¡Cuántos lapsus y contradicciones! Todos estamos sujetos a fenómenos inexplicables —sentencia Eva—. Jung se dedicó a la filosofía alquímica y creyó en los prodigios divinos de la naturaleza y de los hombres; si bien comparó a Buda con Cristo, a final de cuentas se quedó con Buda porque Cristo se inmoló y en el análisis junguiano no hay lugar para las víctimas.

—A mí lo que me gustó de Jung es que un grupo de percusionistas y bailarines Masai saltaron en torno suyo en África y aceptó que sintió miedo —se entusiasma Remedios.

Cada vez llegan más visitantes atraídos por el prestigio de Leonora. Chiki saluda y se retira. Al principio, ella hace por retenerlo, después ya no; él es un adulto y si toma la decisión de apartarse es cosa suya.

—Chiki, por lo visto tu refugio es el cuarto más inhóspito de la casa.

—Paso más horas con ustedes.

—No, siempre estás ahí adentro.

—Y tú te aíslas de todo tras esa cortina de humo. Vas a terminar por no ver ni a tus hijos.

—Para serte franca, a quien no quisiera ver es a ti. Ya de por sí haces todo para borrarte de la faz de la Tierra.

Chiki se retrae. A pesar del tiempo, no olvida que en un solo campo los nazis asesinaron a más de un millón de judíos.

—Ya no leas acerca de los hornos crematorios, te vas a enfermar más de lo que ya estás.

Chiki no deja de pensar en esos subterráneos con paredes alicatadas. Ahora algunos campos de concentración son museos en los que se conserva hasta la paja de las literas donde dormían esqueletos que alguna vez fueron hombres. La historia más conmovedora para él es la de Ilse Rosenberg, una muchacha que se puso a recitar poesía en el vagón en el que los llevaban al campo. Un nazi la escuchó y le ordenó declamar un fragmento del *Fausto*. En medio de un silencio pavoroso, Ilse recitó a Goethe y lo conmovió; esto no la salvó de morir en Auschwitz.

—No puedes anclarte en ese infierno. Hazlo por Leonora y por tus hijos —protesta Kati—. Además, tu silencio es ofensivo. Leonora dice que pasan días, semanas, meses sin que le dirijas la palabra.

—No se la merece.

—Lo que sí se merecen ambos es una casa llena de luz. Ésta parece gruta de Cacahuamilpa.

—Lo único que ansío es que esté siempre llena de amigos —aclara Leonora.

Al regresar del cine con los muchachos, Chiki le anuncia a Leonora: «Leduc llamó por teléfono.» Esa misma noche, aparece con un libro en la mano, *Fabulillas de animales, niños y espantos*, para que ella lo ilustre. Es el mismo Renato de siempre; aún más encantador si cabe.

—Estás igualita. También yo tengo una hija, se llama Patricia, la voy a traer.

La alegría de Leonora es evidente y lo invita a cenar. Chiki cuida de que a nadie le falte nada y los hijos se encantan con el visitante, sobre todo Gaby. Hablan de literatura, de Swift, de Carroll y hasta de Mary Edgeworth, pariente de Leonora. Posiblemente Renato es el único que conoce *The Crock of Gold*, un libro que Leonora guarda como un tesoro desde niña.

—Lewis Carroll tiene mucho en común contigo, Leonora; era zurdo como tú.

—Yo no soy zurda, escribo y pinto con las dos manos y puedo hacerlo de atrás para adelante. Tampoco soy tartamuda.

Gaby se queda hasta bien entrada la noche preguntándole de política mexicana. A los quince días Renato regresa por los dibujos. «Están a toda madre.» Gaby le confiesa que escribe poesía.

—Yo también —sonríe Renato.

—Mi mamá nunca me dijo que eras poeta.

—Sí, hasta me ilustró un libro.

Gaby abre una página al azar y lee: «... Amar queriendo como en otro tiempo / —ignoraba yo aún que el tiempo es oro— / cuánto tiempo perdí —ay— cuánto tiempo. / Y hoy que de amores ya no tengo tiempo, / amor de aquellos tiempos, cómo añoro / la dicha inicua de perder el tiempo...»

—No está nada mal, Renato —le dice desde lo alto de la insolencia de su juventud.

—¿Te parece una pendejada? Yo ya no escribo poesía.

—Es un buen soneto, ahora te voy a leer uno mío.

Leduc es un excelente conversador. Gaby le muestra lo que escribe y sigue sus consejos.

—¿Por qué no haces más poesía? —le pregunta a Renato.

—Porque después de permanecer cuatro o cinco horas culiatornillado frente a una máquina tecleando idioteces para ganarse el pan, ya no le queda a uno humor ni para escribirle recaditos a la mujer amada. Mira, Gaby, para escribir novelas, ensayos, teatro u otra cosa de altura, tendría que desintoxicarme del periodismo y hace más de treinta años que vivo de él y para él.

Gaby deduce que la sala de redacción, en donde resuenan las máquinas de escribir, también es cuento o una novela con estereotipos bien definidos: el mentiroso, el oportunista, el adulador, el arribista. «No haremos obra perdurable. No tenemos de la mosca la voluntad tenaz», concluye Renato.

Del México de Renato salen merolicos, cargadores, putas y padrotes. Gaby se pregunta cuál México es el suyo. Con su padre habla en francés y con su madre en inglés. Este país en el que nació es un enigma —a veces lo siente ajeno, incomprensible y hasta cruel— y quizá quien tenga la llave sea Renato.

Los mexicanos, tan humildes y tan humillados, son impredecibles:

—¿Ya llevó al Niño de Atocha a vestir? ¿Puedo ser el padrino de arrullo?

—Fui a darle el pésame a la Guadalupana.

—No hay que olvidar el aguardiente del altar de muertos.

—Vamos a hacerle sus quince años a m'hija, no importa si tengo que robar.

—Ya terminó el novenario, hoy es el levantamiento de la cruz.

—No hay nadie porque todos se fueron al camposanto, es que tienen difunto.

—Quiero regalarle mis trenzas a San Antonio para que me consiga marido aunque esté viejo.

—Ni de izquierda ni de derecha, sino todo lo contrario.

—El señor cura se cogió a mi hermana con todas las bendiciones papales. Allá están en la sala, enmarcadas en oro.

—Hay que llevarle sus Mañanitas a la virgencita.

Chiki, Gaby, Pablo y Leonora se preguntan por qué la gente se aferra a Cristos ensangrentados y se persigna tantas veces. Escriben signos como insectos sobre su cara, su pecho, sus hombros, su vientre. El cuerpo es su propio códice. En Europa, los santos sonríen; en México, el sufrimiento de mártires y almas del purgatorio espeluzna.

Hay momentos en que Leonora camina sobre una isla: ¿Inglaterra?, ¿Irlanda?, ¿Tenochtitlan? Quizá una mezcla de las tres; el lugar que inventó y del que brotan las criaturas que la mantienen amarrada al caballete. ¿Por qué desecaron el lago de Texcoco? Seríamos felices si tuviéramos agua. ¡Cuántos actos en contra de sí mismo comete este país! Ahora todo es polvo. Leonora descubre a México despacio; el país ya la ha descubierto a ella y la retiene.

La ciudad la asalta en sus esquinas que evocan países, ríos y capitales europeas, montañas y lagos, en sus marchantes cuyas manos le recuerdan las de *Los comedores de papas* de Van Gogh. El Distrito Federal se le mete por los cinco sentidos y lo bebe a sorbos como su té.

CAPÍTULO 49

POESÍA EN VOZ ALTA

Alice Rahon usa pareos como tahitiana, su pelo cuelga sobre sus hombros. Caminar ladeándose la hace vulnerable, por lo tanto es más fácil abrazarla. Sonríe y dice poemas que en sus labios suenan como una campana en la noche. No se separa jamás de Eva Sulzer; pasan muchas veladas con Remedios Varo, a quien Eva protege. Alice invita a Leonora y a Octavio Paz a comer en su casa de San Ángel; en la mesa, los tres coinciden en que la poesía debe tomar la calle:

—¡Hay que decirla en las plazas, en el atrio de la iglesia, en el mercado! —gesticula Alice Rahon—. México es poesía pura que debe estallar en la calle.

—Hacer teatro de calidad es indispensable —apunta Octavio—. Aquí el único interesante es Usigli; tenemos que abrirnos, echar puentes sobre el océano. Muchas obras cortas son absolutamente poéticas y fáciles de montar. Yo podría también escribir una.

Dos días más tarde, el poeta llama a la puerta de la calle Chihuahua. Tiene los ojos claros como Max y los

415

doctores Morales. Es brillante, cálido y ama a los surrealistas, que lo consideran uno de los suyos.

—La Universidad nos apoya para montar algunas obras de García Lorca, la *Égloga IV* de Juan del Encina y *La tempestad* de Shakespeare; con García Terrés vamos a crear Poesía en Voz Alta. Pienso traducir unas piezas cortas: *El salón del automóvil*, de Ionesco, *El canario*, de Georges Neveux y *Osvaldo y Zenáida o los apartes*, de Tardieu, y también quiero adaptar a Hawthorne. ¿Podrías hacer tú los decorados?

Los ojos azules que la seducen logran que Leonora acceda a la petición. El poeta se aparece en las tardes para hablar de Djuna Barnes, de Breton, de Picasso, que sobrevuela la Tierra, y sobre todo de Duchamp, a quien admira tanto como al músico John Cage. Los *readymade* son el tema del momento en México.

—Por el solo hecho de escogerlo, el artista vuelve obra de arte un urinario al que bautiza *La Fuente* —protesta Leonora.

—A mí me gustan ese tipo de puntapiés contra la crítica de arte que todo lo adjetiva —responde Paz.

—He dado muchas patadas en mi vida pero sé lo que es arte; eso para mí es un ataque a mi fe en la pintura.

—Al pintarle bigotes y barba a la Gioconda, Duchamp le abrió la posibilidad de que fuera hombre —alega Paz.

—Marcel debió seguir con su carrera. Prefirió clausurarla cuando tenía veinticinco años.

—¿Para qué insistir si sabía que era un gran pintor? ¡A mí me parece mucho más valiente exponer un mingitorio y firmarlo con el seudónimo R. Mutt! Pintarle bigotes y barbilla a la Gioconda es desacralizar la pintura —insiste Paz—. Y más aún escribir al pie del cuadro: *LHOOQ, elle a chaud au cu.* En los veinte, fue una proeza que Man Ray fotografiara a Marcel vestido de mujer con un abrigo de piel y un sombrero *cloche* y diera a luz a su alter ego, Rrose Sélavy.

—Marcel es un misógino, como la mayoría de los surrealistas.

—Poesía en Voz Alta monta *La hija de Rappaccini.* En un jardín de plantas venenosas cultivadas por el doctor Rappaccini, Beatriz, su hija, es «un viviente frasco de ponzoña».

—A Max Ernst le interesaron las plantas carnívoras que devoran a los insectos —informa Leonora.

—El jardín es el espacio de la revelación.

A Leonora, le encanta la idea de que las plantas dan la vida y la muerte y que Paz desafíe la lógica y sostenga que vivir y morir son lo mismo. El veneno puede transformarse en elixir. «Todo mi ser empezó a cubrirse de hojas verdes. Mi cabeza, en lugar de ser esta triste máquina que produce confusos pensamientos, se convirtió en lago. Desde entonces no pienso: reflejo», dice el enamorado de Beatriz. Al igual que en sus poemas de amor, Octavio quiere perderse en la mujer, perderse en la poesía para encontrarse a sí mismo y nacer en ella, morir en ella.

Diego de Mesa es el más culto, León Felipe se presenta a los ensayos con su boina vasca, su bastón y su capa medieval. María Luisa Mendoza se rinde ante el talento: «Esto es sublime, la Comédie Française se queda corta.» A veces Carlos Fuentes acompaña a Octavio Paz y lo escucha con devoción.

—¿Por qué no montamos *El Rey se muere* de Ionesco? —sugiere el joven Juan José Gurrola.

Leonora se encarga de los decorados y del vestuario, entonces su escenografía se come la obra; peor aún, impide que los actores se muevan. Para Beatriz, inventa un largo sombrero blanco que la actriz rechaza.

—Es muy pesado y se me cae. Estoy más preocupada por este armatoste que por lo que tengo que decir.

—Podemos acortarlo.

Juan Soriano sabe cómo pedir las cosas y Leonora achica el sombrero. La hace reír con su levedad risueña y sus ocurrencias de última hora.

—Creo que tú eres un sidhe, Juan.

—Dirás más bien un chaneque.

—Ahora vamos a repetir la escena del beso.

León Felipe y Diego de Mesa aconsejan que sean menos los árboles. «No hay espacio escénico», se queja Héctor Mendoza. «Cada vez que entra El Mensajero tira las flores y los animales pintados.»

También los trajes de Soriano son estorbosos. «No importa», lo defiende Paz. «El uso de más de diecisiete metros de nylon azul rey es una gran novedad.»

Para el siguiente espectáculo, *La cena del rey Baltasar*, Leonora propone que el público se ponga máscaras; no alcanza el dinero para hacer trescientas, tampoco alcanza para terminar el escenario. El entusiasmo no ceja. La puesta en escena de *El libro del buen amor* del Arcipreste de Hita, con los instrumentos musicales de Soriano, es un triunfo.

La familia Alatorre-Frenk canta en *La Farsa de la casta Susana* dentro de suntuosos vestidos de terciopelo y plumas que muy pronto desbordan el presupuesto.

Leonora asiste a los ensayos; medita sus propias obras y escribe mentalmente, *Penélope* y *La invención del mole*. En una enorme olla pone a hervir al arzobispo de Canterbury, a quien Moctezuma interpela. El sacerdote borbotea hasta que sólo asoma su cabeza cubierta por la mitra.

Queda el báculo como si fuera el cucharón de la olla. La imagen la energiza. ¿El mismo arzobispo de México, Luis María Martínez, aceptaría hacer el papel? Tal parece que lleva su sotana *strapless* para bendecir los clubes nocturnos de México.

—En todo caso, si decido cocinar al Papa con una buena cantidad de papas, alguien tiene que ayudarme a pelar tanta papa —ironiza Leonora.

—No cabe duda de que eres una provocadora —ríe Juan Soriano—. En México somos cursis y sentimentales.

En la puerta de la calle de Chihuahua aparece otro joven artista: Alejandro Jodorowsky.

—Soy profesor de invisibilidad.

Todo lo que va en contra de la ortodoxia encuentra en ella una aliada. El joven le propone que mil mujeres vestidas de papisas tomen el Vaticano para que la Iglesia deje de ser misógina.

—Tienes razón, es indignante el trato que nos dan.

Los temas preferidos de ambos son el inconsciente y la abolición de los prejuicios. El argentino Jodorowsky, que también ama a los gatos, le informa de que lo sabe todo del tarot de Marsella porque tiene un tercer ojo de oro. Ella trae su tarot y lo extiende sobre la mesa de la cocina.

—Ese tarot es una gringada de White, no vale la pena, lo usaron los hippies en Berkeley.

—A mí me encantan los símbolos de White —se ofende Leonora—. Mi preferido es la luna-mujer a la que le aúllan una hiena y un perro separados por un alacrán.

—Con esa sola carta puedo ver tu bloqueo por miedos, pensamientos equivocados y tendencia a delirar.

A partir de esa primera visita, Jodorowsky viene con frecuencia. Gaby y Pablo se acostumbran a ver entrar por la puerta a hombres y mujeres tan especiales que ya nada les asombra. De todos, el más excéntrico sigue siendo Edward James y han sabido tolerarlo. Alejandro presenta a Leonora a Álvaro Custodio, que le encarga la escenografía del *Don Juan Tenorio* de José Zorrilla. A la actriz Ofelia Guilmain le obsesiona la Guerra de España y discurre sobre ella en los entreactos. Leonora la escucha empavorecida. Los ensayos divierten a Gaby y a Pablo, que ayudan a su madre a pintar máscaras y decorados.

—Oye, Leonora, ¿por qué no escribimos juntos una obra? —propone Jodorowsky.

—Nunca lo había pensado, ¿qué clase de obra?

—Una opereta surrealista para niños. ¿Se te ocurre algún título?

—¿Qué te parece *La princesa Araña*, en homenaje a la inquilina de mi taller? —dice Leonora.

La princesa Araña no se concreta, en cambio Jodorowsky monta *Penélope* y *La dama oval*.

—Tienes que cambiar la última parte. El padre no va a quemar a *Tártaro*, es demasiado cruel; no le puedes hacer eso a Lucrecia.

—Eso me hicieron a mí, Alejandro.

—Tú eres una leona, como tu nombre indica: Leon (or) a.

—¡Por eso mismo la historia se queda tal cual!

Jodorowsky pontifica acerca de su notable espiritualidad; aun así, se entrega al escándalo. Es el ojo del huracán mientras Leonora huye de las cámaras, incluida la de Chiki. Alejandro quiere volverla personaje público y que todos la reconozcan en la calle. «Lánzate desnuda, aprende de Pita Amor.» Leonora se niega. Christopher Fremantle le enseñó a concentrarse, a vivir a solas consigo misma. «Ahora estoy en un período de quietud», le comunica a Chiki, que la mira incrédulo. Jodorowsky es un chivo en cristalería y por más que a Leonora le gusten las cabras, rompe su paz interior. A Jodorowsky lo sigue una cauda de fotógrafos.

—Tienes muy malos modales, Alejandro; además eres enfático; detesto a los enfáticos.

—¡Ay, sí! Ahora te va a salir lo aristócrata.

En cambio, se siente a gusto en la filmación de la película *Un alma pura*, basada en un cuento de Carlos Fuentes, que la entretiene con las caricaturas que dibuja de los famosos. Leonora interpreta a la madre de Claudia-Arabella Arbenz, y la dirige un fan de Klossowski que demuestra su talento en cada escena, Juan José Gurrola. Durante las horas de espera, el banquero Aldo Morante, hermano de la novelista Elsa Morante, le habla de pintura mexicana y de sus recientes adquisiciones: Francisco Corzas y los hermanos Pedro y Rafael Coronel.

—*I don't know who they are* —dice Leonora.

—¿No te interesa la pintura mexicana?

—Me interesan Remedios Varo y Alice Rahon.

—¿Y Orozco?

—¡Qué horror!

Cuando Luis Buñuel la llama para ver si quiere participar en la película *En este pueblo no hay ladrones*, de Alberto Isaac, un amigo suyo campeón de natación, piensa que sería bonito pasar el día al lado de Gabriel García Márquez —con su peinado afro—, de Juan Rulfo, de Carlos Monsiváis, del caricaturista Abel Quezada y de María Luisa Mendoza, que la elogia y la hace reír. Buñuel le especifica: «No tienes que decir una sola palabra. Quiero que te sientes con los demás en una mesa de café a platicar.» En el último momento, el I Ching le aconseja no ir.

Leonora consulta al oráculo del libro chino adivinatorio hasta para saber si puede o no aceptar una invitación a comer: «Seis en el tercer lugar significa morder una carne seca y rancia y topar con algo venenoso. Leve humillación. Sin reproches.»

Aun con su impermeable ya puesto y su paraguas en la mano, regresa a preguntarle al I Ching si debe salir. Fanática, echa las monedas e interpreta los sesenta y cuatro hexagramas para tener mayor certeza en su decisión.

—Te complicas la vida —le dice Chiki, y ella se irrita. Chiki sacude la cabeza—: Primero fue la Cábala, luego el yoga, ahora el I Ching, ¿qué será mañana?

—Tú no puedes hablar de la Cábala porque es una ciencia sólo para espíritus iniciados y superiores.

—Toca la casualidad de que el judío soy yo.

—Ser judío no basta. No me interesa la Cábala por su religiosidad, Chiki, sino porque me hace ser Dios y crear con un soplo.

—Tú no crees en nada.

—Dije crear, no creer. Soy pintora, y mi fe es la creación.

Leonora empezó a leer textos de Cábala y terminó enamorada de sus mitos, sobre todo del Golem. Las cuatro letras que conforman el nombre secreto de Yahvé están ocultas y el rabino que lo descifre será como Dios.

—Voy a pintar un rabino aunque me diga que la única verdad es la muerte. Lo voy a retratar metido en su tina. Los rabinos prefieren la tina a la regadera y se bañan con su kipá puesto. Yo al de mi cuadro le voy a poner sombrero.

Salvador Elizondo funda *S.nob* y le pide a Leonora que haga la portada.

—La revista será «menstrual».

Elizondo tiene genio pero le disgusta lo de «menstrual».

Tanto Gaby como Pablo se habitúan a que lo primero que piden las celebridades cuando aterrizan en México sea ver a su madre. Es normal que Vivien Leigh, años después de filmar *Lo que el viento se llevó*, llame a la puerta, espere a que le abran y tome té en la cocina sobre la mesa cubierta con un linóleo. A Isaac Stern, Leonora le pregunta si es urólogo y responde: «No, soy violinista», un momento después, Leonora se da un agarrón con él: «Usted no es un artista, usted es un intérprete.» En vez de sentirse ofendido, al otro día Stern se presenta con un ramo de treinta y seis rosas rojas.

—Vamos a meter las rosas hasta en el escusado. No me alcanzan los floreros.

En uno de sus viajes, Pegeen, la hija de Peggy Guggenheim, descubre Acapulco y enloquece por un lanchero. Decide pasar el resto de su vida en traje de baño y con un caballito de tequila en la mano. Peggy se aparece en la calle de Chihuahua con la nariz de siempre y los ojos desorbitados; Leonora le ofrece té en la cocina.

— ¿Me acompañarías a Acapulco a buscar al lanchero y denunciarlo?

—¿De qué vas a denunciarlo?

—De secuestro, de abuso, de...

—Peggy, estamos en México y tu hija es mayor de edad. Arriban a las playas de Acapulco miles de gringas a quienes los lancheros les alborotan el hormonamen. Pegeen no es la única, y en la cárcel de Guerrero no hay celdas para lancheros cachondos.

—En el horóscopo chino, Leonora, tú eres una serpiente.

—Serpiente o cabra o perro o mono, no voy a ir a

Acapulco contigo. Puedo recomendarte al abogado Miguel Escobedo, el joven hijo de mi administrador, que es un as de las finanzas.

Gaby y Pablo viajan a un kibutz en Israel y regresan delgados y asoleados.

—Aprendimos a sembrar, a cosechar, a cargar; el campo ya no tiene secretos para mí —presume Pablo a su madre—, nuestras jornadas fueron todavía más largas que las tuyas cuando cultivabas tus viñedos.

Los dos aprenden hebreo y le enseñan a Leonora que pueden escribir de derecha a izquierda igual que ella.

—Nadie lo hace con las dos manos ni con los dos lóbulos del cerebro, sólo yo. —Leonora defiende su tesoro.

A Leonora, los afanes libertarios de sus hijos adolescentes la sacan de quicio y por primera vez piensa en lo que debió sufrir Harold Carrington con ella. Los dos heredaron el temperamento materno y se atreven a lo imposible. Vivir bajo la sombra de una giganta les resulta peligroso. A los quince años, el primogénito se adueña de su primer automóvil; Larry Bornstein, un judío apasionado de la pintura, invita a los hermanos Weisz-Carrington a conocer Nueva Orleans. Allá Larry tiene un restaurante en el que cinco negros tocan jazz.

La Nouvelle Orleans, como le dice Gaby, es bellísima; la comida francesa y africana, una delicia. Bornstein ofrece recibirlos cada vez que quieran.

A Gaby le fascina el circo, ese remedo de humanidad donde todo es posible: los payasos tristes, las trapecistas embarazadas, los elefantes con su regadera portátil, las mujeres cortadas en dos que se completan al final y saludan con su sombrero de copa en alto. Los cirqueros son súbditos de la Reina Roja, que jamás les mandaría cortar la cabeza porque viven degollados.

Ese mundo de hombres elefante, mujeres cubiertas

de pelo negro, de tortugas que hablan, es para Gaby más real y atractivo que el de la universidad. Disfrazado de perro dirige y actúa; María Félix, cuyo retrato Leonora pinta en ese momento, es su espectadora. Suele presentarse a comer con Juan Soriano y ríen todo el tiempo. Esa noche, después de la función, Leonora explica que a ella la hacen sufrir los animales del circo:

—Sobre todo los caballitos con su amazona en el lomo.

—Las amazonas son mujeres fuertes, ¿te preocupa que se caigan? —pregunta María Félix con su voz de sargento.

También a María Félix le atraen las artes adivinatorias y se sienta con sus pantalones Chanel en posición de loto. Leonora le cuenta de Zoroastro y lee su horóscopo para ella. La casa de Leonora es la de los presagios. María quiere saber su futuro y le tiende su mano para que le diga si le son favorables las líneas del destino: Saturno, Apolo y Mercurio. «¿Nunca has visto un Tarot celta? De los arcanos mayores, El Enamorado es el más bello. Esas dos mujeres, una rubia y otra de pelo azul, somos tú y yo. El hombre de en medio es Cupido.» María Félix aplaude cuando le sale la carta del sol pero Leonora le dice que el sol también significa soledad, falta de amistades, divorcio o amor perdido.

Cuando su chofer la recoge, Leonora le pide a la Félix:

—Quédate un poco más, porque entre más te conozca mejor voy a pintarte.

La actriz se sienta de nuevo en el suelo.

Ambas son Aries; sus elementos son el fuego y la madera.

—¿Cuándo naciste, María?

—¡Eso no se lo digo a nadie!

—Yo nací el 6 de abril de 1917, soy serpiente, probablemente tú seas tigre.

—Adoro las serpientes, si algún día revelas mi fecha de nacimiento, te miento la madre. Es el 8 de abril de hace cincuenta y cuatro años.

—Nuestro planeta es Marte, nuestro color rojo; somos apasionadas, inteligentes e inquietas.

—Alex me regaló un tigre de diamantes de 277 quilates que mandó hacer especialmente en Hermès.

—Ninguna de las dos somos fieles —ironiza Leonora.

El teléfono suena a cada instante: «Ma, ya me voy.» «Ma, nos vemos en la noche.» «No sé a qué hora regrese.» «Es una reunión importante.» «Tengo otra cosa que hacer, no puedo acompañarte, Ma.» Se liberan, son muy populares, enamoran muchachas que los buscan a todas horas.

—¿Ma, no te gusta que a mis compañeras les parezca atractivo? —pregunta Pablo.

—¡Si ustedes todavía son unos niños! —se asombra Leonora.

—Nada de niños, somos hombres.

—Chiki, quisiera echar el tiempo para atrás, que estos niños volvieran a ser orugas.

—Eso es lo único que no va a suceder, cada vez van a volar más lejos.

—¡Qué horror para mí!

—Para mí no es un horror, es lo normal, tienen que vivir su vida, tú ya viviste la tuya.

—Chiki, todavía me quedan muchas cosas más por hacer.

A Leonora le angustia la sospecha de que su vida no sea la buena; a lo mejor su vida se quedó en Inglaterra; toda su pintura lo dice; los hijos nacieron y crecieron en México. ¿Cómo mudarse a estas alturas? Probablemente allá, en el gran imperio británico nadie la recuerde, ni siquiera su familia materna, y para los Moorhead sólo sea la prima Carrington que perdió la cabeza.

Aquí en México están Remedios y otros amores. A lo mejor Hazelwood es ya un mundo imaginario, un sueño que se pudrió hace años.

—¿Les gustaría vivir en Europa?

—Ma, vivir en Inglaterra no va a resolver tus depresiones. Además, tu angustia es tu aliada, es la que te hace pintar —le dice Pablo, que quiere ser médico.

—Ahora resulta que ustedes, que fueron mis alumnos, se han vuelto mis maestros —ríe la madre.

Leonora diseña un tapiz que teje un artesano de Chiconcuac, Estado de México:

—Qué bueno tenerla entre nosotros, señito. Cada trazo suyo es una vena del corazón —exclama el tejedor.

—¿Qué quiere decir Chiconcuac? —pregunta Leonora.

—«En la serpiente de siete cabezas» —señito.

Leonora le sonríe con simpatía.

En la serie de tres tapices *The Snakes*, una serpiente se enreda a una ostentosa mata que podría ser de marihuana. Es una rama dorada y en ella Leonora conjuga su pasado celta y evoca *La rama dorada* de Frazer, así como *La diosa Blanca* de Graves, obras que la devuelven a los cuentos de la abuela Moorhead, quien le aseguraba que la familia descendía de las hadas Tuatha Dé Danann, que viven bajo colinas verdes.

El 4 de agosto de 1963, una noticia terrible afecta al grupo. José Horna, el que alegraba las reuniones, el que nunca regresó a Andalucía, muere en el Sanatorio Español, a los cuarenta y nueve años, de un infarto. Lo velan allí mismo y las coronas de flores se multiplican en el jardín en donde pastan unos borregos que se acercan a comérselas.

—Eso le hubiera gustado a José —se resigna Kati.

Leonora pasa toda la noche con Kati y con Nora, inconsolables. José las hacía amar la vida.

—«Vamos a ser un matrimonio de viejos felices», me dijo José, y me falló.

Kati envejece diez años en una noche y se marchita. Nora, escéptica, crece.

Capítulo 50

NA' BOLOM

Acompañar a Ignacio Bernal, director del Museo Nacional de Antropología, a descubrir un México que aún sigue enterrado emociona a Leonora. Bernal le enseña que, para reconstruir una cultura, lo más importante son los objetos de la vida diaria, y los recoge con cuidado.

—Nadie se da cuenta de lo que vale esto; puede explicarnos todo lo que fuimos.

A los cacharros los barre con un pincel muy delgado para quitarles la tierra y preservar el saber que pueden darle. Cuando Santiago Luna, un ayudante, encaja un punzón en el suelo y hace palanca para ver qué saca, Bernal se enoja:

—Estamos sobre un objeto que corre el riesgo de romperse con la presión: usa la brocha o el pincel.

A Leonora le tiende una vasija:

—Tómala con las dos manos. Esta pieza es única.

Si se ven manchas sobre el pasto, el arqueólogo se detiene.

—Esperen, quizá debajo hay una tumba.

429

—Camino sobre un tambor —confirma Leonora.

—¿Por qué no hundimos una varilla para ver qué encontramos? —ofrece Santiago Luna—. Golpea la tierra y, si suena hueca, es que abajo hay un vacío; entonces es probable que encontremos una tumba.

Al ver la emoción de Leonora, Ignacio Bernal le propone pintar una obra sobre el mundo maya para el Museo Nacional de Antropología.

—Tu mural estará frente al de Tamayo.

Lo único que Leonora sabe de los mayas es que fueron astrónomos y los más cultos e ingeniosos de los mesoamericanos:

—Antes, necesito conocer a los mayas.

—Itzamná podría ser el Yahvé de los judíos.

—Nunca he pintado nada tan grande como un mural.

—Gertrude Duby tiene una casa que llama Na' Bolom en San Cristóbal. Allí puede recibirte.

El viaje a Chiapas resulta agotador, la carretera da muchas vueltas, el asfalto arde como el automóvil pero la grandeza del paisaje la recompensa. El agua brota de todas partes. De pronto, a la hora de subir de Tuxtla a San Cristóbal, entre la frondosidad del bosque, aparece un punto rojo que llamea al pie de los árboles: una mujer con los hombros cubiertos por un tapado incendia la selva con su color estridente. ¿Qué es esta aparición? El rojo se mueve, danza bajo la copa de los árboles. La madera canta. La mujer camina con un haz de leña sobre los hombros y su quexquémetl ilumina el horizonte verde. Un árbol extraordinario extiende sus ramas como alas.

—¿Qué árbol es ése?

—Es una ceiba —le responde el conductor.

Leonora respira hondo, sus emociones son dos palomas que aletean en su garganta. Al levantar la vista, ve tigres en el cielo y, al bajarla, los colores más asombrosos la asaltan:

—Si aquí no dejo de fumar, no voy a hacerlo en toda mi vida —le confiesa a Trudi, su anfitriona, esposa de Frans «Pancho» Blom.

Gertrude Duby Blom, de origen suizo, también llegó a México huyendo de la guerra. Los lacandones la llaman Trudi.

—Yo no sabía nada de México antes de venir, salvo que los mexicanos sacan el corazón. Aquí comprobé que las balaceras superan los sacrificios humanos.

Van a pie por las calles sin acera hasta la tierra roja de Cuxtitali. Los chamulas les ceden el paso; las mujeres envueltas en su rebozo apenas si levantan la vista y se acercan cuando reconocen a Trudi. Huele a madera quemada, a humo, a copal. La milpa entra a las casas.

—Ten cuidado con las hierbas, no vayas a pisar las guías de calabaza ni los tallos de maíz.

Varios pordioseros esperan en la entrada de la iglesia; entreabren los ojos a la neblina.

—El aguardiente que a ellos les venden es asesino —le explica Trudi.

A Leonora le gusta escuchar el sonido de los cascos de caballos sobre el empedrado y ver cómo los amarran a un aro empotrado en el muro. Cuando Trudi le cuenta de un corcel hechizado, ella quiere verlo. En el extremo de un potrero, un caballo respinga bajo los fuetazos de su dueño:

—El fuete es especial para animales hechizados.

Entonces, ante la sorpresa de todos, Leonora se acerca, estira el brazo, el caballo baja la cabeza y ella pone su mano con la palma extendida sobre los ojos del animal que de inmediato se calma.

—¿Cómo hiciste eso?

—Le hablé en caballo. Yo hablo caballo. Ahora quisiera darle azúcar.

Trudi insiste en que ha atravesado a nado estanques y ríos infestados de cocodrilos y no ha salido ni con un rasguño. Según ella suceden cosas más horribles en Acapulco que en la selva lacandona. El gran peligro es el jabalí. Cuando una manada de cincuenta o cien jabalíes guiada por un líder bravo quiere atacar, el único recurso es treparse a los árboles con los saraguatos y los micos. Otro peligro es que caiga un árbol encima del campamento, entonces sí que no hay escape.

—Con Frans caminé durante siete meses bajo la lluvia. Todo se pudría: material, películas, ropa, comida. La selva nos hizo sentirnos enfermos.

—Trudi, tengo hambre —le dice Leonora para que deje de apabullarla con sus hazañas:

—Ah, qué bueno que lo mencionas porque espero que comas saraguato, mico, faisán, venado, tamales, sopa de chipilín, maíz y maíz y más maíz, porque eso es lo que hay. Lo que te va a caer muy bien son mis jitomates, yo misma los he sembrado, tengo el grado universitario de horticultora.

—No te preocupes, como lo que me den. ¿Tendrás té?

—Claro que tengo té. ¡Qué inglesa eres!

En la noche, el frío desciende de la montaña. La bóveda celeste se cuaja de estrellas.

—¿Tienes un mirador para ver las estrellas?

—Todo San Cristóbal es un mirador.

—Poseer un telescopio sin su otra mitad esencial, el microscopio, es un símbolo de la más negra incomprensión. La tarea del ojo derecho es ver en el telescopio mientras el ojo izquierdo se asoma al microscopio.

—Frans regaló nuestro microscopio a la escuelita.

—Este frío me recuerda mi infancia.

Leonora se encierra varios días a descifrar copias de códices mayas a la sombra de Fray Bartolomé; intenta leer, la selva la distrae, podría pasar una eternidad viendo las ramas de los árboles abrirse al ataque de la lluvia que cae durante horas.

—¿Te dan miedo los truenos?

—¿Ves ese rayo? —interrumpe Trudi—. Los mayas creían que el rayo era una serpiente plateada que atraviesa el cielo durante la tempestad. Esa serpiente envía a la tierra su luz en cada relámpago y así engendra hombres y animales.

—¿Qué es un nahual?

—Un animalito que nos protege, tu doble en forma de animal. ¿Cuál crees que sea tu nahual, Leonora?

—Un caballo, ¿y el tuyo?

—Una ardilla. Pasakwala Kómes, chamana, curandera y bruja, dice que soy una cabra.

Trudi camina de un lado a otro sin la más mínima muestra de cansancio. Su energía intriga a Leonora. ¿De dónde la saca?

—Creo que de tanto caminar le he dado tres vueltas a la Tierra. ¿Y tú Leonora?

—Yo como cinco, he caminado más que un judío errante.

Leonora es incansable pero Trudi le gana. La interrumpe en la biblioteca y la saca de quicio con sus malas noticias sobre la selva lacandona.

—Yo quiero que el gobierno sinvergüenza convierta el bosque en un parque nacional y con la ayuda de Chan K'in Viejo, creo que voy a lograrlo

Chan K'in es una aparición misteriosa, con su cabello

largo y sus ojos escurridizos. Descalzo, viste una túnica que alguna vez fue blanca. Chan K'in viene a Na'Bolom y husmea la casa. Si alguien se acerca, lo recorren escalofríos. A Leonora, los lacandones le recuerdan a los sidhes, se esconden tras de los árboles y habitan en la jungla.

—¿Los lacandones te aceptan, Trudi?

—Sí. En cada expedición Frans y yo les llevábamos medicinas, hachas, machetes. Ahora tres lacandones esperan en Na'Bolom a que yo los cure. Me sorprende su inteligencia. Aprendieron en dos semanas a comer con buenos modales. Se bañan en mi tina, fuman y usan los ceniceros.

En San Cristóbal, los jóvenes son buenos con los ancianos. Al ver que envejecen y ya no ven, les lamen los ojos, les machacan la comida y se la dan en la boca, les convidan de su pozol. Así, devuelven algo de lo que recibieron durante su infancia.

Los lacandones, pequeños y delgados, con su cortina de cabello, salen de la selva a casa de los Blom y de pronto ya están en el jardín y llaman a Trudi.

—Mi mujer amaneció mala. Ven pronto.

Trudi cura gripes y catarros, venda heridas, da de comer e impone su autoridad. Leonora alquila una bicicleta y anda como todos en San Cristóbal. Va y viene por la calle y se gana la simpatía de los chamulas; las mujeres le ofrecen bordados, algunas apenas unas niñas, cargan a su hijo amarrado a la espalda. Cada paso es un encuentro con su miseria, también con su magia porque su atuendo y su sombrero con mil listones es una fiesta.

La rubia Ámbar Past le cuenta que «había un hombre que se enamoró de una mujer en el bosque. / Él tenía que irse y decidió dejarla embarazada, / para acordarse de que la quería. / Cuando regresó, había muchas mujeres y todas estaban / embarazadas. / Ya no supo cuál era la suya».

Los apuntes de Leonora llenan su cuaderno.

—¿Quieres conocer a Tonik Nibak, la curandera? Nosotros te llevamos —le dice Pasakwala.

En su casa de madera y techo de tejas, Pasakwala le dice que «mientras la palabra exista, nada se va a olvidar y sólo con la palabra tenemos memoria y si hay memoria yo existo».

—¿Tú crees que yo existo, Pasakwala?

No sé, sólo sé que haces mucha falta.

Leonora llega a la choza de Tonik, una anciana encorvada de ojos llorosos, que la recibe con desconfianza; le hace una limpia con hierbas y copal y le advierte que en la noche salen del mundo inferior las fuerzas de la muerte y que hay que estar prevenidos. Leonora le informa de que casi siempre sueña con un hervidero de hormigas:

—¿Te persignas antes de dormir? Tu sueño significa que una multitud de personas envidiosas te persiguen.

—¿Y qué hago para que desaparezca ese sueño?

—Morirte.

—¿Me voy a morir?

—Al contrario, vas a ser muy vieja, llegarás a los cien años o más.

La chamana le ofrece pozol en una jícara.

—¿Qué es esto?

—No vayas a despreciarla, tómatelo —le ordena Trudi—. Es una bebida de maíz, agua y cacao.

—Adoro el cacao, está deliciosa.

Leonora y su bicicleta se vuelven una figura familiar en San Cristóbal.

—¿Por qué no nos dibujas una ceiba? —le dice Pasakwala Kómes cuando Leonora le pide que le cuente la historia de Xólotl—. Xólotl era un dios capaz de transfor-

435

marse en muchos seres dobles con tal de no morir hasta que se quedó pasmado en su última mutación. El sol necesitaba la sangre de los dioses y como Xólotl huyó, lo convirtió en un pez monstruoso.

Platicar con Pasakwala, con Josefa, con Chica, le revela un mundo parecido al de los sidhes. María Tzu festeja el arcoíris con un poema. «El arcoíris me muerde, Kajval. / Ahora me está mirando. / Me está persiguiendo. / Y entra en mi casa. / Sácalo, córrelo. ¡Que se vaya! / Échale tres piedras. / Escúpele tres tabacos. / Esa Madre del Mal / es puro comer mi corazón. / Me quiere mandar./ Me quiere echar pleito.»

—Aquí llueve mucho, parece que Chiapas es de Tláloc —bromea Leonora.

—En Chiapas los que mueren ahogados son sus elegidos y están destinados a habitar el paraíso de Tláloc.

Las grandes piedras del río le recuerdan las de St. Martin d'Ardèche.

El aullido de un animal interrumpe el sonido del agua.

—Es el saraguato; puede oírse a más de ocho kilómetros.

A Leonora no le interesa reflejar mercados, ni paisajes, ni volcanes, ni chozas, ni iglesias, ni pirámides; ni siquiera lo que sucede en la calle. Pinta su mundo interior. «La razón debe conocer la razón del corazón y todas las demás razones.»

—Haces bien en escoger el arcoíris para tu mural —le aconseja Trudi—; aquí en Chiapas lo veneran.

—En realidad, el que me importa es Quetzalcóatl. ¿Hay aquí un zoológico?

En el zoológico, dibuja tortugas y faisanes, convierte a jabalíes en erizos que recuerdan a las figuras de Max en St. Martin d'Ardèche. Las gacelas se vuelven centauros y los leones tienen lengua de serpiente, a los peces les salen dientes y las víboras se transforman en un colchón y bailan frente a Adán antes de enredarse al árbol del Bien y del Mal.

Por más que le atraigan las costumbres mexicanas, no forman parte de su sangre y en los apuntes para el mural dibuja su pasado. Las iglesias con sus campanarios, la catedral de San Cristóbal con su arquería, *El mundo mágico de los mayas* se funde con el mundo mágico de los celtas.

—Es la primera vez que pinto algo tan grande —le dice a Trudi al enseñarle sus bocetos.

—No tengas miedo, no te quedes en la orilla; recuerda el conjuro de Jwana Krus Posol que recogió Ámbar Past: «Voy a dar un azadonazo en tu cara, tierra sagrada. / Voy a meterme en tu cuerpo. / Voy a enterrar tu santo cuerpo. / Voy a meterme en tu carne. / Voy a sembrar mi milpa. / Voy a sembrar mi trabajo.»

De vuelta en la Ciudad de México, Leonora va a la peluquería. También corta el mural en tres. En el extremo izquierdo del «mundo de abajo» pinta una gran cabeza de jaguar, en el derecho, una ceiba. En el «mundo terrenal» destaca la figura de un caballo blanco más grande que uno normal. A los chamulas los dibuja pequeñitos. Un sol y una luna iluminan el cielo, que cruza una serpiente voladora. Sobre la tierra se multiplican tapires, buitres, leopardos y monos araña. Mientras pinta, Leonora se repite la profecía del *Popol Vuh*: «Del seno de la oscuridad nacerá la luz que nos permitirá ver lo que nos rodea.»

Son días de fervor. A Leonora le parece tener una marimba interna y sus sonidos la apresuran. «Quisiera poder pintar ese sonido de madera.» Así como en San Cristóbal fumaba un cigarro tras otro para espantar a los mosquitos, ahora deja un volcán de colillas al lado de su caballete.

Capítulo 51

EL MUNDO MÁGICO DE LA MUERTE

Después de entregar el mural, Leonora pinta *Dolphin Conference*, *El Rarvarok*, *Alchimia Avium* y *Song of Gomorrah*.

—A mí me pidieron que pintara el muro de la entrada de un hospital —le cuenta Remedios—. Tuve miedo y desistí.

Le enseña su *Naturaleza muerta resucitando*, recién terminada, y *Música del bosque*, aún sobre el caballete: «En él, siento que estoy a punto de representar la unidad entre el hombre, la naturaleza y el cosmos, Leonora.»

Es la tarde del 8 de octubre de 1963, Leonora toma una taza de té en la cocina cuando unos timbrazos insistentes la obligan a salir.

—¿Por qué tocas así? Me asustas.

Quiere reír pero el rostro de Kati la detiene en seco:

—Tengo que darte una mala noticia —le tiembla la voz.

—¿Qué te pasa? Parece como si hubieras visto al diablo. Entra, voy a darte una taza de té.

—Leonora, la noticia es terrible. Mejor siéntate.

—Y tú mejor habla, ¿qué puede ser tan malo para que toques el timbre de esa manera?

Leonora permanece de pie en el quicio de la puerta, Kati se sienta y se restriega las manos como si lavara un trapo escurridizo e invisible.

—La muchacha corrió a la Sala Margolín a avisarle a Walter, él llegó demasiado tarde.

—¿Demasiado tarde para qué?

—Ya no alcanzó a hacer nada, Leonora.

—No te entiendo, Kati.

—Remedios murió esta tarde. Se recostó después de comer porque se sentía mal, parece que fue un infarto.

Las palabras de Kati le resultan tan absurdas que Leonora no las acepta, bebe su té, prende un cigarro como si no pasara nada. Se va a su habitación sin decir una palabra, toma una de las muñecas y le cose encima una falda de colores, luego la envuelve en una cobija y la arropa, quiere dejar la cama lista para acostarla y tira las sábanas, las almohadas y el cubrecama al piso. Desde abajo escucha la voz de Kati: «Leonora, tengo que ir a avisarle a Alice», y el portazo.

Para colmo está sola, es día de escuela; Chiki fue a tomar fotos, no hay quien la controle. Cuando su marido regresa, la encuentra devastada hasta que por fin decide buscar a Walter Grüen.

En un rincón del velorio, Kati, Eva Sulzer y la muchacha lloran. Leonora no puede. Los presentes se miran sin comprender. Walter los recibe sin verlos, los abraza como a bultos. Nada peor podría sucederle, los empleados de Margolín no levantan la vista. Nadie tolera mirarlo a los ojos. Ese hombre fuerte que resistió un campo de concentración ahora se desmorona. Se tapa los oídos y sale a respirar.

—Tienen razón los mexicanos: las lunas de octubre son las mejores —le dice Leonora a Chiki, que también mira la bóveda nocturna.

—Cálmate, llevas un cigarro tras otro.

Leonora no lo escucha, como tampoco oye sus propias palabras; se encierra en su celda interior y recuerda el día en que Remedios le dijo que ellas eran como el zorro y el principito: «"Y cuando se acercó la hora de la partida: —¡Ah!... —dijo el zorro—. Voy a llorar."» Leonora mastica con furia cada palabra. Chiki la mira con ojos cansados; de pronto, siente una infinita compasión por esa mujer que fuma desesperada, se encorva como una anciana, esconde el rostro sobre sus piernas y se hace un ovillo del que sale una voz casi inaudible que ruega: «¿Alguien podría decirle a esa gente que deje de llorar?»

Por la mañana llevan a enterrar el cuerpo de Remedios al panteón Jardín, a treinta metros de la tumba de su amigo José Horna.

—Se van a hacer compañía —murmura Kati, más cansada que nunca.

Leonora se refugia en su taller. Pinta *The Burial of the Patriarchs*: una figura sostiene un báculo con el símbolo de Hermes y conduce las almas de los patriarcas en una canoa a la vida eterna. Lee *Giordano Bruno and the Hermetic Tradition*, de Frances Yates, y pinta *The Burning of Bruno*; admira el reto del filósofo: «No hay que buscar la divinidad lejos de nosotros.» Por eso la inquisición lo llevó a juicio, lo declaró hereje y lo quemó en la hoguera.

Leonora completa sus cuadros con la escritura de «La trompetilla acústica». Su personaje de noventa y nueve años, Marion Leatherby, confinada en un asilo para ancianos, exclama: «Algunas veces me siento como Juana de Arco, tan espantosamente incomprendida. Y a menudo siento que soy quemada en la pira sólo por ser tan diferente a todos los demás.»

«Ésa soy yo», piensa Leonora. ¿Quién la comprendía? «Remedios, Remedios me comprendía.»

Chiki ya no sabe qué hacer. Leonora grita por las noches. La muerte de su amiga hace que retorne con más fuerza una vieja conocida: la angustia.

Al paso de los días, como enviada por los sidhes, Laurette Séjourné, viuda de Victor Serge, la llama para preguntarle si no querría publicar los bocetos de su mural en un libro con el mismo nombre: *El mundo mágico de los mayas*. Leonora accede. Se siente bien con esa mujer de voz persuasiva que le habla en francés. A Laurette también le interesa lo oculto, las piedras prehispánicas le hablan: en Teotihuacán, entabla un diálogo con los dioses. Dice que lo de arriba es lo de abajo; sigue en la tierra suelta el camino de las estrellas. Descifra los signos, comprende hasta los silencios de la piedra. Leonora la escucha con reverencia; le dice que en los dioses mexicanos no hay un solo rasgo de amor, cultivan su rencor y se vengan de supuestas ofensas. Están allí para arrancar el corazón con un cuchillo de obsidiana.

Laurette, con su voz sedante, le cuenta una leyenda:

—Las aves peleaban por ser la más importante. El Gran Espíritu convocó a una asamblea para elegir a una que pudiera gobernarlos a todos.

»"Seguramente elegirán el ave con el canto más dulce," dijo el ruiseñor.

»"Te equivocas," replicó el águila: "quien gobierne debe ser fuerte".

»"Yo tengo que ser el elegido, mi trayectoria es impecable, mi plumaje escarlata maravilla a todos," adujo el cardenal.

»Dzul Cutz, cuyo plumaje era feo, le pidió al pájaro Puhuy que le prestara su plumaje a cambio de compartir con él riquezas y honores.

»El Pujuy le confió sus plumas y el Gran Espíritu nombró al pavorreal rey de las aves. Ya coronado, Dzul Cutz olvidó devolver el plumaje. El Gran Espíritu decidió que así como abría el abanico magnífico de su cola, de su pico saldría un graznido que movería a risa.

—Lo que me cuentas parece la biografía del poder, ¿verdad?

—Así es.

Capítulo 52

DEL AMOR

A Leonora la atrapa la mirada de Álvaro, que sostiene un whisky en su mano izquierda y la observa de pie en la sala de la Embajada de Inglaterra.

—Eres la mujer más hermosa de la fiesta.

—Me lo han dicho miles de veces.

Desde luego, el rostro de Álvaro tiene una pureza de medalla y la mira de tal modo que, sin pensarlo dos veces, Leonora le revela:

—Tú sí me podrías querer como yo quiero que me quieran.

Sin más, él responde:

—Sí, ése soy yo.

En un instante, la vida de Leonora es otra. Las leyes de la física cambian cuando él acerca su rostro al suyo, atrevido, bien cortado; a Leonora la invade una expectativa que la marea.

—Tengo una premonición.

—¿Cuál? —pregunta el hombre ansioso.

—La de la pérdida.

El embajador de Inglaterra anuncia que van a pasar a la mesa. Los lugares han sido consignados; ella quedó a la derecha del anfitrión, al otro extremo ve que las mujeres dirigen sus rostros hacia él; mujeres maquilladas, de pelo lustroso y uñas pintadas, criaturas de salón de belleza que se quieren a sí mismas como aconsejan las revistas de moda.

—Es un gran cirujano —le dice el embajador—. Álvaro Lupi le ha salvado la vida a muchos.

A la hora del café se entera de que Álvaro hace experimentos con el peyote, con hongos alucinógenos, y le pregunta por la psilocibina.

—Yo tuve una revelación; estiré el cuello, levanté los brazos y me lancé a bailar como un Fred Astaire. Fui el dueño de la distancia, del aire, del espacio. Incluso cuando me senté, mis manos siguieron moviéndose al son de la música y el juego de la luz entre mis dedos me hizo caer en el éxtasis.

Leonora escucha casi sin respirar.

—Tienes un rostro prerrafaelita —le dice.

—Me gusta que me digas eso.

Leonora le da cita en el bosque de Chapultepec.

—Bajo los árboles se piensa mejor. Nos vemos a las cuatro en la calzada de los Poetas.

Álvaro cancela compromisos. Hace años que no va a Chapultepec. Encontrar la calzada es fácil. La ve venir vestida de negro, un impermeable le da vuelo porque flota siguiendo la energía de sus pasos largos y cadenciosos. Camina hacia él sin ninguna coquetería, como lo haría un muchacho, con paso desgarbado. Sus movimientos son como las decisiones que Álvaro está por descubrir.

«Con razón es pintora», piensa. En ella, los ademanes

tienen luz propia. De repente se ennegrece y al momento siguiente se ilumina: a él lo absorbe y lo refleja a la vez. Cuando se disgusta, él se vuelve negro; si ella sonríe, él resplandece.

Mientras caminan, Leonora traza círculos en la tierra. Álvaro quiere saber la razón y ella le dice que espíritus malignos podrían transportarlos por el aire.

—¿No haces ejercicio, Álvaro? Yo resuelvo muchos asuntos después de meditarlos durante una buena caminata.

Álvaro se tropieza.

—Aquí debajo —se lanza Leonora— hay otro Chapultepec con su lago, sus sabinos que crecen para adentro, su hierba y sus piedras, aún más bellas que las que vemos, su castillo con su mirador, que permite ver volar el Ángel de la Independencia.

Leonora se detiene bajo un rayo que de inmediato la ilumina.

—Mueve tus manos como lo hiciste la noche de la cena, Álvaro. Vas a volver al mismo éxtasis que sentiste con la psilocibina.

—No necesito volver; nunca he salido de él.

Leonora crea en torno suyo una atmósfera inquietante; las hojas se mueven, adquieren formas que él no había visto antes, vienen hacia ellos, rasguñan. Hasta los más humildes truenos se les echan encima.

—No hay un solo árbol sin personalidad —asegura—; mientras algo respira es bello. Muerto, hay que echarlo a la basura. Muchas cosas que amé han ido a dar al caño.

—¿Qué cosas?

—¡Hombres! —patea una piedra en el camino.

Álvaro la toma de la mano y le sorprende sentirla tan pequeña.

—Ven, te invito a una copa, un café, lo que quieras.

—¿Al Sanborn's? Ese local me gusta.

Sonríe confiada y sigue sonriendo en el bar. A medida que bebe, sus mejillas se encienden.

—Quiero que conozcas a mis amigos, uno se llama Pedro Friedeberg, la otra Bridget Tichenor; tiene un De Chirico maravilloso.

Cuando Álvaro detiene su coche en la esquina de Monterrey y Chihuahua, ella desciende de un brinco y, al cerrar la puerta, declara:

—Yo maravillo a la gente. Me he metido en tu cuerpo sin que te enteres.

Siguen las caminatas entre los ahuehuetes. Una tarde, Leonora le señala uno, sus ramas oscuras, muy altas en el cielo, luego cierra los ojos, los mantiene apretados mientras le dice:

—Para mí, tú eres la solidez de ése árbol.

Álvaro le tiende un collar de perlas y ella lo mira largamente.

—Sabes, tu regalo me conmueve porque las perlas son buscadoras de la verdad. Por eso nacen, viven y crecen en una concha; quieren ser esenciales. Con este collar, has puesto en mis manos un instrumento para alcanzar la verdad.

—¡Cuánta solemnidad! —sonríe Álvaro.

Leonora se enfada.

A Álvaro le sorprende que los amigos artistas de Leonora sean frágiles. Hasta la misma Bridget Tichenor, que tiene tanto mundo, necesita la aprobación de los otros; no se diga Pedro Friedeberg, cuya vocación parece ser agradar a todos con su ingenio y sus disfraces. Como pájaros asustados, leen las páginas del periódico que tiemblan entre sus manos. «Aquí hablan mal de mí.» Se ofenden si no los invitan a alguna reunión, si salieron mal en la foto o no salieron, si Margarita Nelken o Jorge Juan Crespo de la Serna no acuden a su llamado. «A mí nadie me avisó.» Atribuyen sus fracasos a la administración de Bellas Artes. Se hunden si nadie asiste a sus conferencias porque a las de Carlos Fuentes se presentan hasta Tongolele y el Padre Pardiñas, ya sin sotana. El drama es mayúsculo. «Me boicotean, me odian, quiero vivir en otro país, pobre México, está negado al arte.»

Finalmente, la de las opiniones más firmes es Leonora cuando defiende, en nombre de su arte, su derecho a exigir que el mundo se transforme. «He comprobado que los mexicanos no tienen voz en los asuntos públicos; aquí la fuerza está del lado del que gobierna, no del gobernado. ¿Por qué someternos a los mandatarios?» Además, a Álvaro lo deleita la mueca que hace furiosa cuando dice: «Odio los partidos políticos.»

El día que Álvaro alquila un pequeño departamento en la esquina de las calles de Roma y Liverpool, se le revela el amor. Leonora ha vivido la pasión y el hechizo, nunca ese sentimiento cotidiano que crece desde el amanecer. Conoció la obsesión, la dependencia de Max, de Renato, de Chiki; pero el amor amoroso de las parejas pares del poeta López Velarde, de quien le habló Octavio Paz, es totalmente nuevo. El amor trastoca los valores establecidos, arroja a lo desconocido. Breton, el del *amour fou*, estaría contento de su descubrimiento, de la belleza que los demás constatan: «Nunca has sido tan hermosa», de la energía que da la verdad del amor. Ahora recuerda lo que Breton dijo una vez a Jacqueline Lamba: «Eres escandalosamente bella.» Gracias a Álvaro, Leonora se siente «la ordenadora omnipotente del mundo».

Al departamento lleva un caballete, una tela, una caja de pinturas.

447

Rehacer la vida es deshacerse del pasado. A medida que Leonora habla del suyo, Álvaro adquiere la certeza de que un dolor tan extremo conduce a la locura. Además, al contarlo, Leonora se lleva las dos manos primero al pecho, luego al estómago, como si el corazón y los intestinos fueran a salírsele:

—Le entregué todo lo que yo era, me sumergí en él y me fue arrancado tan brutalmente que la vida que apenas iniciaba se me rompió; todos los cables de mi cerebro hicieron corto circuito y me dieron electroshocks para volver a conectarlos. ¿Sabes qué es el Cardiazol? Es una terapia de choque, te inyectan dosis de insulina que terminan en un estado comatoso. En realidad, te matan. Dicen que es una cura contra la esquizofrenia pero el Cardiazol destruye todo lo que traes adentro. El dolor de lo que me hicieron lo cargo aquí y aquí —lleva su mano al corazón y luego a su frente.

Álvaro la mira con un respeto que hace mucho no sentía. Alguien capaz de sufrir con esa intensidad por amor tiene que ser excepcional. «Es fácil arrodillarse frente a una mujer así.»

Leonora tiene poderes, guía a través del precipicio; ella, la luz, la flor al amanecer. Viene de algo infinito, ilimitado; se perdió y se recuperó, abandonó su cuerpo y ahora irradia una luz, una energía o un halo que él reconoce. «Walter Benjamin se suicidó, y eso que ya había logrado atravesar a pie los Pirineos con su manuscrito; si hubiera esperado un poco se habría salvado; siempre hay que esperar», piensa Álvaro. Por eso la sensación de algo antiguo y desconocido que ella le provoca gana la partida. Cuando ella le dice: «Hay fenómenos que escapan a la razón con los que yo estoy familiarizada», él le cree.

—Yo sé que las estrellas son hombres, mujeres y niños que murieron hace mucho tiempo. Son materia interestelar.

—También nosotros lo somos —se rinde Álvaro.

Salir los fines de semana se vuelve una costumbre. Los hijos de Leonora son mayores y Chiki no dice nada. Quizá el verdadero y terrible viaje de Leonora, el de la locura, hace estremecer a Álvaro. Una noche, un mesero tira una charola llena de platos en el Sanborn's, la pintora se levanta empavorecida y grita: «¡Vámonos!»

Si antes Álvaro rechazaba asistir a congresos en provincia, ahora acepta y escoge Necaxa. Los vientos húmedos del golfo se precipitan sobre la zona y se levantan bosques frondosos entre las caídas de agua. En el fondo del valle, en un pueblo entre los árboles, Villa Juárez, los acoge un hotel modesto. Caminan durante horas sin cansarse y todo se les vuelve bosque, el diálogo y la risa, las tortillas y el arroz, las caricias y el amor. A veces discuten. Álvaro es pragmático y ella sigue su instinto, que la lleva hacia la naturaleza; las semillas pueden venir hasta de los Andes traídas por una corriente en la estratosfera y poseer sustancias tóxicas que ella sabe reconocer.

—¿Tóxicas?

—Sí, Álvaro, al pie de los árboles crecen las plantas sagradas, los hongos, vamos a buscarlos.

Al atardecer, después de una larga caminata, se encuentran en lo más profundo del bosque. Pájaros como luces vuelan entre las ramas altas y otros cantan desde sus perchas secretas. El olor de las hojas pudriéndose se mezcla con la fragancia de flores invisibles.

—Aquí están, aquí están, vengan mis amores, vengan mis hijitos —y Leonora se acuclilla al pie de un árbol—. Éstos son, tómate éste —y le tiende un hongo.

—Estás loca.

—¡No me digas eso!, sé lo que hago, tómatelo, mira —y en ese momento comienza a masticar.

—Puede ser venenoso.

—Claro que no, yo sé lo que te digo, métetelo a la boca, es carne de los dioses; además, tú eres médico, tú salvas a los dioses.

Álvaro se lo pasa como un purgante. Leonora ríe y pone su chal en el suelo a modo de almohada y lo invita a acostarse bajo la copa de un árbol.

—Vamos a dormir aquí.

—No, bajemos al pueblo, esto es peligroso; atentas contra tu vida sin darte cuenta siquiera.

—Lo peligroso, Álvaro, es no hacer lo que uno quiere; acuéstate, la tierra está muy suave.

Tendido junto a ella, su sensibilidad exacerbada por el esfuerzo, extenuado por la caminata, siente vértigo, los grillos y las ranas se confabulan para hacerle cerrar los ojos.

—No es nada desagradable morir así. Si es que voy a morir, lo acepto.

Cuando abre los ojos ve que Leonora tiene los suyos bien abiertos y llora. ¿Cuánto tiempo durmió? En la noche negrísima todavía brillan las estrellas. Quiere preguntarle por qué llora pero ningún sonido sale de su boca. Ve su cabello negro sobre la tierra, su perfil y las lágrimas que escurren sobre sus mejillas y por primera vez tiene la sensación de que su vida hasta ahora no ha tenido sentido. No cabe duda, esta mujer le queda grande. ¿Cuándo será él capaz de exteriorizar sus sentimientos como ella? Nunca. ¿Cuándo había encontrado otra mujer más endeble y más dueña de sí a la vez? Sus impulsos, que al principio lo sacaron de quicio, le abren partes de sí mismo que nunca pensó tener. Por fin, después de quién sabe cuánto tiempo, al amanecer logra moverse y abrazarla. Siente más ternura aún: «Leonora, mi niña Leonora.» Ella esconde su cabeza en su cuello y él quita basura de sus cabellos, le alisa la falda y la guía hasta el hotel. «Ven, vamos a bañarnos.»

La quesadilla matutina ofrecida por un hombre de cabello blanco le sabe a gloria, el agua del arroyo resulta un diamante licuado. Con haberla visto una vez, los lugareños la reconocen: «¡Ah, la fuereñita, la alemancita, la italianita, la gringuita, la francesita!» Pertenece a todos esos países.

A las doce del día, cuando el sol arde en medio del cielo, Álvaro pregunta convirtiendo su mano derecha en visera:

—¿Por qué no nos quedamos a vivir aquí para siempre?

—No —responde Leonora, autoritaria—. Ya nos vamos a ir.

—¿Con quién habías venido aquí antes? Todos parecen conocerte.

—Con mi marido.

—Vámonos —la toma del brazo y enmudece.

CAPÍTULO 53

DÍAZ ORDAZ, CHIN, CHIN, CHIN...

A imagen y semejanza de su madre alquimista, Gabriel y Pablo escogen la carrera de Medicina y el misterio de la vida y la muerte. Muy pronto Gaby abandona la facultad de Medicina y se inclina por la antropología, luego la literatura inglesa y finalmente la literatura comparada y la filosofía.

—Quiero escribir porque escribir es escapar de la vida ordinaria, Ma.

—Pintar también lo es. Para da Vinci, la pintura era poesía muda y la poesía, pintura ciega.

—Uno siempre escribe para otro, ¿verdad, Ma? ¿Tú para quién pintas?

—Para mi padre, nunca creí que me dolería su muerte y hasta hoy me doy cuenta de que al inicio de cada cuadro pensaba en él. También pinto para ti y para Pablo, y para Kati y para Chiki, y para Remedios. Sobre todo pinté para Edward y lo extraño más que a nadie.

—Invéntalo ahora como inventas tu mundo.

—Más bien creo que ese mundo me inventó a mí.

Gaby se levanta a cualquier hora de la madrugada porque lo asalta un poema. Chiki despierta al percibir luz en la recámara de su hijo.

—Mañana no vas a dar una en la facultad.

—La poesía es una tirana y si no se escribe en el momento, se evapora.

—Duérmete ya.

—No quiero.

En la universidad, juventud y rebeldía se entretejen, los muchachos no tienen recetas para su futuro porque ignoran cuál va a ser. El país se lo niega. Quienes más los irritan son los gobernantes, que pretenden decirles cómo es México y cómo deben comportarse. «Me visto como se me da la gana.» «Ya no quiero ser licenciado, me cambio a filosofía.» «No me voy a casar ni quiero tener hijos.» «Estoy a favor del aborto.» «Chingue a su madre el presidente de la república.» Las mujeres son ahora más atrevidas. Cuando les gusta un muchacho, se le declaran. A Gaby le sucedió y se quedó sin palabras ante la desenvoltura de la pelirroja que lo asaltó.

Los «troskos», los «mamelucos», los «anarcos» y los «peces» se atacan entre sí. Roberto Escudero pide que el presidente se enfrente a la multitud en el Zócalo. Propone que los funcionarios revelen el monto de su fortuna, que las medidas a tomar se consulten con la población, que haya transparencia en las finanzas y, sobre todo, en las elecciones, que no haya un niño sin escuela y que todos encuentren empleo al terminar su carrera. «Sal al balcón, bocón, sal al balcón, hocicón.» El líder que más atrae a los estudiantes es Luis Tomás Cervantes Cabeza de Vaca. Fuerte, reflexivo, bondadoso, quiere que el país sea de los jóvenes y no de los políticos: «Todos somos uno, todo es de todos», «Los de la opresión son los del gobierno», «La verdad la tenemos nosotros», «México, libertad», «Libros sí, bayonetas no», «Los agitadores son: ignorancia, hambre y miseria», «No queremos Olimpiadas, queremos revolución», «Zócalo, Zócalo, Zócalo».

—Yo no pido un fusil, pido la palabra —dice José Revueltas, y blande su pluma—. Éste es mi fusil.

Los estudiantes lo siguen a través de la explanada de Rectoría. Pepe bromea, aconseja lecturas: Rilke, César Vallejo, Baudelaire. Regresa a sus fuentes: Dostoievski y Thomas Mann. «¿No tienes para libros, carnal?, yo te presto el mío.» Parece un filósofo griego con sus seguidores. Lo busca la policía y vive a salto de mata, duerme en cualquier lado, se tira en el piso de la Asociación de Escritores en Filomeno Mata número 8. El nombre del auditorio «Justo Sierra» cambia al de «Che Guevara». Al apropiárselo, duermen sobre el escenario, en los pasillos, cubren los muros de Zapatas y Villas. Se asean en los baños. Dejan su cepillo y su pasta de dientes en el lavabo y nadie se los vuela.

Los helicópteros giran sobre el centro de la ciudad.

Secuestrar un camión es un acto estudiantil por excelencia. El chofer se alarma, suplica al borde del llanto que no le hagan daño, busca al líder, siempre hay un machín, el más fuerte de todos, el cabecilla.

—No le hagan nada a la unidad, no es mía, cualquier cosa que le rompan, el patrón me lo va a cobrar, y ¿con qué se lo pago, a ver, con qué?

Algunos dicen que no hay que ser, que pobre cuate, otros se envalentonan como en el estadio cuando juegan los Pumas.

—Órale, no seas maricón, no te vamos a hacer nada, llévanos al Zócalo de volada.

A las tres cuadras, una patrulla los intercepta, los activistas chiflan, patean el piso.

—Échale el camión encima —ordena el líder.

Saca al chofer del asiento y acelera.

En las calles del centro, los comerciantes les temen a los universitarios. Si dos muchachos se detienen frente a un aparador, el dueño amenaza: «Órale, ¡caminen bola de huevones!» Otros de plano bajan la cortina de su negocio. Tener una credencial de estudiante es un peligro.

—Vamos a acabar comiéndonoslas —dice Cabeza de Vaca, que tiene a muchos seguidores en la Escuela Nacional de Agricultura de Chapingo.

Nadie va a la iglesia los domingos y a Gaby y a Pablo ya no les preguntan si son judíos o católicos. Al contrario, los muchachos abominan de la religión. Los de Ciencias Políticas son los más radicales y los futuros sociólogos y politólogos impulsan el Pedregal de Santo Domingo, una tierra de lava que los pobres invadieron. En vez de expulsarlos, los de la UNAM los ayudan a hacer su casa. La verdadera vida está en el Poli y en CU. «UNAM, territorio libre de América», grita un muchacho por altavoz.

Pablo trae amigos a casa y en la mesa de la cocina planean acabar con el partido oficial, deponer a los jueces corruptos, ir a ponchar llantas y hacer marchas y plantones. «Siento verdadero estupor por los hombres que nos gobiernan», dice Martín Dozal. A Gaby le parece inteligente porque habla del machismo en los hogares mexicanos y afirma que a la que más admira es a su madre costurera. Pablo se pitorrea del formalismo de los discursos que martillean la Revolución mexicana. Dozal cuenta que ingresó a sociología porque creyó que eran radicales, y se ha llevado una enorme decepción. También los de antropología son unos mamones. A las «niñas bien» de Pedagogía las lleva a clase su chofer y niegan a sus compañeros la luz de su sonrisa.

Gaby sigue en relación con Renato Leduc. Viene a cenar, y se queja con él de la burocracia universitaria, de las secretarias que extravían los historiales académicos, de la espera frente a la ventanilla: «Le falta una copia de su certificado de secundaria», «No coincide la fecha de su nacimiento con la que tenemos aquí». Renato les responde que no hay peor burocracia que el matrimonio, porque ésa mata el amor, y que la entrega del joven a las causas sociales es un cabrón invento porque al envejecer se integra al sistema. Gaby ríe con él, Renato es el hombre mejor informado de México, salpica las malas noticias con su sentido del humor y se carcajea al afirmar que Leonora es una maravilla como amiga y un Churchill con faldas como esposa.

—Yo sí me voy a casar —anuncia Pablo.

Leonora protesta con furia:

—Casarse es como irse a meter con la policía cuando la policía no se mete contigo.

—Ma, no vamos a estar contigo toda la vida.

Los locutores repiten a diario las palabras «rojillos», «provocadores», «infiltrados», «subversivos», «comunistas», «desestabilizadores», «marxistas», y Leonora se indigna.

Edward James trae dos boas constrictor, y le dice a Pablo:

—¿Podrías conseguirme unas ratas para alimentarlas?

—Las que tenemos en el laboratorio son para los experimentos.

Con gran dificultad, Pablo encuentra dos ratas gordas y se las da a Edward, que las echa a la tina de su habitación del Hotel Francis, donde tiene a las boas. Dos días más tarde, James entra al baño y las ratas se han comido a las boas.

Pablo termina tarde sus prácticas médicas y llega a la una o dos de la mañana. Algunas noches, olvida las llaves y Chiki se levanta a abrirle la puerta. Después de ofrecerle café, sacan a pasear a *George*, un collie que Pablo adora. Mientras *George* olfatea los muros y la orilla de la acera, Pablo le confía a su padre sus preocupaciones. De pronto, Chiki mira el reloj: «¿Ya son las cuatro de la mañana? No lo puedo creer, ¡cómo pasa el tiempo! Regresemos porque tu madre se va a inquietar.»

Cada vez que llaman a la puerta, Leonora explota. Gaby y Pablo tienen un mimeógrafo; imprimen volantes en contra de los granaderos y del gobierno. Anuncian la próxima marcha. Cuando no imprimen, salen a hacer colectas con botes de hojalata forrados con las iniciales CNH. Algunos automovilistas los insultan: «¿Por qué no están en la escuela?», «Mejor vayan a trabajar, ¡huevones!» Los muchachos se llenan de rabia, ya es hora de hacer oír su voz, los adultos no tienen nada que ofrecerles.

Pablo se sube en un huacal y toma la palabra en la esquina del mercado Sonora, Gaby reparte propaganda en los autobuses y a la salida de las fábricas, e improvisa pequeños sainetes. En los periódicos y en los noticieros, los juegos olímpicos son el gran tema y el Movimiento Estudiantil daña la imagen que México pretende dar al mundo. Hay que ponerles un alto a los saboteadores. Pablo se rebela: «¿Por qué el presidente no sale al balcón del Palacio Nacional?» Gaby se burla de la autoridad en sus improvisaciones teatrales.

Por la avenida Álvaro Obregón pasan camiones de granaderos uniformados de azul con cascos en forma de bacinica. Gaby y Pablo forman parte de las brigadas médicas y Pablo ha atendido a varios heridos. Viven con miedos reales e inventados, porque el ejército se hace cada vez más visible y en la facultad de Medicina corren historias de desaparecidos.

Chiki y Leonora vuelven a los años de guerra. Sólo falta que los bombarderos sobrevuelen la ciudad. Gaby o Pablo corren a abrir la puerta y, al entrar, Javier, Mateo, Tita, Nacha, Carlos, Raúl o Elisa miran tras de sí por si alguien los sigue. «Vengo por los volantes.» «Agarraron a Edgardo Bermúdez del Poli.» «Andan detrás de los maestros.» A Leonora se le encoge el corazón cada vez que sus hijos salen de casa. «Torturaron a Luis Tomás Cervantes Cabeza de Vaca, el de Chapingo, por poco y lo matan.» A Chiki, la angustia le enrojece los ojos.

En los salones y corredores de Filosofía y Letras algunos instalan colchones y bolsas de dormir. «Ya tienen fichada mi casa. Mis padres están furiosos conmigo.» El gobierno considera a la UNAM un semillero de agitadores. ¿Por qué permite el rector Barros Sierra que pasen la noche en el salón de clases? «Ésos no son estudiantes, son unos parásitos, cínicos y analfabetos.» Gaby y Pablo cambian de acera cuando ven a un policía. Gaby tiene el cabello largo. A todas partes lleva un cachorrito metido en el bolsillo del saco. Abre la puerta de casa y seduce a la visitante en turno. Con su mano derecha saca al cachorrito para que tome aire y sólo se oye el «¡Ay, qué ternura! ¡Mira nada más, cabe en la palma de su mano!», de alguna adolescente enamorada.

Los dos hermanos marchan con su escuela y Gaby sigue con sus *happenings* y números de circo. «Leonora, vi a tus hijos en la manifestación», «Leonora, me encontré a Pablo frente a Rectoría». Ten mucho cuidado con él «se me hace que se aventó de lleno al movimiento y Díaz Ordaz está que truena en contra de los que se oponen a las Olimpiadas». Los hermanos salen de la casa con su mochila al hombro y Leonora no sabe cuándo regresarán.

—Tengo miedo de que algo les suceda.

Chiki guarda silencio. Los granaderos son capaces de cualquier cosa. Los volantes los pintan como orangutanes.

A lo largo del paseo de la Reforma se estacionan camionetas azules llamadas «julias».

—En ésas te llevan a la cárcel —informa Pablo.

Tres veces al día pasan camiones del ejército atiborrados de soldados.

—Tememos que sucedan cosas mayores, hay velorios en muchas colonias de la ciudad —le confía Inés Amor a la hora del té.

El 18 de septiembre, el ejército entra a la Universidad, detiene a funcionarios, secretarias y estudiantes. La violenta toma de la Ciudad Universitaria atemoriza a Leonora y a Chiki: «Tiraron los libros al suelo, los pisotearon, los orinaron.»

—Vámonos a la sierra —ordena Sócrates Campos Lemus—; yo consigo ametralladoras.

A Lorenzo Ríos Ojeda, un alumno de Biología del Politécnico, lo asesina un policía mientras hace una pinta en una calle de la colonia Lindavista. A sus padres les avisó de que llegaría tarde porque iba a pintar letreros de «Únete pueblo» en las bardas. Pablo lo conocía, coincidían en algunas clases. Cuando le dijo que él había escogido patología, Lencho respondió: «Lo mío es la biología.»

—Ma, no somos grandes activistas pero no podemos permanecer indiferentes. Al menos eso nos enseñaron ustedes y lo comprobamos en el kibutz.

A Leonora la reconforta que algunos de sus amigos apoyen a los estudiantes y asistan los domingos a la explanada de Rectoría a leer poesía o a tocar música. Gabriel Zaid lee *Seguimiento* y los enamorados escuchan sentados en el pasto.

—Parece que ya se llevaron al Pino, a Salvador Martínez della Rocca, y agarraron a muchos del Poli que están muy fregados.

Los tiempos cambian. En Berkeley, Joan Báez les cantó a Sacco y Vanzetti y los crisantemos florearon en sus manos. *Peace and love*. Nadie va a ir a la guerra. El pelo largo de Gaby hace que un ciclista le grite al pasar: «¡Hippie!», y un anciano deja salir un «¡Maricón, maldito joto!» a través de sus dientes postizos.

Al salir de la UNAM, Gaby da clases en el Instituto de Filosofía de José María Espinasa:

—Voy a moverles el tapete —desafía a sus alumnas—. Para la próxima clase tienen que leer *Casa de muñecas*.

Entre las estudiantes, Rosa Nissan se escandaliza con Ibsen. Acostumbrada a obedecer, la clase de Gabriel Weisz es una sacudida. También lo es para Miriam, Esther, Guita y Sara, que avisa que va a dejar a su marido porque el maestro Weisz le ha hecho ver que ella no es nada más un objeto.

—Transformen su vida, lean *Una habitación propia* de Virginia Woolf. ¿Qué no saben trabajar? —pregunta irónico.

—Es que cuidar a los hijos toma tiempo —protesta Esther.

—No sólo deben pensar en sus hijos, deben tener un cuarto propio, un cuerpo propio y dinero propio.

Leonora educó a sus hijos dentro del feminismo; es tan fuerte su influencia que Gaby imparte estudios de género y sexualidad desde el punto de vista ritual, antropológico y mágico.

Cada clase es una provocación. Las recién casadas discuten, a la hora de la cena, con su marido. «¿Quién te ha metido esas ideas en la cabeza?», « ¿De dónde sale ese maestrito?»

Finalmente, expulsan a Gabriel por difundir las ideas heredadas de su madre.

Leonora ya casi no ve a su amante Álvaro, le irrita su indiferencia.

—¿No tienes miedo?

—No te preocupes, no va a pasar gran cosa. El gobierno va a ganar, eso es todo.

La noche del 2 de octubre, un muchacho llega sin aliento, los ojos desorbitados.

—¿Dónde están Gaby y Pablo? —logra preguntar a Leonora.

—En un mitin en Tlatelolco.

—Los soldados masacraron a la gente, están por todas partes y detienen a los de pelo largo.

Leonora se lleva las manos a la cabeza, Chiki la abraza.

—¿Puedo quedarme aquí a esperarlos?

—Sí. ¿Quieres un té? —pregunta Leonora, su cigarro en la mano.

—Preferiría un toque.

—No hay —interviene Chiki.

—¿Puedo llamar a mi casa?

—Eso sí. Apenas suene el timbre de la puerta corre a esconderte en el cuarto oscuro al fondo del corredor.

—¿Cómo te escapaste?

—Todo iba bien hasta que un helicóptero sobrevoló la plaza. Tiró dos bengalas verdes, se desató la balacera y corrí hacia la avenida. Alcancé a oír el ruido de las botas de los soldados. «¡Ahora van a ver, hijos de la chingada!» Entraron los tanques, como si estuviéramos en guerra.

Por fin, a las dos de la mañana, entran Gaby y Pablo con la ropa.

—¡Qué bueno que estás aquí, Leonardo! —abrazan a su compañero escondido—. El gobierno nos echó los tanques encima, se inició la balacera, subimos a galope al último piso del Nuevo León, y una muchacha nos metió a un cuarto de servicio. Ella misma nos sacó a medianoche. Se llevaron a miles de compañeros. Voy a llamar a Leduc, conoce a todo el mundo y puede ayudarnos —dice Gaby.

—Una vieja como de cuarenta años —cuenta Pablo— se fue directito a un tanque y le dijo al soldado: «Te debería dar vergüenza matar jóvenes como tú», y de tan sorprendido, el tipo la dejó ir.

—Vengan a la mesa, tómense un té —interrumpe Leonora.

—No, Ma, antes tenemos que hacer algo urgente —Gaby mira a Pablo.

—¿Qué van a hacer? —pregunta Chiki.

—Vamos a desaparecer el mimeógrafo.

Cavan en el patio un agujero, meten el aparato y lo cubren de tierra.

—Son capaces de cualquier cosa, Ma. Algún habitante del futuro descubrirá un día esta extraña pieza arqueológica.

Los Weisz pasan una noche terrible. Al día siguiente, los periódicos publican que el gobierno ganó la batalla contra guerrilleros, alborotadores y comunistas.

—¡No salgan a la calle! —suplica Leonora.

Cinco días después de la masacre, el 7 de octubre, Elena Garro denuncia a escritores, pintores y cineastas que asistieron a las asambleas en la Facultad de Filosofía y Letras. Según ella, azuzaron a los muchachos: Luis Villoro, José Luis Cuevas, Leopoldo Zea, Rosario Castellanos, Carlos Monsiváis, Eduardo Lizalde, Víctor Flores Olea, José Revueltas, Leonora Carrington y hasta Octavio Paz, embajador en la India. Una llamada anónima aterra a Leonora: «Los tenemos fichados.» Suena el teléfono:

—Mucho cuidado con tus hijos, Leonora —dice Renato.

El 12 de octubre la revista *¡Siempre!* publica un artículo de José Alvarado: «Había belleza y luz en las almas de los muchachos muertos. Querían hacer de México morada de justicia y verdad: la libertad, el pan y el alfabeto para los oprimidos y olvidados. Un país libre de la miseria y el engaño. Y ahora son fisiologías interrumpidas dentro de pieles ultrajadas. Algún día habrá una lámpara votiva en memoria de todos ellos.»

Las noticias devuelven a Leonora a la salida de Francia en 1940. Otros padres buscan a sus hijos. Manuela Garín y Rogelio Álvarez publican un desplegado en *El Día* preguntando dónde está Raúl; su hijo desaparecido. «Los tienen incomunicados en el campo militar número uno.» «Los han torturado.» «El ejército no le permite la entrada a nadie.» «Los desvistieron en Tlatelolco y los mantuvieron encuerados bajo la lluvia.» «Los tratan como a asesinos.» «Heberto Castillo escapó de milagro entre las rocas del Pedregal.» La palabra cárcel es una constante. Ahora no son los alemanes que invaden Francia y amenazan a Leonora, ahora la persiguen los mexicanos, van a masacrar a sus hijos.

—Chiki, tenemos que irnos lo más pronto posible.

—Sabes bien que no tengo pasaporte.

Capítulo 54

ENTRE MÉXICO Y NUEVA YORK

A fines de 1968, Leonora y sus dos hijos vuelan a Nueva Orleans, van a casa de Larry Bornstein. Varias semanas más tarde, Chiki les escribe que pueden volver a México, que ya pasó el peligro y la UNAM volvió a la normalidad.

Encuentran la Ciudad Universitaria vacía. Volver a su facultad es una nueva derrota. Los compañeros están deshechos, los líderes encarcelados, y sus familiares hacen cola frente a la puerta del negro Palacio de Lecumberri. A Leonora, el teléfono la sobresalta, no puede concentrarse en su pintura. Inés Amor la presiona porque faltan cuadros para su exposición individual en la Galería de Arte Mexicano de 1969.

—¿Cómo vas a mantener a tus hijos? Desahógate pintando.

—Mientras pintaba un caníbal con trinches en los pies y en las manos sobre un fondo rojo, pensaba en el presidente de la república.

—Yo me encargo de exponerlo

—Tengo miedo.

Leonora ha adelgazado tanto que se le marcan las costillas. Sus omóplatos parecen querer atravesar su blusa, lo mismo sucede con sus pómulos.

—Come Leonora, come, vives de humo de cigarro y de té —insiste Chiki desolado—. ¡Gaby, córtate el pelo! —ordena.

Más por la angustia en la voz de su padre que por convicción, Gaby aparece con un corte militar que hace resaltar su mirada penetrante.

A Pablo lo admiten en la Universidad de Nueva York para estudiar Patología.

—Mi especialidad es el estudio del sufrimiento: estoy seguro de que no basta atender sólo el del cuerpo —afirma Pablo, que también sigue a Jung.

—Chiki, no puedo vivir sin mis hijos y voy a seguirlos.

Chiki visita a Kati varias veces a la semana.

—No te preocupes, así es Leonora, pronto regresará.

Leonora se despide de Álvaro:

—¿Qué hago con el retrato que me hiciste, Leonora?

—Quémalo.

—Si ya no vas a ir al departamento, ¿qué hago con tu caballete, tus telas?

—Si quieres, vamos por ellos el jueves —Leonora se dulcifica.

Álvaro intenta calmarla.

—Nada les va a pasar a tus hijos, esto no es la guerra que viviste.

—Sí, es una guerra, hay muchos muertos, yo me voy.

En Nueva York, encuentra un departamento frente al Gramercy Park, un jardín cuadrado para el que se necesita llave. Lo escoge porque se localiza muy cerca de la librería Kristine Mann del centro C. G. Jung y en sus anaqueles, además de la obra completa de Jung, despliega una colección extraordinaria de textos de psicología y esoterismo. Leonora va casi a diario. También adopta a *Baskerville*, abandonado por los antiguos inquilinos. El departamento, oscuro, es un sótano. Después de una semana, el dueño, impresionado por su curiosidad, le ofrece un sillón al fondo de la librería para que lea allí mismo.

—Ya veo que el deseo de aprender es un rasgo de su personalidad. A mí también me apasiona Jung.

—Me interesa más que Freud —responde Leonora.

—¿Analiza usted sus sueños?

—Sí, procuro recordarlos, pero nunca he pintado un sueño. Todo es real.

—¿Así que es usted pintora?

Con su impermeable que vuela tras de ella como años atrás, cuando llegó de Portugal, Leonora recorre las calles sin cansarse. Le preocupa la falta de dinero. Si la galería Brewster no vende sus cuadros, no tendrá para pagar la renta. Sus hijos son becarios y Chiki vive de lo que gana.

La distancia entre los dos es una tregua.

Leonora camina sin darse cuenta de lo largo de su recorrido. Caminar es su salvación, ver el asfalto pasar bajo sus pies es como ver agua. «¡Soy un corsario, soy todopoderosa! Mientras pueda poner un pie delante del otro, nada malo va a sucederme.» ¡Cuánta elasticidad tienen sus piernas! ¡Qué buenas piernas!

—¿Te viniste a pie? —le pregunta Natalia Zaharías, su amiga—. ¿Te das cuenta del número de cuadras que has recorrido?

Leonora sonríe:

—Todavía puedo.

Se cruza con otros que también andan a buen paso. ¡Cuántas ondas de simpatía!

Su esperanza está puesta en la exposición de los surrealistas en la Galería Byron de Nueva York. Trabajar en la oscuridad del sótano la deprime. Su estudio en México, por más pequeño que sea, recibe el sol.

Le preguntan por los poderes mágicos del movimiento surrealista y responde que ahora cree que la obligación de un artista es saber lo que hace aunque tenga que ponerle pantalones a Venus o a Medusa, su hermana gemela.

En 1970 muere Maurie. «Ahora sí soy huérfana: no tengo ni padre, ni madre, ni nana.» El rostro polveado de su madre, «*too much rouge, mama, too much rouge*», la acompaña de día y de noche. «Nadie más me va a amar como ella. Su devoción absoluta, su lealtad; si alguien estuvo a mi lado, fue mi madre.» La asaltan los remordimientos. «¿Por qué no la vi más? ¿Por qué no la acompañé a la hora de su muerte? Murió sola.» Después de Hazelwood y sus jardines vacíos y desolados, Leonora viaja a Irlanda, a la isla de Man y a Escocia. Visita las piedras paradas de Stenness Orkney y bebe *scotchs* a la salud de su madre. Un lama tibetano, al verla tan triste, la consuela:

—La vida es un río, fluye, no hay que aferrarse a nada, todo debe ir con la corriente. De nada sirve asirse a personas o a cosas.

—¿Qué debo hacer?

—Adentrarse en su ser, meditar apenas salga de la cama, repita el mantra *Nam myoho renge kyo*, y eso la tranquilizará. No piense en nada. Quizá alcance hasta el sueño que ni siquiera se atreve a soñar.

Leonora lo intenta; la asaltan las voces de Gaby y Pablo, y la angustia que no cesa. Sus hijos ya tienen su vida y le es imposible desatarse de ellos. Verlos y oírlos es lo mismo que comer.

Además de la muerte de Maurie, le calan la soledad y el paso de los años. Vuelve a acudir al lama tibetano y, mientras caminan, le cuenta que un pajarito estaba acostado de espaldas con sus patas hacia arriba, y otro pájaro le preguntó qué hacía; el primero respondió: «Estoy sosteniendo el cielo con mis patas y si me muevo se caerá.» En ese momento, se desprendió la hoja de un árbol, el pajarito, asustado, voló... y el cielo no se cayó.

—¿Me quiere decir que deje de sostener el mundo?

—Sí, sus hijos ya vuelan solos. Emprenda usted otro vuelo con otras alas.

El Dalai Lama viaja a Canadá y Leonora lo sigue. El budismo la libera de su angustia. Las palabras del gurú la hacen renacer:

—Va a tranquilizarse y alcanzar el Nirvana. Usted tiene una sabiduría intuitiva.

Reconfortada, Leonora prepara en Nueva York una exposición para la Galería Iolas y el Centro de Relaciones Interamericanas. También la invita el Museo de Arte Moderno de Austin, Texas. Publica «La puerta de piedra», escrita hace años, cuando Chiki la enamoró al contarle su infancia. Entonces, Pablo, Chiki, Gaby, Kati, José, Remedios y Edward James eran su mundo. La vida amorosa resultó difícil y Renato tuvo razón: «El matrimonio es la burocracia del amor», y ella no supo desatarse a tiempo. Lo que sí supo es diferenciar amor de deseo y en esto último no puede quejarse: despertó pasiones y correspondió a casi todas, porque sabe que el deseo que no se satisface abrasa al cuerpo y vivir encenizada no es vivir.

Si no pinta o expone vuelve a la librería Kristine Mann y el dueño la recibe con el rostro abierto por la alegría. Rodeado de libros antiguos y tratados de alquimia, parece un mago y cuando le dice que posee la forma de la rosa alquímica, Leonora le responde que para ella la única rosa alquímica es una col.

—¿Una col? —se extraña el librero.

—Claro, la col llora si la sacan de la tierra y vuelve a gritar en el instante en que la meten en agua hirviendo, lo mismo que las truchas. ¿Ha visto cómo las avientan vivas y se doblan en un último esfuerzo por recuperar el aliento?

—Si tiene usted esa sensibilidad, sabrá cuidar este libro —y el dueño le regala el *Espejo de la Alquimia* de Roger Bacon—. Es la edición de Lyon, de 1553, está en francés.

Leonora no cabe en sí de la emoción:

—No se preocupe, aprendí francés de niña y cultivé viñedos en Francia.

Pintar la col es pintar la rosa azul alquímica, el venado azul que es el peyote. Acomoda su caballete junto a la ventana y comienza a trazarla despacio, como si la saboreara. Dibujarla en Nueva York es un desafío. Escribir y pintar se parecen porque ambas artes —la música también— buscan un receptor. ¿Quién es su receptor en Nueva York? De inmediato, Leonora piensa en el rostro de simpatía del librero y en la tarde, con *Baskerville*, va a pie a la librería. Cuando la ve venir, sale él mismo a abrirle la puerta. Los libros calientan los muros, la atmósfera es amorosa, Leonora se quita el abrigo.

—¿Cómo va la pintura? —le pregunta.

Leonora piensa que a lo mejor no va a entenderla, todos somos distintos, percibimos en forma diferente y decírselo tiene poco sentido porque él pensará de acuerdo con quien es él. ¿Quién es? Ni siquiera sabe su nombre. Y abruptamente se lo pregunta. Resulta que es suizo-alemán, como Carl G. Jung, vino de Basilea y se llama Carl Hoffmann.

—Una vez, un perro le ladró a una máscara que hice y éste es el comentario más honorable que he recibido jamás —le cuenta Leonora, y lo hace reír.

La invita a cenar y ella acepta. El restaurante tiene algo de santuario y de chimenea, como la librería, y después de una copa de vino tinto Leonora habla de su feminismo.

—No sé de ninguna religión que no declare que las mujeres son débiles mentales, sucias, criaturas inferiores a los machos.

—Sin embargo, toda la cultura gira en torno a las mujeres y se dice que son la crema de las especies. Lo que sucede es que el Homo Sapiens es menos sabio de lo que cree.

—Tiene usted razón. También los misterios son nuestros.

—Mañana le enseño los libros de Germaine Greer, Betty Friedan, Sandra Gilbert... Estoy seguro de que conoce a Mary Woolstonecraft.

Leonora regresa a México: «Durante todo este tiempo traté de alejarme; nunca pude, algún embrujo me retiene como una mosca pegada a la miel.»

La feminista Lucero González le pide un cartel: «Mujeres Con-ciencia». Leonora dibuja una Eva que devuelve la manzana y recupera su lugar de mando. Sus reflexiones cautivan a Lucero, que la escucha en la mesa de la cocina. Según la pintora, la Biblia tiene más lagunas que verdades y depende de las interpretaciones de sus escribas. ¿Por qué Dios se habrá vuelto tan popular si es un viejo furibundo que castiga y destruye? ¿Cómo se puede venerar a alguien que sólo envía plagas y aniquilación? ¿Por qué se le echa la culpa de todas las catástrofes a Eva? ¿Quién engendró a seres humanos parecidos a los ángeles? ¿Eva? ¿Lilit? ¿Darwin? ¿El Big Bang? ¿El Golem? ¿Quetzalcóatl?

Lucero González la escucha sin parpadear y Leonora continúa:

—Si todas las mujeres del mundo decidieran controlar su natalidad, rechazar la guerra, la discriminación sexual y racial, el mundo sería otro.

Ahora sí que en México la pintora es visita obligatoria, como las pirámides y el castillo de Chapultepec. Recibe al aficionado, al galerista, a la crítica de arte, y sonríe cortés a pesar de que ansía que se vayan.

Los coleccionistas vienen de Estados Unidos y de Europa, los periodistas solicitan entrevistas.

—*What a bloody nuisance!* —se impacienta Leonora cada vez que tocan a su puerta.

Defiende su vida privada. Los homenajes se multiplican; son una carga porque es imposible fumar en un estrado frente a todos: «*Sheer agony*», piensa: «¡Ojalá y viniera la diosa Dana y me convirtiera en bacalao!»

Leonora recita: «El bacalao pone un millón de huevos / la pequeña gallina sólo uno / el bacalao nunca cacarea cuando ha terminado su trabajo / así que alabamos a la pequeña gallina. / Al bacalao lo despreciamos / lo cual demuestra, amigos y compatriotas / que hacerse publicidad paga.» Aunque no la busque, la publicidad la persigue.

La Universidad Nacional Autónoma de México le rinde un homenaje en el Aula Magna de la Facultad de Filosofía y Letras, llena a reventar. En los pasillos se amontonan jóvenes vestidos de mezclilla y morral que hablan a gritos o se pican las costillas. Algunos fuman. Otros juegan ajedrez sin importarles el ruido. A los muros no les queda espacio para un solo anuncio. «Se busca estudiante para compartir depa a cinco minutos de la UNAM», «Cátedra Carlos Marx, debates los miércoles»,

«Aprende alemán con profesor nativo», «Tai chi todas las tardes en las islas», «¿Te urge terminar tu tesis? Nosotros te ayudamos». Un flaco de huaraches junta firmas para que la cafetería baje el precio de los productos. De pronto, Leonora se ve rodeada de jóvenes a los que les triplica la edad y la tratan como si la conocieran de toda la vida. Una estudiante despeinada, vestida con un suéter azul y pantalones rotos, se acerca con *La casa del miedo*, y pone el libro en sus manos.

—Señora Carrington, ¿podría dedicármelo? Soy su admiradora —le tiende una pluma.

—¿Cómo te llamas?

—Mi padre me puso Leonora por usted.

Los ojos de la inglesa se iluminan y escribe: «De Leonora a Leonora, con cariño.»

La muchacha se despide y varios periodistas se acercan al presídium. Leonora cree reconocer a alguien en la primera fila, es una mujer menuda que escribe en una libreta roja con la concentración de un buda. De pronto levanta la vista y pregunta a bocajarro:

—¿Le gustó hacer su primera comunión?

Leonora sonríe, los demás ríen.

—Sí, porque mi madre me llevó después al zoológico. La hice en un pueblo minero en el que unos hombres trabajan a oscuras para que otros tengan luz.

—¿Una hiena le enseñó francés?

—Sí, me leyó un capítulo de la *Eugénie Grandet* de Balzac y prometí regresar a la semana siguiente.

La reportera escribe, los demás aprovechan y le piden autógrafos, mencionan a Max Ernst y una mujer alta, cubierta de collares, con tacones como zancos, lanza su propia conferencia sobre el mundo de lo onírico.

De 1973 a 1975 pinta *A Warning to Mother*, *The*

Powers of Madame Phoenicia y *Grandmother Moorhead's Aromatic Kitchen*. En este último retrata una cocina poblana con sus mosaicos de talavera, sus cazuelas y jarros de barro colgados de los muros. En las manos de las cocineras, los aventadores para atizar el fogón parecen papalotes y los molinillos bailan como trompos chilladores. Leonora pone a cinco mexicanas a moler maíz, a picar verduras, a probar los caldos, a tatemar chiles sobre un enorme comal en el que esperan un pimiento rojo, una col, cabezas de ajo y, por supuesto, varios elotes. Un enorme ganso blanco como un dios céltico entra al ritual.

—Le rindo tributo a Mary Monica Moorhead. Los metates, los molcajetes y los comales son parte de mi vida desde hace años. Sé hacer un guacamole, mis salsas y mis moles son deliciosos y el arroz nunca se me hace engrudo. Me encantaría comerme al arzobispo de Canterbury en mole verde.

Cuando le dicen que es bella, se enoja:

—Gracias, lo único bueno de la vejez es que lo hace a uno menos sensible al temperamento de los demás.

En su *Autorretrato*, se pinta como un espantapájaros sin rostro cubierto por una sábana y un sombrero de paja para ahuyentar a los pájaros. En la tierra yerma, un cuervo aguarda su caída. «Ya nada tengo humano», alega, y si le preguntan por qué, responde categórica: «Porque a los viejos no se nos considera seres humanos, no somos más que una bolsa rancia de carne en descomposición, un costal que se deposita en un asilo en cuanto empieza a tener mal aspecto. Lo único que nos queda es el miedo y la vergüenza porque la memoria falla, repetimos las mismas cosas a las mismas personas y resulta arduo recordar lo que tenemos que hacer, quizá porque la mente mira más hacia adentro, mira hacia la muerte.»

Devora de nuevo a Lewis Carroll:

—Ningún libro me ha marcado tanto como éste.

—Tú y él tienen las mismas iniciales: LC —le sonríe Chiki.

—Sí, aunque ése no es su nombre verdadero y el mío sí. Él se llama Dodgson. «No quiero caminar entre locos», dijo Alicia. «Oh, no puedes hacer nada al respecto», le respondió el gato: «todos aquí estamos locos».

—¿Y qué opinas de tu ancestro Oscar Wilde?

—Tenemos en común nuestros autorretratos; él tomó bastante tiempo en destruirse, yo fui más práctica que Dorian Gray: me pinté como fantasma.

CAPÍTULO 55

BASKERVILLE

El terremoto de 1985 la expulsa de nuevo. Exactamente frente a su casa se desploma el edificio número 193 de la calle Chihuahua, los departamentos quedan encimados como el pastel llamado mil hojas. Los inquilinos despavoridos se van de la ciudad, la colonia Roma sufre tanto o más que los barrios del centro. Todo el día 19 de septiembre aúllan las ambulancias. El polvo y el humo flotan en el aire como en los bombardeos de Madrid. No hay luz, no hay agua, no hay televisión, ni radio, ni teléfono; las malas noticias corren de boca en boca: «Cayó el hotel Regis», «El edificio Chihuahua en Tlatelolco se hizo polvo», «Muchas maternidades y hospitales están en el piso», «Hay más de diez mil muertos».

Apenas se reanuda la comunicación, Gaby y Pablo llaman espantados desde Estados Unidos.

—La CBS dijo que fue la peor tragedia en quinientos años en la historia de México.

Chiki corre a la calle Tabasco, a casa de Kati. A ella no le pasó nada.

—Mira, Chiki, la gente se ha movilizado de una manera increíble; los del gobierno son unos desgraciados.

—Cuando se trata de reprimir, entonces sí es eficaz.

—En España, en medio de la tragedia, surgió una organización popular.

—Es muy difícil que en México prenda la llama socialista, y menos la anarquista; aquí la Iglesia es repulsiva. La jerarquía eclesiástica nunca se ha sentado a la izquierda de nadie que yo recuerde.

—El anarquismo es la ideología de todas las clases explotadas y aquí...

—No sueñes, Kati, sólo nos queda trasmitirles a nuestros hijos los ideales libertarios. ¿Qué más podríamos hacer?

—Se me subleva la sangre al pensar en la corrupción de las autoridades.

A Chiki le hiere el espectáculo de las ruinas, lo devuelve a los bombardeos de Madrid, recuerda a Capa gritando a media calle, a Chim disparando su cámara, a Gerda protegiéndose detrás de una barda. Caminar por la colonia Roma y ver sus edificios desplomados lo deprime. Muy pronto, algunos pordioseros se esconden entre las paredes derruidas del edificio frente al número 194 de la calle Chihuahua e improvisan un techo con lonas y plásticos. Las ruinas se llenan de perros y gatos. En ninguna parte de la Ciudad de México han caído tantas casas como en la antigua colonia Roma. Leonora se pregunta cómo puede la gente vivir entre el polvo, las piedras y las varillas dobladas. «Señora, ¿le barremos su calle?» El vecindario cambia. Chiki saluda a los recién llegados. Los pordioseros que habitan frente a su casa inquieren: «¿Le cuidamos el coche, patroncito?»

Cada vez que viaja en tren o en autobús, Leonora se

lleva las muñecas inconclusas y durante el trayecto las adorna, las viste, les cose botones. En el hotel continúa su labor y a veces concluye una.

—¿Siempre te acompañan las muñecas? —le pregunta Natalia Zaharías.

—Sí, son mis alfombras. Soy como los beduinos que salen con su tapete a cuestas e instalan su casa en la arena: yo llevo mis muñecas para sentirme en casa, no importa cuán lejos esté.

Vuelve al departamento frente al Gramercy Park y lo primero que hace es ir a buscar a *Baskerville* a la pensión canina. Recorre la avenida Madison, la avenida del Parque, la avenida Lexington, la Quinta Avenida. Camina de la Calle Novena a la Trigésima sin cansarse. Caminar la exalta. Nada le resulta tan estimulante como irse comiendo las calles y, de repente, ver el letrero y darse cuenta de que lleva recorridas diez manzanas.

Caminar la regresa a su condición de yegua. A veces, *Baskerville* la mira con ojos implorantes, su lengua cuelga como un listón. «*Come on Baskerville, don't be so lazy.*» «Es que voy a caer muerto aquí mismo», le responde el perro. Leonora le anuncia que van a llegar hasta el mar, que atravesarán el puente sobre el Hudson, que de paso saludarán a la Estatua de la Libertad. A veces, sin darse cuenta, vuelve a tomar las calles por las que paseaba con Max sin pensar en él, ni siquiera busca alguno de los pequeños cafés en los que se reunían. Además hay que amarrar a *Baskerville* en la puerta. Si la invitan a alguna reunión en la noche, pregunta: «*May I take my dog? He hates to be by himself and he smokes too many cigarettes waiting for me to call him.*» Algunos dicen que no y entonces Leonora acorta su estancia.

Tiene que contestar cartas y le pide a la galería que por

favor lo haga por ella. La ven tan preocupada que acceden. Participa en «L'aventure surréaliste autour d'André Breton» en París y en 1986 publica *Pigeon vole*, cuentos escritos en la década de los treinta y que hasta ahora recogió en un volumen. Pinta *The Magdalens* influida por sus lecturas del evangelio apócrifo de María Magdalena. Cristo se levanta de su tumba y la Magdalena de Leonora le tiende su mano con un estigma. A su lado, el agua y un gran pez son símbolos del cristianismo.

Leonora tiene altibajos anímicos, desciende a una caverna que no es su cocina sino un agujero negro, un pozo de soledad. Todavía se pregunta si quiere morir en México y para consolarse imagina que la muerte es una evaporización lenta y cada átomo un color. ¿Valió la pena cambiar la mansión de Hazelwood por una buhardilla de estudiante en Londres y desafiar al mundo de la mano de Max? ¿Hundir el rostro en el lodo del manicomio y viajar a México con Renato? ¿Vivir exiliada en un país que la desconcierta y la aprisiona? Sabe que lo volvería a hacer, desde niña se acostumbró a tomar riesgos; *Winkie* una vez se le cayó encima y Leonora, en el suelo, la obligó a levantarse: «*Winkie, stand up.*» «¡Cuantas más barreras, mejor! Soy una yegua que atraviesa la noche. *I am a nightmare!*»

Aunque no asiste al Museo Nacional de Arte, Leonora exhibe con «Los Surrealistas en México». Permanece en Nueva York para inaugurar su exposición en la Galería Brewster. En 1987 publica *The Seventh Horse* y *The House of fear*, una selección de sus cuentos.

En Richmond, se levanta más tarde que de costumbre. Acompaña a Pablo, su hijo, a cuanta salida le propone. En la tarde, se sienta en el parque a leer, a fumar y a pensar en *Baskerville*, que se quedó en la pensión otra vez. Cuando Pablo y ella van a Nueva York, recorren el Metropolitan, el Frick, en la calle 70, porque le apasiona oír la opinión de su hijo y ante cada cuadro vuelve la cabeza para ver su reacción y preguntarle: «*What do you think?*» No lo instruye ni lo corrige, sólo lo escucha.

—Y ahora me voy a recoger a *Baskerville*, porque me avisaron que está a punto de una *nervous breakdown*.

Vuelve a la Librería Kristine Mann y de nuevo saluda a Carl Hoffmann, que, al verla, casi se cae de la escalera recargada contra un librero. ¡Qué gusto! Deciden cenar juntos en el mismo restaurante. Leonora vuelve sobre su condición de mujer:

—Nací un animal humano femenino y me dijeron que eso significa que soy mujer. «Enamórate de un hombre y sabrás lo que es ser mujer.» Me enamoré sin saberlo varias veces. «Da a luz y lo verás.» Di a luz dos veces y tampoco. ¿Soy yo la que observa o soy la observada por una multitud? *Je pense, donc je suis.* Pregúntale a Descartes.

—No debes preguntarte quién fuiste, sino quién eres en este momento.

—Como lo que Alicia le responde a la oruga: «Yo no sé quién soy, pero sí sé quién era cuando me levanté esta mañana. Me parece que he debido cambiar varias veces desde entonces.»

—Exactamente...

—Porque si soy mis pensamientos, Carl, entonces podría ser cualquier cosa; desde una sopa de pollo, un par de tijeras, un cocodrilo, un cuerpo o un leopardo hasta un tarro de cerveza. Si soy mis sentimientos, soy amor, odio, irritación, aburrimiento, felicidad, orgullo, humildad, dolor, locura.

—Placer.

—Soy ante todo mi cuerpo y ansío una identidad que me desmitifique.

Hace años que Leonora no habla tanto. Carl la mira tras sus anteojos y piensa que se ve espectacular hablando con tanta pasión.

—Así es que trato de limitarme a los hechos. Soy una hembra del género humano que envejece. Decir esto no es particularmente original o edificante. Me consuela imaginar que soy una semilla que puede partirse y germinar en algo distinto a lo que parezco.

—Mujeres como tú hacen que uno recobre la confianza —sonríe Carl.

—¿Cómo puedes decir eso? Si me miras con atención sólo verás interrogantes.

Leonora lo mira de frente. Carl no pretende halagarla, cree en ella y ésta es su manera de agradecer el privilegio que le regala al hablarle de sí misma.

—Le tengo miedo a la muerte porque nadie me la ha explicado. Dentro de mí hay muchos espacios y en uno de esos espacios, al lado de mis sueños, está mi regreso a la tierra.

Carl la acompaña a su departamento frente al Gramercy Park:

—Leonora, tengo la llave de este jardín, podemos entrar cuando tú quieras.

CAPÍTULO 56

WHAT IS DEATH LIKE?

Los cuadros de Leonora tienen mayor demanda y valen cada vez más, eso le permite darse gustos que Chiki no aprueba.

Viaja a Richmond a ver a Pablo, Gaby asiste a un congreso de filosofía organizado por la Universidad de Virginia y la madre y los hermanos se reúnen:

—¿Te acuerdas cuando nos llevabas al cine de las Américas a ver tres funciones? —sonríe Pablo.

Su prioridad es el bienestar de sus hijos. Ya son hombres y aun así vuelve a lo mismo: «¿Comiste bien hoy, Pablo?» «¡Qué delgado estás!» «Abrígate bien, Gaby.» «No se salten el desayuno porque es la comida más importante del día.» Pablo regresa tarde de sus guardias en el hospital y la madre lo espera fumando:

—Ma, el médico soy yo, duérmete, por favor. ¿En qué piensas?

—En que nadie le enseña a uno a morir.

De vuelta en México, el timbre de la puerta suena con impertinencia:

481

—*What a bloody nuisance! Whoever it is has absolutely no manners* —se irrita Leonora.

—Es una muchacha que dice que es su fan —anuncia Yolanda Gudiño, que la cuida día y noche.

—¿Cómo se atreve? Dile que no.

Imposible terminar la frase, la joven entra al corredor como un ventarrón, se le echa encima, la abraza; por más que Leonora se debate, la abruma.

—¡Soy su fan, la vi en la Universidad, la amo, la idolatro, vale chorros, nunca cambie!

Después de casi romperle las costillas, continúa su camino, avasalladora. Estimula las ondas en el aire. Un gran viento perfumado la acompaña. Leonora intenta detenerla, la muchacha sigue adelante. Yolanda observa el espectáculo, la puerta de la calle todavía abierta.

—Salga usted, por favor, le está dando un disgusto a la señora...

No hay modo, la muchacha revolotea.

—La señora no recibe visitas sin previo aviso, tiene que...

La enfermera está a punto de llamar a la policía cuando la señora ha recuperado la suficiente fuerza para ordenar con voz indignada:

—¿Cómo se atreve?

Sus ojos se enfurecen, toma una fusta imaginaria, su autoridad sale por todos los poros; antes de que levante el brazo, la muchacha grita:

—¡La amo, la amo, la amo!

—Si me ama tanto, respéteme.

—Eso es lo que estoy haciendo, Leonora.

—¡Salga de aquí inmediatamente!

—No puedo.

—Yolanda, acompáñela a la puerta.

Cuando Yolanda se acerca, la joven de pronto baja el zipper de su chamarra y la abre:

—¡Yo también soy una yegua! —y de la risa pasa a los sollozos.

—Esta muchacha está loca —dice Yolanda.

Leonora deja caer su brazo con la fusta y sin más le pregunta:

—¿Quiere una taza de té?

La cuidadora se dirige a la puerta de entrada para cerrarla.

—Pase a la cocina. ¿Quién es usted?

—Me llamo Josefina, todos me dicen Pepita.

Mientras bebe su té, Leonora la observa. El cabello lacio y desigual le cuelga sobre los hombros y su vitalidad le revienta la piel. Todo en ella parece correr prisa. Tiene un *piercing* en la nariz y varios más en el lóbulo de cada oreja. Cuando se quita la chamarra, que cae a pedazos, bajo su camiseta rota aparece su ombligo adornado con otras dos perforaciones. El tatuaje en su brazo es una víbora emplumada.

—¿Qué le pasó?

—Es un tatuaje y lo demás son piercings. ¿No los ha visto? ¿Quiere que le prenda su cigarro, Leonora?

—Soy perfectamente capaz de encender mi cigarro.

—¿Y mi té?

Yolanda no lo puede creer.

—¿A qué se dedica usted? —continúa Leonora.

—Lo que todos a mi edad, estudio.

—¿Qué?

—Letras. Por eso la conozco tanto. He leído *La casa del miedo*, *Memorias de Abajo*, *El séptimo sello*, *La dama oval*, *La trompeta acústica*, todo. Además tengo los libros que la mencionan. Por usted me chuté a Blavatsky, a Ouspensky, a Gurdjieff, a Jung. La pintura de Ernst es mejor que un orgasmo.

¡Qué atrevida muchachita! Yolanda la escucha con desconfianza. Cuando se dispone a abandonar la cocina, Leonora le ordena que se quede con una señal.

—Si ella tiene trabajo, yo la cuido; de usted lo sé todo.

—Termine su bebida, yo tengo cosas que hacer. Voy a salir dentro de un momento —advierte severa.

—Yo la acompaño, mi único compromiso es usted.

Pepita toma su taza de té con las dos manos y se lo termina de un trago.

—A sus órdenes, ya acabé.

—Entonces puede irse.

—¡Cómo cree! La quiero ayudar en todo.

—Yolanda me ayuda, mis hijos me ayudan.

La muchacha tiene una respuesta para cada objeción. A Leonora le sube por dentro una cólera juvenil que hace tiempo no sentía.

—¿Que no le enseñaron sus padres que las casas no se allanan como lo hace?

—Mi padre murió, era homosexual. Mi madre, por ahí anda, no sé dónde.

De pronto, la *darketa* se levanta, gira en torno a la mesa, baila con tanta gracia, su sonrisa es tan grata que Leonora no puede por menos de relajarse. Sus manos en el aire son dos gaviotas, sus rodillas y un fragmento de muslo se asoman a través de la mezclilla de sus pantalones deshilachados, su morral, colgado de la espalda de la silla, igualmente luido, es la imagen misma del abandono.

—¡Esto es de locos! —Leonora la mira con aprensión.

Para su desgracia, Gaby está en la Universidad de California en San Diego, Pablo en Virginia, el doctor Zaharías le advirtió que se ausentaría unos días, su amigo, Alan Glass, se fue a Canadá. ¿Llamar a la policía? Eso sí que no. A lo mejor, esta criatura desamparada es una joven Ifigenia.

—Ahora tiene que irse porque nosotros vamos a salir.

Pepita gana la batalla. Las acompaña al banco y, para la tranquilidad de Leonora, se sienta sin pretender acercarse a la caja. De regreso, en la acera, los muchachos la miran.

—Vamos a despedirnos —ordena Leonora.

—Hoy tenemos que ir al súper —recuerda Yolanda.

—Yo la acompaño en mi coche, ponemos las bolsas en la cajuela.

—¿Tiene automóvil?

—¡Claro! ¿Dónde está la lista?

En el súper, dos vigilantes la observan mientras saca unos audífonos de su morral, se los pone y bailotea al son de la música. Su forma de caminar hace que los demás compradores la miren. Agarrada a su cigarro, Leonora se recarga en el brazo de Yolanda, que, azorada, contempla cómo este huracán desaliñado llamado Pepita resuelve su vida. Sin más, la muchacha empuja el carrito, se forma en la cola de la caja, y saca de su morral un fajo de billetes.

Leonora protesta:

—¡Eso sí que no!

—Así no nos tardamos, luego, en su casa, me lo devuelve.

Cuando Yolanda sale a la mañana siguiente, reconoce el coche color verde de Pepita estacionado en la acera de enfrente.

—Señora, la que vino ayer está allá afuera.

—¡No puede ser!

«¡Vámonos al cine!» «¡Vamos al zoológico!» «¡Te voy a subir en el lomo de un elefante!» «¡Tenemos que ir a La Marquesa a andar en moto, comer sentadas en el pasto!» «¡Allá se entrenaron los guerrilleros de Fidel Castro!» «¡Imposible que no conozcas el Museo Brady!» «¡El pastel de chocolate más delicioso de México se come en Dupont!» «¡Todos esos sitios que vas a conocer son imprescindibles!»

Leonora se defiende:

—Ya estuve en una jungla de rostros y no quiero regresar.

La joven la hace descubrir el gran hacinamiento en las azoteas de Tlatelolco, el torbellino frente a Catedral, los cafés de la Condesa.

—Vamos al King Kong, Leonora, dame tu mano, te voy a pasar mi energía.

Leonora pone su pequeña mano dentro de la de Pepita, de uñas mordidas.

—Me diste un toque.

Leonora sonríe complacida:

—Todavía tengo mucha energía en los lóbulos de mi cerebro. ¿Sabías que puedo escribir con la mano derecha y con la izquierda? Oye, ¿qué es el King Kong?

—Es un cabaret a todo dar en el que te sirven gorilas, bueno, meseros disfrazados de gorilas.

A Leonora le atrae el aturdimiento que le provoca Pepita y lo que le enseña. «¿Por qué esto nunca lo vi antes?» Yolanda, que al principio las acompañaba, alega que tiene ropa que lavar. La pintora recupera su sentido del humor.

Pepita jamás llama por teléfono para hacer cita, simplemente golpea la puerta y, apenas abre Yolanda, entra como una tromba. En los brazos lleva un ramo de flores:

—No me des flores, son cadáveres.

Al cabo de los días, mientras Pepita la conduce de un lado a otro en el coche verde, Leonora le dice:

—A mi temperamento le va mal recordar pero no sé por qué a ti quiero contarte todo lo que pasa por mi cabeza.

La muchacha retiene la respiración para que la pintora no pierda el hilo de sus recuerdos. A medida que habla, Leonora también va poniendo las cosas en su lugar y el pasado olvidado regresa en oleadas.

—Carrington, mi padre, me habría impedido crecer, no se lo permití. Ahora que ha pasado el tiempo pienso que no fue un gran enemigo porque a pesar de él pude hacer lo que quise.

Guarda silencio. Lástima no haberlo visto antes de su muerte.

—Mi padre creía que sus hijos eran miembros de una sociedad con reglas imposibles de infringir. Imperial Chemical dictó la conducta de los hogares de Crookhey Hall y luego de Hazelwood. Representó el éxito de una dinastía; primero el abuelo, luego el padre.

—¿Conociste a tu abuelo?

—Sí, era ingeniero textil. Inventó una fibra que nos hizo ricos.

—A lo mejor tu abuelo es el padre de los condones.

—¿Qué?

—Sí, traigo como diez en mi bolsa.

—¿Condones?

—Sí, preservativos, para no embarazarse.

—¡Niña! Viví en una época en que se bailaban valses vieneses con guapos oficiales, ¿de qué hablas? Ahora me toca a mí decirte que tienes poderes extraordinarios y haces todo para destruirte.

—¿De veras? —se sorprende Pepita.

—¿Por qué no vives en una col?

—¿Por qué en una col?

—Allí nacen los niños y allí deberías regresar.

Pepita la lleva al Museo Universitario «para que conozcas el arte contemporáneo. Vas a ver qué buena onda, güey», advierte. La pintora desciende del brazo de su joven amiga hasta las luminosas extensiones del museo. Leonora, que sólo escuchó la palabra «museo» anticipa visiones de la pintura flamenca del siglo xv: tentaciones de San Antonio, jardines de las delicias, los trípticos de Memling, Van der Weyden y Hieronymus Van Aken, El Bosco, y de pronto, la enceguecen unas luces de tránsito verdes, amarillas, rojas que se prenden, se apagan y cruzan el espacio como relámpagos. El ruido que esparce un magnavoz es infernal.

—¿Qué es esto?

—Una instalación, ¿te gusta?

—Es horrible —se encoge Leonora.

En la pieza contigua, de bellas proporciones, lo único que rompe el vacío es una caja de zapatos colocada en el piso al lado de un alto muro blanco.

—Es otra instalación.

—No entiendo. ¿Así que ahora la basura es obra de arte? —se indigna la pintora—. ¡Hasta la locura de Dalí y el desnudo de Duchamp rezumbaban en mi cuerpo; esto no me dice nada!

—A mí sí.

—¿Por qué no vuelas, Pepita tonta? Yo soy ayer y soy hoy pero lo que sí que no soy es basura. Lo que me enseñas es la obra del vizconde de Merdouille y su hija Trou du Cu.

—¿Quiénes son?

—Mira, llévame a mi casa, necesito una buena taza de té —se fastidia Leonora.

—¡Ay, Leonora, no te azotes! ¡Estos artistas son tan indeseables como lo fueron los surrealistas! ¡Son agitadores intelectuales!

—¿Qué? Nunca he oído algo más idiota. Hay una gran distancia entre la inteligencia y las acciones. Estos son objetos desechables.

A pesar de que la exaspera, a la mañana siguiente le cuenta a Pepita que, en sus sueños, Max Ernst aparece confundido entre pájaros que le tienden sus alas. Él les pinta de rojo el vientre, el pecho y el sexo. Los talla sobre una superficie hasta convertirlos en huesos.

—Sabes, a él le fascinó la locura.

Pepita percibe que Leonora dio el salto mortal, cayó al fondo del pozo, sin conocimiento. La religión no la esclavizó, tampoco se sometió a ideología alguna, a ningún pensamiento abstracto, a ninguna corriente artística: a Leonora nada le impidió vivir su amor sin tiempo, antisocial, un amor pasión, un amor huevo alquímico, un amor que podía ser el viento, ese viento del norte llamado Bóreas, dueño de doce caballos de pura sangre, ese viento que hacía que las yeguas pudieran concebir con sólo volver su trasero hacia él.

—En St. Martin d'Ardèche, Pepita, descubrí lo que las conserjes de París llaman *folie à deux*. ¿Sabes lo que es?

—Sí, lo sé. He vivido salvajemente, la sangre de mi corazón en todas las partes de mi cuerpo, he amado con el amor loco que exigía Breton pero sin Breton.

—¿Ah sí, niña? ¿Y descubriste que las emociones sirven para un carajo? —le grita Leonora.

Pepita palidece. Sus manos tiemblan al llevar su taza de té a su boca.

—Mira, jovencita, ¿sabes hacer pan? ¿Sabes permanecer durante horas bajo el sol cortando racimos de uvas?

¿Sabes destilar tu propio vino? ¿Sabes lavar las sábanas de tu amado y meterte a la cama como a la mitad de un río? En el momento en que estaba a punto de metamorfosearme en báculo para la vejez de Max y me disponía a acompañarlo toda la vida, un gendarme entró a la cocina y por encima de la cazuela donde hervía la sopa de corazones preguntó por él y, fusil al hombro, se lo llevó a St. Cyprien. La guerra acabó con todo. Mi salvadora, finalmente, ha sido siempre la pintura.

A su vez, Pepita le confía que a ella Dios la tiene sin cuidado. También el arzobispo de México y el presidente de la república, el jefe de la policía y los candidatos a diputados.

—¿En qué crees tú, entonces? —pregunta Leonora.

—En ti.

—Tampoco yo creo en los políticos ni entiendo a los que van tras del poder. En el fondo, soy anarquista, como Kati. El primer anarquista, Lord Acton, decía que «todo poder corrompe y el poder absoluto corrompe absolutamente».

—¿Quieres saber en qué más creo, Leonora? En mí misma y en la lealtad de mis dos gatos y de mi perra.

—¿Cómo se llama tu perra?

—*Drusille.*

—¡Qué raro, así se llama el personaje de uno de mis cuentos!

—Por eso se lo puse. ¿Hubieras sido la misma de haber vivido en Inglaterra?

—No, habría sido más celta, más irlandesa. Quizá habría vivido en Westmeath. Pero, si lo pienso bien, México me hizo lo que soy porque si me quedo en Inglaterra o en Irlanda no habría añorado el mundo de mi infancia como lo hice aquí... Lo que pinto es mi nostalgia.

—El peso de tus ancestros.

—No leí a Mary Edgeworth pero creo que en vez de cabellos, sobre mi cabeza crece el pasto de Irlanda.

Pepita la conduce a La Lechuza, en la avenida Miguel Ángel de Quevedo.

—Ahora vamos a comer tacos.

Leonora se sienta en una sillita baja cercana a un fogón que echa llamaradas.

—Mira, en aquella mesa está Rubén Bonifaz Nuño, traductor de Homero, de Ovidio. Uno de sus grandes libros es *De otro modo lo mismo*. ¿No te parece un buen título? ¿Quieres tacos de higaditos o de hongos?

—Los hongos tienen alma —responde Leonora, que pretende usar los cubiertos.

—Espérame, Leonora, voy a saludar al poeta.

—¿Lo conoces?

—No.

Pepita aborda a Rubén en el momento en que se lleva a la boca un taco de bistec con salsa roja. Un segundo después, se inclina ante Leonora:

—A sus pies, señora.

Pepita la entretiene:

—Ya sé que no todos podemos ser genios como usted y como Rubén —dice.

La conduce por el paseo de la Reforma y Leonora descubre que las figuras que modeló en pequeño, en la oscuridad de su cueva, han crecido hasta convertirse en gigantes. El médico Isaac Masri las colocó a lo largo de la vereda que alguna vez ella recorrió a caballo hasta que se aburrió. Ahora ve cómo la gente se sienta sobre la Mesa Caníbal y cómo algunos niños intentan penetrar en la Casa de los Espíritus. Le gusta que su cocodrilo tome el sol y que El horno de Simon Magus mida más de tres

metros. Sus esculturas disfrutan del sol, de los ahuehuetes, de los automovilistas que abren la ventanilla para verlas de lejos.

—Hoy voy a llevarte a un acuario gigante que acaban
de abrir en el sur del Defe.

—¿Y eso qué es? ¿Está muy lejos?

—Sí, pero si se nos hace tarde nos quedamos a comer
por allá.

—¿Dónde?

—En cualquier fonda. Fíjate que me han dicho que me
parezco a ti. Ya sé que no soy tan bonita, ¿o tú qué crees?

—Desde luego, eres más alta —sonríe Leonora—.
Ahora me he hecho pequeña porque la edad te encoge
para que quepas mejor en tu ataúd. Viví varias existen-
cias: la de mi niñez, la de mi rebeldía, la de mi maternidad, la de mi pintura.

—He vivido más que tú —presume Pepita—. Nadie
me ha evitado humillación o dolor alguno. ¿A ti qué te ha
hecho sufrir?

¿Hubo alguna vez una fuente de dolor más grande
que la pérdida de Max o la del encierro? A su lado, Chiki,
el padre de sus hijos, vive como si la tierra fuera un inmenso orfanato lleno de números. Leonora lo abandonó
en el camino como él mismo se ha abandonado. En cambio, ella está viva, nada suyo ha desaparecido: ni su pintura, ni su rebeldía, ni su singularidad arrogante, ni su cortesía inglesa, ni su juicio sobre los demás, ni sus visiones.
De lo único que no sabe es de su propia muerte.

—A mi edad lo que empieza a preocuparme es entender lo que viene después de la muerte.

—¿Y crees que venga algo? Así como uno se reconci-
lia con la vida, tendríamos que reconciliarnos con la idea
de la muerte.

—¿Cómo puede uno reconciliarse con lo desconocido? Nada sabemos de la muerte, a pesar de que todos mueren: animales, vegetales, minerales. TODO MUERE —grita Leonora—. ¿Cómo puedes hacer las paces con algo de lo que no sabes nada? ¿Mirar a la muerte? No me gustaría morir de ninguna manera, pero si me sucede que sea a los 500 años y por evaporación lenta.

—¡No te enojes, aliviánate, sólo era una pregunta! A lo mejor yo muero antes que tú.

—*What is it like?* —interroga Leonora—. *What is death? Death! Life! I came to Earth to find out what it is all about and I still don't know.*

De algo sí tiene certeza, su libertad es una victoria pero por ella vive sola. A lo largo de la vida deshacerse de Dios, de las convenciones, de Max, de Renato, de Chiki, de Edward, de Álvaro ha sido duro. Todavía le preocupan ciertas ideas, su cuerpo que falla con los años. Algunas noches Max se aparece en su cabecera o a sus pies, en su pecho y en sus ojos y, sobre todo, en sus manos, cuando se lava el cabello. Recuerda cuán grande fue su inclemencia al decirle: «Hoy no puedo salir contigo, tengo que lavarme la cabeza.»

—¿Max es a quien más has amado en tu vida?

—No sé. Cada amor es distinto.

—¡Ya llegamos! Voy a estacionar el coche.

De pronto, Leonora se encuentra frente a unos delfines que salen del agua y atraviesan el aire ante otros espectadores imantados. Cruzan el estanque como flechas. Vienen hacia ella. Saltan en contra del cielo azul y, durante unos segundos, el sol se refleja en sus lomos, expande sus rayos, que la salpican como los delfines al clavarse, para reaparecer de nuevo y sonreír con su nariz de pato. Leonora les devuelve la sonrisa. Ellos le rinden homenaje:

qué audaz has sido, Leonora, qué grandes tus batallas. Los delfines dan una vuelta y otra y otra a la velocidad del rayo. Sus pequeñas aletas son también alas.

Pepita, con una sonrisa de oreja a oreja, asegura que los delfines le hablan a quien sabe entenderlos:

—Yo sí escucho a los animales, es un don que me acompaña desde niña —replica.

Los delfines asientan con la cabeza como si respondieran a un examinador. Luego juegan a las escondidas. Encantada, tiende la mano hacia uno de los lomos plateados.

—La soledad les provoca la muerte —informa Pepita.

—Entonces se me parecen —Leonora repite, como para convencerse a sí misma—: La soledad los mata.

Recuerda a *Black Bess*, su pony, a *Winkie*, su yegua, se le aparecen los ojos de *Tanguito*, el toro por el que no hizo nada, y el balido de las ovejas en la estación de Ávila. *Winkie* relincha. Es la yegua de la noche, la novia del viento. Los delfines danzan para ella y silban con un sonido que atraviesa sus entrañas, el de la giganta condenada a pintar durante el resto de su vida, la giganta que acepta que la soledad mata y está dispuesta a morir frente al caballete, porque la creación sólo es posible en la soledad, porque hay que sumergirse como un delfín. Un caballo salvaje de largas crines repara en la cresta del acuario, otro se refleja en los ojos del delfín. ¿Los delfines son caballos? Leonora les cuenta en voz baja de Crookhey Hall, de los sidhes, de Max y de su huida de St. Martin d'Ardèche, del horror de las convulsiones en Santander, de la muerte de Maurie, de Nanny, de Remedios, de José Horna, y ellos la consuelan con sus ojitos semicerrados y vidriosos, que no son los de Gerard, ni los de Ernst, ni los de Luis Morales, sino unos que la instan a jugar.

Leonora acaricia por última vez el lomo resbaloso. El delfín saca la cabeza para decirle que se parece a Alicia, a la Diosa Blanca, a la hija del Minotauro, a la Osa Mayor, a Penélope, a Dulcinea, a Beatrice y al amor que mueve el cielo y las estrellas.

—Tengo hambre, Leonora, vamos a comernos a Yolanda en tu cocina. La llamas y, cuando entre, nos aventamos sobre ella, le arrancamos la cara y me la pongo para el reven de esta noche.

—Sólo si me prometes matarla antes de arrancarle la cara, si no le va a doler demasiado.

—Quiero que nos vayamos en este instante —ordena Pepita.

—Estás pálida como una estatua de mármol —se preocupa Leonora.

De pronto, del cuerpo de la joven salen plumas. Crecen en sus hombros, en su cuello, en sus cejas, en sus pestañas, en sus brazos, en sus manos. En vez de cabellos, Leonora mira cómo se yergue una corona de plumas blancas que brillan como la nieve bajo el sol mexicano. Sus orejas se mueven como las de los caballos. Pepita se levanta de su silla y una cola resplandeciente barre el piso.

—Ponte de pie, Leonora, rápido —sus cascos truenan.

—¿Estamos en el Bois de Boulogne, Pepita?

—¡Por supuesto que no! Esto es la falda del Ajusco, hace mucho frío, el hielo baja de la montaña, los caballos son de hielo, mira los árboles cubiertos de nieve. A tu lado hay dos grandes caballos negros atados el uno al otro.

—No veo nada.

—Porque tú misma eres un pequeño caballo blanco que acaba de rodarse y está moribundo.

—¿Me voy a morir?

—Vives la muerte de los animales, eres como ellos.

—¿Entonces no voy a morir?

—¡Claro que no! Recuerda la frase que te repetías cuando se llevaron a Max: «No estoy destinada a morir.» Vas a entrar a un pasaje oscuro del que saldrás transfigurada.

—¡Dime cómo hago para salir! —desconfía Leonora.

—Échale ganas para llegar a la otra orilla, como Caer. Ahora apúrate, dame el brazo, tengo prisa, Leonora, tengo muchísima prisa.

—Si son vacaciones, ¿qué tienes que hacer?

—Pintar una giganta.

BIBLIOGRAFÍA

Alexandrian, Sarane. *André Breton par lui-même.*
—, *Surrealist Art.*
Anderson, Margaret. *Gurdjieff, el incognoscible.*
Andrade, Lourdes. *Siete inmigrados del surrealismo.*
Artaud, Antonin. *México y viaje al país de los tarahumaras.*
Artes de México. *México en el Surrealismo : los visitantes fugaces.*

Barker, Paul. *Dublin.*
Bataille, Georges. *The Absence of Myth. Writings on Surrealism.*
Baudelaire, Charles. *Selected Poems.*
Bédouin, Jean-Louis. *Benjamin Péret.*
Berman, Franz. *Grandes enigmas del mundo.*
Bischoff, Ulrich. *Max Ernst 1891-1976.*
Bradu, Fabienne. *Benjamin Péret y México.*
Brassaï, Gilberte. *Conversaciones con Picasso.*
Breton, André. Schuster Jean. *Arte poética.*
Breton, André; Eluard, Paul; Arp, Hans; Tzara Tristan. *Ernst, Beyond Painting.*
—, *Manifestoes of Surrealism.*
—, *Manifestes du surréalisme.*
—, *Nadja.*
Boyle, Kay. *Breaking the silence.*

Cahill, Thomas. *How the Irish saved civilization.*
Camfield, William A. *Max Ernst Dada and the Dawn of Surrealism.*
Cardoza y Aragón, Luis. *Pintura contemporánea de México.*
Carrington, Leonora. *El séptimo caballo y otros cuentos.*
—, *Historia en dos tiempos.*

497

—, *La casa del miedo. Memorias de abajo.*

—, *La dama oval.*

—, *La Porte de Pierre.*

—, *La realidad de la imaginación.*

—, *mit einem Essay von Tilman Spengler.*

—, *Surrealism, Alchemy and Art.*

—, *The Hearing Trumpet.*

—, *The House of Fear, notes from Down Below.*

—, *The Mexican Years.*

—, *The Seventh Horse.*

—, *The Stone Door.*

Carrington, Leonora. *La vocación y sus reflejos, 2004.*

Carrington, Leonora; Carrington, Gabriel; Weisz Carrington, Pablo. *Universo de familia.*

Carroll, Lewis. *Alicia en el País de las Maravillas.*

Casa del tiempo, revista. *Man Ray* (1890-1976).

Casa Refugio Citlaltépetl, revista. Líneas de fuga.

Castaneda, Carlos. *El fuego interno.*

Castillo Nájera, Oralba. *Renato Leduc y sus amigos.*

Caws, Mary Ann; Kuenzli Rudolf; Raaberg, Gwen. *Surrealism and Women.*

Celorio, Gonzalo. *El surrealismo y lo real maravilloso americano.*

Chadwick, Nora. *The celts.*

Dawn, Ades. *Dada and Surrealism.*

Dearborn, Mary V. *Mistress of Modernism. The Life of Peggy Guggenheim.*

de Botton, Alain. *The Architecture of Happiness.*

Delmari Romero, Keith. *Historia y Testimonios, la Galería de Arte Mexicano.*

Desnos, Robert. *Le vin est tiré...*

Disney. *Alicia en el país de las maravillas.*

Dornbierer, Manú. *Memorias de un delfín.*

Dover Publications. *Max Ernst. Une Semaine de Bonté. A surrealistic novel in collage.*

Draguet, Michel; del Conde, Teresa; Sterckx, Pierre ; Everaert-Desmedt, Nicole. *El mundo invisible de René Magritte.*

Dujovne, Ortiz Alicia. *Dora Maar Prisonnière du regard.*

Duplessis, Yves. *Le Surréalisme.*

—, *El surrealismo.*

Eastman, Max. *Einstein, Trotsky, Hemingway, Freud and Other Great Companions.*

Ediciones Polígrafa. *Max Ernst.*

Éluard, Paul. *Une Leçon de morale.*

Emerich, Luis Carlos. *Una retrospectiva.*

Emmanuel, Pierre. *Baudelaire la femme et Dieu.*

Ernst, Max. *A Retrospective, Metropolitan Museum of Art, 2005.*

Ernst, Jimmy. *A not-so-still Life.*

Fittko, Lisa. *Mi travesía de los Pirineos.* Evocaciones 1940/41.

Freud, Sigmund. *El malestar en la cultura.*

—, *Tótem y tabú.*

Freund, Gisèle. *La fotografía como documento social.*

Garmabella, José Ramón. *Por siempre Leduc.*

Garrido, Felipe. *Crónica de los prodigios.*

Gaunt, William. *The Pre-Raphaelite Tragedy.*

Jiménez, Frontín J.L. *Conocer el Surrealismo.*

Gimferrer, Pere. *Max Ernst.*

Goldman, Cifra M. *Pintura Mexicana Contemporánea en Tiempos de Cambio.*

González, Paola; Sánchez, Mejorada. *Remedios para cuerpo y alma.*

Gombrich, E.H. *The Story of Art.*

González Navarro, Moisés. *El legado del exilio español.*

Graves, Robert. *The White Goddess.*

Grimberg, Salomón. *Lindee Climo*

Guzmán Urbiola, Xavier. *Edward James in Xilitla.*

Hartford, Huntington. *Art or Anarchy?*

Hernández Ochoa, Arturo. *Edward James. Arquitecto de la imaginación.*

Hoffman, Eva. *Lost in translation.*

Horne, Alistair. *La batalla de Francia.*

Huxley, Aldous. *Brave New World.*

Huxley, Aldous, *Un mundo feliz.*
Hooks, Margaret. *Edward James y Las Pozas.*

James, Edward. *A Surreal Life.*
Javary, Cyrille. *I Ching.*
Jean, Marcel. *The Autobiography of Surrealism.*
Josephson, Matthew. *Mi vida entre los surrealistas.*
Juanes, Jorge. *Artaud/Dalí, los suicidados del surrealismo.*
Jung, C. G. *The Basic writings of C.G. Jung.*

Kaplan, Marion A. *Between Dignity and Despair. Jewish life in Nazi Germany.*
Klingsöhr-Leroy, Cathrin. *Surrealismo.*
Kropotkin. Anarchism. *A Collection of Revolutionary Writings.*
Kuspi, Donald. *Jimmy Ernst Art and Life.*

Laszlo, Violet Staub, Jung, *The basic Writings of C.G. Jung.*
Lawrence, D. H. *Mornings in Mexico.*
Leduc, Renato. *Banqueta.*
—, *Obra literaria.*
—, *Poesía y prosa de Renato.*
Lee, Jennifer. *Paris in Mind.*
Lévi-Strauss, Claude. *Tristes tropiques.*
Libertad en bronce 2000. *Leonora Carrington.*
Lida, Clara E., Sheridan Guillermo, de la Colina M.
Mabille, Pierre, *Egregores ou la vie des civilisations.*
—, *Mirror of the Marvelous.*
Mackay, George. *Celtic First Names.*
Mallard, Alain-Paul. *Recels.*
Man Ray, Bazaar Years. *Rizzoli.*
Maples Arce, Manuel. *El paisaje en la literatura mexicana.*
MARCO, Wifredo Lam.
Masri, Isaac. *Libertad en bronce 2000.*
Mejía Madrid, Fabrizio. *Ciudad solidaria capital de asilos.*
Melly, George. *Paris and the Surrealists.*
Meuris, Jacques. *Magritte.*
Michelet, Jules. *La bruja. Un estudio de las supersticiones en la edad media.*
Middleton Murry, John. *Journal of Katherine Mansfield.*

Mink, Manis. *Duchamp.*

Museo de la Secretaría de Hacienda y Crédito Publico, 2004. *Carrington, Leonora. La vocación y sus reflejos.*

Nicolescu, Basarab. *Nous, la particule et le monde.*

O'Connor, Ulick. *Celtic Dawn. A portrait of the Irish Literary Renaissance.*

Pacheco, José Emilio. *Alicia para niños.*

Panteón Photo Library. *Robert Capa.*

Parinaud, André. *André Breton. L'aventure surréaliste.*

Pauli, Herta. *Break of Time.*

Paz, Octavio. *La hija de Rappaccini.*

—, *Apariencia desnuda, la obra de Marcel Duchamp.*

Pierre, José. *An Illustrated Dictionary of Surrealism.*

Pieyre de Mandiargues, André. *Pages Mexicaines.*

—, *Le Belvédère Mandiargues.*

—, *Tout disparaîtra.*

Polizzotti, Mark. *André Breton.*

Prado Mora, Martha Elena. *Un reencuentro con la magia y el conocimiento.*

Pritzker, Pamela. *Ernst.*

Ray, Man. *Self Portrait.*

Resumen Pintores y Pintura Latinoamericana. Lam, Wifredo; Sánchez, Tomás.

Rial Húngaro, Santiago. *Sanyu. Surrealismo para principiantes.*

Ribemont- Dessaignes, Roberto Matta.

Riese Hubert, Renée. *Magnifying Mirrors. Women, Surrealism, & Partnership.*

Roche, Julotte. *Max et Leonora.*

Rosas Mix, Miguel. *América Imaginaria.*

Rosemont, Penelope. *Surrealist Women: An International Anthology.*

Russel, John. *Max Ernst Life and Work.*

Russell, Bertrand. *Why I Am Not a Christian.*

Salinas, Adela. *Crónica del delirio. El oscuro reflejo de Paul Antragne.*

Schmeller. *El surrealismo.*

Schneede M., Uwe. George Grosz. *The Artist in His Society.*

Schneider, Luis Mario. *El estridentismo. La vanguardia literaria en México.*

Scholten, Max. *Las artes adivinatorias.*

Shelley, Mary. *Frankenstein.*

Spratling, William. *México tras lomita.*

Stratherm, Paul. *Shopenhauer en 90 minutos.*

Stein, Gertrude. *Paris France.*

Steiner, George. *The New Yorker.*

Stephens, James. *The Crock of Gold.*

Store Sims, Lowery, *Wifredo Lam and the International Avant-Garde, 1923-1982.*

Sullivan, Rosemary. *Villa Air-Bel.*

Swift, Jonathan. *Gulliver's Travels.*

Thomas, Bernard. *Ni dios ni amo. Los anarquistas.*

Toller, Ernst. *Una juventud en Alemania.*

Unger, Roni. *Poesía en voz alta.*

Van Raay, Stefan; Moorhead, Joanna; Arcq, Teresa. *Carrington, Leonora, Varo, Remedios y Horna, Kati. Surreal Friends.*

Varo, Remedios. *Cartas, sueños y otros textos.*

Vidal, Gore. *Out of this Century. Confessions of an Art Addict Peggy Guggenheim.*

Wasserman, Kristyna. *Artists on the road.*

Weisz, Gabriel. *Poemas.*

——, *Tinta del exotismo. Literatura de la otredad.*

Weyers, Frank. *Salvador Dalí.*

Whelan, Richard. *Robert Capa. A biography.*

Wilde, Oscar. *El fantasma de Canterville y otros cuentos.*

Wilson, Simon. *Surrealist Painting.*

Wood, Mary Elene. *The writing on the wall. Women's Autobiography and the Asylum.*

Yarza Luaces, Joaquín. *El Bosco y la pintura flamenca del siglo XV.*

AGRADECIMIENTOS

En los cuentos de Leonora Carrington *El pequeño Francis* y *La puerta de piedra*, así como en el impresionante texto *Memorias de Abajo*, se encuentran tres de los acontecimientos más importantes de la vida de la pintora. También en las obras *La casa del miedo*, *Una camisa de dormir de franela*, *La dama oval*, *La trompeta acústica* y *El séptimo caballo*, Leonora es absolutamente reconocible. De ahí las coincidencias con el libro *Max y Leonora* de Julotte Roche, habitante de St. Martin d'Ardèche, quien entrevistó a los Ardéchois que convivieron con los dos pintores.

Inicié una novela inspirada en Leonora Carrington pero en vez de una historia alusiva, decidí escribir directamente sobre ella para continuar el homenaje de Lourdes Andrade, máxima estudiosa del surrealismo en México, quien murió el jueves 26 de octubre de 2002, arrollada por un automovilista ebrio en Chilpancingo, Guerrero. Ese día, la investigadora no llegó a presentar su libro *Leyendas de la novia del viento* sobre la obra literaria de Carrington. Lourdes acostumbraba caminar por la colonia Roma con Leonora. Pretendí seguir ese recorrido como un tributo a las dos.

A lo largo del tiempo, desde la década de los cincuenta, visité y entrevisté a Leonora. Me invitó a cenar un mole tan negro como las minas de carbón de Lancashire; nos acompañaban Chiki y los hijos de ambos, Gaby y Pablo, aún niños. También entrevisté en varias ocasiones a Kati Horna, por quien siento un enorme respeto, y a su hija Nora; a la bella Alice Rahon, Gilberto Bosques, Gunther Gerszo, Fernando Gamboa, Malú Cabrera y Harry Block; a Mathias Goeritz, Jesús Reyes Ferreira, Juan Soriano, Manuel Álvarez Bravo, Juan O'Gorman, así como a Raoul y Carito Fournier; a Inés Amor, Antonio Souza, Alejandro Jodorowsky; a Renato Leduc y su hija Patricia, quien además me confió una carta de Leonora a su padre, así como dos fotografías inéditas.

Durante las visitas que he hecho a Leonora en los últimos años, intento no importunarla con preguntas directas. En nuestras conversaciones, que siempre iniciaba con un «*Tell me what's new in politics*» o con un «*How do you like the president?*», más bien, le contaba de mi propia infancia, de las clases de piano, ballet y buenas maneras, anécdotas que la hacían recordar hasta el nombre de su institutriz francesa, Mademoiselle Varenne, o el de Mr. Richardson, su profesor de piano. «*Tell me about your love stories*», decía. De las suyas no quería hablar, y cuando le pregunté si Max Ernst había sido el amor de su vida, respondió: «*Every love is different, let's not get too personal.*» De lo que sí habló con horror toda una tarde fue de su confinamiento en Santander y del tratamiento que recibió: «*Cardiazol has been banished and I had three shots of it.*»

Le aseguraba que yo había llegado a la calle de Chihuahua sobre el lomo de un caballo, de una oca o un dragón y eso la divertía. A veces le contaba que un hombre lechuza o una cauda de estrellas me habían guiado sobre Insurgentes, la avenida más larga de la ciudad, a lo cual respondía: «Vamos a ver tu cauda de estrellas» y salíamos a la calle a ver pasar un río de faros de autos. Su magia los transformaba en símbolos de alquimia y, por las ventanillas, extrañas figuras salían montadas en papalotes.

Ver a Leonora ha sido siempre un privilegio y una alegría porque me remite a mi infancia, a mis padres, a mis orígenes, a los países que tenemos en común. Es una mujer que embruja. Dicen que es blanca, negra y roja; lo cierto es que Leonora hace magia con todos los colores y es la hechicera más bella que ha llegado a nuestros días. La quemaron tres veces los inquisidores de Inglaterra, Francia y España. Pero ella salió cada vez más limpia del fuego hasta convertirse en una delgada varilla de metal precioso. Porque ella es la pintora que más se parece a sus pinceles. Y hay quien dice que pinta con las pestañas.

Visitar su casa es siempre una fiesta. Me considero afortunada por estar cerca de un ser humano y una artista que me hace querer habitar su mundo porque lo vislumbré en la infancia, aunque se me haya perdido en el camino del periodismo.

En épocas recientes, Leonora y yo hemos comido juntas en Sanborn's, el Café Tacuba, la Casa Lamm y en Chimalistac. Hace tiempo cenamos en casa de Isaac Masri y Leonora nos hizo reír a Joy Laville, a Monsiváis y a mí al decir que todos llevamos un pequeño Salinas de Gortari dentro.

Monsiváis y yo la acompañamos a distintos homenajes en la UNAM, en la Sala Manuel M. Ponce de Bellas Artes, en el Palacio de Minería, en el Museo José Luis Cuevas, en el Claustro de Sor Juana y hasta en Los Pinos cuando recibió el Premio Nacional de Arte.

Leonora ilustró *Lilus Kikus* y cuando quise devolverle los dibujos, me dijo con una sonrisa: «Quédatelos.» Ahora, están encuadrados en Mérida en casa de mi hija Paula. En otra ocasión, hace dos años, Leonora me dio apuntes suyos y de Pablo, su hijo, para *Rondas de la Niña Mala*. Creo que el último boceto que hizo fue precisamente para ese libro porque en la actualidad ya no pinta ni dibuja.

Hablábamos en inglés y en francés por lo que decidí no traducir sus frases literales para esta novela, que no pretende ser de ningún modo una biografía, sino una aproximación libre a la vida de una artista fuera de serie.

De los libros a los que acudí, *Villa Air-Bel, World War II, Escape and a House in Marseille*, escrito con maestría y gran corazón por Rosemary Sullivan, resultó indispensable por su forma de relatar cómo murió Walter Benjamin y cómo Varian Fry del American Rescue Committee salvó la vida de tantos y nadie ahora recuerda su nombre.

Por otro lado, los textos de las norteamericanas Whitney Chadwick y Susan L. Aberth ofrecen información invaluable y no se diga el análisis de Marina Warner. Admiré la entrevista de Paul de Angelis, y sobre todo los escritos de Salomon Grimberg.

De igual forma, resultaron indispensables las entrevistas que generosamente me concedieron la propia Leonora, Gaby y Pablo Weisz, Rosita y Max Shein, Nora Horna, Ana Alexandra Grüen, los hermanos Miguel y Helen Escobedo, Pedro Friedeberg, Joanna Moorhead.

Quiero agradecer a mi editor y gran amigo Braulio Peralta y a Gabriel Sandoval su estímulo y su fe en este libro, el cual no habría sido posible sin la devoción y la lucidez de Sonia Peña; de Mayra Pérez Sandi Cuen, quien no cejó en su lectura entusiasta e incansable de todos los capítulos; también a Rubén Ángel Henríquez Serrano por sus espléndidas aportaciones y el cuidado con el que revisó cada línea, a Yolanda Gudiño por su discreción, lealtad y amor por Leonora y a la biblioteca Benjamín Franklin, que me prestó material de su acervo.

Gracias a Marta Lamas por estar siempre a mi lado, a María Consuelo Mejía por su solidaridad, a Philippe Olle-La-Prune que me envió un libro fuera de edición, a la cineasta Trisha Zieff que rescató la maleta con negativos de Robert Capa y Emérico Weisz, a Merry McMasters por haber seguido las manifestaciones pictóricas de México con amoroso cuidado.

Leer a la crítica e investigadora Tere Arcq es esclarecedor. La excelente entrevista de Elena Urrutia sobre la confección de muñecas de Leonora abrió una nueva puerta a todas las habilidades de la pintora. Daniel Centeno, en El Paso, Texas, se encargó de recibir libros imposibles de encontrar en México.

A mi memoria vienen los nombres de Alain Paul Mallard, escritor de talento, Luis Carlos Emerich, crítico de arte y curador de la vasta exposición en el MARCO en 1994, Juan Antonio Ascencio, quien me prestó un diccionario del surrealismo y un disco con la voz de André Breton, Angélica Abelleyra y sus artículos en *La Jornada*.

También agradezco a Isabel Castillo González, mi indispensable Chabe, que tejió hace quince años un suéter rojo que me resguarda del frío en el cuartito de trabajo, a Martina García Ramírez, que con su solidez e inteligencia protege a humanos y animales, a Paula Haro, mi hija, quien leyó los primeros capítulos y me hizo atinadas correcciones, a Mane y Felipe, por levantarme cada vez que me iba para abajo.

Los pájaros llegaban a la ventana de mi cuarto de trabajo a la hora del crepúsculo y su algarabía me hizo pensar que si Pisanello había pintado ya todas las aves, Leonora las incubó de nuevo para ponerles cara de zenzontle, de canario o de gallina y les inventó otra realidad. El gavilán de Horus vuela por sus cuadros vestido de arlequín, también Ur Jar atraviesa el cielo en un globo aerostático; en *Are you really Syrious?*, la estrella colgada nos interroga y juega con los sentidos del lenguaje; los Sidhes, la gente de Tuatha de Danaan, son esféricos e intangibles, así como la Diosa Blanca céltica y druida, antigua y lunar, gira al igual que *Samain* y *Pastoral* para hacer visible el pasado invisible y enseñarnos la enorme zoología que todos tenemos adentro.

ÍNDICE

Seix Barral

$\dfrac{19}{20}$ 11

Centenario